Für alle Straßenkinder dieser Welt
und für alle Straßenhunde dieser Welt

Johanna Ellsworth

Das Wiegenlied der Wolfskinder

Historischer Roman

Husum

Umschlagabbildung: Geheimnisvolles verlassenes Haus in den litauischen Wäldern, Fotolia/guliveris

Bibliografische Information der Deutschen Nationalbibliothek

Die Deutsche Nationalbibliothek verzeichnet diese Publikation in der Deutschen Nationalbibliografie; detaillierte bibliografische Daten sind im Internet über http://dnb.dnb.de abrufbar.

Für die Durchsicht des Manuskripts und wertvolle Hinweise danke ich Hans Fischer, Dresden und Wilhelm Nix, Berlin.

Gesamtherstellung: Husum Druck- und Verlagsgesellschaft
Postfach 1480, D-25804 Husum – www.verlagsgruppe.de
ISBN 978-3-89876-819-1

Teil I

1

Ein Engel ist vom Himmel gefallen.

Ein schwarzer Engel liegt auf einem schneebedeckten Feld. Er liegt mit dem Gesicht im Schnee und hat die Arme ausgebreitet. Er muss beim Fliegen abgestürzt sein. Er muss sich verletzt haben, denn sein dunkler Kopf liegt in einer roten Blutlache. Von hier aus gesehen wirkt die Blutlache wie eine fast kreisrunde Pfütze. Sie sieht aus wie der Heiligenschein der Mutter Madonna in der katholischen Kirche, nur eben rot.

Gretel stapft durch den Schnee auf den Engel zu. Die Riemen des voll bepackten Rucksacks drücken sich durch den Wollmantel, den Pullover und die Unterhemden durch. Bei jedem Schritt spürt sie ein leichtes Brennen in den aufgescheuerten Schultern. Aber das macht ihr nichts aus, daran ist sie gewöhnt. Kurz denkt sie an die vielen köstlichen Sachen, die sie in den letzten Tagen in Tauroggen zusammengebettelt hat. Einen ganzen Laib Brot, eine kostbare Speckschwarte, drei Zwiebeln und dazu noch fast ein Dutzend Kartoffeln, so groß wie ihre Faust. Ein paar Möhren und sogar zwei kaum verschrumpelte Äpfel. Mutti wird sich freuen. Karlchen natürlich auch. Daraus kann ihre Mutter eine leckere Kartoffelsuppe mit Brotwürfeln kochen, und vielleicht reicht es sogar für ein paar Heilsberger Keilchen. Gretel läuft das Wasser im Mund zusammen. Sie kann stolz auf ihre Ausbeute sein, und das ist sie auch. Noch stolzer ist sie auf den prall gefüllten Brustbeutel unter ihrem Mantel.

Sie muss keine Knochen aus der gefrorenen Erde ausbuddeln. Sie macht einen unauffälligen Bogen um die drei Kinder, die in der Abenddämmerung vor den Erdklumpen hocken, in denen sie viele Stunden lang gestochert haben müssen. Aufgeregt halten sie einen großen Knochen hoch und suchen ihn nach Resten von halb verwestem Pferdefleisch ab.

„Wir kochen ihn aus – das gibt eine richtige Fleischbrühe", sagt das Mädchen, während einer der Jungen einen gierigen Blick auf Gretels ausgebeulten Rucksack wirft und sie noch schneller läuft. Der Schnee knirscht mit seinen glitzernden weißen Zähnchen und sie weiß nicht, ob es wegen ihrer reichen Beute ist oder wegen des Engels mit dem blutigen Heiligenschein.

Je näher sie kommt, desto zögernder werden ihre Schritte. Der Engel hat keine goldenen Locken. Er hat eine verdreckte, gelbe Strickmütze auf, die Gretel nur zu gut kennt. Er hat einen Mantel aus schwarzem Filzstoff an und darunter ragen zwei dünne Beine heraus, die in zerlöcherten Wollstrümpfen stecken. Und in braunen Halbstiefeln – Mutters braunen Halbstiefeln.

Ohne ihren blauen Hut konnte Gretel nicht auf die Flucht gehen. Das stand für sie fest. Wenn sie schon auf die Flucht müsste, dann nur mit dem schicken neuen blauen Hut und der schönen neuen blauen Stofftasche.

Sie hatte die Menschen gesehen, die im letzten Sommer durch die Straßen von Gerdauen gezogen waren, mit voll bepackten Pferdewagen, Leiterwagen, Kinderwagen, Holzkarren, Schubkarren, mit allem, was Räder hatte. Die Mütter, die vor Erschöpfung stolperten, die Kindergesichter, deren einzige saubere Stellen die Streifen und Sterne aus eingetrockneten Tränen waren, die sie sich weggerieben hatten, die müden Gesichter der Alten, die so zerfurcht waren wie die ausgetrocknete Ackererde. Die Kleider, die wie zerschlissene Fahnen an ihnen flatterten, wenn eine Brise aufkam. Schämten sie sich denn nicht, sich so in der Stadt sehen zu lassen?

Das würde Gretel nie tun. Das hatte sie sich damals auf der Straße geschworen, als sie mit einer Tasche voller Möhren und Bohnen aus dem Garten zurückgekommen waren. Ihre Mutter war für einen Augenblick so still stehen geblieben, als würde ihr Herz hinhorchen, statt weiterzuschlagen. „Sie sind auf der Flucht", hatte sie dann gesagt. „Vor den Russen."

Die Russen, die waren sogar noch schlimmer als die Kohldiebe, die im letzten Herbst die Beete im Garten abgeräumt hatten, sodass Mutti geweint hatte, als sie entdeckt hatte, dass der schöne Rotkohl und die großen zartgrünen Weißkohlköpfe über Nacht verschwunden waren. Vor den Russen musste man wegrennen, wenn sie kamen.

Und jetzt war es soweit. Jetzt mussten auch sie auf die Flucht gehen, wie alle Erwachsenen es nannten. Früher waren sie auf den Rummel gegangen, jetzt auf die Flucht. Was das genau war – und vor allem *wo* –, wusste Gretel nicht so genau. Nur eines wusste sie: Ohne ihren schicken blauen Hut und die neue flauschige blaue Tasche konnte sie nirgendwohin gehen, noch nicht mal auf eine Flucht.

In der Wohnung lief ihre Mutter mit großen Schritten umher, riss Schranktüren und Schubladen auf, sammelte Unterwäsche, Strümpfe, kratzige Wolljacken und selbst gestrickte Schals und Mützen und Handschuhe in wunderschönen bunten Farben und Mustern ein und stapelte sie auf dem Tisch, denn all das und noch mehr würden sie sich gleich anziehen. Dann suchte sie Handtücher, Decken und andere wichtige Dinge, die man auf einer Flucht gut gebrauchen konnte, und stopfte sie in den großen Reisekoffer aus braunem Rindsleder. Der sah noch aus wie neu; sie war nur einmal im Leben verreist, und das war auf ihrer Hochzeitsreise gewesen. Für zehn Tage nach Königsberg. Sie hatte den Kindern erzählt, wie schön es gewesen war und welch glückliche Zeiten das noch gewesen waren, damals vor dem Krieg. Die Mutter rannte ins Zimmer der Eltern, klappte dort die große Eichentruhe auf und holte wichtige Papiere und ihren Schmuck heraus. Diese hatte sie immer unter der Bettwäsche versteckt. Sie nahm die schimmernde Perlenkette und die wunderschöne silberne Brosche heraus, die mit dem großen violetten Stein, der in der Sonne so geheimnisvoll glitzerte.

Jetzt glitzerte er nicht, weil die Sonne nicht schien.

„Wenn wir jetzt auf die Flucht gehen – verreisen wir da auch?“, erkundigte sich Gretel, die ihr gefolgt war und sah, was die Mutter alles zusammenpackte. Gretel war noch nie verreist, und an die glücklichen Zeiten vor dem Krieg konnte sie sich auch nicht mehr erinnern, weil sie da noch zu klein gewesen war.

„Ach, Kind." Die Schultern der Mutter hoben und senkten sich einmal. Sie schwieg. Einen Augenblick zu lang, um Gretel wirklich zu überzeugen, als sie dann sagte: „Ja, wir gehen jetzt auf eine längere Reise bis nach Berlin. Und deswegen müssen wir alles Wichtige zusammenpacken, was wir tragen können."

„Kann ich Liesel mitnehmen?", fragte Gretel, denn ihre Puppe war wichtig, ungefähr so wichtig wie Peter; in diesem Punkt konnte sie sich nicht entscheiden, wer wichtiger war. „Und kommt Peter auch nach?"

Die Mutter war schon wieder aus dem Zimmer gegangen, und Gretel musste die letzte Frage in Richtung Küche rufen.

„Ja, Liesel kannst du in den Koffer packen", rief ihre Mutter etwas außer Atem. „Aber du weißt doch, dass der Peter an der Front ist, um uns gegen die Russen zu verteidigen. Ich glaube nicht, dass der nachkommen kann."

Gretel spürte ein Ziehen in der Magengrube. Peter würde nicht nachkommen, der fesche junge Soldat mit den dunklen Haaren und den braunen Augen mit den gelben Sprenkeln, den sie heimlich und bis in alle Ewigkeit liebte, seit er bei ihnen in der Wohnung einquartiert worden war und ihr zu Weihnachten ein Tiermärchenbuch geschenkt hatte, das sie dann zusammen gelesen hatten. Das bedeutete, dass sie ohne ihn auf eine längere Reise, auf die geheimnisvolle Flucht, gehen würde, während er sie an der Front vor den Russen verteidigte, die immer näher kamen. Warum mussten sie überhaupt vor den Russen fliehen, wenn er und die anderen Soldaten sie doch vor den Russen verteidigten? Auf der anderen Seite – wenn die Front immer näher rückte, wie die Erwachsenen sich seit Monaten zuflüsterten, hieß das dann nicht, dass auch Peter und Papa immer näher rückten? Und das jetzt, wo sie von hier weggingen?

Das Ganze war zu verwirrend.

„Und Papa? Was ist mit Papa? Kommt der auch nicht mit?“

Die Antwort der Mutter aus der Küche dauerte wieder einen Herzschlag zu lange. „Ja, sobald er kann, kommt Papa nach.“

Papa war auch im Krieg. Erst seit ein paar Wochen, als sie alle Männer zum Volkssturm eingezogen hatten. Sogar Papa hatten sie eingezogen. „Jetzt holen sie schon Lehrer und Schüler an die Front“, hatte er, der an der Schule von Gerdauen Lesen, Schreiben und Naturkunde unterrichtet hatte, gesagt. Beim Abschied hatte er die schluchzende Mutter getröstet, sie solle nicht weinen und solle auf ihn warten, er wäre in fünf Tagen wieder zurück. „Ich haue dort ab, keine Angst. Und falls ihr schon weg seid, dann treffen wir uns in Berlin, versprochen.“ Und dann hatte er was von einer letzten Kugel gesagt, die er immer für sich selber aufheben würde. Das hatte Gretel nicht verstanden, wofür er sich eine letzte Kugel aufheben wollte – als Erinnerung an den Krieg? Aber keiner der Erwachsenen hatte ihr erklärt, was er damit gemeint hatte.

Doch jetzt waren die fünf Tage schon lange herum und von Papa hatten sie nichts gehört. Und jetzt mussten sie ohne ihn auf die Flucht gehen, weil die Russen schon viel zu nahe gerückt waren.

Gretel ging in die Küche. Dort stand ihr Schulranzen, voll bepackt mit Arzneimitteln und Nähzeug, auf einem Stuhl. Während die Mutter im Vorratsschrank den Proviant zusammensuchte, stopfte Gretel hastig ihr Tiermärchenbuch zwischen die Mullbinden und Pflaster.

* * *

Der Schlitten, auf dem sich Koffer und Kisten türmten, ruckelte zögernd über den zertrampelten Schnee, der auf den Straßen von Gerdauen lag.

„Ich will aber nicht weg von hier“, klagte Karlchen hinter dem Schlitten. „Ich will nicht weg von meinem Hund

und meinem neuen Roller und meinen anderen Spielsachen."

„Das ist nicht dein Hund", warf ihm Gretel über die Schulter zu. „Das ist doch der Hund von den Schillacks nebenan."

Ihre Bemerkung machte die Sache nicht besser. „Ich will aber trotzdem nicht weg von meiner Bella, und sie ist *doch* mein Hund. Ich führ sie doch immer aus, sonst tut es doch keiner." Seine jammernde Stimme wurde brüchig. „Ich will nicht weg von hier. Ich will hier bleiben! Warum müssen wir überhaupt auf diese doofe Flucht gehen?"

Die Mutter blieb keuchend stehen. Der Schlitten blieb auch stehen. Sie sah Gretel an, die neben ihr ging. „Gehst du schon mal weiter? Ich komm gleich mit ihm nach."

Gretel nickte und nahm ihr das Seil ab, an dem der Schlitten befestigt war. Die Mutter ging nach hinten zu Karlchen und bückte sich zu ihm herunter, bis sie auf Augenhöhe mit ihm war. „Jetzt mach schon, Karlchen. Die Russen kommen. Wir müssen ganz schnell weg von hier – sonst machen sie ganz schlimme Sachen mit uns."

So kannte Gretel ihre Mutter gar nicht. Diese weiche, flehende Stimme, das war so anders als die Mutti, die immer alles im Griff hatte. Die nie weinte, außer im letzten Herbst, beim Anblick der abgeschnittenen Kohlstrunks im Garten. Oder kurz nach Neujahr, als Papa zum Volkssturm eingezogen worden war. Jetzt klang ihre Mutter richtig verzweifelt, und das machte ihr Angst.

Die Mutter ging weiter. Karlchen schlurfte missmutig hinter den beiden her.

Am grauen Himmel schwebte ein großer schwarzer Vogel vorbei, und das machte Gretel noch mehr Angst.

In der Poststraße sammelten sie Oma ein, die außer zwei kleinen Holzkisten alles andere Gepäck hatte zurücklassen müssen, weil nichts weiter auf den Schlitten passte. Oma war sogar noch dicker als sonst. Das lag daran, dass auch sie mehrere Unterhemden und Kleider und Strümpfe unter ihren dicken Wollmantel angezogen hatte.

„Du siehst ja aus wie eine laufende Kugel, Oma“, sagte Karlchen und lachte trotz seines Abschiedsschmerzes um Bella und den Roller. „Hüpf doch mal!“

Aber der Großmutter war nicht nach Hüpfen zumute. „Ach, Irene, müssen wir wirklich von hier weg? Das ist doch meine Heimat, hier bin ich doch geboren! Hier will ich sterben, nicht weit weg in der Großstadt Berlin, wo ich keine Menschenseele kenne.“

„Wenigstens leben meine Verwandten dort. Sei froh, dass wir dort unterkommen können“, sagte die Mutter nur müde. „Wir hätten längst fliehen sollen, schon letzten Sommer, als Königsberg bombardiert wurde. Auch wenn es immer hieß, wir sind nahe am Endsieg. Es war nichts als verlogene Propaganda, angelogen haben sie uns, belogen und betrogen haben sie uns, das deutsche Volk.“ Richtig bitter klang das.

„Irene, sei doch still“, sagte die Großmutter entsetzt. „Wenn dich jemand hört –“

Aber die Mutter zuckte mit den Schultern. „Soll es ruhig jeder hören, was ich wirklich denke. Das denkt doch jetzt jeder in ganz Gerdauen. Das pfeifen doch schon die Spatzen von den Dächern, dass wir den Krieg verloren haben.“

Gretel hörte es und ihr Herz wurde schwer wie ein Stein. Wenn sie den Krieg verloren hatten, was würde dann aus Papa werden? Der war doch in einem Volkssturm, und ein Sturm konnte schlimme Verwüstungen anrichten, ganze Bäume entwurzeln und Blitze in Häuser einschlagen lassen. Aber sie traute sich nicht, die Mutter danach zu fragen. Manchmal war es besser, die Antwort nicht zu kennen. So wie sie es von den Erwachsenen in Gerdauen kannte. Die hatten die Antwort auch nie wissen wollen, wenn sie unangenehm sein könnte. Die hatten den Kopf lieber in den Sand gesteckt, so wie der Straußenvogel in ihrem Tiermärchenbuch, das Peter und sie an Weihnachten nach der Bescherung zusammen gelesen hatten.

Dem Vogel Strauß hatte man die Eier gestohlen, während er den Kopf in den Sand gesteckt hatte. Man hatte ihm seine Kinder weggenommen, als er gerade nicht hingesehen hatte.

Am Bahnhof kam ihnen Peters Kamerad Martin in Flakuniform entgegen. Er war auf Heimaturlaub und hatte sein Elternhaus leer vorgefunden, weil seine ganze Familie schon auf der Flucht war. Daher wollte er sich wenigstens von den Menschen verabschieden, bei denen er den Heiligabend hatte verbringen dürfen, und Grüße von Peter ausrichten, der seinen Heimaturlaub schon hinter sich hatte.

„Peter sagt, nach dem Krieg kommt er euch in Berlin besuchen, und ich soll die kleine Gretel ganz besonders herzlich von ihm grüßen." Dabei zwinkerte er Gretel zu. Sie freute sich über den Gruß, aber das „kleine" hätte Peter ruhig weglassen können. Irgendwie klang es, als sei er schon so alt und sie noch so jung, dass sie in diesem Leben nie zusammenkommen und heiraten und glücklich und zufrieden bis in alle Ewigkeit leben würden. Aber genau das hatte sich Gretel vorgenommen, und daran glaubte sie fest. Eines Tages nach dem Krieg.

Der Zug rollte ein. Halb Gerdauen schien auf dem Bahnsteig versammelt zu sein und auf dieselbe Flucht zu gehen wie sie. Es wimmelte von Frauen und Kindern und alten Leuten und deren Hab und Gut. Doch die Türgriffe waren abmontiert und so ließen sich die Türen nicht öffnen. Die Menschen schrieen enttäuscht auf und fingen an, Kinder und Kisten durch die Fenster in die Abteile zu stopfen. Aus dem Gewimmel wurde ein Gewühl und dann ein Chaos, als die Leute sich alle gleichzeitig durch die kleinen Fenster zwängen wollten. Wenn sie Glück hatten, wurden sie von innen hineingezerrt. Wenn sie Pech hatten, flog ihr Gepäck unter lautem Geschimpfe und Geschrei umgehend auf den Bahnsteig zurück. „Hier ist schon alles voll, hier ist kein Platz mehr für Neue, wir war'n als Erste da, haut bloß ab …"

Viele Leute im Zug und vor dem Zug zeigten sich von einer Seite, die Gretel bisher gar nicht gekannt hatte. Es wurde geschubst und gerempelt und mit spitzen Ellbogen gestoßen, und am liebsten wäre sie weinend vom Bahnsteig gerannt und nach Hause zurückgelaufen. Diese Flucht war nicht wie Rummel und gefiel ihr schon jetzt nicht.

Doch dann wurde sie von Martins starken Soldatenarmen hochgehoben und durch ein Fenster in den Zug geschoben, in einen dunklen, überfüllten, stinkenden Raum, in dem ihre Mutter auftauchte, sie am Tornister und Kragen packte und hineinzog. Aber gleich darauf setzte die Mutter sie auf dem Boden ab. „Rühr dich nicht vom Fleck, hörst du?" Die Bemerkung war überflüssig, weil sich Gretel vor lauter Angst und Aufregung sowieso nicht rühren konnte. Und plötzlich griffen fremde Arme ihr unter die Schultern und sie wurde auf einen fremden, wenn auch weichen Schoß gehoben. „Bleib hier, Marjellchen", sagte eine Frauenstimme freundlich. „Ich pass schon auf, dass du nicht zertrampelt wirst." Die fremden Arme wickelten sie wie in eine warme Decke ein und sie fühlte sich getröstet und die Angstameisen hörten auf, ihr über den Rücken und die Beine zu krabbeln. Zitternd harrte Gretel aus.

Es war zu dunkel in dem Raum, um außer ein paar hellen Flecken etwas sehen zu können. Manchmal flackerten graue Umrisse auf, wenn wieder jemand durch eines der kleinen Fenster ins Innere geschoben und gezerrt worden war, bevor der Nächste im Fenster auftauchte und sein Körper das Tageslicht aussperrte.

Jetzt hörte sie Mutti „Oma ist stecken geblieben" rufen. Dann die gedämpfte Stimme von Martin: „So helfen Sie mir doch! Sie sehen doch, dass ich die alte Frau nicht alleine durchs Fenster bekomme!" Oma keuchte und wimmerte, ein paar Ameisen kribbelten auf Gretels Kopfhaut, die Mutter zog und zerrte.

„Schiebt noch ein bisschen – sie ist gleich drin", rief die Mutter.

Schließlich fielen zwei Gestalten polternd auf den Boden.

„Au – passen Sie doch auf", rief eine Frauenstimme empört.

„Ich hab sie", rief die Mutter aus dem Fenster, nachdem sie sich wieder aufgerappelt hatte.

„O Gott, warum muss ich so was noch erleben", jammerte die Stimme der Großmutter vor Gretels Füßen.

„Hab ich nicht gesagt, dass es nichts nützt, die Griffe abzuschrauben?", sagte eine Frauenstimme, die etwas weiter weg klang. „Ich hab doch gewusst, dass wir nicht in Frieden nach Berlin fahren werden."

Jetzt wurde Karlchen durchs Fenster geschoben.

„Gretel? Bist du da? Wo bist du?", rief er.

„Hier unten", rief Gretel. Trotz der tröstenden Arme der fremden Frau war sie froh, dass der Zug nicht ohne ihre Familie abfuhr. Die Frau mit den tröstenden Armen roch nach Zimtsternen, und alle hatten es in den Zug geschafft. Jetzt konnte die große Reise nach Berlin losgehen.

Draußen schrie Martin etwas, das Gretel nicht verstand.

„O Gott, nein", rief Mutti entsetzt durch das Fenster. „Das gibt's doch gar nicht! Siehst du ihn wirklich nirgends? Vielleicht ist er nur weitergeschoben worden? Schau doch mal da hinten nach – bei den vielen Koffern und Kisten!"

Gretel lauschte, aber Martins Stimme war verstummt. Er schaute jetzt sicher da hinten unter den Koffern und Kisten nach. Aber nach was? Doch nicht etwa nach ihrem Schlitten mit all ihren Sachen drauf?

Mit Liesel drauf –

„Nein, da ist er auch nicht", meldete Martins Stimme am Fenster. „Der ist weg, tut mir leid. Den muss jemand geklaut haben, als wir die Großmutter durchs Fenster gehoben haben."

Schweigen. „Alles weg", sagte Muttis Stimme dann fassungslos. „Alles, was ich für die Reise eingepackt habe. Was machen wir denn jetzt?" Sie verstummte und dachte nach. „Gut, dass ich dran gedacht habe, einen Teil des Proviants auf Karlchens Rucksack zu verteilen. So müssen wir wenigstens nicht verhungern."

Alles weg. Liesel war auch weg. Ihre schöne, geliebte Puppe war weg, einfach so. Gretels Kehle schnürte sich zu und die Tränen stiegen in ihr hoch. Aber dann fiel ihr ein tröstlicher Gedanke ein. Das Tiermärchenbuch. Sie hatte es im Tornister versteckt.

Wenigstens das war ihr geblieben, das Tiermärchenbuch von Peter.

„Ich hab doch gewusst, dass das Pack den Zug überrennen wird“, sagte die Frauenstimme etwas weiter weg angewidert. „Die kriechen durch jede Ritze, wie Ungeziefer, und klauen alles, was nicht niet- und nagelfest ist. Hab ich nicht gleich gesagt, dass es nichts nutzt, die Griffe abzuschrauben?“

„Sei still, Else“, sagte eine andere Frauenstimme. „Es ist Krieg, hast du das vergessen?“

Die Zugfahrt nach Berlin dauerte weniger als eine Stunde.

Plötzlich bremste der Zug quietschend und ächzend. Gretel dachte schon, sie seien jetzt in Berlin angekommen.

Aber es war nicht Berlin.

Es war nur Korschen. Korschen lag ungefähr fünfundzwanzig Kilometer hinter Gerdauen.

„Warum hält der Zug denn an?“, rief eine Jungenstimme.

„Keine Ahnung“, erwiderte eine Frauenstimme. „Ist das der Bahnhof von Korschen?“

„Sicher will jetzt auch noch ganz Korschen in unser Abteil einsteigen“, sagte die Stimme, die Else sein musste. „Dann nehmen sie uns auch noch die letzte Luft zum Atmen weg. Hab ich es nicht gesagt?“

Doch es tauchten keine Dorfbewohner an den Fenstern auf.

Niemand tauchte am Fenster auf. Nur der Himmel öffnete sich, und Tiefflieger flogen wie unsichtbare Schwalben über den stehenden Zug und schossen auf ihn.

Rattattattattat –

„Die Russen“, kreischten viele Stimmen im Abteil durcheinander. „Sie schießen auf uns – bloß raus hier – rettet euch vor den Russen!“

Noch mehr Flieger. Noch mehr *Rattattattatatt*.

Dann wurde es leiser, die Flieger zogen weiter, aber sie konnten jederzeit zurückkommen.

Jetzt wurde Gretel von der Frau, die nach Zimtsternen roch, hochgerissen. Alle Leute im Abteil versuchten gleichzeitig, durch die schmalen Türen nach draußen zu gelangen. Kinder weinten, Erwachsene schrieen und stöhnten, alle trampelten und drückten und schubsten. Gretel wurde eine spitze Kistenecke in die Seite gerammt und sie heulte vor Schmerz und Angst. Sie ließ die Hand der Fremden los, und die Zimtsternefrau wurde von der drängelnden Menschenmasse verschluckt.

„Mutti", schrie Gretel. „Oma! MUTTI!"

Die Türen ohne Griffe waren nun doch auf und eine Traube aus Müttern, Kindern, Alten, Gepäck und Panik quoll aus jedem Zugabteil. Draußen schneite es dicke Flocken, als wäre es Weihnachten statt Krieg. Gretel suchte verzweifelt mit den Augen den Bahnsteig ab. Eine alte Frau, die gerade aus dem Zug stolperte, griff sich an die Brust und wurde so weiß wie der Schnee. Sie machte den Mund auf und schnappte ein paar Mal stumm nach Luft. Schüsse knallten und sie sackte auf den Boden. Zwei andere Frauen versuchten, sie wieder auf die Beine zu ziehen. „Sie hat einen Herzanfall erlitten", rief eine, „o Gott, Hilfe, was machen wir denn jetzt? Gibt es hier einen Arzt?"

Aber es meldete sich kein Arzt, sondern alle rannten vor den Schüssen weg und ließen die Frau auf dem kalten, verschneiten Bahnsteig einfach liegen. Sogar die beiden Frauen, die versucht hatten, der Alten mit dem kranken Herzen zu helfen. Neben ihr lag eine Stofftasche, aus der drei rote Äpfel gekullert waren. Sie lagen wie pralle Blutstropfen im Schnee.

Da wusste Gretel, dass Weihnachten wirklich vorbei war.

* * *

Es gab noch einen Militärzug. Zum Glück, sagten die Erwachsenen. Gretel fand nicht, dass das ein Glück sein sollte. Sie wäre lieber zurück nach Hause gefahren. Aber der Militärzug sollte an einen ganz sicheren Ort fahren, und deswegen stürmten alle, die vor mehreren Stunden aus dem ersten Zug gekommen waren und zitternd vor Angst und Kälte auf dem Bahnhof ausgeharrt hatten, nun diesen Hoffnungszug. Er bestand aus lauter langen, offenen Wagen, die Loren genannt wurden und mit Militärfahrzeugen beladen waren. Gretels kleinem Trupp hatte sich jetzt auch noch Tante Klara mit ihrem Baby angeschlossen, die sie zufällig auf dem Bahnsteig von Korschen getroffen hatten. Ihr Kind war ein vier Wochen alter Säugling, der nach einer Stunde Schreien nur noch leise wimmerte. Sie kletterten auf eine der Loren. Gretels Mutter schrie vor Schreck auf, als sie merkte, dass sie ihre Handtasche mit den Ausweisen und anderen wichtigen Papieren irgendwo im Bahnhofsgebäude liegengelassen hatte. Da war es schon zu spät. Der Zug setzte sich langsam in Bewegung und rollte in die verschneite Weite, in der von Russen und Krieg nichts zu sehen war. Nur die Sterne waren zu sehen. Sie leuchteten und flackerten wie Kerzen am blauschwarzen Himmel.

Die Frauen und Gretel krochen in eines der Militärfahrzeuge. Die Nacht war bitterkalt. Karlchen legte sich draußen auf den Boden der Lore und sah hinauf an den Sternenhimmel. Mutti rief ihn immer wieder, damit er nicht einschlief und erfror. Als er nicht mehr antwortete, weckte sie ihn und holte ihn ins Fahrzeug, in dem wenigstens die Körperwärme und der Atem der Insassen sie vor dem Erfrieren bewahrte. Tante Klara hatte das kleine Kind in ihren Mantel eingeknöpft und es war endlich eingeschlafen.

2

Der sichere Ort, an den der Militärzug sie brachte, war Heilsberg.

Nur lag Heilsberg dicht an der Front.

Doch davon war noch nichts zu sehen oder zu hören, außer den Geschützen in der Ferne. Irgendwie klang es wie ein ganz langsam aufziehendes Gewitter, das auch vorbeiziehen konnte. In den ersten Tagen hauste Karlchen mit seiner Mutter und Großmutter, seiner Schwester, Tante Klara und ihrem ständig wimmernden Säugling und vielen der anderen Flüchtlinge aus Gerdauen im Bahnhofsgebäude. Einerseits war es das aufregendste Abenteuer, das Karlchen in seinen sieben Lebensjahren bisher erlebt hatte. Aber andererseits vermisste er die täglichen Spaziergänge mit Bella, dem Schäferhundmischling der Schillacks. Er fragte sich, ob die Schillacks sie mit auf die Flucht genommen hatten. Denn als er am Tag der Flucht zum Haus der Schillacks gegangen war, um noch einmal nach Bella zu sehen, lag ihre verrostete Kette verlassen auf dem Hof. Als er erst an die Tür geklopft und dann gehämmert hatte, hatte niemand aufgemacht oder aus einem Fenster geschaut. Und als er durch die Fensterscheibe in die Küche und die Stube gespäht hatte, war dort keine Menschenseele zu sehen gewesen. Auch in Schillacks Tischlerwerkstatt war keiner gewesen, wobei Herr Schillack sowieso im Volkssturm war. Beide Türen waren verschlossen geblieben.

Hoffentlich hatten sie die Hündin mitgenommen. Viele Leute hatten ihren Hund mit auf die Flucht genommen, die jetzt mit im Bahnhof einquartiert waren und bellten, wenn ein Fremder dem Hab und Gut ihrer Besitzer zu nahe kam. Doch meistens bettelten sie um ein Stück Brot oder Wurst oder Käse. Karlchen hatte sich schon mit allen Hunden im Bahnhofsgebäude angefreundet, weil er jedem Hund, der ihn so lieb mit großen, runden, feuchten Augen beim Essen zusah, heimlich ein Häppchen zusteckte. Dann schlang der Hund den Bissen gierig herunter, wedelte mit dem Schwanz und schleckte Karlchen die Reste des köstlichen Dufts von der Hand ab. Und dann schimpfte Mutti, dass er den kostbaren Proviant nicht an die Hunde verfüttern dürfte, sonst würde er bald selber verhungern. Aber das konnte er sich nicht vorstellen, das sagte sie nur, weil Hunde ihr nichts bedeuteten.

Im Gegensatz zu Karlchen, der Hunde besser verstand als Menschen und den Hunde auch besser zu verstehen schienen als Mutti oder Oma. Am liebsten hätte er Bella selber mit auf die Flucht genommen. Sie hätte ihn und seine Familie doch beschützen können. Jetzt kreisten seine Gedanken ständig um die Hündin der Schillacks, die in seinem Herzen sein Hund war. Und in ihrem Hundeherzen auch, da war er sich ganz sicher. Hatte Frau Schillack Bella mitgenommen? Er wusste, dass ihr an dem Hofhund nichts lag; sie hatte ihm sein Futter immer nur hingestellt, ohne ihn zu streicheln oder mit ihm zu reden. Hatte sie den Hund wenigstens von der Kette gelöst und laufen lassen? In ein ungewisses Schicksal?

Karlchen wurde bei der Vorstellung ganz schlecht. Der Bissen Brot mit Dauerwurst, den er gerade heruntergeschluckt hatte, blieb ihm im Hals stecken. Könnte Bella überhaupt alleine überleben? Ohne Futter, ohne Menschen – ohne *ihn*?

Hastig biss er ein Stück Brot mit Wurst ab, nahm es aus dem Mund und warf es dem grauen Jagdhund zu, der seine großen, feuchten braunen Augen mit den bernsteinfarbenen Funken darin sehnsüchtig auf den Jungen und das Brot in seiner Hand richtete. Der Hund fing den Happen in der Luft auf und schlang ihn gierig herunter. Karlchens Mutter hatte es nicht mitbekommen, weil sie sich gerade mit den Haaks unterhielt, den Nachbarn aus dem Langen Haus in Gerdauen, die sie hier wieder getroffen hatte. Frau Haak hatte eine halbe Bank in der Ecke des Wartesaals ergattert. Dort hatte sie sich ein Bettlager aus Decken und Kleidern gemacht. Eine Decke hing wie ein Zelt bis auf den Boden, und darunter schliefen ihre beiden Jungen, Hein und Frieder.

„Unsere schöne neue Wohnung im Langen Haus“, jammerte die Mutter. „Wir sind doch erst vor fünf Jahren dort eingezogen …“

Frau Haak nickte. „Am meisten vermisse ich das Wasserklosett. Wenn man an diesen Komfort gewöhnt ist, fällt es umso schwerer, wieder darauf verzichten zu müssen. Aber in der Reichsstadt gibt es sicher auch Wasserklosetts.“

„Ja, das hat meine Schwester in einem Brief erwähnt", sagte Karlchens Mutter. „Das Wasserklosett."

Aber sie klang nicht so, als würde sie sich auf das Wasserklosett in der Reichsstadt Berlin freuen. Sie klang anders als früher, vor dem Volkssturm, vor der Flucht. Alle Farben waren aus ihrer Stimme verschwunden. Seine Mutter klang *grau*.

Das behagte Karlchen gar nicht. Er holte sie aus ihren grauen Gedanken heraus, indem er an ihrem Ärmel zog. „Mutti?"

Sie wandte sich ihm zu. „Was ist denn, Karlchen?"

„Weißt du vielleicht irgendwas über meinen – ich meine über Bella? Ich meine, was aus ihr geworden ist? Haben die Schillacks sie mitgenommen?"

„Meinst du den Hund der Schillacks, Junge?", mischte sich Frau Haak ein, die sich schon immer in die Angelegenheiten der Nachbarschaft eingemischt hatte. Aber diesmal war er froh darüber, denn prompt sagte sie: „Nein, den hat Liselotte nicht auch noch mitnehmen können, bei den alten Eltern und dem kleinen Kind. Am Tag, bevor sie losgezogen sind, hat sie mir gesagt, sie würde Bella von der Kette abmachen, die könne sich schon allein versorgen. Der arme Hund. Das wird dem Bernhard das Herz brechen, wenn er vom Volkssturm zurückkommt, nach dem Endsieg – na ja, falls es einen gibt. Er hat immer an dem Hund gehangen, aber sie wollte kein Tier im Haus. Der arme Hund."

Karlchen war nicht ganz sicher, ob Frau Haak mit der letzten Bemerkung Bella oder Herrn Schillack meinte, aber er war ihr trotzdem dankbar für die Auskunft. Und für den Hauch von Mitgefühl in ihrer Stimme und den Hundefalten in der Stirn, als sie das sagte.

* * *

Nach drei Tagen zogen sie um in eine Schule, in der längst kein Unterricht mehr stattfand. Die Kinder der Flüchtlinge fanden ein paar bunte Kreidestückchen und vertrieben sich die Zeit damit, Bilder an die Tafeln zu malen. Es waren Bilder von grünen Bäumen voller praller roter Kirschen und gelber Birnen, Bilder von Blumen und Bienen und Schmetterlingen, Bilder von Häusern mit roten Dächern.

Es waren keine Bilder vom Krieg.

Karlchen malte Bella an alle zehn Tafeln in der Schule. So war sie bei ihm, ganz nahe hier in dieser fremden Schule in der fremden Stadt unter den fremden Flüchtlingen. Als die anderen Kinder Bella wegwischten, um Platz für ihre eigenen Gemälde zu schaffen, schrie er auf und schlug sich mit einem viel größeren und stärkeren Jungen, dessen Fäuste viel härter waren als seine eigenen, aber es war ihm egal. Er malte Bella in die Fenster der Häuser der anderen Kinder, und unter einen Apfelbaum und auf eine Blumenwiese. Er malte Bella überallhin. Als Bellas Kopf hinter der gelben Mondsichel einer Nachtlandschaft hervorlugte und sie eine Hundepfote auf den Halbmond legte, mussten die Kinder lachen. Von nun an ließen sie Bella am Leben und wurden Karlchens Freunde.

Dann wurden den Flüchtlingen von irgendwelchen Leuten der Heilsberger Stadtverwaltung Wohnungen zugewiesen. Karlchens Familie zog in eine große leer stehende Wohnung, deren Bewohner auf der Flucht waren. Die Leute mussten wohlhabend sein, denn die Möbel waren aus rötlich schimmerndem Mahagoni mit Messingbeschlägen, in der guten Stube standen Schäferinnen und Schäfer aus teurem Meissner Porzellan auf dem geschwungenen Büffet, und an den Fenstern hingen schwere Brokatvorhänge. Mutti und Oma schliefen im Doppelbett, seine Schwester Gretel bekam ein Gästebett für Erwachsene, und er hatte sogar ein eigenes Bett mit weichen Daunenkissen und weißen Spitzenbezügen, die mit weißen Schwänen bestickt waren. Aber es roch nach Moder und Zerfall, und er sehnte sich nach seinem eigenen Bett zurück. Nachts wälzte er sich hin und her, und in seinen Träumen trieb ihn irgendetwas an, vor dem er floh oder das er suchte, nur wusste er morgens nicht mehr, was es war.

Die ersten Toten seines Lebens sah er beim Spielen mit den anderen Flüchtlingskindern. Sie spielten Häuser erkunden. Es war ein aufregendes Spiel, bei dem sie sich vor und hinter einem vermeintlich unbewohnten Objekt auf die Lauer legten. Wenn es wirklich so aussah, als wären die Bewohner ausgezogen und auch keine Flüchtlinge eingezogen, gingen sie durch unverschlossene Türen und stiegen durch zerbrochene Fenster ein. Dann durchstöberten sie nach Herzenslust alle Wohnungen, Keller und Speicher.

Das hatten ihnen die Erwachsenen natürlich verboten, und so war es umso spannender zu sehen, was sie alles finden konnten, ohne erwischt zu werden. Manchmal wurden sie erwischt, wenn jemand doch noch in einer Wohnung lebte und von einer Horde struppiger Kinder aus dem Mittagsschlaf gerissen wurde. Dann stürzten sie johlend aus dem Haus, rannten ein paar Blöcke weiter und versteckten sich im schneebedeckten Gerümpel eines Hinterhofs oder den vereisten Hecken eines Gartens. Aber meistens blieben sie ungestört, denn viele Gebäude standen leer, weil sich so viele Heilsberger auf den Weg nach Berlin gemacht hatten.

Zwei von ihnen hatten sich jedoch nicht auf den Weg gemacht.

Sie waren für immer geblieben.

Karlchen und vier seiner neuen Freunde fanden sie. Die Jungen gingen durch eine verlassene Küche, in der noch eine Weihnachtspyramide aus dem Erzgebirge mit Kerzenstumpen und versengten Flügeln stand. In der Speisekammer dahinter befand sich die steile Holztreppe zum Speicher, die sie hinaufstiegen. Dann zwängten sie sich im Dunkeln zwischen ausrangierten Bettgestellen und einem alten Bauernschrank, dessen Tür nur noch wie ein loser Milchzahn an einem Fädchen hing, hindurch. Durch eine Ritze zwischen den Holzbalken fiel ein dünner Sonnenstrahl. Winzige Staubkörner tanzten im Licht. Karlchen stieß gegen einen Sack oder so was Ähnliches, das nachgab und anfing, sanft zu schaukeln.

„Iiih, was'n das?", fragte Theo, der Junge, mit dem sich Karlchen in der Schule geprügelt hatte, bevor sie Freunde wurden.

„Weiß nicht“, sagte Karlchen. „Ich glaub, ein Kartoffelsack. Der hängt hier von der Decke runter. Warum haben die einen Kartoffelsack an die Decke gehängt?“

„Hier riecht’s so komisch“, stellte Rudi fest. „Vielleicht sind die Kartoffeln verfault.“

Er gab dem Sack einen Schubs. Der Sack schwang zurück und prallte gegen ihn.

„Aua – das ist kein Kartoffelsack“, rief er, „mich hat gerade was Hartes in den Schenkel gestoßen. Das ist was viel Längeres als ein Sack!“

Die Kinder wichen zurück. Der Sack drehte sich langsam im fahlen Licht, bis der Sonnenstrahl auf eine graue Nase und graue Lippen fiel. Gelbliche Zähne glitzerten in der Sonne. Karlchen schrie auf.

„Da hängt einer!“

„Nein, da hängen sogar zwei – hinter dem ersten hängt noch einer!“, rief Rudi aufgeregt.

„Da ham sich welche aufgehängt“, sagte Theo nüchtern.

„Aufgehängt?“, fragte Martin von hinten. „Wie aufgehängt?“ Es dauerte einen Moment, bis er kapiert hatte. „Iiiih, ich will hier raus“, heulte er auf und rannte die Treppe hinunter. Von der Dachkammer aus klang es wie die polternden Schritte eines schweren Mannes.

„Ich geh auch lieber wieder runter“, meldete Sigi, der sich nicht weiter als bis zur Dachluke vorgetraut hatte, und verschwand auf der knarrenden Treppe.

Mit schauriger Faszination starrte Karlchen auf die dunklen Umrisse eines Mannes. Dahinter hing eine zweite Person mit längeren grauen Haaren. Das musste eine Frau sein. Waren sie wirklich tot? Sie waren so still. Fast erwartete er, dass sie gleich anfangen würden zu schreien und zu zappeln. Aber sie zappelten nicht und sie blieben stumm.

„Komm, lass uns runter zu den anderen gehn“, sagte Theo.

Karlchen folgte ihm. Als er sich noch einmal umdrehte, schaukelten die Umrisse des Toten ganz sanft hin und her, und im schmalen Sonnenstrahl, der durch die Balken fiel, tanzten Staubkörner wie Irrlichter.

3

Alle zogen in den Keller. Gretel und Karlchen, Mutti und Oma, Tante Klara, eine junge Frau mit blonden Locken und fünf kleinen Kindern und die Hausbewohner, die noch da waren. Die Panzer rückten immer näher und mit ihnen auch die Russen. Vor den Russen hatten alle soviel Angst wie vor dem Teufel.

Sie hausten mehrere Tage lang im Keller auf einem Lager aus Säcken, Decken und Kleidern, schliefen nachts wie Sardinen in einer Dose und ernährten sich tagsüber vom Eingemachten. Hungern mussten sie nicht, denn es war ein gutbürgerliches Stadthaus, in dem ein höherer Polizeibeamter und ein Oberstudienrat a. D. für Mathematik und solche Leute gelebt hatten. Die Wohnung des Oberstudienrats war Gretels Familie zugewiesen worden, bis der alte Mann und seine Frau von der Flucht zurückgekommen waren und die komfortable Wohnung mit den gepolsterten Sesseln und Brokatvorhängen wieder selbst bezogen hatten. Doch es hatte ihnen auch nichts genützt. Aus Angst vor dem Gefechtsdonner, der mit jedem Tag lauter wurde, waren auch sie in den Keller umgezogen. Der Oberstudienrat nur halb – er verbrachte fast den ganzen Tag oben in seinem Arbeitszimmer, wo er sich hustend mit irgendwelchen Mathematikformeln beschäftigte, obwohl er doch längst pensioniert war. Seine Frau hatte aufgegeben, ihn überzeugen zu wollen, dass er unten im Keller sicherer war. Nun brachte sie ihm nur noch das Essen hoch oder kochte ihm in der Wohnung einen heißen Kräutertee gegen seine Erkältung.

Die Kellerbewohner beteten viel, aber auch das half nichts. Die Russen rückten bis Heilsberg vor, während Gott irgendwo anders beschäftigt war.

Und dann waren sie da. Sie polterten heran, sie traten Türen ein, sie johlten. Sie schienen im Siegestaumel zu sein.

Sie waren betrunken. Ein Trupp betrunkener Mongolen in grauen Uniformen und alten Pelzmützen, die wie räudiges Mäusefell aussahen, fiel in das bürgerliche Haus ein. Zuerst fanden sie den Oberstudienrat zwischen seinen Mathematikbüchern und machten kurzen Prozess mit ihm. Die Frauen und Kinder im Keller hörten die polternden Schritte, die Schreie und Rufe. „Uri! Uri!“ Unter lautem Protest und einem Hustenanfall rückte der Mathematiklehrer seine kostbare goldene Taschenuhr heraus. Dann ertönte ein Schuss und sein Husten verstummte. Die Menschen im Keller klammerten sich angstvoll aneinander. Die Kinder blieben still, so wie die Erwachsenen es ihnen eingetrichtert hatten. Man hörte sie nur vor Angst keuchen. Tante Klaras Säugling fing an zu wimmern. Zum Schreien war er zu schwach. „Gibt es hier unten denn keinen Hinterausgang? Oder wenigstens eine Kohlenklappe?“, fragte Gretels Tante voller Panik. Die Frau des Studienrats schien sie gar nicht zu hören.

Die Russen eroberten jedes Stockwerk, aber außer ein paar Schmuckstücken, die jemand hoffnungsvoll in ein Kopfkissen eingenäht hatte, fanden sie nichts Interessantes.

Bis sie im Keller nachschauten. Gretels Mutter und Tante Klara hatten sich das Gesicht mit Kohle schwarz angemalt, um alt und runzelig auszusehen. Und sie hatten sich Omas lange Röcke angezogen. Es schien zu nützen: Die Mongolen beachteten die beiden Frauen nicht weiter. Sie schrien „Uri! Uri“ und dann zeigte einer von ihnen auf die junge blonde Frau mit den fünf kleinen Kindern. „Frau komm“, befahl der Russe. Als sie nicht freiwillig aus ihrer Verschanzung hinter den Kartoffelkisten herauskam, zerrte er sie heraus und nach oben. Die Übriggebliebenen hörten eine geschlagene Stunde lang ihre gellenden Schreie, die mit jedem Russen, der da oben in einem der Schlafzimmer irgendwas Schreckliches mit ihr machte, schwächer wurden, bis sie endlich still war.

Als oben wieder die Stiefel wie eine Horde Elefanten polterten und dann langsam alles still wurde, wagten sich Gretel und Mutti hinauf, um nach der Mutter der fünf Kinder zu sehen, deren Schreie nach ihrer Mutter längst verstummt waren und die mit großen, leeren Puppenaugen zwischen den Kisten kauerten.

Über der Glastür der Wohnung im Erdgeschoss hing eine Holztafel, auf der ein Hufeisen und ein Glücksklee prangten, und dazu in Zierschrift *Tritt ein, bring Glück herein*. Als sie nach der jungen Frau riefen, antwortete erst keiner. Dann hörten sie ein leises Stöhnen.

„Geh du wieder runter zu den anderen – ich kümmere mich um sie", sagte Gretels Mutter. „Wenigstens lebt sie noch."

Insgeheim war Gretel froh, nicht sehen zu müssen, wie die Frau jetzt aussah, nachdem die Russen das mit ihr gemacht hatten, was sie mit allen Frauen machten, wenn die sich nicht rechtzeitig in Sicherheit bringen konnten. Was das genau war, wusste sie nicht, aber es hatte die Frau erst zum Schreien gebracht und ließ sie jetzt vor Schmerzen stöhnen, und das reichte ihr. Sie eilte die Kellertreppe hinunter. „Sie lebt noch", verkündete sie, doch die Kinder der Frau schienen die frohe Botschaft gar nicht wahrzunehmen. Sie starrten Gretel mit großen, leeren Augen an und zuckten nicht einmal mit den Wimpern.

Zwei Tage später zog ein junger russischer Offizier in die Wohnung des – nun toten – Studienrats a. D. ein und quartierte dessen Witwe aus, die wieder in ihr Heim zurückgekehrt war, weil jetzt „eh alles egal" war. So egal, dass es ihr auch nicht viel ausmachte, in die Wohnung im Erdgeschoss zu ziehen, in die trotz des hoffnungsvollen Spruchs über der Tür kein Glück eingekehrt war. Der russische Offizier holte sich die hübsche junge Mutter hinauf in die Wohnung. Sie war jetzt etwas weniger hübsch als vor den Vergewaltigungen, die acht seiner Kameraden ihr angetan hatte, wie Gretel in der Zwischenzeit erfahren hatte, aber dem Offizier war sie immer noch hübsch genug. Wenigstens durfte sie ihre fünf Kinder mitnehmen, sogar den Kleinsten, der gerade mal ein halbes Jahr alt war. Der junge Offizier half sogar, ein flaches Grab im Garten für den Studienrat zu schaufeln und ihn dort unter ein paar Handvoll gefrorenen Erdklumpen und nackten Zweigen zu begraben.

Gretels Mutter und Tante Klara machte er in gebrochenem Deutsch klar, dass sie mindestens zwanzig Kilometer aus Heilsberg raus müssten, weil in der Stadt und drumherum heftig gekämpft wurde. Er riet ihnen, nach Osten in das von den Russen schon eroberte Gebiet zu gehen.

Aber Mutti, Oma und Tante Klara beschlossen, durch die Front nach Westen zu gehen. Die junge Mutter und ihre Kinder waren bei ihrem russischen Beschützer sicherer und blieben im Haus in Heilsberg, wie auch die Witwe des Studienrats. Auch Tante Klaras Kindchen konnte nicht mehr mit auf die Flucht kommen, denn es war gestern in ihren Armen gestorben. Sein Wimmern hatte schon lange aufgehört, und in den letzten Tagen hatte es nur noch leise geröchelt. Am Schluss hatte es geklungen wie der Wind, der leise durch die Fensterritzen pfiff. So begruben sie es im Garten, aber die Erde war gefroren und es wurde ein ziemlich flaches Grab. Oma sprach mit ernster Stimme einen Bibelspruch, und dann kamen Asche zu Asche, Staub zu Staub und ein paar Tannenzweige auf die hart gefrorene Erde. Die Witwe steckte eine halb abgebrannte Weihnachtskerze zwischen die Zweige und zündete sie an, und dann gingen alle wieder ins Haus und trösteten Tante Klara mit einer Flasche 1934er Château Latour aus dem Weinbestand des Studienrats, den er unter einer zugeschneiten Rosenhecke im Garten vor den Russen in Sicherheit gebracht hatte. Die Witwe war so zornig darüber, dass ihr Mann sich selbst nicht in Sicherheit gebracht hatte, dass sie einen der kostbareren Weine für Tante Klara opferte. Die trank die ganze Flasche aus, bevor sie getröstet genug war, um in einen betäubten Schlaf zu sinken.

Am nächsten Tag brachen sie in Richtung Westen auf. Sie wollten über die Alle gehen und sich dann über das Frische Haff in Sicherheit bringen. Aber als sie am vereisten Fluss ankamen, wurden ihre Schritte immer zögernder. Aus dem Eis ragten traurige Pferdewagen mit kaputten Deichseln. Und was noch viel schlimmer war, im Eis steckten tote Pferde, bei deren Anblick sich Karlchen schreiend umdrehte und weglief. Die anderen blieben stehen. Ein verendetes Pferd streckte die steifen Vorderhufe in die Höhe. Es war beim Versuch, aus den Eisschollen herauszuklettern, gestorben. Gretel wurde bei seinem Anblick schlecht.

„Wenn die es nicht geschafft haben", sagte Mutti müde, „dann schaffen wir es auch nicht."

„Die armen Pferde", klagte Gretel. „Die armen Pferde!"

„Kindchen, es ist Krieg", sagte Oma, die trotz ihrer vielen Röcke gar nicht mehr rund wie eine Kugel war. „Vergiss nicht, wir sind im Krieg."

„Aber was können die armen Pferde dafür?", entgegnete Gretel empört. „Die hat man doch gezwungen, über das Eis zu gehen. Die können doch nichts dafür!"

Die Mutter zuckte nur mit den Schultern. Sie hatte keine Antwort, die ihre Tochter befriedigt hätte. So kehrten sie um und fanden Karlchen hinter der nächsten Biegung, wo er zitternd auf einem umgefallenen Baumstamm saß. Vielleicht zitterte er nur vor Kälte, aber Gretel glaubte es nicht.

Heilsberg brannte wie ein Christbaum. Schon von Weitem sahen sie das Leuchten der Flammen, das sich gegen den dunklen Himmel abhob. Es war ein Regenbogen der Nacht, der über Orange und Gold zu einem blassen Gelb wurde und dann in einem satten Blaugrau mit dem schwarzen Hintergrund verschmolz. Er sah prächtig aus, so wunderschön wie eine Märchenstadt, aber Gretel wusste, was er zu bedeuten hatte.

Geschlagen schlichen sie durch die langen Gassen, vorbei an brennenden Häusern und schwelenden Bäumen, die nur wegen der schützenden Schicht aus Schnee und Eis nicht lichterloh brannten. Die rauchige Luft biss in ihre Lungen, und Karlchen bekam einen Hustenanfall, der sich erst allmählich legte, als sie wieder in dem Keller waren, aus dem sie gekommen waren.

Dort hatten sich seit ihrem Aufbruch zwei Mongolen einquartiert. Sie wurden von den zurückkehrenden Flüchtlingen geweckt und stürzten sich auf deren letzte Gepäckstücke. Während der eine Soldat Gretels Ranzen aufschlitzte und den Inhalt – etwas Wäsche, Socken und Messingbesteck und ihr Tiermärchenbuch – durchwühlte, forderte der zweite „Uri, Uri“ ein. Aber sie hatten keine Uhren mehr. Mutters Amethystbrosche mit dem großen lila Stein, ihren Ehering und die Perlenkette hatte Gretel vor einer Woche geschickt in ihren Mantelsaum eingenäht. Als die Russen merkten, dass nichts zu holen war, zogen sie wütend ihre Maschinenpistolen und richteten sie auf die Frauen. Gretel sah, wie Oma den Mund aufmachte, aber es kam kein Schrei heraus. Erst da fiel ihr ein, in Todesangst laut um Hilfe zu schreien. Karlchen stimmte in das Geschrei ein. Und tatsächlich – oben wurde eine Tür aufgerissen, und der junge russische Offizier, der die Studienratswohnung beschlagnahmt hatte, kam die Kellertreppe heruntergerannt. Er herrschte die beiden Mongolen an. Drei scharfe Worte genügten, und die Soldaten trollten sich.

Am liebsten wären sie in ihrer einigermaßen sicheren Unterkunft geblieben, in der sie genug Decken und Vorräte hatten und einen Beschützer dazu. Aber Heilsberg wurde immer noch heftig beschossen. Es half alles nichts – sie mussten sich aus der Stadt retten.

So schlossen sie sich dem Treck an, der sich durch die brennenden Gassen Richtung Osten bewegte. Die Luft war ein beißendes Gemisch aus Schießpulver und Benzin. Der Flüchtlingstreck wurde von russischen Soldaten aus der Stadt heraus und über die Landstraße getrieben. Stehen bleiben und sich ausruhen durften sie nicht. Links und rechts schauen wollten sie nicht, denn die Straßenränder waren mit Toten übersäht. Mit toten Menschen und toten Tieren, Hunden, Ziegen, Kühen und den unzähligen Pferden. Ganze Leiterwagen standen da, vor die tote Pferde gespannt waren und auf denen tote Menschen lagen, saßen oder sich aneinander lehnten. Über einer Schubkarre lagen zwei tote Kinder und ihre tote Mutter, an die sie sich wie Äffchen klammerten.

Sie zogen an einer Welt vorbei, die einfach stehen geblieben war.

Aber der Krieg ging weiter. Kugeln pfiffen ihnen um die Ohren, Kinder schrieen nach ihren Müttern, Frauen schrieen, wenn Soldaten sie sich wie Äpfel pflückten, alte Bauern schrieen, wenn ihren Pferden die Beine versagten und sie ins Stolpern gerieten.

Oma und die Kinder waren todmüde. In den letzten Tagen nach ihrem letzten Fluchtversuch hatten sie kaum geschlafen. Sie froren und konnten nicht mehr weitergehen. Daher bettelten sie die Bauern an, sie auf ihrem Wagen mitfahren zu lassen. Doch die Pferde waren zu erschöpft und gaben schon alles. Keiner der Bauern wollte ihnen noch eine zusätzliche Last aufbürden.

Karlchen hatte aufgehört, bei jedem toten Tier am Straßenrand aufzuschreien. Er weinte nur noch leise in sich hinein. Gretel nahm tröstend seine Hand, doch er zog sie weg, so schockiert war er. Als sie am Kuhstall eines ausgebrannten Bauernhofs vorbeikamen, der wie durch ein Wunder unversehrt geblieben war, flehte Gretel die Mutter an, dort Rast zu machen. Mutti sah Oma an, deren Gesicht vor Erschöpfung ganz rot war, und nickte. Sie gingen in den Stall, in dem zwar keine Kühe mehr waren, aber warmes Stroh. Doch noch bevor sie sich müde auf das verdreckte Strohbett sinken lassen konnten, kam ein russischer Soldat hinterher. „Dawai, dawai!“, scheuchte er sie hoch. Sie sollten weitergehen. Mutti sagte ihm, dass sie nicht mehr laufen könnten. Sie zeigte auf Oma und Karlchen. Gretel hatte sich flink wie ein Mäuschen hinter Mutti und Oma gestellt, doch der Russe wollte das Mädchen sehen, das sich vor ihm versteckt hatte. Er zog sie am Mantelärmel hinter den schützenden Rücken der Erwachsenen hervor. Steif wie eine Puppe stand sie vor ihm.

Sogar ihre erdbeerblonden Zöpfe waren vor Angst erstarrt.

Sie stand ganz ruhig vor dem Russen da. Die Angstameisen kribbelten und krabbelten ihr über den Rücken und die Beine bis in die Winterstiefel hinein, aber das konnte der Russe nicht sehen. Dafür konnte der jetzt mit ihr machen, was er nur wollte. Alles, was sie tun konnte, war stillzuhalten und sich ihre Angst nicht anmerken zu lassen.

Denn Russen mochten Angst, ja, sie liebten geradezu die Todesangst, in die sie die deutschen Flüchtlinge treiben konnten. Das brachte sie zum Lachen und Johlen. Nicht immer, aber sehr oft.

Der Russe betrachtete sie mit ruhigen Augen, die nicht so aussahen, als würden sie über die Todesangst eines kleinen Mädchens lachen. Und auch nicht wie die gierigen Augen so mancher anderer Russen, die sie schon zu sehen bekommen hatte, wenn die eine hübsche Frau oder ein Mädchen entdeckten, das ihnen gefiel. Dieser Russe war noch ein junger Soldat, ungefähr so alt wie Peter und sein Kamerad Martin. Eine Ameise hatte sich in Gretels linkes Auge verirrt, und sie versuchte krampfhaft, nicht mit den Wimpern zu zucken.

Da streckte der junge russische Soldat plötzlich die Hand aus, und jetzt zuckte sie automatisch mit den Wimpern, aber er schlug sie gar nicht. Stattdessen streichelte er ihr über die Wange, und seine braunen Augen waren plötzlich so weich wie der braune Teddybär, den sie hatte zurücklassen müssen, weil nur Platz für ihre Puppe Liesel gewesen war, die jetzt auch weg war, worüber sie beinahe so traurig war wie darüber, dass Peter und Papa nicht bei ihnen waren.

Der Soldat schien diese Trauer in ihren Augen zu sehen, denn fast tröstend legte er eine warme Hand auf ihre Wange und ließ sie dort ein paar Herzschläge lang liegen. „Malinka sistra“ sagte er und zeigte erst auf Gretel und dann auf sich. „Malinka sistra.“ Sie verstand, dass er zu Hause auch eine kleine Schwester hatte, an die sie ihn wohl erinnerte. Sie nickte eifrig und er nickte lächelnd, und die Ameisen in ihren Beinen hörten langsam auf zu kribbeln und sie konnte wieder durchatmen.

Der junge Russe machte ihnen durch Zeichen verständlich, zurück zum Treck zu gehen. Dort hielt er einen Leiterwagen an und zog die pralle Bauerntochter herunter, die sich da oben ausgeruht hatte. Sie schimpfte laut, doch der Bauer redete beschwichtigend auf sie ein. Er hatte wohl Angst, auf der Stelle erschossen zu werden, und ließ Gretel, Karlchen und Oma hinten auf den Wagen klettern. Als sich drei russische Soldaten auf das hübsche Bauernmädchen stürzen wollten, schrie der junge Soldat sie sogar an und zückte sein Gewehr. Nach einem kurzen Streit trollten sie sich murrend. Der Bauer bedankte sich mit eingezogenen Schultern bei dem jungen Soldaten und ließ Gretel schnell in den Proviantkisten nach einem köstlich duftenden Räucherschinken suchen, den er ihm überreichte. Als Dank dafür, dass der Russe ihn nicht erschossen hatte und seine Tochter vor den mysteriösen Vergewaltigungen bewahrt hatte, die so vielen Frauen blühten, wie Gretel allmählich ahnte.

„Das ist also der große Endsieg, den der Führer uns versprochen hat“, hörte sie ihn sagen, als der russische Soldat weitergegangen war. Mehr sagte er nicht, doch es reichte, um einen Geschmack wie bitterer Rosenkohl in ihrem Mund zu hinterlassen.

* * *

Es war schon lange dunkel und eisig kalt, als sie endlich auf einem verlassenen Gehöft anhielten. Auch wenn die Bewohner des Bauernhofs schon geflüchtet waren, war er beileibe nicht menschenleer. Viele Frauen und Kinder auf der Flucht hatten sich dort schon einquartiert. Die Frauen kochten eine Suppe aus Milch und Maismehl. Gretel konnte Milch nicht ausstehen, aber sie aß die Suppe trotzdem mit Heißhunger. Sie hatte den ganzen Tag außer einem Stück trockenem Brot, das der Bauer ihr auf dem Wagen zugesteckt hatte, nichts zu essen bekommen. Plötzlich schmeckte die angedickte Milchsuppe, die sie vor der Flucht nie angerührt hätte, köstlich, auch wenn sie ungesalzen und längst kalt war. Sie konnte die Augen vor Müdigkeit kaum mehr aufhalten und war auf ihrem Lager aus Jacken auf dem Bretterboden einer Schlafstube schon fast eingeschlafen, als sie von einem dumpfen Scharren und Blubbern hochschreckte, das von draußen vor dem Fenster kam. Ein alter Mann, der auch mit seiner Tochter und vier Enkeln in der Stube schlief, stand ächzend auf und schlich sich vorsichtig nach draußen, um nachzusehen, was los war. Das herzzerbrechende Wiehern und Stöhnen, Trappeln und Kratzen klang nicht nach den Russen. Als der Mann zurückkam, sagte er, ein Pferd sei in den Brunnen gefallen und würde dort um sein Leben kämpfen. Wahrscheinlich war es auf dem vereisten Boden ausgerutscht, als es Wasser trinken wollte.

„Das arme Tier“, sagte der Alte. In der Dunkelheit leuchtete das Weiß in seinen aufgerissenen Augen.

„Wir müssen dem Pferd doch helfen“, flüsterte Gretel erschrocken. „Hilft denn keiner dem Pferd?“ Sie musste leise sprechen, damit Karlchen nicht aufwachte, denn der würde vor Entsetzen nach draußen laufen und womöglich noch selber in den Brunnen fallen, weil er unbedingt das Tier würde retten wollen.

„Zu gefährlich. Draußen ist immer noch der Teufel los“, sagte der Mann und zog die Schultern hoch. Dann ließ er sich wieder vorsichtig auf dem harten Holzboden nieder.

Gretel blieb auf ihrem Lager sitzen und drückte ihren Rücken an Muttis warmen Rücken, die neben ihr lag und schlief. Oma schnarchte leise und Karlchen zuckte mit den Gliedern wie ein Hund, der im Traum einen Hasen jagt. Oder der gejagt wird. Von draußen ertönten die Geräusche des Pferdes, das verzweifelt um sein Leben kämpfte. Es stöhnte wie ein Mensch, und Gretel hätte gern geweint. Um das Pferd, um Papa und Peter, um ihre Puppe Liesel und um jede vertraute Ecke in Gerdauen – und weil es ihrem Bruder morgen das Herz brechen würde, wenn er erfuhr, was über Nacht im Brunnen geschehen war. Aber sie konnte nicht weinen, und das war viel schlimmer. Statt Tränen gluckerte und blubberte die Milchsuppe in ihrem Bauch, der sich bei jedem Scharren und Stöhnen des Todeskampfes da draußen zusammenzog, bis es draußen immer stiller wurde.

Da rebellierte ihr Magen endgültig und sie rannte hinaus, stieg hastig über schlafende Körper hinweg und erbrach sich in einer Ecke des Hausflurs.

Am nächsten Morgen lag das Pferd tot und starr im Brunnen, und Gretel wusste, dass sich dieses Bild für immer in ihr Gedächtnis eingebrannt hatte, wie übergekochte schleimige Milchsuppe.

Die Mutter schützte Karlchen vor dem Schicksal des ertrunkenen Pferdes, indem sie ihn beim Aufbruch so geschickt ablenkte, dass er die Bruchteile der Unterhaltungen anderer Flüchtlinge über das verendete Tier im Brunnen gar nicht mitbekam. Mutti legte den Finger auf den Mund, Gretel schwieg tapfer, und Mutti strich ihr über den Kopf, als Karlchen gerade wegschaute.

Sie zogen weiter. Die Straße war ein endloses, grauweißes Band, gesäumt von denen, deren Leben auf dieser Straße zu Ende gegangen waren. Links und rechts lagen immer mehr Tote, Frauen in ihren Pelzmänteln und solche, denen man wie Tieren die Pelze abgezogen hatten. Kinder mit bunten Schals und Mützchen, die sich an die Hand ihrer toten Mutter klammerten oder eine Puppe im Arm hielten. Ein kleiner Junge mit rotblonden Locken umarmte im Tod sein Holzpferdchen, das ein Rad verloren hatte. Bei dem Anblick erinnerte sich Gretels Magen an das tote Milchbreipferd und krampfte sich zusammen. Schnell schaute sie weg – aber wohin? Jetzt kamen sie an einer ganzen Reihe Soldaten vorbei, die wie Sardinen nebeneinanderlagen, alle in der gleichen Stellung, auf dem Bauch liegend, die Arme und Beine von sich gestreckt. Sie waren nicht durch Tiefflieger zerfetzt, und das Mädchen ahnte, dass sie nicht wie so viele andere erfroren waren, weil sie sonst nicht so ordentlich nebeneinanderliegen würden.

Dann fror ihr das Blut in den Adern ein. Einer der Soldaten, der siebte oder achte, sah aus wie Peter. Er hatte Peters dunkle Haare und sein Kopf lag zur Seite gedreht, sodass sie sein Profil erkennen konnte.

„Mutti, da – da liegt doch Peter", schrie sie auf. „Das – DAS IST DOCH PETER!"

Sie kniete sich in den Schnee, um sich das Gesicht des toten Soldaten näher anzusehen. Es sah genauso aus wie Peter, nur blasser und zarter. Als wäre er um fünf oder sechs Jahre jünger geworden. Jetzt war er nur noch acht Jahre oder so älter als sie. Er war nicht mehr zu alt für sie.

Dafür war er jetzt tot.

Ihre Mutter zog sie hastig weg. „Nein, Gretel, das ist nicht Peter."

Doch Gretel entging nicht, dass die Mutter die Lippen aufeinanderpresste, so als wollte sie etwas anderes sagen.

Oder schreien.

4

Vor dem Park nimmt der eisige Wind Anlauf, wird immer schneller und stärker, rast durch die nackten hohen Bäume hindurch bis zu dem riesigen Loch in der Schlosswand. Dort hält er inne, nur ganz kurz, er sammelt seine riesigen Kräfte. Und dann bläst er ins Schloss hinein, in alle Säle und Ecken, bis er auf die andere Seite vordringt und pfeifend in das Zimmer einzieht, in dem Karlchen zitternd im Bett liegt.

Der Wind ist sein Feind. Der Wind und die Kälte, die er mitbringt. Sie werden Karlchen umbringen. Nicht die Russen. Die haben ihn bisher verschont. Anscheinend haben sie kein großes Interesse daran, Kinder umzubringen. Aber der Wind und die Kälte, die sich seit Wochen in Karlchens Knochen eingenistet hat und der sein schwacher Körper nichts mehr entgegenzuhalten hat. Keine innere Flamme, die wie ein Heizöfchen Wärme ausstrahlt, die sich langsam bis in die Arme und Beine ausdehnt. Sein Körper wird einfach nicht mehr warm. Er fühlt sich taub an. Karlchen spürt seine Ohren und die Nase und Zehen nicht mehr. Ganz langsam, Teil für Teil, scheint er zu verschwinden. Er spürt keine Schmerzen, und das Zittern hat auch schon lange aufgehört. Nur wenn er sich daran erinnert, wer er ist und wo er ist und dass er am Erfrieren ist, fängt sein Körper an zu zittern. So als würde er Karlchen einen Gefallen tun, so als würde er so tun, als wäre Karlchen noch da.

Manchmal meldet sich sein Magen mit einem dumpfen Knurren. Manchmal schafft er es, sich durch den schweren Berg aus Decken hindurchzugraben, die Beine über den Bettrand zu bewegen, bis die Füße, die er noch sieht, auch wenn er sie nicht mehr spürt, den Boden berühren. Dann knicken seine Beine ein und er muss sich auf den kalten Steinboden legen. Das feine Eichenparkett, das früher einmal hier ausgelegt war, haben irgendwelche Flüchtlinge längst zu Brennholz gemacht oder russische Soldaten mitgenommen. So wie auch das Klaviergerüst dem Kamin zum Opfer gefallen ist. Seine traurigen Metallinnereien verrosten stumm in der Ecke, in der es einst fröhliche und traurige Friedenslieder gesungen hat. Seine Tasten grinsen wie ein Toter mit vergilbten Zähnen und schwarzen Zahnlücken.

Dann robbt der Junge über den rauen Untergrund bis zu dem Kachelofen, an den Gretel die Kartoffelschalen klebt, damit sie in dem bisschen Wärme trocknen, das er manchmal abgibt, wenn sie was Brennbares mitgebracht hat.

Mit zitternden Händen pflückt er dann die Kartoffelschalen ab, die er erreichen kann, steckt sich ein paar in den Mund und den Rest in die Tasche der Männerstrickjacke, die er trägt, und kriecht auf dem Boden zurück zum Bett und unter den Deckenberg.

An guten Tagen lässt sich sein Magen die Kartoffelkost gefallen, ohne stundenlang Krämpfe zu bekommen. Irgendwann breitet sich weiter unten im Bett eine wohlige feuchte Wärme aus, die einzige Wärme, die es für Karlchen noch gibt. Dann weiß er, wenn Gretel zurückkommt, wird sie mit ihm schimpfen, weil er wieder ins Bett gemacht hat.

Aber die Wärme tut so gut, so gut.

Sie wohnten jetzt auf einem großen Bauernhof. Es gab sogar noch Kühe und ein paar Hühner auf dem Hof. Karlchen durfte die Hühner füttern und freundete sich mit ihnen an. Er gab ihnen Namen. Sein Liebling war Agathe mit ihrem hübschen braun-weiß gesprenkelten Federkleid und der flaumigen weißen Spitzenunterhose. Agathe kam angelaufen, wenn er sie rief, und pickte ihm vorsichtig die Körner und Salatblätter aus der Hand, ohne danach zu hacken. Sie war zwar nicht Bella, aber sie war sein Trosthuhn. Er sammelte im Hühnerauslauf ein paar braun-weiß gesprenkelte Federn und ein paar flaumig weiche, weiße und legte sie sich unter die Lumpen, auf denen er den Kopf bettete. Wenn er sie abends auf seinem Bettlager streichelte, fühlten sie sich beinahe so an wie Agathe. Und als Mama die Federn entdeckte, schimpfte sie noch nicht mal wegen der Krankheiten, die die Federn übertragen könnten, sondern deckte sie wieder mit den Lumpen zu und strich ihm federzart über den Kopf, ohne ein Wort zu sagen. So verschmolzen Agathes Hühnerfedern und Mutters warme Hand beim Einschlafen und schützten Karlchen in seinen Träumen vor dem, was ihn jagte, was immer es auch war.

Wenn die nächtlichen Fliegerangriffe wieder einmal besonders nahe kamen und es Lichter vom Himmel regnete, die die Erwachsenen Tannenbäume nannten, weil sie wie brennende Christbäume aussahen, klammerten sich seine Hände an die Hühnerfedern, deren Flaum von seinem Schweiß schon zusammenklebte.

Der verlassene Bauernhof lag am Ortsrand von Siegfriedswalde, und es lebten noch an die dreißig andere Flüchtlinge im Gebäude. Die meisten waren Frauen mit ihren Kindern, aber es waren auch zwei ältere Schwestern, ein älteres Ehepaar und eine ganz alte Frau darunter, die Oma Bandilla hieß.

Schon in den ersten Tagen starben viele von ihnen. Eines Morgens fanden die Kinder das Ehepaar tot auf seinem Lager vor; vielleicht hatte es sich selbst umgebracht, so wie der Mann und die Frau auf dem Dachboden, nur nicht durch einen Strick, sondern irgendwie anders, still und unsichtbar. Als Karlchen abends nachfragte, wie das möglich sei, wollte Mama es ihm nicht erklären.

„Ich weiß es nicht“, sagte sie ausweichend.

„Jungchen, so was musst du nicht wissen“, sagte Oma, die trotz der vielen Kleiderschichten, die sie vor der Kälte schützen sollten, in den letzten Wochen auf der Flucht zu einer Halbkugel zusammengeschrumpft war und deren Atem im Schlaf immer lauter keuchte, wie eine Dampflokomotive, die sich einen immer steileren Hügel hinaufquält.

„Wahrscheinlich haben sie das Rattengift eingesammelt, das in der Scheune ausgelegt ist“, sagte Manfred in verächtlichem Ton, so als sei Karlchen dumm, weil er das nicht wusste. Manfreds Nase war so dick und rund wie eine lila-rot schimmernde Seifenblase, und er war ein paar Jahre älter als Karlchen, weshalb er auf Karlchen herabsah und ihm seine Freundschaft verweigerte.

„Manfred, sei still“, wies seine Mutter ihn müde zurecht. Manfred gehorchte, doch hinter ihrem Rücken griff er sich feixend mit beiden Händen an den Hals und streckte die Zunge heraus, als würde er ersticken. Als Karlchen ihn stumm anstarrte, drehte sich die Mutter um und gab ihm wortlos eine Kopfnuss, woraufhin er Karlchen ganz offen die Zunge herausstreckte.

Karlchen wandte sich ab, voller Sehnsucht nach seinen Freunden in Gerdauen, die ihm nie die Zunge herausgestreckt hatten. Und nach seiner besten Freundin Bella, die nur dann die Zunge herausgestreckt hatte, um ihm ein heimliches, warmes, hauchzartes Küsschen aufs Ohr zu geben.

Siegfriedswalde war nur eines von mehreren Gehöften, auf denen die Russen Flüchtlinge einquartiert hatten. Die Russen wurden die Kommandantur genannt. Die erwachsenen Flüchtlinge, die fast nur aus Frauen bestanden, mussten von frühmorgens bis spätabends die Ställe ausmisten und die Kühe melken und sich um den Hof kümmern. Also blieb es den Kindern überlassen, das tote Ehepaar, das sie in Laken gehüllt hatten, am nächsten Tag nach draußen zu bringen. Die Toten sahen aus wie Gespenster und Karlchen fürchtete sich sehr vor ihnen. Aber das musste er vor Manfred verbergen, der angab wie eine Tüte Mücken. Der Ältere packte den toten Körper des Mannes unter den Schultern und hob den Oberkörper hoch, als sei er ein Fliegengewicht. Als sich die bleichen Zehen mit den gelblichen Zehennägeln aus dem weißen Laken schoben und anfingen zu wippen, schraken Karlchen und Gretel zusammen. Manfred lachte, und Karlchen hätte ihm am liebsten in die Seifenblasennase geboxt.

Als Nächste wurde Oma Bandilla herausgetragen. Auch sie konnte nicht beerdigt werden, weil die Erde noch immer gefroren war. So wurden die Toten nur hinter der Scheune abgelegt und notdürftig mit Zweigen zugedeckt.

Die eine der beiden älteren Schwestern hatte ein offenes Bein. Weil Frost an die Wunde gekommen war, hatte sie sich schwarz verfärbt. Wenn die Frau den Verband wechselte, konnten die Kinder das schwarze Fleisch und die braune Soße sehen, die herauslief. Karlchen wurde bei dem Anblick ganz schlecht. Dann lief er davon, damit die Frau nicht mitbekam, wie sehr er sich vor dem stinkenden, schwarzen Loch in ihrem Bein ekelte. Die Frau stöhnte oft vor Schmerzen, und sie tat ihm so leid, dass er sich für seinen Ekel schämte.

Nach ein paar Wochen starb auch sie. Karlchen war erleichtert, dass das Stöhnen und der Gestank nun vorbei waren, und dafür schämte er sich noch mehr. Bevor die Kinder sie hinaustragen konnten, fragte ihre Schwester Karlchens Mutter: „Meine Schwester hat so einen schönen warmen Schlüpfer. Ob sie es mir wohl übel nehmen würde, wenn ich ihn mir nehme?“

„Sicher nicht“, sagte Mama. „Da, wo Ihre Schwester jetzt ist, friert sie nicht mehr.“

Die Vorstellung tröstete Karlchen. „Wenn sie jetzt nicht mehr friert, bedeutet das dann, dass sie auch keine Schmerzen mehr hat?“, wollte er wissen.

Die Mutter lächelte und strich ihm über den Kopf. „Ja, sie ist jetzt von allem erlöst – den Schmerzen, der Kälte und dem ganzen Elend.“

Karlchen war froh, dass die Arme nun endlich von ihren Schmerzen und dem verfaulten Bein erlöst war. Doch in der Stimme der Mutter, die seit der Flucht meistens grau klang, schwang etwas Grünes und Blaues mit, das ihm

Angst machte. Er wusste nicht genau, was es war, aber wenn der Tod nicht nur schwarz wie ein Loch war, sondern auch so blau wie der Himmel und so grün wie die Wiesen, dann bedeutete diese leise Hoffnung auf Erlösung in der Stimme seiner Mutter etwas Beunruhigendes.

Abends, wenn die Frauen erschöpft von der Arbeit zurückkamen, beteten sie. Wenn russische Soldaten nachts mit brennenden Papierfackeln in die Stuben eindrangen, um nach versteckten Wertsachen zu suchen und das Hab und Gut der Flüchtlinge zu plündern, beteten sie um Leib und Leben. Und wenn sie nachts die Flieger hörten, beteten sie noch mehr, denn solange es Flieger gab, gab es auch Hoffnung, dass die deutsche Luftwaffe die Russen doch noch zurückdrängen würde. Dann war der Krieg noch nicht ganz verloren. Während des Kochens und dem Essen erzählten sie sich Geschichten und die Kinder lauschten. Es waren aber keine schönen Geschichten, sondern schreckliche Geschichten. Eine Geschichte handelte vom Untergang der Wilhelm Gustloff. Das war ein Schiff, und warum das Schiff – oder der Wilhelm – „die" Gustloff genannt wurde, verstand Karlchen nicht, aber es war trotzdem ganz schrecklich, denn mit ihr gingen ganz viele Menschen in den eisigen Fluten der Ostsee unter.

„Fast zehntausend Flüchtlinge", erzählte Frau Herder, die sich Karlchens Familie angeschlossen hatte, weil die Flüchtlinge in der Not enger zusammenrückten und Grüppchen bildeten. „Unvorstellbar, und das in der eisigen Januarkälte."

Frau Gomme, die sich mit ihrer behinderten Tochter Anna auch der Familie angeschlossen hatte, wurde ganz blass. „Wir wollten erst auch mit der Gustloff weg", sagte sie mit farbloser Stimme. „Aber als wir gesehen haben, wie brüchig das Eis des Haffs war und wie viele schon ertrunken sind, sind wir umgekehrt."

Ihre Tochter Anna, der der fiese Manfred immer „Dumme Gom-me" nachrief, fing plötzlich an zu weinen. Ihr Mund verzog sich zu einem breiten Strich, und dann schluchzte sie hemmungslos. Wahrscheinlich stiegen die Bilder der vielen toten Menschen und Tiere im Eismeer des Haffs in ihr hoch, dachte Karlchen mitfühlend, auch wenn er sich vor den Schleimfäden ekelte, die wie lange Nähte an ihrem roten Gaumen klebten.

„Schscht, sei still, Anna“, sagte Frau Gomme leise. „Ist ja gut, uns ist nichts passiert.“ Sie versuchte immer, Anna zum Stillsein zu bringen, damit ihre Tochter und sie den anderen möglichst nicht zur Last fielen.

Die anderen Geschichten der Erwachsenen handelten von den Foltern und Qualen, die deutsche Soldaten erlitten, wenn sie den Russen in die Hände fielen. Angehörige der SS wurden sogar auf der Stelle erschossen oder am nächsten Baum aufgehängt. Die Erwachsenen klagten und beschwerten sich bitter, und Karlchen dachte in Todesangst an den Vater, der irgendwo da draußen war. Er war jetzt auch ein deutscher Soldat.

„Mama, ist Papa auch bei der SS?“, fragte er bange.

Die Mutter ließ vor Schreck beinahe die Schüssel voller Kartoffeln fallen, die sie gerade schnippelte. „Aber nein, Karlchen! Wie kommst du denn darauf? Euer Papa ist nur ein Zivilist, den sie gegen seinen Willen für den Volkssturm eingezogen haben. Nein, mit der SS haben wir nichts zu tun.“

Karlchen fragte sich, warum die Soldaten von den Russen gefoltert wurden und warum Angehörige der SS sogar auf der Stelle erschossen wurden. Was hatten sie Schlimmes getan?

„Was haben die Leute von der SS denn getan, dass die Russen so böse auf sie sind?“, wollte er wissen.

Doch er bekam keine Antwort, mit der er wirklich etwas anfangen konnte.

„Das weiß ich auch nicht so genau“, sagte Mama ausweichend mit grauer Stimme.

Oma, die Sauerkraut aus einem Einmachglas, das sie im Keller gefunden hatten, in einen Topf löffelte, drehte sich um. „Die haben die Juden geärgert, Jungchen“, sagte sie. In ihrer Stimme sprühten kleine rote Funken. Dann wandte sie sich wieder dem Sauerkraut zu.

Die Juden geärgert? Und dafür wurden sie jetzt von den Russen erschossen? Karlchen verstand die Welt nicht mehr. Und was hatten die roten Fünkchen in ihrer Stimme zu bedeuten, diese kleinen heißen Pünktchen, an denen man sich verbrannte, wenn man ihnen zu nahe kam?

Karlchen wollte sich nicht verbrennen, und so fragte er nicht weiter. In seinem Kopf schwirrten die Fragen wie aufgescheuchte Vögel herum. Warum hatten die Deutschen die Juden geärgert? Und vor allem *wie*? Und warum erschossen jetzt deswegen die Russen die Deutschen? Die Fragen verschwommen zu einem grauen Strudel, in dem rote Funken wie Warnlichter sprühten.

„Ihr dürft jetzt nicht mehr ‚Heil Hitler' sagen, Kinder", fügte die Mutter plötzlich hinzu. „Sagt einfach ‚Guten Tag', wenn ihr jemandem auf der Straße begegnet. Habt ihr gehört?"

Karlchen und Gretel sahen sich an. „Warum dürfen wir nicht mehr ‚Heil Hitler' sagen?", fragte Gretel.

„Weil sich sonst die Russen ärgern", antwortete Oma und bekam einen bellenden Hustenanfall, als wären ihr die roten Fünkchen im Hals stecken geblieben und würden dort kratzen. Frau Herder saß am Küchentisch und schnitt die Augen aus den Kartoffeln. Bei Omas Antwort zog sie den Kopf ein.

„Weil sich sonschdie Russen ährgern", wiederholte Anna. „Dann gibt's Haue." Sie lachte und schlug mit dem Kochlöffel auf die Tischplatte.

„Anna, lass das", ermahnte Frau Herder sie leise.

Karlchen nahm sich fest vor, die Russen nie zu ärgern, damit sie ihn nicht auch erschossen.

* * *

Der April brachte den Frühling, und der gefrorene Boden taute. Ungerührt von den nächtlichen Leuchtkugeln und den Tieffliegern krochen die ersten grünen Blättchen der Frühlingsprimeln aus der Erde, und schon bald streckten sie ihre gelben Gesichter wie winzige Sonnen der großen gelben Muttersonne entgegen. Auch die Schneedecke, die sich barmherzig auf die Toten hinter der Scheune gelegt hatte, taute und offenbarte Erschreckendes. Ratten hatten sich durch die Laken gewühlt und die Leichen angenagt.

Die Kinder und die Alten machten sich daran, Oma Bandilla und die übrigen Verstorbenen zu beerdigen, deren Zahl in den letzten Monaten auf acht Tote angewachsen war und die wie in Tücher gepackte Ölsardinen nebeneinanderlagen. Als Karlchen sah, wie die Ratten die Leiche der Frau mit dem offenen Bein zerfleddert hatten, wurde ihm so übel, dass er sich in die Brennnesseln ergab. Die behinderte Anna fing an zu schreien und wie ein kopfloses Huhn auf und ab zu rennen.

„Dum-me Gom-me“, rief Manfred ihr hinterher. „Dich haben sie vergessen zu vergasen.“

Mit einem Griff packte Oma den Älteren am Arm und gab ihm ein paar Kopfnüsse. Karlchen sah es voller Genugtuung, denn er kannte die explodierende Wirkung ihrer Kopfnüsse aus eigener, wenn auch einmaliger Erfahrung.

„Ahhhh, aua!“ Jetzt war es Manfred, der schreiend wegrannte.

„Schäm dich was, Junge“, rief Oma ihm hinterher. „So was sagt man nicht!“

Anna ließ sich auf einen braunen Grashügel plumpsen und wiegte sich stumm hin und her.

„Was hat er denn damit gemeint, Oma?“, fragte Gretel verwirrt. „Wie vergasen?“

Seine Großmutter, die sich gerade bückte, um die schwarzen Reste zuzudecken, richtete sich keuchend auf. „Das brauchst du nicht zu wissen, Marjellchen. Frag lieber nicht. Und wenn euch Kinder jemand fragt – wir wissen von nichts. Habt ihr verstanden?“

Gretel sah die anderen an. Aber die verstanden es auch nicht. „Oma, was hat er denn mit ‚vergessen zu vergasen‘ gemeint?“, fragte sie beharrlich. „Was ist denn vergasen?“

Die Großmutter strich sanft das Leintuch glatt.

„Das ist die Vergangenheitsform von vergessen“, sagte sie schließlich. „Vergasen ist die Vergangenheitsform von vergessen.“

Sie sagte es mit dem Rücken zu den Kindern.

Mit dem Frühling kam auch die schockierende Nachricht, dass an die fünfzigtausend Flüchtlinge, die sich in den Wintermonaten über das brüchige Eis des Haffs gewagt hatten, im eiskalten Wasser ertrunken waren. Sie hatten von Nehrung aus den einzigen Fluchtweg in den Westen per Schiff antreten wollen. Doch sie waren nicht weit gekommen.

Fünfzigtausend. Das war eine Zahl, die sich Karlchen nicht vorstellen konnte.

„Sind das mehr als alle Kinder in unserer Schule in Gerdauen?“, fragte er.

Seine große Schwester Gretel lächelte mitleidig. „Viiiiiel mehr. Das sind fünf mal so viel wie die Leute in Gerdauen. Ich meine, die in Gerdauen gelebt haben“, fügte sie hinzu. „Bevor sie auf die Flucht gehen mussten.“

„Sind denn dann auch Leute aus Gerdauen im Haff ertrunken?“

Gretel ließ ihr Märchenbuch sinken. Ihr Zeigefinger blieb an dem letzten Wort kleben, das sie durch lautes Verbinden der Buchstaben gelesen hatte. *W-a-l-d*. Ihre Augen waren plötzlich so groß und rund wie blaugrüne Murmeln mit gelben Sprenkeln.

„Kann sein. Ich weiß nicht.“

Die Kinder schwiegen, und Gretel nahm den Finger aus der Stelle im Märchenbuch, an dem der kleine Wolf den Mond anheulte, weil er sich im großen dunklen Wald verlaufen hatte und nicht mehr nach Hause zu seiner Mutter und seinen Wolfsgeschwistern fand.

Im Vergleich zu den unvorstellbar vielen Flüchtlingen, die fünf Mal so viel waren wie alle Einwohner von Gerdauen und die im Eis des Haffs erfroren oder ertrunken waren, ging es denen, die auf dem Bauernhof untergekommen waren, gut. Sie lebten noch. Und sie hatten genug zu essen. Die Bauernfamilie hatte einen üppigen Wintervorrat angelegt, den sie wegen ihrer plötzlichen Flucht nicht mehr hatte verzehren können. In den Kellerräumen türmten sich die Säcke voller erdiger Kartoffeln. An den Wänden stapelten sich die Kisten voller prallem Weißkohl und Rotkohl mit seinen glänzenden bläulich-silbrigen äußeren Blättern, zarter weißer Blumenkohlköpfe in ihren grünen Hauben, duftendem Kohlrabi, der auch roh eine Köstlichkeit war, Mohrrüben wie dicke, krumme, gelbe Hexenfinger, Steckrüben und Schwarzwurzeln, würziger Zwiebeln, rotgelber Äpfel und gelbgrüner Birnen. Die Regale bogen sich vor Einmachgläsern voller grüner Stangenbohnen, Erbsen und Gurken, saftigem Sauerkraut, bitterem Rosenkohl, klebrig süßem Pflaumenmus, leckeren Sauerkirschen und dunklen Schattenmorellen, himmlischen Himbeeren und fruchtigem Johannisbeergelee. In den Ecken häuften sich Berge von dicken roten Zuckerrüben für Schweine, die nie mehr eine Rübe fressen würden, weil sie längst von den Russen geschlachtet worden waren.

Oma wunderte sich, wo die anderen Flüchtlinge das eingelegte Fleisch und Geflügel herhatten, das sie allabendlich auf ihre Teller häuften. Während sie genüsslich Gänsebrüste, Schenkel oder Schweinebraten verspeisten, konnten Karlchens Mutter, Oma und Frau Herder nur Gläser mit Hühnerflügeln oder Gurgel in den Regalen finden. Daher machten sich Karlchen und seine Schwester eines Tages auf die Suche. Sie durchstöberten alle Kellerräume. Gretel stieg sogar mutig in den Fallkeller hinunter, während Karlchen oben blieb und ängstlich hinunterspähte. Im Fallkeller fand das Mädchen dann zwischen den Kohlebriketts und Holzscheiten die Gläser mit den Schenkeln und Brüsten, die die gewitzten Landleute vor ihnen, den nichtsahnenden Städtern, versteckt hatten. Abends brachte Mutti mit Frau Herder und Frau Gomme den Anteil in Sicherheit, der ihnen ihrer Meinung nach zustand.

An diesem Abend kochte Oma ein Festmahl, wie sie es seit vielen Monaten nicht mehr gegessen hatten, aus geschmorten Gänseschlegeln mit Rotkohl und Kartoffelklößen. Die Kinder durften sogar schmatzen und sich die Finger abschlecken, ohne von der Mutter an ihre Tischmanieren erinnert zu werden. Später musste sich Oma übergeben und hinlegen.

„Schade um das gute Essen“, sagte sie mit blassem Gesicht, das längst nicht mehr rund war, sondern schmal und so runzlig wie eine Kartoffel vom vorletzten Winter.

Einmal überraschten die Kinder beim Versteckspiel eine Fremde in einem feinen, wenn auch speckigen dunkelgrünen Lodenmantel, die sich in den Keller geschlichen hatte, um sich ein paar Gläser Eingemachtes zu holen. Mit zitternder Stimme erklärte ihnen die Frau, dass ihr der Hof gehörte und sie sich in der Nähe vor den Russen verstecken müsste.

„Verratet mich bitte nicht“, flehte sie. „Wenn die Russen mich erwischen, vergewaltigen oder erschießen sie mich auf der Stelle, nur weil ich mal eine reiche Gutsbesitzerin war.“

„Ihre Hühner leben noch“, erzählte Karlchen. „Ich fütter sie immer.“

Die Besitzerin des Hofs lächelte ihn erleichtert an. Anscheinend merkte sie, dass er kein Feind war, der sie an die Russen ausliefern würde. „Ach, das ist aber nett von dir! Gib ihnen auch mal ein Stückchen Apfel, den mögen sie besonders gern.“

„Ja, hab ich auch schon gemerkt“, sagte Karlchen stolz. „Und ich hab ihnen allen Namen gegeben. Agathe – die Gesprenkelte – frisst mir sogar aus der Hand.“

Dafür strich ihm die feine Dame lächelnd über den Kopf. „Du bist ein braver Junge“, sagte sie, woraufhin seine Schwester Gretel, die neben ihm stand, ihren eifersüchtigen Blick mit den hellen Blitzen bekam. Der schien auch der Frau nicht entgangen zu sein, denn sie strich auch Gretel übers Haar, das die Mutter längst kurz geschnitten hatte, weil die Zöpfe mangels Wasser und Seife zu steifen Filzprügeln erstarrt waren. „Tapfere Kinder seid ihr“, sagte sie. Dann schlich sie sich mit dem Sack voller Gläser wieder über die Weide in den Wald.

Gut für sie, denn in der nächsten Nacht wurden die neuen Hofbewohner von einer Horde junger russischer

Soldaten aus dem Schlaf gerissen. Die Russen torkelten betrunken über den Hof, lachten und grölten. Doch diesmal wollten sie keine der wenigen, ausgemergelten Frauen, die noch übrig geblieben waren. Diesmal schossen sie auf die Hühner, die, vom Lärm aufgescheucht, wild durcheinander rannten. Dann riefen sie nach den Kindern. Die sollten sich auf dem Hof aufreihen, damit sie auf sie schießen könnten. Nun rannten die Mütter wie aufgescheuchte Hühner im Bauernhaus umher und suchten voller Panik nach einem sicheren Versteck.

Der Fallkeller –

Während Frau Herder und ein paar der anderen Erwachsenen die Russen in der Küche mit den Resten eines gebackenen Schinkens ablenkten, scheuchten die Mütter ihre Kinder durch den Keller zur Falltür. Die Flüchtlingskinder hatten längst gelernt, still und so unsichtbar wie möglich zu sein, wenn die Russen in der Nähe waren. Gehorsam kletterten sie die Holzstiege hinunter ins dunkle Loch des Kohlenkellers. Anna Gomme glitt auf den Stufen aus und fiel auf den kleinen Tim, doch Gretel hob den Jungen blitzschnell auf und zischte beiden „Pssst, still, sonst müsst ihr sterben" zu. Das reichte, um Anna und Tim dazu zu bringen, schweigend die Schmerzen der Prellungen zu erdulden.

„Dum-me Gom-me", flüsterte Manfred, der es nicht lassen konnte, in den dunklen Schatten.

Karlchen hätte ihm dafür zu gerne einen Schlag auf seine dicke Nase gegeben, aber die Gefahr war zu groß, dass der Junge vor Schmerz aufheulen und alle verraten würde. So schluckte er seine schwarze Wut mit dem Kohlenstaub herunter.

Noch während das letzte Kind die Stiege herunterkletterte, klappte oben die Falltür mit leisem Knarren zu. Es war stockdunkel und kalt hier unten. Es roch nach vermodertem Holz, nach Kohle und Asche. Und nach der Ewigkeit. So muss es sich anfühlen, wenn man tot ist, dachte Karlchen.

5

Die Ewigkeit dauerte drei Tage. Hungrig und durstig plünderten die Kinder am nächsten Morgen ein paar der Gläser mit dem eingemachten Fleisch und bekamen prompt Bauchkrämpfe. Manche bekamen sogar Durchfall, und so breitete sich bald ein übler, beißender Gestank in der stickigen Luft aus. Doch sie ertrugen tapfer die Dunkelheit, die Kälte, den Gestank und die Mäuse, die über ihre Knie huschten. Die Ewigkeit wurde vom Knarren der Falltür unterbrochen, als zwei der Frauen den Kindern warme Milch und Mahlzeiten, Wolldecken und Kissen brachten.

„Wann dürfen wir wieder raus?"

„Wir holen euch so bald wie möglich", versprachen die Mütter. Aber so bald wie möglich kam und kam nicht.

„Bald kommen die Ratten", sagte Manfred düster, als aus den geahnten Stunden ein langes Gummiband wurde, das sich immer länger dehnte. „Der Fleischgeruch zieht sie an. Ihr werdet schon sehen."

Gretel lief eine Schauermaus über den Rücken und ihre Zehen fingen an zu kribbeln. In ihrem Bauch lag ein Stein, der immer schwerer wurde, aber aus Ekel und Angst vor den Ratten verkniff sie es sich, in die Ecke zu kriechen und sich zwischen zwei Eierbrikettthaufen hinzuhocken, wie die anderen es taten. Sie bekam Bauchgrimmen, das irgendwann zu Bauchkrämpfen wurde. Sie betete und sang gegen die Krämpfe an. Als Karlchen sie daran erinnerte, leise zu sein, sang sie flüsternd *Heut abend auf der Heid.*

Karlchen fing an, flüsternd mitzusingen, und dann auch ein paar der anderen Kinder. In der Dunkelheit hörte sie Manfred mitbrummen, bis seine Stimme brach und verstummte. Wahrscheinlich war er vor Selbstmitleid gestorben.

Am dritten Tag – wie man ihnen später sagte – kam die Erlösung. Die Falltür knarrte auf und ein fahler Lichtschein fiel auf ihre Köpfe. „Kommt rauf, die Luft ist rein", riefen Mutti und ein paar andere Mütter. Die Frauen zogen sie die Stufen hinauf und mussten zweimal in die verrußten Gesichter sehen, um ihre Kinder zu sortieren. Die Geschwister Mathilde und Werner konnten nicht mehr sortiert werden, da ihre Mutter in den letzten Tagen Blut gespuckt hatte und irgendwann heute Mittag gestorben war. Eine Frau, die keine Kinder hatte, schrubbte die beiden sauber und kümmerte sich von nun an um sie.

Weil die arme Mathilde ihr so leid tat, schenkte Gretel ihr das niedliche kleine Wollschaf, das sie unter dem Sofa in der guten Stube gefunden hatte, obwohl sie es lieber behalten hätte. Und sie ernannte Mathilde zu ihrer besten – und zurzeit einzigen – Freundin, auch wenn sie erst sieben war wie Karlchen und nicht acht wie Gretel. Sie wollte ihrer neuen Freundin auch das Stricken beibringen, aber dafür brauchte man Wolle und Stricknadeln. Die frühere Besitzerin hatte anscheinend keine Zeit für Häkeln und Stricken gehabt, denn in den Schubladen voller Krimskrams fand Gretel nur Nähzeug, aber keine Stricknadeln oder Wollreste. Aus dem Nähgarn, einer alten Windel und einem rotweiß karierten Stoffflicken hatte sie sich längst eine Ersatzpuppe für die verlorene Liesel genäht, doch Lottchen fror so sehr in ihrem dünnen Karokleidchen, dass sie ganz bleich vor Kälte war. Sie brauchte unbedingt eine warme Strickjacke und einen Pullover zum Wechseln.

Daher gingen die Mädchen mit den anderen Kindern hinaus auf die Felder und Wiesen. Unter dem weiten, blauen Himmel, auf dem die Schäfchenwolken so friedlich grasten, als gäbe es keinen Krieg und keine nächtlichen Fliegerangriffe, blühten die ersten Tulpen und Leberblümchen zwischen den Leiterwagen, die die Flüchtlinge hinterlassen hatten, als die Front sie einholte. Der Duft der Frühlingsblüten vermischte sich mit dem Gestank der Toten zu einem bittersüßen Parfüm, das an windigen Tagen in jede Ecke und jeden Winkel des Bauernhofs getragen wurde und diesen Widerspruch zwischen Leben und Tod selbst im Schlaf nicht vergessen ließ.

So wurde aus dem Widersprüchlichen etwas, das zusammengehörte.

Mutti hatte Gretel streng verboten, ohne Schuhe nach draußen zu gehen, weil der Boden von den verwesenden Leichen vergiftet war. Aber alle anderen Kinder, auch Mathilde, liefen barfuß umher, und Gretels Füße schwitzten in ihren festen Winterstiefeln, den einzigen Schuhen, die sie noch hatte. Daher ging sie in den Stiefeln nach draußen bis hinter die Büsche, wo sie sich Schuhe und Socken abstreifte. Dann lief sie barfuß und singend auf die Wiesen, wo die anderen Kinder zwischen den Toten und auf den Leiterwagen herumkletterten und nach Schätzen suchten. Gretel und ihre Geschwister durften nichts einstecken, was ihnen nicht gehörte. „Unseres haben sie uns genommen, und Fremdes wollen wir nicht“, sagte die Mutter mit trotzigem Stolz. Sehnsüchtig mussten sie zusehen, wie der große Manfred am Saum eines verwitterten Pelzmantels riss, der sich schon von alleine auflöste, und eine rosa schimmernde Perlenkette barg, die er sich wie selbstverständlich in die Tasche steckte. Mathildes Bruder Werner fand unter den Brettern eines Pferdewagens einen grünen Filzhut mit schillernden Vogelfedern, der noch auf dem Kopf eines toten Bauern oder Jägers thronte, der unter seinem Wagen begraben lag, eingesäumt von seinen beiden Pferden, die wohl Grauschimmel gewesen waren, soweit man das noch erkennen konnte.

Die unzähligen Leichen der Flüchtlinge, die von der Front überrollt worden waren, boten ein grauenhaftes Bild. Sie buken in der Sonne, und ihre Gesichter wurden braunschwarz. Noch nach dem Tod waren ihre Haare weitergewachsen, sodass sie alle ungepflegt und verwildert aussahen, wie aufmüpfige Seelen, die sich der himmlischen Ordnung nicht beugen wollten. Hoffentlich kommen sie trotzdem in den Himmel, dachte Gretel mitleidig, trotz ihrer langen Haare und Nägel.

Aber am traurigsten war der Anblick ihrer übrig gebliebenen Habseligkeiten. Manchmal zog sich Gretels Herz zusammen und machte sich ganz klein, wenn eine Kinderhaarspange mit roten Kirschen im Gras aufleuchtete oder eine alte Hutschachtel ihren Inhalt über die Gänseblümchen ergoss. Fotografien von schwarz-weißen Menschen, die es einmal in Bunt gegeben hatte, die gelebt und gehofft hatten, noch weiterzuleben. Bilder von Menschen, deren Lächeln erstarrt war, die Gretel lächelnd von unten anstarrten, wie ein stummer Vorwurf. *Du lebst, wir sind tot. Wir wollten auch leben. Warum du und nicht wir?*

Warum ich und nicht sie?, dachte das Mädchen, doch der weite blaue Himmel schwieg, die Sonne lachte, ein schwarz-weißer Storch schwang sich vom Dach in die Höhe, zwei Kraniche stolzierten über den Blumenteppich, die silbernen Gräser wiegten sich in der Brise, die Bienen flogen von einem Honigkelch zum nächsten, die Kinder kletterten lachend und rufend auf den Pferdewagen herum, stiegen über Gesichter, deren Haut so dunkelbraun wie der fruchtbare Erdboden unter ihnen war.

Warum ich?, fragte das Mädchen, weil sein Herz eine Antwort brauchte, um sich wieder ausdehnen und weiterleben zu können. Und dann kam die Antwort. Sie stieß mit dem nackten Zeh gegen etwas Hartes, etwas, das in der Sonne wie Gold funkelte.

Es war ein Weihnachtsengel in einem prächtigen Gewand aus dunkelrotem Samt.

Ein Engel war vom Himmel gefallen.

Gretel musste den Engel vor der Mutter verstecken. Und als sie beim Spielen und Stöbern draußen auf den Feldern mit dem nackten Fuß in einen Holzsplitter trat, schwoll der Fuß an, wurde rot-lila-bläulich und pochte schmerzhaft. Ihn musste sie auch vor der Mutter verstecken, und so humpelte sie eine Woche lang möglichst unauffällig umher, bis sich der dicke, vereiterte Fuß nicht länger verbergen ließ, als sie bei jedem Schritt das Gesicht verzerrte. Der Oma war ihr Humpeln längst aufgefallen. „Na wocht man, de Mutta watt di!“, sagte sie und fuchtelte drohend mit dem Zeigefinger. Doch Gretel flehte sie an, der Mutter, die ihr was würde, nichts zu sagen. Doch die Mutter schimpfte nicht mal, sondern untersuchte schweigend den geschwollenen, verfärbten Fuß und besorgte irgendwoher Buttermilch.

Gretel musste den vereiterten Fuß täglich lange in der kostbaren Buttermilch baden, bis der Splitter nach einer weiteren Woche endlich herausgezogen werden konnte und der Fuß, in Spitzwegerichblätter eingewickelt, abheilte. Mutti ließ sie sogar die roten Kindersandalen behalten, die sie draußen in einem Koffer voller Kleider gefunden hatte, damit sie sich nicht noch einmal einen Splitter holte. Nur das hübsche rot-weiß getupfte Sommerkleid mit dem weißen Rüschenkragen und die anderen Sachen durfte sie nicht mitnehmen, auch wenn sie ihr gepasst hätten. Dafür drängte sie das Sommerkleid und einen Ringelpullover in Regenbogenfarben ihrer Freundin auf, bevor sich die anderen Flüchtlingskinder die Sachen unter den Nagel reißen konnten. Mathilde hatte keine Mutter mehr, die ihr etwas verbieten konnte, und nahm die Kleidungsstücke dankbar an, auch wenn sie ihr noch ein bisschen zu groß waren.

„Da wächst du sicher bald rein", sagte Gretel großmütig.

* * *

Es wurde Mai und dann war der Krieg vorbei. An einem sonnigen Tag läutete plötzlich die Kirchenglocke von Siegfriedswalde in der Ferne.

„Was hat das denn zu bedeuten?", wunderte sich Karlchen, während sie die Kühe von der Weide holten. Er blieb stehen und blickte in die Richtung, aus der die Glockenklänge auf einem warmen Lüftchen hergetragen wurden. Er hatte schon lange keine Kirchenglocken mehr gehört, denn die meisten Glocken waren von den Russen abmontiert und weggeschafft worden.

„Ist heute Sonntag? Nee, vorgestern war doch erst Sonntag, oder?", fragte Mathildes Bruder Werner.

„Dann muss heute Dienstag sein", sagte das Mädchen, das Emilie hieß. Emilie war mindestens fünfzehn oder sechzehn und hatte schon richtige Brüste. Aber wie Gretel eines Morgens beobachtet hatte, band sie sich tagsüber die Brüste immer mit einem Wollschal fest, bis sie platt waren. Sie hatte verfilzte Zöpfe, die sie sich um den Kopf wickelte und mit Haarklemmen feststeckte, die mit weißen Margariten verziert waren. Sie trug Ringelhemden und einen sackförmigen grünen Latzrock, den sie bei den Toten gefunden hatte. So wirkte sie wie eine große Zwölfjährige, wenn man nicht genauer hinsah. Das war ihr Schutz vor den Russen, denn die vergewaltigten nur selten knabenhafte Mädchen, sondern nahmen sich lieber junge Frauen mit weichen Brüsten und wohlgeformten Oberschenkeln. Hätten sie geahnt, was Emilie unter den jungenhaften Ringelhemden und dem Sackrock versteckte, dann hätten sie Emilie sicher längst geschändet. Oder noch schlimmer. Denn in der vergangenen Woche hatten sich alle jungen Mädchen ab sechzehn Jahren bei der russischen Verwaltung melden müssen. Sie waren alle miteinander auf Lastwagen verladen und nach Sibirien verschleppt worden. Anscheinend brauchte man dort junge, hübsche, kräftige Frauen für alles.

„Der Krieg ist vorbei", berichteten die Frauen, als sie abends auf den Hof zurückkamen.

„Ja, Generaloberst Jodl hat heute im Radio die bedingungslose Kapitulation der Wehrmacht bekannt gegeben", erklärte Manfreds Mutter. „Schrecklich. Ich frag mich, wer da heute die Kirchenglocken im Dorf geläutet hat? Das ist doch Landesverrat, ist das doch!"

„Ach, sei doch still, Trudi", fuhr Frau Schöllkopf sie an, deren Mann an der Front gefallen und deren Sohn Erich verschollen war, wie Karlchen aus den Unterhaltungen beim Abendessen wusste. „Jetzt hört endlich das sinnlose Abschlachten auf."

„Die Russen feiern das Kriegsende im Ort", erwähnte Frau Gomme. „Wir sind alle eingeladen. Geht einer von euch hin?"

Die anderen schüttelten den Kopf. „Das bedeutet nur wieder viel Wodka und ‚Frau komm'", sagte Frau Schöllkopf. „Die Russen sind glücklich, dass es zu Ende ist. Das feiern die natürlich, dass sie uns besiegt haben."

„Endlich ist der Krieg vorbei", sagte Mutti. Sie klang nicht glücklich, aber erleichtert.

„Na, wenigstens ist es jetzt mit den Luftangriffen vorbei", sagte Oma müde. „Aber jetzt sind wir den Russen endgültig ausgeliefert, wenn wir hier aus dem Osten nicht mehr rauskommen."

„Aber wir können jetzt doch nach Gerdauen zurückgehen", meinte die Mutter.

Plötzlich sprachen alle davon, in ihre Heimat zurückzukehren. Die Stimmung auf dem Bauernhof war wie elektrisiert. Aufbruch lag in der Luft. Und Hoffnung auf ein doch noch gutes Ende.

Vom Endsieg sprach keiner mehr.

Der Tag nach dem Glockenläuten war Gretels neunter Geburtstag. Abends brachte Mutti einen großen Karton von der Arbeit mit. Aber sie wirkte nicht froh oder stolz, nicht so, als hätte sie kostbare Wäsche oder etwas anderes der vielen, vielen Dinge ergattert, die immer knapper wurden. Sie wirkte niedergeschlagen und müder als sonst. Gretel und Karlchen konnten es trotzdem kaum erwarten zu sehen, was in dem geheimnisvollen Karton war. Sie stellte ihn so vorsichtig auf dem Dielenboden der Stube ab, als sei sein Inhalt zerbrechlich. Flaschen mit Holundersekt? Eine Porzellanpuppe? Eine Geburtstagstorte?

Die Mutter nahm den Deckel ab. Im Karton lag ein kleines Kind. Es schlief und wachte auch nicht auf, als das fahle Licht der Stube auf sein blasses Gesicht fiel. Das Köpfchen war mit dem ersten weichen schwarzen Flaum bedeckt, der noch keinen Hinweis auf die spätere, endgültige Haarfarbe gibt. Die Augen waren geschlossen – aber nicht ganz; ein schmaler Schlitz stand offen, so als würde das Kind nur so tun, als ob es schliefe, und heimlich die Menschen beobachten, die auf dem Boden knieten und es bestaunten.

Auch als Mutti zart mit dem Finger über seine Wange strich, wachte es nicht auf.

„Es ist vor ein oder zwei Tagen gestorben", sagte sie ergriffen. „Seine Mutter war auf der Wanderung zurück in die Heimat, als es ihr unter den Händen wegstarb. Sie ist an

Siegfriedswalde vorbeigekommen und hat mich gebeten, es zu beerdigen. Es ist ein Mädchen."

„Wie heißt es denn?", wollte Gretel wissen.

„Das hab ich vergessen zu fragen. Die Frau war ganz durcheinander; sie drückte mir das Kind in den Arm und rannte weinend davon."

So viele Namenlose starben in diesen Tagen. Aber bei diesem kleinen Mädchen wollte Gretel das nicht so einfach hinnehmen. „Was für Haare hatte die Mutter denn? Ich meine, was für eine Haarfarbe?"

Mutti sah sie überrascht an. „Braun, sie hatte gewelltes braunes Haar. Warum willst du das wissen?"

„So halt." Sie wusste es auch nicht so genau, aber nun hatte sie wenigstens eine Vorstellung, welche Haarfarbe das Mädchen eines Tages wohl gehabt hätte, wenn es lange genug gelebt hätte.

Sie begruben das Baby, dessen Körper nicht viel länger als Gretels Arm war, noch am selben Abend in der Dunkelheit. Dann gingen sie zurück ins Haus und setzten sich an das Geburtstagsessen, das Oma für Gretel gekocht hatte. Dafür hatte sie das letzte Einmachglas mit Hühnerschenkeln aufgemacht, und dazu gab es Rotkohl mit Apfel und Kartoffelklöße. Die Großmutter hatte sogar eine Apfeltorte mit Streuseln gebacken. Das köstliche Mahl tröstete Gretel ein bisschen darüber hinweg, dass sie in diesem Jahr kein Geburtstagsgeschenk bekam, dass die Mutter statt einer neuen Puppe Liesel ein totes Kind ohne Namen und Haarfarbe mitgebracht hatte.

Das war also das traurige Geschenk zu ihrem Geburtstag. Sie wunderte sich, wo der liebe Gott in diesem Jahr war, denn *hier* war er ganz sicher nicht.

Aber das hielt sie nicht davon ab, am nächsten Morgen ein Holzbrett, das sie in der Küche gefunden hatte, mit Schnur fest um einen losen Zaunpfahl zu wickeln. In das Kreuz, das so entstanden war, ritzte sie mit einem Nagel:

HIE*R* R*U*T L*I*ESEL B*R*AUN
DONE*R*STAG 10. MA*I* 1945

Gut, dass sie vor der Flucht noch lange genug zur Schule hatte gehen können, um lesen und schreiben zu lernen.

Sie ging mit dem Holzkreuz zum Grab des Kindes, das jetzt einen Namen und eine Haarfarbe hatte, und hämmerte das Kreuz mit einem Ziegelstein auf das Kopfende des flachen kleinen Erdhügels. Ihre Brust hob und senkte sich von ganz allein, etwas brach auseinander und zerkrümelte wie trockene Erdkruste, und daraus strömte etwas heraus wie eine sprudelnde, heiße, salzige Quelle.

Dann weinte sie. Dann weinte sie zum ersten Mal seit vielen Wochen.

An diesem Abend kamen wieder betrunkene Russen auf den Hof. Emilie, die noch nicht zur Rückkehr in ihren Heimatort Rautersfelde aufgebrochen war, kam voller Angst angerannt.

„Gretel, bitte leg dich in dein Bett und tu so, als wärst du krank, bis sie wieder weg sind“, bat sie so drängend, dass die Jüngere ohne ein Wort ihre Schuhe abstreifte und sich angezogen ins Bett legte. Emilie wickelte ihr noch hastig einen Wollschal um den Hals, legte sich neben sie und zog sich die Decke über den Kopf. Sie presste sich so eng an Gretel heran, dass es aussah, als würde die Jüngere allein im Bett liegen.

Mit klopfendem Herzen – oder war es Emilies Herzschlag? – hörte sie die dumpfen Stiefelschritte, die immer näher kamen. Es dauerte nicht lange, bis ein kleiner, aber stämmiger Russe mit dunklen Mongolenaugen das Zimmer betrat. Zielstrebig ging er auf die Schränke zu, öffnete alle Türen und Schubladen und durchwühlte den Inhalt. Gretel beobachtete ihn, ohne sich zu rühren. Der Soldat riss alle Schränke auf. Schließlich trat er an den Schrank neben dem Bett. Er öffnete ihn und warf einen Blick hinein. Dann sah er Gretel an. Für einen Augenblick stockte ihr der Atem. Sie roch den Wodka in seinem Atem und ihr wurde ein bisschen schlecht. Was war, wenn er die Decke zurückschlug und sah, dass sie ihr Kleid anhatte und ein älteres Mädchen neben ihr lag? Würde er vor Wut darüber, dass die Mädchen versucht hatten, ihn auszutricksen, beide umbringen?

Der Russe deutete ihr an, sie sollte zur Seite rücken. Mit angehaltenem Atem gehorchte sie und stieß mit dem Fuß heimlich Emilie hinter sich an, damit sie weiter an die Wand rückte. Der Mann stellte sich auf die Zehen. Er hievte eine schwere Kiste aus dem Schrank. Er warf sie mit voller Wucht aufs Bett, neben Gretel – und direkt auf die arme Emilie. Unter der Bettdecke ertönte ein dumpfer Aufschrei. Der Russe drehte Gretel seine kräftigen Schultern zu. Geistesgegenwärtig fasste sie sich an die Stirn und stöhnte. Sein verwunderter Blick wich einem mitleidigen Lächeln, das sie unter anderen Umständen als menschlich anerkannt hätte. Sie hielt die Hand an die Stirn gepresst und stöhnte immer mal wieder, während der Mongole den Inhalt der Kiste durchwühlte. Es dauerte eine Ewigkeit. Schließlich schien er etwas zu finden. Er zog es heraus und musterte es mit zusammengekniffenen Augen, die zu so schmalen Schlitzen wurden, dass Gretel sich wunderte, wie er überhaupt noch etwas sehen konnte. Es war eine hübsch geschwungene Gürtelschnalle aus hellblauem Email; in der Mitte prangte irgendeine elfenbeinfarbene Schnitzerei.

Der Mann steckte die Gürtelschnalle in seine Hosentasche und verließ das Zimmer, ohne die Holzkiste in den Schrank zurückzustellen. Sobald er das Zimmer verlassen hatte, schob Gretel die Kiste beiseite. Emilies hochroter Kopf tauchte unter der Decke auf.

„Danke“, japste sie mit zitternder Stimme. „Das hast du gut gemacht. Ach, ich bin dir ja so dankbar, dass du mich vor dem ‚Frau, komm‘ bewahrt hast!“

Sie zitterte am ganzen Körper und weinte und schnappte nach Luft und lachte, und es dauerte eine ganze Weile, bis sie ihre Gefühle wieder sortiert und in den Schubladen ihrer Seele verstaut und den Schlüssel weggeworfen hatte, so wie sie es alle in diesen Tagen taten, um nicht wahnsinnig zu werden.

6

Eines Morgens im Juni wurde Karlchen ganz früh von Mutti geweckt. Es war noch vor dem Morgengrauen.

„Seid leise, Kinder", flüsterte sie. „Zieht euch schnell an und packt zusammen, was ihr mitnehmen wollt. Heute gehen wir nach Hause."

Nach Hause. Es klang, wie wenn man sich bei Nacht in einem Schneesturm verlaufen hat, hungrig, durstig, frierend, erschöpft, hoffnungslos, und plötzlich schimmert irgendwo hinter der Wand aus tanzenden dicken Flocken ein warmes, gelbes Licht, und man weiß, jetzt wird alles gut, jetzt wird man gerettet.

Nach Hause. Nachhause. Nachhause. Zu Bella, nachhause zubella.

Nachhausezubella.

Es wurde zu einem Wort der Verheißung, zu einem Gesang, einem Lied, einem Freudenlied. Karlchen war so wach, als hätte er ausgeschlafen. Außen war er ganz ruhig, während er sich Hemd und Hose überstreifte und die paar restlichen Wintersachen, die ihm geblieben waren, in eine Kiste stopfte. Aber innerlich sang er *Nachhausezubella*, ein Freudenlied, das mit heißen Tränen gewürzt war, sodass seine innere Stimme zitterte, so wie die Stimme von Frau Herder beim Singen der Kirchenlieder, die die Angst vor den Russen verscheuchen sollten. Oder wie die Musiklehrerin Frau Maybaum im Kirchenchor von Gerdauen, deren Zittern in der Stimme aber nicht Angst oder Vorfreude war, sondern Absicht, weil sie früher einmal ein paar Stunden Gesangsunterricht genommen hatte und allen beweisen wollte, dass sie auch Sängerin an den großen Opern in Berlin und Dresden hätte werden können.

Warum sie stattdessen in Gerdauen geblieben und Musiklehrerin geworden war, wusste niemand so recht. Und jetzt wusste Karlchen noch nicht mal, ob sie noch am Leben war.

Aber das war ihm ziemlich egal. Das Einzige, was zählte, war, nach Hause zu gehen und seinen Hund wiederzusehen. Oder zu finden. Hoffentlich war Bella auf ihren Hof zurückgekehrt! Klug genug war sie, ihr Zuhause wiederzufinden, da war er sich ganz sicher. Ach, hoffentlich –

Er warf seine rot-blau gestreifte Strickmütze und den Schal mit demselben Muster auf die anderen Kleider in die Kiste, die trotzdem nur halb voll blieb. Dann ging er hinaus auf den Hof und an seiner Schwester und ihrer neuen Freundin Mathilde vorbei, die mit gesenkten Köpfen in den ersten Lichtstrahlen der Dämmerung auf der verwitterten Holzbank saßen. Gretel malte etwas auf einen Zettel, wahrscheinlich ihre Adresse in Gerdauen.

„Du kannst ja eure neue Ziehmutter bitten, den Brief für dich zu schreiben", sagte sie. Ihre Stimme klang wie das hellgrüne Zwitschern einer Blaumeise, vermischt mit dem dunkelblauen Gesang einer Nachtigall.

Sie schien Karlchen gar nicht zu bemerken, während er im Dunkeln über den Hof zum Hühnergehege ging, das sich nur noch drei Hennen teilten. Die anderen Hühner hatten die Russen eins ums andere mitgenommen. Zum Glück war Agathe eines der übrig gebliebenen Hühner. Sie schlief noch, doch er weckte sie mit dem leisen Pfiff, den sie schon kannte. Es dauerte nicht lange, bis sie auf ihn zugetrippelt kam und aufgeregt in seiner ausgestreckten Hand nach dem Apfelstückchen suchte, das er ihr immer mitbrachte.

Noch bevor es hell war, zogen sie mit dem Handwagen los, den Mutti und Oma mit Säcken und Kisten bepackt hatten. Sie hatten ihre Rückkehr heimlich planen müssen, denn die russischen Besatzer wollten die Frauen, die die schwere Feldarbeit verrichteten und für sie kochten, nähten und Wäsche wuschen, nicht ziehen lassen. Es war Flüchtlingen nicht erlaubt, frei zu entscheiden, wohin sie gehen wollten.

An der Chaussee wartete schon Frau Beutler mit ihrer Mutter und der dreizehnjährigen Tochter Frieda auf sie. Sie wollten in ihren Heimatort Schippenbeil zurück und hatten heimlich ausgemacht, zusammen aufzubrechen.

Es wurde ein warmer Frühsommertag. Der Himmel war wolkenlos und blau und streckte sich so unendlich weit wie

Karlchens Herz bei der Vorstellung, nach Hause zu Bella zurückzugehen. Sie kamen an dem Teich vorbei, in dem die anderen Jungen geschwommen und nach Fischen geangelt hatten. Die Mutter hatte Karlchen und seiner Schwester verboten, auch nur einen Zeh ins Wasser zu stecken, denn der Teich war von aufgedunsenen Leichen verseucht, die wie verkohlte Holzflöße umhertrieben, bis sich ihre Kleider zwischen den Blättern der Seerosen festsetzten und sie ihre endgültige Stelle im Wassergrab gefunden hatten. Karlchen wäre sowieso nicht ins Wasser gegangen, weil er sich vor dem Anblick der Toten und ihrem Gestank ekelte.

Jetzt, da der Tod den Jungen mit all seinen Schreckensbildern, Faulgerüchen und Angstgeräuschen eingeholt hatte und zu seiner alltäglichen Welt geworden war, hatten sich Karlchens Albträume verabschiedet. Er träumte immer noch jede Nacht. Aber nun waren seine Träume ein angenehmes Eintauchen in eine andere, friedliche, normale Welt. Er ging gerne schlafen, er war erleichtert über jeden Tag, der zu Ende gegangen war und ihm als Abschluss ein paar willkommene Stunden in dieser anderen Welt gewährte. Beim Aufwachen erinnerte er sich nicht mehr an das, was er geträumt hatte, es blieben nur verschwommene Erinnerungen an andere Menschen, Fremde, die keine Fremden waren, gute Menschen, Erwachsene und Kinder, Männer und Frauen, Jungen und Mädchen und Tiere, gute Tiere. Am liebsten wäre er für immer in dieser Traumwelt geblieben, die so viel wirklicher und tröstlicher war als die, in die er jeden Morgen aufwachte.

Aber dann fiel ihm wieder ein, dass er auf dem Weg nach Hause zu Bella war. Der Gedanke weckte ihn wie ein Kuss in die Wirklichkeit, die *noch* nach Tod und Krieg roch.

* * *

Doch die Tage der Rückkehr nach Gerdauen zogen sich und wurden zu Wochen, die sich aneinanderreihten wie Tautropfen auf einem Spinnenfaden. Der Frühling ging langsam in den Sommer über, und Obst und Getreide reiften. Überall blühte der Flieder, und überall wurden Helfer gebraucht. Da kamen die Flüchtlingstrüppchen, die über die Landwege zogen, gerade recht. Vor einem größeren Dorf hielten russische Besatzerposten sie an und brachten sie auf die Kommandantur. Dort wurden die Frauen zur Feldarbeit eingeteilt. Sie mussten vom Morgengrauen bis zur Dämmerung auf den Feldern arbeiten und das geerntete Gemüse in die Scheunen und Lager bringen. Es konnte schon einmal vorkommen, dass kein Pferd vorhanden war, das vor den Wagen gespannt werden konnte. Dann mussten Karlchens Mutter und ein paar andere Frauen den voll beladenen Wagen ziehen und schieben. Dafür bekam Mutti von den Russen Essensrationen für sich, Omi und die Kinder.

Erst als die Felder leer geräumt waren, durften sie weiterziehen. So kamen sie nur langsam in Richtung Heimat voran. Sie kamen durch Korschen und Löwenstein und erreichten schließlich im August Gut Rautersfelde, das kurz vor Gerdauen lag. Wieder wurden sie auf der Straße von Soldaten eingesammelt und mussten sich als Erntehelfer registrieren lassen. Mutters Hände waren rot und rissig und schmerzten. Wenn sie Milch ergattert hatte, badete sie die Hände abends darin, nachdem sie sie so gut wie möglich gewaschen hatte. Dann machte sie aus der Milch Suppe, Haferbrei oder Kartoffelbrei, denn kein Tropfen der kostbaren Milch durfte weggeschüttet werden. Den Kindern machte es schon lange nichts mehr aus, dass die Hände ihrer Mutter in ihr Abendessen getunkt worden waren. Sie waren froh, wenn die Kohlsuppe oder die gestampften Kartoffeln nicht eintönig, sondern cremig schmeckten. Gemüse gab es genug, da die russischen Aufpasser die Erntehelfer nur aus der Ferne beobachteten und die Frauen die Reste auf den Feldern einsammelten und nach Hause mitbrachten. Doch Fleisch, Eier, Milch, Butter, Sahne, Mehl, Zucker und vor allem Salz wurden immer rarer und rationierter, je mehr die Vorratskeller der Bauernhöfe von Russen und Flüchtlingen ausgeplündert wurden.

Und auch das Federvieh war von den Höfen verschwunden. Agathe war eine Kostbarkeit und ein blinder Passagier, denn Karlchen hatte sie kurzerhand mitgenommen, und nun reiste sie in seiner Kleiderkiste mit und lebte von den Apfelstückchen und Körnern, die er für sie zusammensuchte. Nachts schlief sie in der Kiste und morgens holte er sie heraus, und dann tippelte sie wie ein zahmes Hündchen hinter dem Jungen her, der nur aufpassen musste, dass kein Russe sie zu Gesicht bekam. Am ersten Tag hatte seine Mutter ihn wegen Agathe und den weißbraunen Sprenkeln, mit denen sie seine letzten Kleider verzierte, ausgeschimpft. Oma hatte sie beruhigt und gesagt, dass es vielleicht ganz gut war, ein lebendes Suppenhuhn als Vorrat dabeizuhaben, aber als Karlchen daraufhin laut aufheulte und schrie: „Nein, nein, ihr kriegt sie nie! Sie ist kein Suppenhuhn!“, hatte sie ihm mit ihrer Hand, die nur noch kalte Haut und Knochen war, über den Kopf gestrichen.

„Lass man gut sein, Jungchen, das hab ich doch nicht ernst gemeint.“

Danach hatte Mutti ihn gewähren lassen, und seine Schwester Gretel hatte sich sogar ein besonderes Warnsignal ausgedacht, mit dem sie ihn nun jedes Mal warnte, wenn ein russischer Aufpasser in der Ferne auftauchte. Dann pfiff sie die ersten Töne von *Kommt ein Vogel geflogen*. Da sie den ganzen Tag Lieder sang, hatten sie beschlossen, dass es sicherer war, wenn sie als Warnung ein paar Töne pfiff, statt sie zu singen.

Als Dank schenkte Karlchen seiner Schwester eine Handvoll reifer, duftender Himbeeren, süßer Mirabellen oder ein paar pralle Eierpflaumen, auf die er bei seiner Futtersuche für Agathe stieß.

Während die Erwachsenen den ganzen Tag hart arbeiteten, waren die Kinder sich selbst überlassen. Sie spielten auf den Feldern, die noch nicht abgeerntet waren, Verstecken oder krochen durch die Weizengarben wie durch einen nie endenden Irrgarten. Sie bauten sich Zelte im Getreide, und die Mädchen bastelten aus dem Futtermais

Püppchen mit blonden und lila Haaren, die sie mit Grashalmen zu kunstvollen Frisuren banden, bis sie nach einem Tag alt und welk geworden waren. Und aus Klatschmohn machten sie Püppchen mit leuchtend roten Kleidchen und schwarzen Haaren, die höchstens eine Stunde lebten. In der Mitte des Dorfes stand ein großer Ziehbrunnen. An besonders heißen Tagen begossen sich die Kinder unter lautem Gekreisch und Gelächter gegenseitig mit dem herrlich kalten Wasser und flitzten tropfnass durch die verwilderten Gärten, wo sie Äpfel und Birnen und Pflaumen von den Bäumen pflückten. Karlchens Familie war in einer alten Mühle untergebracht, die sie sich mit einer Frau Witt und deren Tochter Helga teilte. Helga war schon erwachsen und hätte eigentlich mit den anderen Frauen auf die Felder gehen müssen. Doch sie hinkte stark, und so wurde sie von der harten Feldarbeit verschont und musste nur Obst und Gemüse für die Russen einmachen, Kräuter sammeln und trocknen. In der russischen Einheit war auch ein echter Sänger, der Helga die schönsten russischen und deutschen Arien vorsang. Alle nannten ihn „die Nachtigall". Er war klein und schmal und hatte nur einen dünnen braunen Haarkranz, der Karlchen an ein Vogelnest auf seinem glänzenden rosa Kopf erinnerte. Aber in seiner Stimme lagen alle Farben des Regenbogens und die Glasklarheit glitzernder Tautropfen, und manchmal zitterte sie wie die samtigen Flügel von tausend Schmetterlingen. Mit dieser wunderschönen Stimme warb er um die blonde Helga, die noch stärker als sonst hinkte, sobald die Nachtigall von Weitem ertönte.

Doch dann kam ein Tag, an dem die Kinder nicht auf den Feldern oder in den Gärten spielen konnten. Noch vor der Mühle hörte Karlchen die Pfeiftöne seiner Schwester.

Kommt ein Vogel –

Er schreckte zusammen und fuhr herum. Agathe trippelte treu hinter ihm her, während eine russische Frau um die Ecke des Gebäudes bog. Er riss sich sein Hemd vom Leib und warf es auf das Huhn.

„Kinder, kommen mit!“ Sie winkte die Kinder heran. „Kirschen flüken!“

Voller Panik schaute Karlchen nach Agathe, die nicht still unter dem Zelt verharren wollte, das sich plötzlich auf sie gelegt hatte. Sein Ringelhemd setzte sich in Bewegung und machte ein paar ruckartige Schritte nach vorne und wieder zurück. In dem Moment, in dem es sich schüttelte, fiel der Blick der Russin auf das bunte Stoffbündel im Staub. Sie ging darauf zu und hob es hoch. Agathe schüttelte sich nochmals und fing an, laut gackernd zu schimpfen.

„Aaah“, sagte die Frau und griff nach dem Huhn.

„Nicht!“, schrie Karlchen. „Das ist mein Huhn! Das ist Agathe! *Agathe*, verstehen Sie?“

Aber es nützte nichts. Die Frau packte Agathe, die mit den Flügeln wild um sich schlug und laut kreischte. Ein paar braun-weiß gesprenkelte Federn schwebten sanft zu Boden, während sich Karlchen an der Schürze der Russin festkrallte und sie ihn wütend wegstieß. Dann verschwand sie mit seinem Trosthuhn rasch um die Ecke. Er rannte ihr nach, er schrie, er bettelte, er weinte. Die Frau fluchte auf Russisch und warf ihm einen bösen Blick über die Schulter zu.

Gretel kam angerannt. „Lass sie gehen. Sie versteht es doch nicht“, sagte sie. „Sie denkt, du willst das Huhn nur als Sonntagsbraten behalten.“

Er konnte es der Frau nicht begreiflich machen, dass das Huhn Agathe hieß und dass Agathe so zahm und liebevoll war, wie ein Huhn es nur sein konnte. Er konnte nicht genug Russisch, und die Russin konnte kaum Deutsch. Und wenn sie es verstanden hätte, hätte sie ihm sein Huhn vielleicht trotzdem nicht zurückgegeben.

Von Sprachlosigkeit überwältigt, setzte sich Karlchen auf die harte, vertrocknete Erde und schluchzte hemmungslos. Gretel schlang die Arme um ihn und wiegte ihn wie ein kleines Kind. „Die merkt sicher bald, was für eine gute Legehenne Agathe ist“, tröstete sie ihn. „Dann lässt sie sie sicher am Leben.“

„Glaubst du?“ Eine kleine Flamme der Hoffnung flackerte in seinem düsteren Herzen auf und erhellte die Mitte. Doch in den Ecken blieb es dunkel.

„Ja, da bin ich mir ganz sicher“, sagte seine Schwester mit fester Stimme.

In den letzten Wochen, seit sie unterwegs waren, hatte Agathe keine Eier mehr gelegt. Aber wenn man sie in einen Hühnerstall mit anderen Hühnern und einem Hahn setzte, würde sie wieder jeden Tag ihr Ei legen. Und so ein nützliches Huhn, das kostbare Eier legte, schlachtete man schließlich nicht. So dumm waren sogar die Russen nicht, dachte Karlchen.

Es war ein sehr schwacher Trost, doch genug, um sich daran festzuhalten, während er mit den anderen Kindern den Rest des Tages in den Obstgärten verbrachte, wo sie für die russischen Besatzer die saftigen, duftenden Früchte einsammeln mussten, von denen einige den salzigen Beigeschmack von Abschied bekamen.

Das waren die Früchte, die Karlchen an diesem heißen Tag im August pflückte.

* * *

Endlich durften sie weiterziehen. Unterwegs wurden sie von russischen Posten angehalten.

„Kudi? Kuda?“

„Von Rautersfelde. Nach Hause“, antwortete die Mutter. In ihrer Stimme lag der müde graue Unterton, den sie seit dem Frühjahr an sich hatte. Aber es schwang auch ein blaugrüner Ton der Vorfreude mit, der Vorfreude auf die Heimat, ihre Wohnung und – Papa? Oder bedeutete der leise rote Schatten in ihrer Stimme, dass sie Angst hatte, Papa könnte nicht zurückgekommen sein und zu Hause auf sie warten?

Der Pfosten winkte den Flüchtlingstrupp durch. Oma atmete erleichtert auf, doch es war eher ein Keuchen und Pfeifen in ihrer Brust. Der Junge wusste, dass seine Großmutter am Ende ihrer Kräfte angekommen war. Sie hatte so stark abgenommen, dass ihre Gestalt kaum wiederzuerkennen war. Und ihr Gesicht war um mindestens zehn Jahre gealtert. Die runden Wangen waren eingefallen, und zwischen ihrer Nase und den Mundwinkeln hatten sich tiefe Falten eingegraben. Die Haut war trotz der Sonnenbräune fahl, und um ihre Augen hatten sich so dunkle Schatten gelegt, dass es aussah, als hätte sie immer eine Lesebrille auf. Nur hatte sie gar keine Lesebrille mehr, denn die war mit dem Gepäck auf dem Schlitten am Bahnhof von Gerdauen verschwunden. So wie auch ihre zerfledderte Bibel mit dem braunen Ledereinband. Aber in einer der verlassenen Unterkünfte hatte sie eine Bibel gefunden und mitgenommen. Als ihre Tochter sie misstrauisch gefragt hatte, woher sie die fremde Bibel hätte, war sie fast wütend geworden. „Was soll dein dummer Stolz, Irene? Im nächsten kalten Winter verbrennen die Russen oder andere Flüchtlinge sie doch sowieso, wenn es keine Kohlen und kein Holz mehr gibt. Gottes Wort darf doch nicht verbrannt werden; deswegen hab ich sie mitgenommen."

Nun musste ihr Gretel beim Essen spätabends und frühmorgens einen Abschnitt aus der Bibel vorlesen. Dass es mit den Lesekünsten seiner Schwester noch nicht weit her war, konnte sogar Karlchen aus dem stockenden Murmeln heraushören, doch nach den ersten Zeilen fiel ihr Oma meistens ins Wort und zitierte den Rest mehr oder weniger auswendig. So lasen sie gemeinsam aus der Bibel vor und hatten beide etwas davon: Oma das vertraute Wort Gottes, das sie in der Fremde wie ein Freund aus der Heimat tröstete, und Gretel die regelmäßigen Leseübungen, die ihr die Schule ein bisschen ersetzten.

Es war Spätsommer geworden und alle hofften, unterwegs nicht mehr angehalten zu werden. Karlchen sehnte sich nach der elterlichen Wohnung und der vertrauten Umgebung, aber noch viel mehr nach Bella. Er wagte gar nicht, daran zu denken, dass der geliebte Hund nicht mehr da sein könnte. Bella gab ihm die Kraft, zusammen mit Oma und Gretel jeden Tag den Leiterwagen endlose Strecken zu schieben oder zu ziehen. Die Großmutter war so erschöpft, dass sie laut keuchte und immer wieder stolperte. Deswegen mussten die anderen auf sie Rücksicht nehmen und kamen nur langsam voran. Auf einer Landstraße wurden sie von zwei Leuten überholt, die lachend winkten und stehen blieben. Es waren Frau Witt und ihre Tochter Helga, die zu Karlchens großer Überraschung plötzlich gar nicht mehr hinkte. Sie hatte sich nur verstellt, um sich vor der Feldarbeit zu drücken.

„Na, so was", bemerkte Oma, als die beiden weitergezogen waren. „Habt ihr gesehen? Die hinkt ja gar nicht. Die hat sich nur verstellt! Die hätte zur Nachtigall gepasst – er Sänger und sie 'ne meisterhafte Schauspielerin. Manche Leute wissen wirklich, wie man's machen muss."

Von russischen Posten unbehelligt, wanderten sie weiter. Die meisten Getreidefelder waren schon abgeräumt, und durch die stoppeligen, trockenen Erdböden zogen sich lange Risse wie ausgeblutete Adern. Eine kühle Brise strich über das flache Land, und in der Luft lag schon die samtige Schwere des kommenden Herbstes. Die toten Menschen und Tiere am Wegesrand hatten sich in schwarze Holzstücke und dunkle Stofffetzen über großen und kleinen Gerippen verwandelt. An vielen Stellen waren sie schon von einer gelblich grünen Decke aus wilden Kräutern und Gräsern überzogen. So beerdigte die Natur still die unbestatteten Toten und machte keinen Unterschied mehr zwischen Mensch und Tier.

So wie es die Erwachsenen taten. Karlchen wollte nie, nie so werden wie sie. Für ihn gab es keinen Unterschied zwischen Bella und Agathe und sich. Im Gegenteil. Er fühlte sich den Tieren viel mehr hingezogen als den Menschen, denn es waren die Menschen, die diesen schrecklichen Krieg angezettelt hatten. Es waren die Menschen, die all das Leid und die Verwüstung angerichtet hatten. Und die das dann einfach wieder vergessen wollten. Die es einfach wieder *vergasen*.

Die Stadt bot einen traurigen Anblick. Überall waren Spuren der Feuer zu sehen, die die russischen Soldaten gelegt hatten. Viele vertraute Häuser waren nur noch leere, ausgebrannte Hüllen. Statt Fenstern starrten schwarze Löcher zurück. Die Straßen waren mit Unrat, Möbelresten und Scherben übersät. Auf dem Gehweg vor dem Langen Haus lag ein weißes Stuhlbein. Es war von einem Küchenstuhl aus ihrer Wohnung. Gretel erkannte die Kerben wieder, die Karlchen früher beim Wippen mit den Hacken hineingeschlagen hatte, wenn er seinen Spinat nicht aufessen wollte. Auch die Wohnung war kaum wiederzuerkennen. Sie war wie von einem Sturm leer gefegt. Alle Möbel und alle Dinge, die irgendeinen Wert gehabt hatten, waren verschwunden. Nur altes Papier und Unrat, Scherben und zerbrochene Holzteile lagen überall verstreut herum. Die geblümten Tapeten hingen in Fetzen herunter. Auch der neue Teppich, den sie noch vor der Flucht zusammengerollt unter den Betten der Eltern versteckt hatten, war weg. Der Engel aus Stroh, der jedes Jahr auf dem Christbaum gethront hatte, lag zertreten in der Ecke. Der Mutter liefen zwei stille Tränen übers Gesicht.

Stöhnend sank Oma auf den zerschrammten Dielenboden. „Alles weg! Alles, wofür wir ein Leben lang geschuftet haben, haben sie uns genommen. Einfach weg. Nein, ich will nicht mehr“, murmelte sie weinend.

In ihrem alten Zimmer fanden die Kinder unter einem Haufen zerschlissener Bettlaken zwei ihrer Gesangsbücher. Offensichtlich hatten die Plünderer keine Verwendung für deutsche Kirchenlieder. Aber dafür hatten sie die Mahagonimöbel und das gute Seltmann-Sonntagsporzellan und den neuen Teppich zum Bahnhof gebracht und nach Russland verschafft.

Karlchen ging mit den Gesangsbüchern in die gute Stube, beugte sich vor und hielt sie der Großmutter hin. „Hier, Oma, die sind noch da“, sagte er tröstend.

Sie blickte auf. Zwischen ihrer Nasenspitze und Oberlippe glänzte der Tränenschleim. Er wich zurück, als sie sich mit dem knöcherigen Handrücken die Augen trocknete und ihm mit derselben feuchten Hand über die Wange strich, aber er überwand sich schnell, damit die arme alte Frau nicht merken sollte, dass er sich vor ihr ekelte.

„Ach, mein lieber Jung“, sagte sie mit düsterer Stimme. „Wie könnt ich denn jetzt noch singen?“

„Komm, wir wollen gucken, ob die Spielsachen noch da sind“, sagte Gretel müde. Froh, das Weinen der Frauen nicht länger mit ansehen zu müssen, stieg Karlchen mit ihr auf den Dachboden. Auch dort waren sämtliche Truhen und Kisten durchwühlt. Außer Lumpen und Papas alter *Flora*-Zeitschriftensammlung war alles mitgenommen worden. Ihr altes Schaukelpferd, Karlchens neuer roter Holzroller, das Kaspertheater samt Kasper und dem Teufel. Karlchen dachte daran, wie sich Gretel früher die Gretelpuppe über die Hand gestülpt und „sich selber“ gespielt hatte. Sie hatte immer den von ihm gespielten Kasper vor dem bösen Teufel retten müssen. Auch die Gretelpuppe war verschwunden. Das einzige, was von seiner Kindheit noch übrig geblieben war, war sein alter gelber Teddybär. Der war schon so kahl und abgewetzt, dass sogar die Russen ihn verschmäht hatten. Jetzt lag er mit der Schnauze auf den staubigen Holzbrettern; sein linkes Ärmchen war abgerissen und hing nur noch an einem Faden. Karlchen hob ihn auf und drückte ihn an sich, auf die Stelle in der Brust, die von den ungeweinten Tränen brannte.

Dann stieg er die Dachtreppe herunter und rannte mit klopfendem Herzen zum Hof der Schillacks, um Ausschau nach Bella zu halten.

7

Sehr schnell stellte sich heraus, dass nicht nur alle Wohnungen leer waren, sondern auch alle Keller ausgeplündert. Im Keller des Langen Hauses waren die Gläser mit dem Fleisch des Schweins, das sie im letzten Jahr geschlachtet hatten, verschwunden. Gretel erinnerte sich noch daran, wie Frau Haak ihre Mutter gefragt hatte, für wen sie sich die Mühe machte, denn die Russen waren nicht mehr weit gewesen.

„Na, meinen Sie, die haben keinen Hunger?“, hatte Mutti trocken erwidert.

Woraufhin beide damals über ihren Scherz gelacht hatten.

Nun waren tatsächlich all ihre Vorräte weg. Vielleicht waren es auch die deutschen Flüchtlinge gewesen, die alles aufgegessen hatten. Irgendwie tröstete der Gedanke, dass ihre Essensvorräte andere Flüchtlinge vor dem Hungern bewahrt hatten, Gretel.

Im Nachbarkeller war das ganze Hab und Gut, das die Haaks dort im gestampften Erdboden vergraben hatten, ausgebuddelt worden. Mutti schüttelte nur noch wortlos den Kopf und Oma stöhnte leise.

„Wie furchtbar“, jammerte sie. „Das ist doch kein Leben mehr! Kein Bett zum Schlafen und nichts zum Essen. Nein, das halte ich nicht aus.“

Bevor die Familie weiterzog, bestand die Großmutter darauf, die langen Holzbretter, auf denen die Gläser mit dem Eingemachten immer verstaut worden waren, von den Wänden zu holen und auf den Leiterwagen zu legen.

„Das sind die Bretter für meinen Sarg“, sagte sie. „Ich will nicht ohne Sarg begraben werden.“

Mit den Brettern und dem Gepäck auf dem Leiterwagen zogen sie weiter in Richtung Plewkaplatz. In einer der letzten freien Wohnungen der Neuendorfer Straße fanden sie ein Zimmer, in dem sich noch keine Flüchtlinge einquartiert hatten. Die anderen Zimmer waren alle schon von obdachlosen Gerdauern belegt.

Darunter war auch eine Frau Casimir mit ihren fünf Kindern. Frau Casimir war hochschwanger, doch auch das schützte sie nicht vor den russischen Soldaten. In den nächsten Tagen bekam Gretel geschockt mit, wie die Männer polternd ins Haus kamen, in Frau Casimirs Zimmer verschwanden und die arme Frau kurz darauf anfing, „Nein, nicht, lasst mich!“ zu schreien und sich verzweifelt zu wehren. Auch ihre Kinder schrien und weinten in diesen Minuten, die endlos schienen. Gretel vergrub sich dann immer unter den Kleidern, die ihr als Bettdecke dienten, und hielt sich die Ohren zu. Aber das machte das Schreien und Weinen nur etwas dumpfer; es ließ sich nicht abschalten. Wenn die Russen tagsüber kamen, rannten die Kinder schnell aus dem Haus und ein paar Häuserblöcke weiter, so lange, bis sie nichts mehr hören konnten. Doch nachts durften sie das Haus nicht verlassen. Dann war es am schlimmsten; dann war es kaum zu ertragen.

Frau Casimir war eine zarte Frau mit dünner milchweißer Haut, durch die die Adern schimmerten. Wenn die Russen weg waren, blieb sie gekrümmt auf dem Bett liegend und hielt sich stöhnend den dicken Bauch, während die bläulichen Adern in ihren Schläfen sichtbar puckerten. Dann krochen ihre Kinder zu ihr aufs Bett und schlangen die Arme um ihren Hals und ihre Beine. Einmal spähte Gretel durch die offene Tür, als die anderen Flüchtlingsfrauen nach dem grauenhaften Ereignis ins Zimmer eilten, um nach ihr zu sehen. Die Kinder hingen an ihrer Mutter wie verängstigte kleine Äffchen.

Eines dieser brutalen Überfälle löste ihre verfrühte Niederkunft aus. Die anderen Frauen hatten ihr für die Entbindung ein Bett im Haus von Bauer Hellmich zurechtgemacht.

Frau Casimir kam nicht mehr lebend aus diesem Zimmer heraus. Am Abend, als die Frauen beim Essen in der Küche zusammensaßen, unterhielten sie sich darüber, was geschehen war. Zwar hatte sie das Kind – ein Mädchen – zur Welt gebracht, doch die Nachgeburt kam nicht. Als die Frauen helfend eingreifen wollten, bat Frau Casimir sie, sie in Ruhe sterben zu lassen. Sie rief ihre Kinder zu sich ans Bett und nahm den kleinen Streithähnen das Versprechen ab, sich von nun an zu vertragen. Dann starb sie.

Die Männer aus der Nachbarschaft zimmerten aus Brettern einen Sarg. „So einen will ich dann auch, wenn es so weit ist", sagte Gretels Großmutter, als Frau Casimir auf dem Kirchhof begraben wurde. Mutti hielt eine kurze Grabrede, alle sangen ein Lied und beteten das Vaterunser.

Die älteste Tochter von Frau Casimir, die so alt war wie sie, stellte ein Glas mit roten und gelben Astern aufs Grab, und Gretel legte eine gelbe Rose dazu, die sie in einem der Gärten gefunden hatte. Die Kinder zankten sich nicht, sondern standen mit verweinten Gesichtern da und senkten die Köpfe, als wären sie schuld am Tod ihrer Mutter.

Das kinderlose ältere Ehepaar Fränkel nahm den Säugling auf. Der russische Kommandant bewilligte ihnen sogar Milch für das Neugeborene, dessen Mutter in ihren letzten Lebenstagen oft ihre Wut darüber geäußert hatte, dass ihr Mann ihr so kurz vor der Flucht noch ein Kind gemacht hätte. Davon wussten die Russen natürlich nichts. Anscheinend hielten sie das Baby für das Kind eines Russen, der die Frau vergewaltigt hatte.

„Nur deswegen haben die doch die Milch bewilligt", sagte Frau Fränkel. „Verratet denen bloß nicht, dass es einen deutschen Vater hat!"

Die Flüchtlinge hielten dicht, denn das Schicksal der Casimirs hatte alle erschüttert, sogar die Kinder.

Niemand wusste, was aus den fünf größeren Casimir-Kindern wurde. Nach dem Tod ihrer Mutter wurde es im Haus ziemlich still. Was fehlte, war ihr Geschrei und Gezänke. Sie waren spurlos verschwunden. Nur der alte Herr Fritjof konnte berichten, dass sie am Tag nach der Beerdigung mit Rucksäcken und einem kleinen Holzwagen an seinem Haus vorbeigezogen waren.

„Wie im Gänsemarsch sind sie vorbeigelaufen", erzählte er. „Mit gesenkten Köpfen und ohne ein Wort zu sagen. Ich hab ihnen hinterhergerufen und gefragt, wohin sie denn gehen wollten, aber der Älteste, der Johann, hat nur kurz über die Schulter geschaut und den Kopf geschüttelt. Die armen Kinder! Na ja, vielleicht sind sie ja nach Insterburg. Da soll eine Tante von ihnen wohnen. Aber ob die noch da lebt?"

Ob die überhaupt noch lebt, dachte Gretel und ihr Herz wurde schwer wie ein Stein.

8

Die Welt um ihn herum hat sich verabschiedet. Er ist ganz allein mit dem Hund.

Dumpfe Geräusche dringen von irgendwo da draußen ins dunkle Zimmer. Die Luft ist stickig und riecht nach moderigen Tapeten und kaltem Schweiß. Er wälzt sich auf dem Bettlager und wundert sich, woher der Schweiß kommt. Es ist doch so kalt hier, dass ihn immer wieder Schüttelfrost überkommt. Am schlimmsten ist es, wenn er an die Kälte denkt. Dann antwortet sein Körper mit einer bebenden Welle.

Manchmal denkt er an den Hunger. Dann krampft sich sein Magen zusammen.

Am ehesten ist es auszuhalten, wenn er vor sich hin dämmert. Schlafen kann er vor Hunger und Kälte kaum noch. Sein Körper kämpft gegen den Schlaf an, als hätte er noch Hoffnung.

Manchmal erinnert er sich daran, dass Gretel mit Essen wiederkommen wollte. Dann krampft sich wieder sein Magen zusammen. Es ist ein stummer Schrei, der immer schwächer wird.

Auf dem Hof der Schillacks war Bella nicht.

Das Haus der Schillacks war abgebrannt, und die Flammen hatten sich bis in die Werkstatt des Tischlers gefressen und alle Bretter und Holzreste verschlungen. Bellas verkohlte Eisenkette lag wie ein großer schwarzer Wurm auf dem Boden an derselben Stelle, an der sie mit einem Ring an der Häuserwand befestigt gewesen war.

Es war der traurigste Anblick, den Karlchen in diesem ganzen Krieg erlebt hatte.

Doch er gab nicht auf. Er fing an, den Hund zu suchen, seinen Hund, seine Bella. Es war nicht nur, weil er sie brauchte. Vielleicht brauchte sie ihn auch. Vielleicht steckte sie irgendwo fest, war eingefangen worden, vielleicht müsste er sie retten. In seinem Herzen rief sie ihn, ja, er konnte ihr leises, sehnsüchtiges Bellen förmlich hören. Den ganzen Tag über war er unterwegs, nur zu den Mahlzeiten ließ er sich bei seiner Mutter blicken, damit sie ihn nicht vermisste und ihm verbat, das Grundstück zu verlassen. Seiner Schwester fielen seine langen Stunden der Abwesenheit auf, und sie fragte ihn danach, doch nachdem er ihr mit brennendem Blick erklärt hatte, dass er Bella suchen *musste*, deckte sie ihn, wenn Mutti oder Oma nach ihm fragten.

Davon erzählte sie ihm abends flüsternd in der Ecke, während die Erwachsenen kochten und aufräumten. Dafür musste er ihr in allen Einzelheiten berichten, was er am Tag erlebt hatte, wo er gewesen war, wem er begegnet war, welche Häuser noch standen und welche Plätze von Gerdauen zerstört waren. Denn Gretel blieb in der Straße, in Rufweite der Mutter, solange die noch die Wäsche des russischen Offiziers und seiner Freundin waschen durfte, und half ihr beim Schrubben der Flecken, dem Aufhängen der nassen Wäschestücke und dem Ausbessern von rissigen Stellen.

Karlchen war seiner Schwester dankbar dafür, dass sie ihm den Rücken freihielt. Und er erzählte ihr bereitwillig von seinen Streifzügen, weil sie eine interessierte Zuhörerin war und weil er jemanden brauchte, mit dem er seine Sehnsucht und Hoffnung teilen konnte.

Die Stadt wirkte wie ein geschändeter Leichnam. Viele Häuser waren ausgebrannt. Fenster und Türen waren herausgerissen. Ganze Hauswände von Firmen und Handwerksbetrieben waren von den Russen kaputtgeschlagen worden, um die kostbaren, aber sperrigen Maschinen herauszuholen, ohne sie vorher zu zerlegen. Auf der Straße lagen kaputte Vitrinen und Schränke. Auf dem Weg zum Schulgebäude kam Karlchen an den jämmerlichen Resten einer alten Standuhr vorbei, der man das wohl vergoldete Ziffernblatt, die Pendel und das Kopfteil geraubt hatte. Das Rückenteil der kopflosen, gesichtslosen Uhr stand auf den runden Holzfüßen, als wäre es vor Schreck erstarrt. Die alte Schule mit dem modernen Anbau für die Erstklässler stand noch, aber auch hier war von Bella nichts zu sehen.

Er lief durch die Kanalstraße zum Park hinter dem Kreishaus, dessen prächtige Fassade mit dem Säulenportal unversehrt geblieben war. Im Park waren die Kinder früher auf der alten Kanone herumgeklettert und hatten ganze Schlachten ausgefochten. Auch die Kanone stand noch und reckte nun ihr Rohr in die Höhe, als würde sie den Himmel anklagen. Hier war er oft mit Bella spazieren gegangen, und vielleicht hatte sie sich daran erinnert und wartete nun auf ihn.

Er rief immer wieder ihren Namen. Und pfiff. Sie kannte seinen Pfiff von früher. Es war ein bestimmter Zweiertriller. Sie würde ihn wiedererkennen. Er suchte alle Büsche und Hecken ab. Er kletterte auf die Bäume und schaute von oben mit zusammengekniffenen Augen alles ab.

Doch es rührte sich nichts im Laub. Kein Tierschatten schlich über das, was einst ein gepflegter Rasen mit Blumenrabatten gewesen war. Einmal huschte ein rotbraunes Eichhörnchen den Nachbarbaum herab, drehte den Kopf dem Jungen hin, blieb wie erstarrt stehen und zuckte nervös mit den Barthaaren. Gleich darauf rannte es über einen der Wege und verschwand im Gebüsch.

Er lief weiter bis ans Ufer des Banktinsees und zweimal um den See herum. Das weiße Schloss stand noch auf der Anhöhe, doch die Hecken vor dem Prachtgebäude waren verwildert, die Sprossenfenster waren eingeschlagen und auf der breiten Zufahrt lagen die Überreste eines zerschlagenen Barockspiegels zwischen Büchern und Papieren, die man offenbar aus dem Fenster geworfen hatte. Von Bella war nichts zu sehen. Als Karlchen das Schloss betrat, kam er nur bis zum zertrümmerten Treppenaufgang. Als er nach Bella rief und pfiff, antwortete nur das leise Knarren eines halb herausgerissenen Fensters, das sich an seine letzten Scharniere klammerte und im Wind schaukelte.

Auch auf dem Marktplatz drehte Karlchen mehrere Runden. Doch auch zwischen den verkohlten Ruinen der abgebrannten Apotheke Schlunk, in der nun eine Horde Kinder Versteck spielte, fand er keine Spur von Bella. Er fragte zwei Mädchen, die in den Trümmern herumkletterten und nach Porzellanbehältern und anderen Schätzen suchten, ob sie einen Hund gesehen hätten, einen großen Hund mit schwarzem Fell und blonden Pfoten und einem wunderschönen Gesicht mit einem weißen Stern auf der Stirn, der einen Schweif hatte, wie eine Sternschnuppe. Sie schüttelten den Kopf.

„Ich hab schon lange keinen Hund mehr gesehen", sagte die Größere. „Es gibt kaum mehr Hunde in der Stadt. Ich glaub, die Leute essen sie auf."

Karlchen wurde bei der Vorstellung schlecht. Der Boden schwankte wie die Schiffsschaukel damals auf dem Rummel.

„Igitt, das ist ja furchtbar", sagte die Kleinere mit weit aufgerissenen Augen. „Das könnte ich nie."

Karlchen nickte blass und bat sie, sich umzusehen, was sie ihm versprachen. Daraufhin gewöhnte er sich an, alle Leute, an denen er vorbeikam, nach dem Hund zu fragen. Die meisten schüttelten nur den Kopf und sahen ihn mitleidig an. Sie dachten wohl, der Junge hätte seinen eigenen Hund verloren.

Was in gewisser Weise ja auch stimmte.

Es gab aber auch gehässige Bemerkungen.

„Ja, den hab ich gesehen", sagte ein großer Junge. „Den hat ein Mann eingefangen. ‚Das wird 'n schöner fetter Braten', hat er noch im Weggehen gesagt." Dann grinste er hämisch und ging weiter.

„Hör nicht auf den", sagte eine Frau mit einer langen Schnittnarbe im Gesicht. Sie schüttelte den Kopf. „Das ist der junge Schmitt. Den kenne ich. Der redet immer so dummes Zeug, um die Leute zu ärgern."

Sie lächelte Karlchen, der ganz bleich geworden war, beruhigend an. Die rote Narbe auf ihrer Wange verzog sich wie ein zweiter Mund.

„Danke", sagte er tonlos und rannte schnell weg, aus Angst, seine butterweichen Knie könnten vor allen Leuten einknicken.

Während Gretel mit Fahrradspeichen aus der krausen dunkelroten Wolle, die sie von einem Pullover aufgeribbelt hatte, lauter winzige Teile strickte, die irgendein Kleiderstück für ihre bleiche selbst gemachte Puppe werden sollten, berichtete Karlchen ihr von seiner Suche.

„Das Schloss steht auch noch, aber ich bin nicht weiter als bis zur Treppe gekommen“, sagte er. „Die ist total zerstört. Aber da drin ist Bella sicher auch nicht, sonst hätte sie mich ja gehört und gebellt oder gewinselt.“

Seine Kopfhaut juckte wieder wie verrückt. Er hielt den Kopf nach unten und rieb sich die Kopfhaut. Ein paar Läuse fielen auf den Boden. Aber es kamen immer wieder neue nach.

Ihm fiel ein Lied ein, das die Leute vor der Flucht immer gesungen hatten. „Ein Jud und seine Laus ist wie die Pest im Haus...“

Vielleicht waren die Läuse, die der Krieg gebracht hatte, die Rache der Juden, weil die Deutschen sie geärgert hatten, dachte er plötzlich. Aber dann sagte Gretel etwas, das ihn sofort wieder zu dem zurückbrachte, an dem er sich festhalten konnte, dem Guten, dem Schönen, dem Hoffnungsvollen. Dem Hund.

„Also wenn Bella noch lebt, dann sucht sie doch nach Futter, oder?“, fragte sie, während sie den Wollfaden abbiss und das Strickquadrat prüfend hochhielt. „Dann muss sie in der Stadt herumstreunen, nicht draußen im Park oder im Schloss. Da haben sie doch sicher alle Vorräte aus den Schlosskellern geholt.“

Er dachte nach und wurde ganz aufgeregt. Sie hatte recht. Bella war kein Jagdhund. Sie war ein Hofhund und hatte nie gelernt, Enten oder andere kleine Wildtiere aufzuspüren und zu reißen. Um zu überleben, würde sie sich in der Nähe von Menschen aufhalten, weil es da Futter gab.

„Ich dachte bloß, weil wir oft am See spazieren gegangen sind, wartet sie vielleicht da auf mich.“ Er merkte selbst, wie dumm das klang. Und ein bisschen eingebildet. Warum hatte er geglaubt, Bella würde auf ihn warten und dabei verhungern? Nein, als Erstes würde ihr Hundeinstinkt ihr sagen, dass sie nach Futter suchen müsste. Er kam an zweiter Stelle. Oder hatte sie ihn etwa ganz vergessen?

„Wenn du sie finden willst, musst du so denken wie sie“, erklärte seine schlaue große Schwester und nahm mit dem Speichenende Maschen für das nächste Wollteil auf. „Wenn sie noch lebt, streunt sie irgendwo in der Stadt herum und sucht nach Nahrung. Wahrscheinlich in den Häusern, die noch nicht ausgebrannt sind. Vielleicht wird sie auch von irgendwelchen Leuten gefüttert. Aber die Lebensmittel werden ja immer knapper, es gibt ja kaum mehr was. Wir haben doch nur deswegen genug zu essen, weil Mutti die Wäsche von dem Russen waschen darf. Aber viele haben es nicht so gut wie wir.“

Dass die meisten anderen Leute in Gerdauen hungerten, war ihm gar nicht klar gewesen. Er hatte immer nur an Bella gedacht. Und er hatte gedacht, es wäre ganz einfach, sie zu finden.

Wenn sie noch lebt. Er wünschte, Gretel würde das nicht dauernd sagen.

„Aber warum sollte sie nicht mehr leben?“, entgegnete er heftig. „Es sind doch keine Bomben auf Gerdauen gefallen. Es ist doch nicht wie in Königsberg!“

Gretel sah ihn an und seufzte leise. Das gefiel ihm gar nicht. Aber dann nickte sie.

„Das stimmt, warum nicht? Also wenn sie noch – ich meine, wenn sie in der Stadt geblieben ist und kein Russe sie erschossen hat und keiner sie eingefangen hat, dann läuft sie jetzt durch die Gassen und sucht nach Futter. Oder sie hat sich irgendwo eine warme Ecke gesucht, wo sie schläft, wenn sie nicht gerade nach Nahrung sucht. Wahrscheinlich sogar hier in der Nähe. Hunde sind schließlich Gewohnheitstiere.“

Sie lächelte ihn mitfühlend an, und in seiner Brust breitete sich eine so tröstende Wärme aus, als hätte sie ihm aus krauser dunkelroter Wolle einen Pullover für sein Herz gestrickt.

* * *

In den nächsten Wochen klapperte er jede Gasse ab und suchte in jedem Haus nach Bella. Er ging zurück auf den Marktplatz und irrte durch die Ruinen des Hotels Reich, das wie die Apotheke niedergebrannt war. Er lief die Wilhelmstraße ab und die Kirchenstraße und die Poststraße. Er wanderte zum Rathaus und zur Kirche. Er suchte den ehemaligen Tennisplatz und den alten Spielplatz auf. Ihm kam der Gedanke, dass Bella sich ihre Nahrung vielleicht auf dem Schlachthof suchte, und schaudernd schlich er hin. Doch er traute sich nicht in das Gebäude mit den Mordinstrumenten hinein, in dem das Blut der Schlachttiere immer noch in der Luft hing. So drehte er nur mehrere Runden ums Gebäude, rief Bellas Namen und pfiff ihren Pfiff. Aber außer ein paar Ratten, die durch den Lärm aufgescheucht wurden und die raschelnd zwischen den Brettern eines kaputten Leiterwagens verschwanden, war an diesem toten Ort kein Leben zu spüren.

Erleichtert kehrte er in die Stadt zurück. Jeden Tag fragte er die Passanten, an denen er vorbeikam, und vor allem alle Kinder, denen er begegnete, denn die sahen ihn nicht mitleidig oder komisch an. Sie verstanden, dass er seinen Hund suchte, und versuchten, ihm weiterzuhelfen. Aber keiner wusste etwas über Bella.

Eines Tages traf er die Kinder aus der Hindenburgstraße wieder, die bei jedem Wetter auf der Straße spielten. Es war kalt geworden und der Wind fegte das Laub der Bäume und den Unrat des Krieges zusammen, als wollte er am Ende des Jahres aufräumen.

Fünf oder sechs Kinder spielten Verstecken um die Häuser herum. Zwei andere Kinder hatten irgendwo bunte Kreide gefunden und bemalten den Gehweg. Sie hatten ein weißes Haus mit einem roten Dach gemalt, und zwei grüne Bäume und eine gelbe Sonne …

Da kam Karlchen eine Idee. Er blieb stehen.

„Darf ich mal?“

Die Kinder hoben den Kopf.

„Darf ich meinen Hund dazumalen?“

Das kleine Mädchen sah ängstlich zu ihm hoch. Doch

der größere Junge, der ungefähr so alt sein musste wie Karlchen, nickte. „Warum nicht? Wenn du einen Hund zeichnen kannst."

Klar konnte er das. Er malte Bella in all ihrer Pracht auf den Gehweg der Hindenburgstraße. Er malte ihre gelben Pfoten und sogar die weiße Sternschnuppe auf ihrer Stirn.

„Das ist mein Hund", erklärte er. Da die Schillacks nicht mehr nach Gerdauen zurückgekommen waren, konnte er das jetzt so sagen. „Er ist eine sie und heißt Bella. Sie ist verschwunden, seit wir auf die Flucht gehen mussten. Ich suche sie überall. Habt ihr sie vielleicht irgendwo gesehen?"

Der Junge betrachtete prüfend das Bild von Bella mit ihren gelben Pfoten und dem weißen Stern auf der Stirn. „Ist das ein Schäferhund?"

„Ja, so ziemlich", sagte er aufgeregt, weil der andere Junge echtes Interesse zeigte. Vielleicht wusste er was? Vielleicht hatte er sie gesehen? „Sie ist halb Schäferhund und halb Jagdhund oder so was. Deswegen haben ihre Ohren oben einen Knick, und sie hat halblanges, seidiges Fell, schwarz, aber es schimmert rötlich. Wieso, hast du sie gesehen?"

Der Junge schüttelte den Kopf, während das Mädchen ihre Scheu überwunden hatte und stumm auf den Boden starrte. Es war offensichtlich noch zu klein, um zu verstehen, was er sagte. „Wau wau", sagte es und streckte die Hand nach dem Hundebild aus. Dann hob es den Kopf, steckte sich zwei Finger in den Mund und lächelte Karlchen an.

„Nee, ich hab keinen solchen Hund gesehen. Aber ich werde mich mal umhören", versprach der Junge. „Ich kenn alle, die hier gerade wohnen."

Karlchen strahlte ihn an. „Danke", sagte er atemlos. „Ach, das wär toll, wenn du das machst! Ich heiße Karlchen und wohne am Ende des Langen Hauses in der Neuendorfer Straße. Aber ich komm wieder – jeden Tag."

Dann eilte er weiter.

„Ich bin der Gustav", rief der Junge ihm nach.

Karlchen drehte sich um und nickte lächelnd. Der Junge

nickte zurück. Das kleine Mädchen nahm die Hand aus dem Mund und zeigte mit dem kurzen Zeigefinger auf den weißen Stern auf Bellas Stirn.

„Da da", sagte es.

Aber am nächsten Tag wurde es noch kälter und die Straßen waren vom eisigen Wind leergefegt. Als Karlchen in die Hindenburgstraße lief, in der Hoffnung, Gustav dort anzutreffen, war von dem Jungen und seiner kleinen Schwester nichts zu sehen. Die einzigen Kinder auf der Straße waren zwei ältere Jungen, die versuchten, einen langen Holzbalken in einen Hauseingang zu navigieren.

„Habt ihr den Gustav gesehen?", fragte Karlchen sie.

Doch sie schüttelten nur stumm den Kopf.

„Nee, weiß nicht", sagte der Rothaarige. „Kannst du mal mit anpacken? Hier, nimm man das Ende hier."

Karlchen packte mit beiden Händen die raue Kante an, während die Jungen das andere Ende des schweren Balkens über das Treppengeländer hievten.

„Was wollt ihr denn mit dem Balken?"

„Das gibt gutes Brennholz", erklärte der Rothaarige keuchend. „Wir haben ihn in einem Haus gefunden, hatten aber keine Säge dabei. Und wenn wir ihn liegengelassen hätten, um eine Säge zu holen, wär er sicher weg gewesen."

Als die Jungen Karlchens Hilfe nicht länger benötigten, bedankte sich der Rothaarige vom oberen Treppenabsatz aus. „Ach übrigens – zwei Familien aus der Straße mussten heute früh ihre Zimmer räumen. Kann sein, dass Gustavs Familie eine von ihnen war. Keine Ahnung, wo die hin sind."

Von einem Hund mit gelben Pfoten wussten beide nichts.

Niedergeschlagen und mit einem Holzsplitter in der rechten Hand ging Karlchen an diesem Tag zurück nach Hause.

Aber morgen würde er weitersuchen.

9

Es war Oktober, und der kurze Sommer war schon lange vorbei. Vorbei waren auch die üppigen Zeiten, in denen die Keller mit Eingemachtem gefüllt waren, die Bäume und Sträucher an ihren Früchten und Beeren schwer zu tragen hatten und sich in den Gärten unter dem grünen Bodenlaub immer eine Gurke, ein Kürbis oder Kohlrabi fand. Alle Felder waren abgeerntet, alle Beete waren abgeräumt, alles Obst, Gemüse und Getreide, Vieh und Geflügel war abtransportiert. Die Lebensmittel wurden nun rationiert, und die Rationen für die Flüchtlinge waren mager. Gretels Großmutter nahm von Woche zu Woche mehr ab, und die Haut an den einst prallen Oberarmen hing ihr wie wabbelnde, schlaffe Fetzen herunter. Auch die Mutter wurde immer magerer, während sie versuchte, den Kindern so viel wie möglich von ihrer eigenen Ration abzuzweigen. Gretel spürte Muttis Kummer darüber, dass sie nichts von Papa gehört hatte. Keiner der früheren Nachbarn und Bekannten in Gerdauen wusste etwas über seinen Verbleib, niemand hatte ihn seit Januar gesehen. Das bedeutete, dass er anscheinend nach Kriegsende nicht nach Gerdauen zurückgekehrt war.

„Vielleicht hat er Glück gehabt und ist von den Engländern oder Amerikanern gefangen genommen worden", sagte die Mutter. „Ich habe gehört, dass die ihre Kriegsgefangenen gut behandeln und regelrecht aufpäppeln. Hat der alte Maier erzählt."

Doch der Vater konnte genauso gut in den letzten Wochen erbitterter Kämpfe schwer verletzt worden sein. Er konnte an seinen Verletzungen gestorben sein.

Er konnte auch vermisst sein.

Oder sogar gefallen.

Gretel hatte genug mitbekommen, um sich die Chancen, dass ihr Vater noch am Leben war und dass er von den amerikanischen, englischen oder französischen Streitmächten gut behandelt und verpflegt wurde, auszurechnen. Die Chancen waren gering. Aber es gab sie.

Das Gleiche galt für Peter, ihren zukünftigen Ehemann. Auch von ihm gab es keine Spur. Falls er – falls er doch der gefallene Soldat am Straßenrand gewesen war – machte sie das dann zu so was wie einer Kriegerwitwe? Einige der Flüchtlingsfrauen waren schon Kriegerwitwen. Gretel schauderte. Sie wollte nicht weiter darüber nachdenken. Sie wollte lieber daran glauben, dass Gott sich um Papa und Peter kümmerte.

Um den Rest der Familie kümmerte sich Gott, indem er einen jungen russischen Soldaten schickte, der sich von Mutti seine Wäsche waschen ließ, so wie viele russische Offiziere ihre Wäsche zu deutschen Frauen gaben. Er war sehr nett und pfiff deutsche Schlager.

„Frau, wie heißt das?", fragte er Gretels Mutter, die ihm daraufhin den deutschen Text des Schlagers, dessen Melodie er gepfiffen hatte, vorsang.

Es geht alles vorüber, es geht alles vorbei.
Auf jeden Dezember folgt wieder ein Mai.

Der junge Offizier brachte auch die Wäsche seiner Freundin mit. Einmal ließ er einen hautfarbenen Büstenhalter von seinem Zeigefinger baumeln.

„Frau, was da rein? Kartoffeln?", fragte er mit unschuldiger Miene.

Gretel prustete laut los, Mutti lächelte amüsiert und Oma, die jetzt auch tagsüber auf dem Bett lag, weil sie keine Kraft mehr in den abgemagerten Beinen hatte, bekam einen Hustenanfall.

Eines Tages bekam Gretel hohes Fieber und Schüttelfrost und musste sich zu Oma ins Bett legen. Ihr Körper zitterte und ihr Kopf fantasierte. Die kalte, graue Welt um sie herum versank, und eine andere Welt voller Farben und Sonnenlicht erhob sich aus der Asche. Hier gab es keine Hungernden und keine Toten, keine Kälte und keine Not. Ab und zu spürte sie eine herrlich kühlende Brise, die ihre Stirn streichelte, und eine Stimme, die sie kannte, ohne sie benennen zu können, die „Ist ja gut, Marjellchen, ist ja alles gut" flüsterte. Einmal sagte die Stimme: „Irene, womöglich hat sie Typhus. Hoffentlich stirbt sie uns nicht weg. Ich hab die Sargbretter nicht für die Marjell mit mir rumgeschleppt." Doch Gretel verstand nicht, was die Worte bedeuten sollten. Irgendwann danach tauchte ein Engel auf, der russisch sprach und sie überall am Körper befühlte. Man gab ihr eine milchige Flüssigkeit zu trinken, die übel schmeckte, doch sie war zu schwach, um dagegen anzukämpfen. Brav schluckte sie die bittere Milch.

Dann wachte sie langsam aus dem Fiebertraum wieder auf und hatte Hunger. Als sie sich im Bett rührte, richtete sich die alte Frau, die schnarchend neben ihr lag, mit einem Ruck auf. „Ja, Gretel, geht es dir wieder besser?", fragte sie schlaftrunken und strich Gretel die schweißfeuchten Haarsträhnen aus dem Gesicht. „Irene, komm, sie ist aufgewacht!", rief sie.

Kurz darauf beugte sich das Gesicht ihrer Mutter über sie. Dann spürte sie eine kühle Hand auf der Stirn.

„Sie ist nicht mehr so heiß", sagte Mutti und seufzte erleichtert auf. Sie ging weg und kam mit einem Teller Suppe wieder.

„Hier, iss. Da ist sogar Butter drin. Die hat uns der Russe gegeben, damit du wieder auf die Beine kommst."

Gretel schlang die warme, butterige Hafersuppe gierig herunter.

„Ja, gut so, brav aufessen. Nachher bekommst du ein Stück von dem Apfelkuchen, den unser Russe extra für dich mitgebracht hat. Ist doch nett von ihm, oder?"

Zitternd vor Schwäche ließ sich Gretel in die warmen Arme dieser Welt zurücksinken. Alle waren um sie besorgt. Ein kleines Mädchen, das mit seiner Mutter und zwei Geschwistern im Nebenzimmer wohnte, kam an ihr Bett getappelt. Es griff strahlend in die herzförmige Tasche seiner kleinen roten Schürze, und dann hörte Gretel ein leises Knacken. Aus dem freudigen Stolz wurde Verwirrung, dann Entsetzen. Mit großen Augen nahm das Kind die Hand aus der Schürzentasche und starrte auf den gelben Schleim, der wie Eitertränen von den kurzen Fingern tropfte.

Dann verzog sich sein Mund und es fing an zu weinen. „Mama", heulte es, „Mama, Eichen kaputt."

Gretels Mutter musste es mit einem Stück von Gretels Apfelkuchen trösten, während die Mutter der Kleinen die kostbaren Eireste mit einem Löffel aus der Schürzentasche kratzte und sie mit den Sandkörnern und den Flusen, die darin schwammen, in eine Tasse tropfen ließ. Niedergeschlagen schenkte sie Gretel als Ersatz das letzte Ei, das sie für Apfelklöße aufgehoben hatte.

Gretel und ihrer Familie erging es dank der Schmutzwäsche, die der junge russische Offizier regelmäßig vorbeibrachte, besser. Sie hatten immer etwas zu essen, bis die Kommandantur es eines Tages ihren Soldaten verbot, die Wäsche von Deutschen waschen zu lassen.

Das war der Tag, an dem ein wildes, hässliches, großes Biest in Gretels Welt eindrang, das sich nicht mehr vertreiben ließ und von nun an alles beherrschte, Tag und Nacht, Körper und Kopf, Gedanken und Träume.

Es hieß Hunger.

10

„Es gibt bald nichts mehr zu essen", eröffnete Gretel ihm am Abend. „Es ist ein neuer Kommandeur in der Stadt, und der hat verboten, dass Mama für unseren Russen die Wäsche waschen darf."

Karlchen verstand nicht genau, was sie damit meinte. „Wieso gibt es dann bald nichts mehr zu essen? Wir essen doch nicht seine Wäsche."

Gretel verzog den Mund und hob den Blick, so als würde sie versuchen, auf ihre eigene Stirn zu schielen. Das machte sie immer, wenn sie so tun wollte, als sei er dumm. „Kapierst du denn nicht? Wir haben doch bisher nur deshalb genug zu essen gehabt, weil Mama seine Wäsche gewaschen hat! Und die seiner Freundin noch mit dazu. Was eigentlich gar nicht erlaubt ist. Dafür hat er ihr die Lebensmittel mitgebracht, aus denen sie für uns Essen kocht. Die anderen Familien, die keinen Russen haben, sind doch alle am Verhungern. Ein Knollchen Brot und ein bisschen Fett, wenn sie Glück haben. Davon wird man doch nicht satt! Hast du das gar nicht mitgekriegt?"

Karlchen spürte etwas warmes Rosarot auf der Stirn und den Wangen. Er schüttelte den Kopf. „Und warum darf Mama jetzt plötzlich nicht mehr Wäsche waschen?"

Gretel zuckte mit den dünnen Schultern. „Weil der neue Kommandeur Jude ist und alle Deutschen hasst. Darum."

Karlchen musste es hinnehmen, auch wenn er es nicht wirklich verstand. Irgendwas Schlimmes mussten die Deutschen den Juden angetan haben, dass sie nun von denen – und den Russen gleich mit dazu – so gehasst wurden. Aber niemand wollte es den Kindern erklären, was das gewesen war, das die Deutschen den Juden angetan hatten.

„Nur weil die Deutschen die Juden vergessen haben?", fragte er Gretel ungläubig. „Deswegen hassen die uns jetzt?"

Seine große Schwester sah ihn mit großen Augen an. „Nein, ich glaube, nicht deswegen."

Sie schien es auch nicht richtig zu verstehen.

„Aber Oma hat doch gesagt, die Deutschen haben sie vergessen. Vergasen. Und das ist die Vergangenheitsform von vergessen", erinnerte er sich.

„Nein, ich glaube, es hat was mit Gas zu tun. Frau Riebe aus dem Nachbarhaus hat was von Gas gesagt. Der Hitler hat dafür gesorgt, dass sie Gas verabreicht bekommen haben, und das war nicht gut für sie, und deswegen sind sie jetzt fast alle weg, und deswegen und weil wir den Krieg verloren haben, dürfen wir jetzt nicht mehr Heil Hitler sagen, sondern nur noch Guten Tag."

Gas? Es klang irgendwie unheimlich. Ein eisblauer Hauch strömte über Karlchens Rücken. Es stimmte, es waren kaum mehr Juden da. Er kannte sowieso keine Juden persönlich. In seinem bisherigen Leben in Gerdauen hatte es keine Juden gegeben. Es hatte sie nur als beiläufige Erwähnung gegeben, wenn die Erwachsenen sich unterhielten. Sie waren nur ein Wort gewesen. Die Juden. Die Juden, die früher mal unter den Deutschen gelebt hatten. Die Juden, die jetzt die Deutschen hassten.

Die Juden, die die Deutschen vergessen hatten. Nachdem sie ihnen Gas verabreicht hatten. Was nicht gut für sie gewesen war. Deswegen waren sie jetzt fast alle weg.

Es klang unheimlich. Es klang nach etwas, was man sich lieber nicht vorstellte.

Es klang nach etwas Bösem.

Er musste handeln. Schnell. Bevor sie aus der Stadt vertrieben würden. Was schon bald der Fall sein würde, wie Gretel ihm gestern gesagt hatte.

„Uns bleibt nicht mehr viel Zeit hier", hatte sie berichtet. „Der Kommandeur will alle Deutschen aus Gerdauen raus haben, hat Mama gesagt. Wenn du Bella noch finden willst – falls sie noch irgendwo hier in der Gegend ist –, musst du dich beeilen!"

Wie ein Getriebener lief er noch einmal alle Straßen und Plätze ab. An den Häusern vorbei, die die Russen angesteckt hatten. Als er den Marktplatz überquerte, spürte er einen besonders scharfen, kalten Luftzug, der wie ein Strang aus klagenden Stimmen heulend um die Ecke pfiff. Er musste an die toten Männer von Gerdauen denken. An dieser Stelle hatten die Russen alle deutschen Männer, die sich in der Stadt aufhielten, zusammengetrieben und erschossen. Das hatte er zwar nicht mit ansehen müssen, aber die Frauen hatten immer wieder darüber gesprochen. Die Stimmen im Rücken, hastete er weiter zur Wilhelmstraße, an den abgebrannten Überresten des Hotels Reich vorbei, wo früher der Eismann seine Eistüten verkauft hatte. Nun zeigten die verkohlten Balken des Gebäudes wie schwarze Finger an den grauen Himmel. Wieder klapperte er alle Gassen ab und kehrte dann zur Hindenburgstraße zurück, in der Hoffnung, Gustav doch noch mal anzutreffen.

Aber unter den drei oder vier Kindern, die auf der Straße spielten, war Gustav nicht dabei.

„Habt ihr den Gustav gesehen?", fragte er ein Mädchen in einem langen, weiten schwarzen Wollmantel, dessen Ärmel sie so oft umgekrempelt hatte, dass sie wie zwei dicke

Ringmuskeln wirkten, die ihr aus den dünnen Gelenken herauswuchsen.

Das Mädchen schüttelte den Kopf. „Nee, du, der ist schon weg. Alle, die in dem Haus gewohnt haben, mussten gestern da raus.“

Wo er hingegangen war, wusste sie auch nicht, und auch nichts von einem Hund.

„Hier gibt es bloß eine Katze, so ’ne braun-weiß gestreifte. Die hört man hier manchmal maunzen, wenn sie Hunger hat oder friert.“

Er ging ein paar Schritte weiter bis an die Stelle, an der er Bella auf den Gehweg gemalt hatte. Sein Gemälde war noch da, auch wenn es vom Nieselregen etwas verwischt worden war. Aber man konnte ihr Gesicht noch erkennen, und sogar die Sternschnuppe schimmerte noch weißlich auf ihrer Stirn.

Und da schimmerte noch etwas neben Bella auf dem Gehweg. In zartem Weiß und verblasstem Rot.

Karlchens Kopfhaut kribbelte vor Aufregung. Er bückte sich. Er kniff die Augen zusammen, um erkennen zu können, was das Weiße und das Rote war. Jemand hatte etwas in sein Bild hineingezeichnet. Etwas Weißes, etwas Rotes und etwas Braunes. Die beiden verwaschenen braunen Flecken hoben sich kaum von den grauen Steinen ab, deswegen hatte er sie zuerst für Erde gehalten.

Was sollte das bloß darstellen? Er kniff die Augen so erregt zu, dass die Lider sich verkrampften und zuckten. Jemand hatte ihm eine Nachricht auf sein Bild gemalt. Gustav? Wahrscheinlich war es Gustav gewesen. Gustav konnte wahrscheinlich auch noch nicht richtig schreiben. Denn wenn er so alt war wie Karlchen, hatte er auch auf die Flucht gehen müssen, bevor er eingeschult werden konnte. Karlchen konnte nur die neun Zahlen und die Null schreiben, und dazu seinen Vornamen. Soviel hatte Gretel ihm beigebracht. Und das ABC konnte er ungefähr entziffern. Das hatten die anderen Kinder auf der Flucht an die Tafeln in der Schule gemalt.

Der weiße Schnörkel sah tatsächlich wie ein großes G

aus. Also doch eine Botschaft von Gustav! Karlchens Handflächen schwitzten vor Aufregung und Dankbarkeit. Was war es nur, was Gustav ihm hatte mitteilen wollen, bevor er weiterziehen musste? Ein G und ein großer brauner Kasten. Das war der eine Fleck. Ein Rechteck. Daneben ein kleiner brauner Fleck, der wie eine Birne aussah. Eine Birne mit einem langen Hals. Auf der anderen Seite des Rechtecks war ein weißes Strichmännchen zu erkennen. Und zwei dicke rote Striche. Unter dem einen roten Strich war ein dicker runder roter Punkt.

Der andere rote Strich war oben flach und unten spitz. Darunter war ein dicker spitz-runder roter Punkt.

Es sah aus wie eine Träne. Eine rote Träne? Oder eher ein roter Blutfleck ...

Ein dicker roter Strich, oben flach, unten spitz, darunter ein Blutfleck?

Ein Messer. Es war ein Messer. Gustav hatte versucht, ein Messer zu zeichnen.

Trotz der verschwommenen Konturen konnte Karlchen erkennen, dass der andere Junge kein besonders guter Zeichner war. Aber er hatte sich offenbar alle Mühe gegeben, Karlchen eine lesbare Nachricht zu überbringen. Vor Aufregung und Rührung fingen Karlchens zuckende Augen an zu tränen. Er wischte sie mit dem Handrücken ab. Und weil seine Knie zitterten, setzte er sich auf die Pflastersteine vor das Gemälde mit der lebenswichtigen Botschaft an ihn.

Ein Messer mit einem Blutstropfen. Das Messer stach ihm mitten ins Herz und er musste tief Luft holen, weil ihm ganz schummerig wurde.

Ein weißes Strichmännchen ... Also ein Mann. Da war ein Mann mit einem Messer. Und ein Strich mit einem Punkt darunter.

Plötzlich dämmerte es Karlchen. Sahen Ausrufezeichen nicht auch so aus wie dieser Strich mit dem Punkt darunter? Und Fragezeichen sahen aus wie ein Ausrufezeichen, das sich krümmte? „Ein Ausrufezeichen hat einen Stock verschluckt“, hatte Theo gesagt. „Und ein Fragezeichen hat einen krummen Buckel und einen dicken Bauch", hatte Rudi kichernd ergänzt.

Stimmt, das musste ein Ausrufezeichen sein. Als Warnung an ihn. *Vorsicht, der Mann hat ein Messer!*

Ein Mann mit einem Messer. Und er hatte irgendwas mit Bella zu tun. Hoffentlich hatte er Bella nicht umgebracht. Aber würde ihm Gustav dann noch eine Warnung schicken?

Würde Gustav ihm dann überhaupt noch eine so trostlose Botschaft schicken?

Nein. Karlchen schüttelte den Kopf. Auf dieser Flucht vor diesem Krieg hatten alle Kinder schon so viele tote Menschen und Tiere gesehen, dass sie sich keine Botschaften über Tote mehr schicken würden.

Nur über Lebendige.

Bella lebte noch. Jetzt war er sich sicher. Ein Mann mit einem Messer hatte Bella.

Mit aufgeregt zuckenden Lidern betrachtete er sein Gemälde von Bella. Da war noch was Braunes, eine gekräuselte braune Linie, die von Bellas Hals bis zu dem braunen Kasten führte. Eine Schnur. Oder ein Seil. Oder auch eine Kette, falls Gustav keine graue Kreide für eine Eisenkette zur Hand gehabt hatte.

Ein Mann hatte Bella festgebunden. Und er hatte ein Messer.

Und was hatte der große braune Kasten zu bedeuten? Und daneben die braune Birne? Meinte Gustav einen Birnbaum? Hatte der Mann Bella an einen Baum gebunden? Aber hätte er dann nicht einen Baum dazugemalt?

Und warum war die Birne braun?

Karlchen blinzelte angestrengt und sah sich die Birne näher an.

Sie sah eher aus wie eine Flasche. Eine braune Flasche.

Eine Bierflasche.

Ein brauner länglicher Kasten –

Die Brauerei. Wie ein heller, heißer Blick durchzuckte der Gedanke den Jungen. Die Brauerei, na klar, die Bierbrauerei! Gustav hatte die Brauerei gemeint, sie stand ja noch. An die alte Brauerei hatte Karlchen noch gar nicht gedacht. Sie lag weit hinter dem Schloss in der Nähe des Sportplatzes.

Ein Mann mit einem Messer hatte Bella an der Brauerei festgebunden.

In seinem Herzen hörte er sie rufen, er hatte ihre Stimme immer gehört, und sie war immer lauter geworden, seit er wieder in Gerdauen war.

Er würde Bella bei der alten Brauerei hinter dem Schloss finden.

Seine Schwester bestand darauf, mitzukommen.

„Du kannst da nicht alleine hin.“ Sie schüttelte den Kopf so stur wie immer, aber sie hatte keine Zöpfe mehr, die hin und her flogen, so wie früher. „Das ist ein erwachsener Mann mit einem Messer. Vielleicht ist es ein Russe, der sich vor seiner Einheit in der Brauerei versteckt. Oder ein deutscher Soldat, der sich vor den Russen versteckt. Oder irgendein dahergelaufener Schurke. Ich komm mit. Du brauchst jemanden, der Schmiere steht, wenn du den Hund holst.“

Sie hatte recht.

„Aber wehe, du verpatzt es“, sagte er mit bebender Stimme. „Das ist meine einzige Chance, Bella da rauszuholen. Der Mann darf nicht vorgewarnt werden. Der darf nicht wissen, was ich vorhabe, auf keinen Fall, hörst du?“

Gretel verzog den Mund und richtete den Blick nach oben, als würde sie auf ihre eigene Stirn schielen. „Das weiß ich doch“, sagte sie so ungeduldig, als wäre er so begriffsstutzig wie Anna Gomme, an die er sich noch erinnern konnte. „Wann willst du los, und wie willst du es anstellen?“

Auch wenn Karlchen Bella schon ganz laut rufen hörte und er es kaum mehr erwarten konnte, sie endlich, endlich wiederzusehen, sie zu befreien, zu retten, bei sich zu haben, wusste er, dass sein Plan absolut wasserdicht sein musste. So schmiedeten die beiden Kinder einen Hauptplan und dann noch einen Notplan für den Fall, dass Bella laut bellen würde, und noch einen Plan, falls alle Stricke reißen würden, beziehungsweise falls er Bella nicht so ohne Weiteres von ihrem Strick befreien könnte …

Es dämmerte schon, als sie loszogen.

„Das ist gut“, meinte Gretel. „In den dunklen Sachen und mit dem Ruß im Gesicht wird man dich in der Dunkelheit kaum sehen können.“

„Mhm“, machte Karlchen und nickte, obwohl seine Schwester es nicht sehen konnte, weil sie geradeaus schaute. Die Aufregung und die Vorfreude verschlugen ihm die Sprache. Als sie um die Ecke bogen und der Banktinsee sich wie eine riesige schwarze Blutlache vor ihnen auftat und links neben ihm die dämmergrauen Umrisse der Schlossmühle vor dem dunkelblauen Himmel aufragten, da sackten ihm schon vor Angst und Freude die Beine weg. Er stolperte. Ein paar Kieselsteine spritzten unter seinen Füßen weg.

„Pass auf, wo du hintrittst“, mahnte seine Schwester, die nicht wusste, *was* Bella wirklich für ihn war. Das wusste keiner. Trotzdem war er jetzt froh, dass sie mitgekommen war. Zu zweit waren sie doppelt so stark und schlau.

Hoffte er.

Sie liefen weiter und schlichen sich schweigend an die Brauerei heran. Nichts rührte sich. Die ziegelroten Werksgebäude lagen im Dunkeln. Sie wirkten leer und leblos.

Und dann hörte er es.

Ein leises Wimmern. Nein, es war ein heiseres Winseln. Es war eine dünne, helle, goldgelbe Stimme, so zart wie die ersten Sonnenstrahlen im Frühling. Bellas Stimme. Es war Bella, seine Bella, die da ganz leise winselte, die ihn rief, er hatte es doch gewusst, er hatte es die ganze Zeit über gewusst –

„Psst!“, zischte Gretel und hielt ihn am Arm fest, als seine Schritte schneller wurden und seine Stimmbänder sich spannten, um zu rufen, um zurückzurufen.

BELLA!, schrie er stumm. Ich bin DA, ich bin gekommen, um dich zu HOLEN!

Das Winseln wurde lauter und nahm an Farbe zu. Es wurde zur leuchtenden warmen Sommersonne. Seine Sehnsucht wuchs und seine Stimmbänder konnten sich kaum mehr zurückhalten. Sein Schrei schwoll in der Kehle an und er bekam kaum noch Luft.

„Psst, schnauf nicht so laut!“, zischte Gretel. „Ich hör einen Hund. Ist das Bella? Erkennst du ihre Stimme?“

Er nickte heftig.

„Ich kann sie hören, aber nicht sehen“, flüsterte Gretel. „Sie muss hinter der Brauerei sein, auf der anderen Seite.“

Die Kinder schlichen an der Wand entlang und um die Ecke.

Dann zerbrach laut knackend ein Zweig unter ihren Füßen.

Um Bella zu beruhigen, pfiff Karlchen ihren Pfiff. Beim ersten Versuch kam kein Ton und nur Luft heraus, weil er aufgeregt war und weil er auch noch leise sein musste.

Aus Bellas Winseln wurde ein Räuspern, wie wenn ihre Stimmbänder eingerostet wären. Dann brach sie in ein Freudengebell aus.

Sie *sang* vor Freude. Es war die himmlischste Melodie, die Karlchen je gehört hatte.

Dann ging plötzlich knarrend eine Tür auf.

Wie erstarrt blieben die Geschwister stehen.

„O Gott.“ Gretels angstvolle Augen leuchteten weiß in der Dunkelheit. „Da ist jemand.“

Ein paar Sekunden lang vergaßen sie ihre Pläne. Wie war noch mal der Plan für den Notfall?

„Ach ja, ich weiß schon“, flüsterte sie atemlos. „Schleich du dich nach hinten. Ich lenk ihn ab.“

Noch nie war er seiner mutigen Schwester so dankbar gewesen. Er nickte und hoffte, dass sie den Mann oder die Frau oder wer immer es war gut und lange genug ablenken würde, während er Bella holte. Bella, ich komm, Bellaichkomm, *Bellaichkomm*, sang sein Herz.

Und Bella antwortete mit einem Freudenlied.

„Was ist denn? Sei still, du Köter!“, rief eine Männerstimme mürrisch. Es klang, als wäre der Mann direkt hinter der Ecke.

„Hallo?“, hörte Karlchen Gretel auf der anderen Gebäudeseite rufen. „Hallo? Emmi? Emmi, bist du da?“

„Wer ist denn da?“, rief der Mann. Seine Stimme klang schon ein paar Meter weiter weg. Offensichtlich tappte er in Gretels Falle.

Karlchens Gefühle wirbelten durcheinander. Er lachte und er weinte in sich hinein, über seine listige Schwester und weil er jetzt den Hund sah und einen Riesenschreck bekam. Der Hund war hinter der Mühle an einem Pfosten angebunden und tanzte auf dünnen Hinterbeinen, während er wie wild mit dem Schwanz wedelte und weinte und lachte. Ja, Hunde können lachen und weinen, dachte Karlchen, natürlich können sie das und sie tun es auch. Bella lachte und winselte und sang ein Lied voller Liebe und Freude und Sehnsucht. Dann lag er in ihren Armen, so fühlte es sich an, es war eine Umarmung. Nur war ihr Fell so matt und stumpf wie die Borsten einer Haarbürste. Ihre Augen glänzten kaum, aber sie waren voller Freude und Dankbarkeit. Er wollte sich seiner Freude und Trauer hingeben und hätte am liebsten in ihr Fell geweint, aber dann hörte er die Stimme des Mannes und die seiner Schwester vorne vor dem Gebäude. Das erinnerte ihn siedend heiß daran, dass er Bella so schnell wie möglich losbinden musste. Zum Glück war sie nicht angekettet. Er tastete ihren Hals ab und spürte das Seil, das sich feucht und morsch anfühlte. Mit zitternder Hand nahm er das Messer, das er mitgebracht hatte, und fing an zu schneiden, während er mit einem Ohr auf die Unterhaltung vor dem Haus lauschte.

„Wissen Sie denn nicht, wo die Emmi jetzt ist?“, fragte Gretel beharrlich. „Ich bin mit ihr zur Schule gegangen und sie hat noch mein Poesiealbum.“

Sie sprach es *Pö*-sie-album aus.

Das Seil wurde nur noch von ein paar Hanffäden zusammengehalten, als der Mann ungeduldig wurde.

„Ich kenn keine Emmi und ich weiß auch nix von einem *Pö*sialbum“, sagte der Mann unfreundlich.

Doch Gretel ließ sich nicht beirren. „Die Emmi hat hier auf dem Gut gewohnt. Und ich hab ihr mein Pösiealbum ausgeliehen, damit sie was reinschreibt. Und sie wollte ein Glanzbildchen reinkleben. Aber dann kam doch die Flucht, Sie wissen ja – und dann hab ich sie aus den Augen verloren. Und ich dachte, sie ist vielleicht hier …“

Mit einem leisen Schnappen riss das Seil. Karlchen wickelte sich das lose Ende, das von Bellas Hals herunterhing, ums Handgelenk.

„Komm“, flüsterte er, aber das wäre gar nicht nötig gewesen, denn die Hündin lief sofort mit ihm los und zog, so wie sie früher an dem Seil gezogen hatte, das er ihr zum Spazierengehen angelegt hatte, bevor sie gelernt hatte, bei Fuß zu gehen. Es war, als würde sie ihn auf einen Spaziergang in der samtig blauen Abenddämmerung führen. Die Mondsichel schimmerte noch jungfräulich zart am Himmel, und der Abendstern deutete den Sternenhimmel der kommenden Nacht erst an. Das Ziehen war herrlich, es weckte jeden Muskel und jede Sehne in seinem Körper, nur war es deutlich schwächer als damals, als seine und Bellas Welt noch in Ordnung gewesen war.

„Troll dich, du Göre“, schimpfte der Mann, „hier gibt's keine Emmi und auch keine Glanzbildchen! Du störst. Hau ab, sonst hetz ich den Hund auf dich!“

Zu diesem Zeitpunkt war der Hund schon auf dem steinigen Weg, der von der Mühle zurück in die Stadt führte. Doch da Bella aufgehört hatte zu bellen und nur noch keuchend an Karlchens Handgelenk zog, merkte der Mann das erst, als es schon zu spät war.

Als Gretel aus der Dunkelheit auftauchte. Sie strahlte, als sie den Hund sah. Und das Leuchten in den Augen ihres Bruders.

„Mensch, war das knapp“, sagte sie atemlos. „Der olle Mann ist ganz wütend geworden! Aber als ich kein Gebell mehr gehört hab, wusste ich, dass ihr es geschafft habt.“

Karlchens Welt war plötzlich wieder in den Fugen, wie ein Herz, das seinen eigenen Takt wiedergefunden hat.

11

Zwei Tage später mussten sie Gerdauen wieder verlassen.

Erneut packten sie alles Wichtige, was sie noch besaßen, auf den Holzwagen. Omas Sargbretter ragten über den Rand hinaus und mussten mit Schnur festgebunden werden, sonst wären sie hinten herausgerutscht. Aber niemand traute sich, ihr zu sagen, dass die Bretter hinderlich waren, dass sie den Wagen sperrig und schwer machten. Die alte Frau war in den vergangenen Monaten so dünn geworden, dass sie jetzt wohl weniger wog als die Holzbretter für ihren Sarg. Dabei war noch nicht einmal ein Jahr vergangen, seit sie auf die Flucht gegangen waren.

Und nun mussten sie wieder auf die Flucht, auf eine Wanderung, die nicht enden wollte.

Mittlerweile war es November geworden. Dick eingepackt zogen sie mit ihrem Leiterwagen Richtung Wehlau los. Omas Sargbretter zogen mit, und Karlchen bestand natürlich darauf, dass die Hündin Bella auch mitkam.

„Wenn sie nicht mitkommen darf, geh ich auch nicht mit", hatte er gesagt, und das mit einer Selbstverständlichkeit, bei der die Mutter aufgab, weil sie wusste, dass es zwecklos war.

„Aber wie sollen wir den Hund durchfüttern?", hatte sie gefragt. „Wir haben doch selber kaum mehr was zu essen."

Doch es hatte gar nicht mehr wie eine richtige Frage geklungen, sondern nur noch wie ein ausgesprochener Gedanke.

„Sie kriegt von meinem Essen ab", hatte Karlchen erklärt. „Ich habe eh nicht viel Hunger."

Das stimmte zwar nicht, aber Gretel wusste, dass ihr Bruder eher verhungern würde, als seine Bella zurückzulassen. In diesem Moment war sie stolz auf ihren tapferen kleinen Bruder.

So trottete der Hund neben Karlchen her.

Ihre früheren Nachbarn, Herr und Frau Leu aus dem Stadthaus sowie das alte Ehepaar Eier aus dem Langen Haus und deren erwachsene Tochter mit ihren beiden Kindern, waren auch dabei. Doch am Ende des Tages brach der alte Herr Eier auf der Straße zusammen. Er blieb auf dem eisigen Erdboden liegen.

„Geht man ohne mich weiter", sagte er. Gretel sah, wie sich sein Brustkorb hob und senkte. Beim Ausatmen pfiff die Luft aus seiner Lunge. Es klang wie ein zwitschernder Vogel, und Gretel schauderte, denn das war der singende Vorbote des Todes. Das hatte sie auf der Flucht schon oft erlebt.

Die anderen zogen weiter und suchten sich auf einem verlassenen Hof eine Schlafstätte. Am nächsten Morgen ging die Tochter von Herrn Eier an die Stelle zurück, wo ihr Vater am Abend zuvor liegen geblieben war, doch da war der alte Mann schon gestorben. Blass kam sie zu der aufbrechenden Gruppe zurück und schüttelte nur den Kopf, als ihre Mutter sie fragend ansah. Ihre Lippen zitterten, aber sie weinte nicht. Wahrscheinlich hatte sie keine Tränen mehr übrig, dachte Gretel. Das passierte vielen auf der Flucht. Sie konnten irgendwann nicht mehr weinen, weil sie keine Tränen mehr hatten. Wenn das geschah, bekamen die Erwachsenen ganz faltige Tränensäcke unter den Augen, weil sie alle Tränen vergossen hatten, die vorher darin aufbewahrt gewesen waren.

Sie kamen durch Trausen und Peißnick, und schließlich tauchte ein Gut vor ihnen auf. Es hieß Gneisenau, wie Mutti sagte. Es war in einem traurigen Zustand. Das Gutshaus stand leer. Statt Türen und Fenstern gafften schwarze Löcher. Alle Zimmer waren ausgeplündert worden. Das Herrenhaus war tot, und der Wind pfiff klagend durch die Mauern wie eine herrenlose Seele.

Die Nebengebäude waren unversehrt und nur völlig verdreckt.

Die Ankömmlinge machten sich an die Arbeit. Sie schrubbten die Böden und Fenster der intakten Gebäude, und die Männer zimmerten Bettgestelle für ein großes Schlaflager, auf dem alle nebeneinander schliefen. Nachts huschten ihnen Mäuse übers Gesicht, aber das war schon längst nichts mehr, was sie störte. Frühmorgens mussten die Frauen und Herr Leu an den Wachposten vorbei nach Trausen laufen und den ganzen Tag in einer Kolchose schuften, die die Russen dort eingerichtet hatten.

Wie in allen Häusern, die noch einigermaßen bewohnbar waren, hatten sich auch in Gut Gneisenau viele andere Flüchtlinge einquartiert. Die Klohäuschen, die draußen auf dem Gelände standen, waren eingefroren und konnten deshalb nicht geleert werden. Der Kot so vieler Menschen hatte sich in eine dunkle starre Masse verwandelt, die bis zum Frühjahr so bleiben würde – leblos und geruchlos.

So verrichteten die Bewohner ihre Notdurft, wo immer sie ein geeignetes Plätzchen fanden, in einem der Ställe und in den leer stehenden Häusern oder im Garten. Nur in dem Stall, in dem ein totes Tier lag, ging Gretel nie mehr nach dem ersten schaudernden Blick, den sie hineingeworfen hatte. Und sie hielt ihren Bruder von diesem Gebäude so gut es ging fern, bis er eines Tages blass über den Hof lief.

„Da drin liegt ein totes Pferd", sagte er wortlos und zeigte auf den Stall, der früher einmal in weißem Putz und mit edlen Holzläden gestrahlt hatte.

Sie nickte nur und er war für den Rest des Tages stiller als sonst. Das tote Pferd hatte sich zu den unzähligen anderen toten Tieren und Menschen und Schreckensbildern gesellt, die sich in Karlchens Gesicht in Gestalt einer feinen Falte zwischen den Augenbrauen festgesetzt hatten.

Viele Flüchtlinge erkrankten an Typhus. Und viele von ihnen starben daran. Mutti pflegte sie alle. Oma schimpfte sie deswegen immer wieder aus, als wäre Gretels Mutter immer noch ein Kind.

„Ach, Mutti, ich kann keinen Typhus mehr kriegen. Ich hab doch neunzehnhundertsechsunddreißig selber Typhus gehabt. Seitdem bin ich immun. Hat der Doktor gesagt."

Die Großmutter, die mittlerweile selbst so dünn und schwach wie eine Typhuskranke wirkte und fast den ganzen Tag auf ihrem Schlaflager verbrachte, schüttelte den Kopf. Und Gretels Mutter ging in eines der anderen Zimmer oder ein Nachbargebäude, um den Typhuskranken Suppe aus Kohlblättern zu bringen oder um ihnen ein frisch getränktes kaltes Tuch auf die Stirn zu legen.

Oder um dabei zu helfen, die nächste frische Leiche hinauszubringen. Die Toten wurden alle im selben Graben beerdigt. Auf der Beerdigung hielt Gretels Mutter dann immer eine kurze Grabrede.

Als sie wieder einmal dabei half, Erde auf eine tote Frau aus einem der Nebengebäude zu schütten, entdeckte sie im Gebüsch einen steif gefrorenen toten Hund. Er war offensichtlich ein schöner kastanienbrauner Jagdhund der früheren Gutsleute gewesen, aber sein Fell glänzte schon lange nicht mehr seidig, sondern war stumpf und hatte kahle Stellen, als wäre er von Motten zerfressen. Zu Herrn Leu, der auch Erde schippte, sagte sie: „Hier in den Büschen liegt ein toter Hund. Wollen Sie den nicht holen? Schließlich ist Hundefleisch gesund. Und dann haben wir endlich mal wieder einen Braten."

Natürlich war Karlchen nicht in der Nähe, als sie das sagte. Und sie zwinkerte dabei Gretel zu, die über diesen Scherz jedoch gar nicht lachen konnte, obwohl ihr seit Wochen der Magen knurrte. Doch Herr Leu nahm sie beim Wort. Noch am selben Abend holte seine Frau Mutti in den Raum, den die Leus bezogen hatten. Mitten auf dem Boden lag der tote Hund. Die Mutter fing an zu lachen. Doch Herr Leu verstand offensichtlich keinen Spaß.

„Nu man ran!", fuhr er sie grob an.

Gretel rannte entsetzt aus dem Zimmer, während die Mutter den Leus half, dem toten Tier das Fell abzuziehen. In den nächsten Tagen gab es zu Kohlblättern und den spärlichen Kartoffeln Fleisch, und Karlchen wunderte sich, warum alle beim Essen ein langes Gesicht machten. Und weshalb seine Schwester nach der ersten Fleischmahlzeit immer blasser wurde und nachts aus dem Bett stieg und sich draußen würgend übergab. Die Mutter hatte ihm gesagt, sie hätten eine tote Ziege gefunden. Doch Gretel wollte ihm nicht erklären, warum ihr von dem sehr mageren und zähen Ziegenfleisch schlecht geworden war. Er schien etwas zu ahnen, denn auch er verzichtete beim nächsten Abendessen auf seine Fleischportion und verfütterte sie an Bella.

Dieses eine Mal schimpfte die Mutter ihn nicht dafür aus, und auch die Großmutter sagte kein Wort.

Nach ein paar Wochen kam eine russische Einheit und scheuchte die Flüchtlinge aus ihren sauber hergerichteten Zimmern. Sie wurden angewiesen, die Stuben sofort zu räumen. Hastig packten die Kinder und Alten das armselige Hab und Gut zusammen, das ihnen noch geblieben war. Gretel holte ihr kostbares Tiermärchenbuch unter dem Bett hervor und stieß einen erschrockenen Schrei aus, als ein schmächtiger junger Soldat mit Pockennarben es ihr aus der Hand riss und mit schmutzigen Fingern darin herumblätterte. Als er sah, dass das Buch viel deutschen Text und nur wenige bunte Bilder enthielt, spuckte er ein paar Wörter aus, die wie „Malenkaja schliuka“ klangen, schleuderte das Buch Gretel vor die Füße und verließ das Zimmer. Sie hob es schnell auf und versteckte es zwischen dem Haufen aus Decken und Kleidern, die sie aufs Bett geworfen hatte.

Dann brachten sie alles in einen der verdreckten Ställe. Als die Frauen abends von der Arbeit zurückkamen, machten sie sich wieder daran, die Wände und Böden zu schrubben und mit den Wolldecken ein Schlaflager auf dem Stroh herzurichten, das noch vorhanden war.

Neben Gretels Familie schlief eine andere Flüchtlingsfamilie, die auch aus zwei kleinen Kindern, einer jungen Mutter und einer Großmutter bestand. Bevor die junge Frau unter ihre Decke kroch, schüttelte sie sich die Läuse aus dem Nachthemd aus. Sie regneten auf Gretels Mutter herab, die sich darüber furchtbar aufregte.

„Das hat die mit Absicht gemacht“, flüsterte sie wütend.

Dass die Bettnachbarin ihre Läuse absichtlich auf die anderen verteilte, wurde durch ihre laute Bemerkung zu ihrer Mutter bestätigt.

„Alle, die nicht melken können, müssen von hier weg, hat Alex gesagt. Aber du darfst in der Küche Kartoffeln schälen, Mutter. Dafür sorgt er."

Alex war der schmächtige pockennarbige Soldat, der Gretel beinahe ihr Märchenbuch weggenommen hätte. Eigentlich hieß er Alexej, aber das war der jungen und der alten Frau Cranz – „Cranz mit einem C" – nicht fein genug. Zu russisch halt. Gretel vermutete, dass er ihr Buch den Kindern seiner verlausten Freundin hatte schenken wollen, dass ihn aber der viele Text und die wenigen Bilder davon abgehalten hatten, weil die Kinder noch zu klein waren, um lesen zu können. Und ihre Mutter sah nicht aus wie eine, die ihren Kindern Bücher vorlas.

Wahrscheinlich kann die selber nicht lesen, dachte Gretel und gluckste bei der Vorstellung schadenfroh.

Die Bemerkung der Frau war für Muttis Ohren bestimmt, das war klar. Denn Mutti konnte auch nicht melken. Seit diesem Abend machte sie sich große Sorgen, dass sie mit ihrer Familie weggeschickt werden würde, vor allem, weil Oma so schwach und krank war, dass sie gar keine Arbeit mehr verrichten konnte. Auf dem Gut bekamen sie wenigstens jeden Tag ihren Kascha, den Brei aus Buchweizen und Wasser, und manchmal auch ein Stückchen Brot von der russischen Köchin Anna und den anderen jungen Küchenhelferinnen, die die Soldaten, ihren Leutnant und den Starschina, der für die Verpflegung zuständig war – und deren russische Geliebte Jaana und Vera – versorgten. Sie wollten auf keinen Fall vom Hof verjagt werden und sich wieder auf die Wanderung machen müssen. Vor allem jetzt, da der Wintereinbruch vor der Tür stand.

Deshalb bangte Gretel mit der Mutter mit. Sie wusste, dass Oma noch eine Wanderung nicht überstehen würde. Ihre Sargbretter waren unter der dicken Strohschicht ihrer Schlafstelle versteckt, damit keiner der anderen Flüchtlinge das kostbare Holz als Brennholz nahm. Oma hatte auf der Flucht mitbekommen, wie Kinder ihre tote Großmutter auf dem Leiterwagen zum Graben transportiert hatten, der als Massengrab für die Toten diente. Der lange graue Zopf der Alten war über den Rand des Leiterwagens gefallen und auf der Erde mitgeschleift worden. So wollte Gretels Großmutter auf gar keinen Fall sterben.

Auch Gretel spürte noch die Blasen an den Füßen und die bleierne Müdigkeit in den Knochen, die sich nach den langen Märschen des letzten Sommers bei ihr eingestellt hatten. Ihr graute es, noch mal wochenlang heimatlos von einem ausgeplünderten oder abgebrannten Gut zum nächsten traurigen Dorf, von einem Wäldchen über kahle Äcker zum nächsten See umherzuirren, nur mit einem vagen Ziel vor Augen, das die Hoffnungen auf Wärme und Geborgenheit in Enttäuschungen und Elend verwandelte, wenn es dann irgendwann vor den erschöpften Flüchtlingen auftauchte.

Eines Morgens kam der Starschina tatsächlich und fragte: „Wär iest Fraua Schuster?“

Sie saßen gerade an dem kleinen verkratzten Holztisch, den sie im Hof unter einem Haufen kaputter Dachziegeln gefunden hatten, und frühstückten. Die Mutter zuckte zusammen und wurde blass. Karlchen bekam große Augen und legte die Hand auf Bellas Kopf, als hätte der Feldwebel nach ihr gefragt und würde sie gleich mitnehmen.

Das war’s, dachte Gretel. Jetzt werden wir vom Hof gejagt. Das übersteht Oma nicht.

Die Großmutter lag hinten auf dem Strohlager und hatte die Frage des Russen daher hoffentlich nicht mitbekommen.

„Ich“, sagte Mutti tonlos.

Der Starschina winkte sie nach draußen. Die Kinder spitzten die Ohren und hörten, wie sich ihre Schritte ohne ein weiteres Wort entfernten. Auch wenn Gretel Hunger hatte, blieb ihr der Graupenbrei im Hals stecken. Wie gelähmt blieben sie am Tisch sitzen und warteten.

Die Frauen, die zur Arbeit mussten, verließen das Gebäude. Zurück blieben die Kinder, die Großmutter und die übrigen anderen alten Leute.

„Na, lang wirst den Hund nich durchfüttern können“, sagte die alte Frau Cranz zu Karlchen, als sie mit ihrer

Schüssel an den Kindern vorbeischlurfte. Der mottenzerfressene Pelz, den der pockenzerfressene Alex ihr geschenkt hatte, hing wie ein toter Bär über ihren Schultern.

„Ohne Bella geh ich nirgends wohin“, sagte er mehr zu Gretel als zu der Alten. Dann bekam er einen dieser bellenden Hustenanfälle, die er seit ein paar Wochen immer wieder hatte. Es klang, als würde ihm ein rostiger Nagel von innen den Hals zerkratzen.

„Ich weiß“, erwiderte sie geistesabwesend.

Doch dann kam die Mutter strahlend zurück und berichtete, dass sie von nun an die Wäsche für die ganze Kompanie waschen durfte. Und sie durfte sich eine Helferin aussuchen.

Die Helferin war Gretel. Sie sprang auf und fiel Mutti um den Hals.

„Wir dürfen bleiben!“, jubelte sie. „Wir müssen nicht weg von hier! Hach, ist das toll!“

Doch sie jubelte nicht lange, denn das Wäschewaschen war Schwerstarbeit. Alles, was sie dazu hatten, war Kernseife und eine Aschenlauge, die sie selbst zusammenrühren mussten. Der schlimmste Teil war das Ausspülen der Wäsche, denn dafür mussten sie hinaus an den Teich gehen, da es im Stall natürlich kein fließendes Wasser gab.

Gretel half der Mutter, so gut sie konnte. Als der Winter kam und der Teich zufror, mussten sie erst ein Loch in die Eisdecke schlagen, bevor sie die Wäschestücke im eisigen Wasser hin und her schwenken konnten. Jeden Morgen hatte sich eine neue Eishaut auf dem Loch gebildet, und ihre Hände wurden rot und rissig von der Kernseife und dem kalten Wasser. Und trotzdem waren sie froh, eine Arbeit zu haben, die ihnen hin und wieder ein Extrastück Brot oder ein paar Kartoffeln aus der Russenküche einbrachte. Köchin Anna steckte Gretel sogar manchmal zwei Äpfel zu und ermahnte sie, sie mit ihrem „Bruderchän“ zu teilen, der viel zu dünn sei. Dabei sog sie ihre Wangen ein und machte einen Fischmund, um Gretel zu zeigen, wie schmal Karlchens Gesicht war. Dann lachte sie und kniff

Gretel in die Wange, was ein bisschen wehtat, sodass Gretel das Gesicht verzog. Aber dann lachte sie schnell und bedankte sich artig, denn mit der Köchin durfte man es sich auf keinen Fall verderben.

Karlchen teilte seinen kostbaren Apfel natürlich immer mit dem Hund, und daher gab sie ihm auch noch ihren Apfelgriebsch, obwohl sie den vor Hunger am liebsten selber gegessen hätte. Aber das sagte sie ihm nicht, um ihm kein schlechtes Gewissen zu machen. Denn sie machte sich Sorgen um ihren Bruder, der immer blasser und durchsichtiger wurde und dem die alte Hose mindestens eine Größe zu groß geworden war, auch wenn die Hosenbeine längst zu kurz waren. Er wuchs nur in die Höhe, schrumpfte aber gleichzeitig in der Breite.

Und er hustete immer öfter und der Nagel in seinem Rachen klang immer rostiger.

12

Immer mal wieder kratzte und juckte es in seinem Hals und dann musste er husten. Und oft war ihm so kalt, dass er sich an Bella kuschelte. Dann wurde ihm bald wieder wärmer. Müde war er jetzt auch immer, so müde, dass er manchmal kaum mehr die Arme heben konnte und der Kopf so schwer war.

Aber er war glücklich. Karlchen war glücklich und zufrieden, auch wenn die Welt da draußen so kaputt und zerrissen aussah, als würde sie sich nie wieder zusammensetzen lassen. Und obwohl der Vater wie vom Erdboden verschluckt schien. Es war jetzt ein Jahr vergangen, seit Papa in den Krieg geholt worden war.

Auch machte Oma ihm große Sorgen. Sie war zu einer dünnen Mondsichel zusammengeschrumpft und ihre Haut schimmerte auch so fahl und gelblich wie der Mond. Sie wirkte fast durchsichtig. Und sie hustete noch viel öfters als er, und viel heftiger. Dann hustete und würgte und keuchte sie, und dann klang es immer, als würde sie gleich ihre Lunge ausspucken. Da, wo sie früher eine pralle Haut mit dicken Fettrollen gehabt hatte, hing ihr die Haut jetzt in großen gelblich fahlen Beuteln herunter. Das hatte er ein paar Mal mitgekriegt, als sie unten am Teich Katzenwäsche gemacht hatte. Und er hatte auch gesehen, dass unter ihren leeren Hautbeuteln Knochen und Rippen herausragten.

Papa und Oma und der Rest der kaputten Welt da draußen machte ihm schon Sorgen. Aber er konnte sich immer in der inneren Welt verkriechen. Hier war es warm und friedlich, denn hier war Bella. Sie folgte ihm, wohin er auch ging, und nachts schliefen sie aneinandergekuschelt in einer Ecke des Gebäudes, weil die anderen Flüchtlinge sich über den Köter beschwert hatten, wie sie Bella genannt hatten. Ausgerechnet die Frau, die immer ihre Läuse über Mama und Gretel ausschüttelte, bevor sie sich auf das Strohlager legte, hatte am lautesten über den „räudigen Flohsack“ geschimpft. Also hatte er sich schnell mit Bella weit weg in die Ecke verzogen, um Schlimmeres zu vermeiden.

Schlimmeres konnte nämlich jeden Tag passieren.

Es gab keine Hunde mehr. Die Hunde und Katzen waren aus diesem Land verschwunden. Erst waren es die Kühe und Schweine, dann die Gänse und Hühner und schließlich die Pferde, Hunde und Katzen. Je mehr die Leute hungerten, desto mehr Tiere verschwanden. Sogar die Ratten wurden immer weniger. Die Erwachsenen und die anderen Kinder überwanden immer mehr Ekelgrenzen und aßen Dinge, die sie sich vor der Flucht nie hätten vorstellen können. Nur Karlchen nicht. Er konnte es einfach nicht. Sein Körper machte da nicht mit. Sein Magen verschloss sich vor den toten Tieren dieser neuen Welt.

Und er musste Bella davor schützen. Denn seit die Läusefrau – die eigentlich Helga hieß, was wie „Olga“ klang, wenn ihr russischer Freund nach ihr rief – angedeutet hatte, dass sein Hund sicher nicht mehr lange herumstreunen würde, „wo doch die Leute alle so viel Hunger haben“, machte er sich noch mehr Sorgen um sie als um Oma. Auch wenn er das nie zugegeben hätte. Aber Oma war alt und krank. Sie stand kaum mehr von ihrem Lager auf, und wenn, dann war sie so schwach, dass die Hautlappen an ihrem Körper zitterten. Und sie hatte Wasser in den Beinen. Ihre Fesseln waren angeschwollen und bläulich verfärbt. Alle wussten, dass sie sowieso nicht mehr lange leben würde. Auch sie schien es zu wissen, denn sie betete immer öfters und immer länger vor sich hin.

Sie würde bald in eine andere Welt übergehen, die hoffentlich so friedlich und bunt war wie Karlchens innere Welt. Aber Bella, die musste weiterleben, die brauchte er dringend, um selber weiterzuleben. Ohne sie – ja, da würde auch er an diesem Husten sterben, der ihn seit einiger Zeit plagte, das spürte er genau. Sie war die Kraft, die sein Herz weiterschlagen ließ, die das Blut durch seine Adern strömen ließ, die seinem geschwächten, dünnen Körper die Kraft gab, morgens aufzustehen. Sein erster Blick am Morgen und sein letzter Blick am Abend galt Bella, dem tröstlichen Anblick ihres stumpfen Fells, ihres sehnigen, wenn auch mageren Körpers, der Sternschnuppe auf ihrer Stirn. In all dem Dreck und Gestank ihrer Unterkunft leuchtete die Sternschnuppe, als könnte der Untergang der alten Welt ihr nichts anhaben, als würde sie über allem stehen, über der Erde, irgendwo im All.

Sie hatten großes Glück. Nach wochenlangem Wäschewaschen für die gesamte Kompanie bat der Leutnant eines Tages Karlchens Mutter, für ihn, den Starschina und ihre Geliebten Jaana und Vera zu kochen. Sie wünschten sich aber nur deutsche Gerichte. Irgendwie musste sich herumgesprochen haben, dass Mutti gut kochte. Sie hatte als junges Mädchen den Haushalt der Apotheken-Schlunks geführt und da ihre Kochkünste erworben. Nun durfte sie sich das Fleisch und alle anderen Zutaten, die sie dafür brauchte, aus der Küche holen. So konnte sie den russischen Kommandeuren Königsberger Rinderfleck und Schweinefleisch mit Pflaumen kochen, falsches Hähnchen und echtes Hähnchen backen und dazu Kartoffelsalat mit

Schmand servieren. Oma und den Kindern brachte sie natürlich die feinsten Reste mit, wenn sie abends zurückkam, und sogar manchmal einen Markknochen für Bella. Da die Großmutter vieles nicht mehr verdauen konnte, blieb für die Kinder und den Hund genügend zu essen übrig, und Karlchens Beckenknochen standen wieder weniger deutlich heraus, wenn er sich am Weiher wusch.

Die verlauste Helga-Olga kochte vor Wut, als sie mitbekam, welche Sonderstellung Mutti plötzlich genoss, denn sie war einfach auf alles und jeden neidisch. Sie ließ beim Frühstücks-Kascha spitze Bemerkungen fallen, die wie Glassplitter durch die Luft flogen, aber ihr Ziel verfehlten. Denn ihr Neid prallte an der Mutter ab, die den Kindern nur stumm zuzwinkerte. Das amüsierte Karlchen und er musste lachen, wobei ihm eine Graupe in die Luftröhre rutschte und er einen langen und schmerzhaften Hustenanfall bekam.

Dennoch wunderte er sich über den Neid. Es gab unter den Flüchtlingen so viel Neid. Sie neideten sich gegenseitig die verschrumpelten Kartoffeln, die verwelkten Kohlblätter und die verwesten Fleischreste von den Tellern. Ihr Neid war gelb, und er eiterte wie eine wütende Wunde unter einem dünnen Häutchen, das verzweifelt versucht, die gärende Entzündung zuzudecken.

Diese Wunde konnte aber nicht abheilen, denn dazu hätte man sie bloßlegen und reinigen müssen. Man hätte den ganzen Dreck, der sich in ihr angesammelt hatte, entfernen müssen. Aber das tat keiner, und so gärte der stinkende gelbe Eiter in den Herzen der Leute und verwandelte sich dort in Missgunst und Neid.

Zum Glück durften sie wegen Muttis Kochkünsten in ein anderes Gebäude umziehen, in dem sie ein eigenes Zimmer bekamen, genügend weit weg von Helgas Neid und Läusen. Es ging ihnen so gut wie seit Langem nicht mehr. Der Leutnant und der Starschina kamen öfters zu Besuch und unterhielten sich auf Deutsch und Russisch und mit Gesten und viel Gelächter. Sie benahmen sich gar nicht wie gefährliche Feinde oder hasserfüllte Besatzer, sondern wollten alles Mögliche über Deutschland wissen. Sie fragten Oma nach den deutschen Bräuchen zu Ostern und Weihnachten aus, und Bella ließ sich sogar vom Leutnant hinter den Ohren kraulen, was sie sonst keinem Fremden gestattete.

„Was ist das? Deutscher Schäferhund?“, fragte der Leutnant, und als Karlchen nickte, fügte er hinzu: „Deutsche Schäferhunde sind gute Wächterhunde.“

Karlchen bekam vor Angst, der russische Offizier könnte auf die Idee kommen, dass Bella ihm ein „guter Wächterhund“ wäre, große Augen. Doch der Leutnant lachte nur und tätschelte gutmütig seine Schulter.

„Keine Angst, kannst Hund behalten, Malchik. Deine Mutter kocht so gute Essen für uns. Gute Frau.“

Die gute Frau wusch dann auch noch die großen weißen Wolltücher, die Jaana und Vera ihr brachten. Als Dank brachten die beiden Russinnen den Kindern Kekse mit, wenn sie die Tücher sauber zusammengefaltet wieder abholten.

Ende April hatte der Starschina Geburtstag und machte den Tag zu einem Festtag. Karlchens Mutter musste für ihn, den Leutnant und ihre beiden Geliebten deutschen Sauerbraten, den sie mehrere Tage lang in Buttermilch eingelegt hatte, mit Kartoffelklößen kochen. Und als Überraschung buk sie sogar eine große Apfeltorte für die Geburtstagsfeier und aus den Resten eine kleine für die Kinder und Oma.

„Aber nur, weil der Starschina heute Geburtstag hat“, sagte sie. „Nicht, weil heute zufällig auch Hitlers Geburtstag ist. Das dürft ihr ihm nicht sagen, hört ihr?“

Sie genossen die Torte schweigend, während vom Herrenhaus Gelächter und Gesang herüberschallte, wo ein russischer Offizier seinen Geburtstag am selben Tag feierte, an dem bisher jedes Jahr der Geburtstag eines ganz anderen gefeiert worden war. Der hatte dieses ausgelassene Fest an diesem kaputten Ort überhaupt erst möglich gemacht, aber den gab es jetzt nicht mehr und sein Geburtstag wurde auch nicht mehr gefeiert. Und wenn, dann nur im Verborgenen zwischen dem Schutt und der Asche des Landes, das er so zerstört hinterlassen hatte wie ein Riese, der es niedergetrampelt hatte und dann einfach weitergegangen war.

So hatten sich die Zeiten geändert.

13

Auf dem Marktplatz flattern Hemden und Jacken in den schönsten Mustern. Doch die Menschen senken den Blick, wenn sie über den Platz laufen. Sie tun so, als würden sie die verräterischen Muster nicht wieder erkennen, die eingewebten Muster, die ihre Männer und Söhne, Onkel und Neffen verraten haben.

So wie sie getan haben, als würden sie ihre Männer und Söhne, Onkel und Neffen nicht wiedererkennen, die unter den toten Partisanen waren, die vor ein paar Tagen auf dem Marktplatz ausgelegt worden waren. Alle Einwohner der Umgebung waren an den Leichen vorbeigeführt worden. Sogar ganze Schulklassen waren in Bussen herangekarrt worden, um zu sehen, ob nicht auch ihre Väter und Brüder unter den Toten waren. Die Klugen taten so, als würden sie niemanden kennen. Die Dummen verrieten sich durch eine zuckende Hand oder Tränen. Das brachte ihnen und ihren Familien Gefängnis oder den Transport nach Sibirien ein.

Gretel erkennt das Muster einer Jacke wieder. Sie ist aus dunkelbraunem Webstoff mit Streifen in einem warmen Rostrot und hellbraunen Punkten. Es ist das Muster einer Bauernfamilie, die öfters auf dem Markt Schinken und selbst gemachte Würste verkauft hat. Einmal schenkte die Bauersfrau ihr eine Leberwurst, und beim nächsten Marktbesuch bedankte sie sich mit einem Hefezopf dafür. Die Frau hat so gestrahlt, dass ihr hageres Gesicht vor Lachfalten ganz zerknittert aussah.

Jetzt lacht die Frau nicht mehr. Sie verkauft auch keine Schinken mehr. Sie ist nach Sibirien verschleppt worden. Am Muster der Jacke ihres Mannes hat man sie und ihre ganze Familie erkannt. Ein Gleisarbeiter hat einer befreundeten Nachbarin der Bauernfamilie, die nicht weit vom Bahnhof weg wohnt, ein paar Kartoffeln gebracht. Die Kartoffeln waren in Zettel eingewickelt. Auf jedem Zettel stand derselbe Satz. Wir sind auf dem Weg nach Russland.

Nur die Jacke mit den rostroten Streifen und den hellbraunen Punkten hängt noch auf dem Marktplatz, wie ein letzter Gruß.

Gretel war froh, nicht mehr ein großes Schlaflager mit den anderen Flüchtlingen teilen zu müssen. Vor allem war sie froh, die beiden Cranzes los zu sein. Denn als sie eines Morgens die Frühstücksschüsseln zum Abwaschen ins große Stallgebäude trug, hörte sie, wie sich die Tochter mit der Mutter über ihren Bruder Stephan stritt. Stephan Cranz galt als vermisst. Der Vater war vor Stalingrad gefallen, und vom einzigen Familienmitglied, das außer Mutter und Tochter noch übrig war, hatten sie seit über einem Jahr nichts mehr gehört. Sein letztes Lebenszeichen war ein Brief gewesen, den er „auf Transport" irgendwo bei Stariza an der Wolga geschrieben hatte. Er hatte wie immer so heiter geklungen, als sei er auf der Sommerfrische statt im Krieg.

„*Mutter, schick mir doch bitte eine Dose deiner selbstgebackenen Pfeffernüsse*", las die alte Frau Cranz wieder einmal ihrer Tochter aus seinem letzten Feldpostbrief vor. „*Wenn ich die dem Feind an den Kopf werfe, wirken sie tödlicher als Bleikugeln, so hart wie die sind!*"

Die Alte zog sich den räudigen Pelzmantel, den Alex ihr geschenkt hatte, enger um den Oberkörper, als würde sie frösteln.

„Glaubst du, er ist tot?", fragte die Läusefrau ihre Mutter.

Jetzt zuckte der tote Bär mit den Schultern.

„Ich weiß es doch auch nicht, Helga", sagte sie. „Aber dann kriegt ihn wenigstens diese Anna nich, die ihm vor dem Krieg immer so schöne Augen gemacht hat. Ich hab ihn damals gewarnt, das Mädchen ja nich zu schwängern, weil er es dann heiraten müsste. Und die Anna war doch nur die Tochter vom Pfarrer, die war nun wirklich nich standesgemäß für uns. Die hatten ja noch nich mal ein eigenes Haus, nur das Pfarrhaus, das die Gemeinde denen zur Verfügung gestellt hat."

Sie sagte nicht „Marjell", sondern „Mädchen", wie alle, die sich für was Besseres hielten. Nun hielt sie sich die Hand vor den Mund, um diskret mit dem Fingernagel eine Graupe aus ihrer Zahnlücke zu entfernen. Gretel, die am Wassereimer stand und lauschte, wand vor Ekel rasch den Kopf ab.

„So wie du, was, Mutter?", gab Helga spitz zurück. „Du hast es doch damals drauf angelegt, mit Stephan schwanger zu werden, damit Papa dich heiraten musste, stimmt's? Du warst damals doch nur eine dahergelaufene Magd, und Vater hatte den großen Hof mit den vielen Milchkühen und den vielen Hektar Land *und* dem Waldstück geerbt ..."

Ihre Mutter, die gerade die Graupe fein säuberlich auf dem Tellerrand abgelegt hatte, hob den Löffel, als wollte sie ihrer Tochter damit die Nase zertrümmern. „Du – du – was redest du denn da? Du undankbare Göre! Ich wollte doch immer nur das Beste für euch! Habt ihr es etwa nicht gut bei uns gehabt? Habt ihr nicht alles gekriegt, was ihr wolltet? Immer teure Kleider und alle Spielsachen, die ihr euch gewünscht habt, und sogar ein eigenes Pony!"

„Ja, ja, wir haben immer nur alles gekriegt – aber hast du uns einmal gefragt, ob wir *glücklich* waren? In diesem Elternhaus, in dem unser Vater sich nur noch in seine Arbeit geflüchtet hat, weil du ihn nicht mehr an dich rangelassen hast? Weil du ja schon das erreicht hattest, worauf du es angelegt hast – nämlich schwanger zu werden, damit Papa dich heiraten musste. Geliebt hast du ihn nicht, und jetzt ist er tot, und dir wär es lieber, wenn Stephan auch tot wäre, als dass ihn eine andere kriegt. Du bist ja so erbärmlich, sieh dich doch an, wer bist du denn jetzt? Eine alte Frau in einem alten mottenzerfressenen Pelz, den dir der russische

Freund deiner Tochter aus Mitleid geschenkt hat. Aus *Mitleid*, Mutter!“

Während die alte und die junge Frau Cranz heftig streitend ihre Schüsseln zum Wassereimer trugen, verließ Gretel hastig das Gebäude. Sie war fassungslos, dass es Mütter gab, die ihren Sohn lieber tot wussten als in den Armen einer anderen Frau. Und gleichzeitig spürte sie ganz deutlich, dass sie nicht länger dachte wie ein Kind. Ihre Gedanken waren erwachsen geworden, ohne dass sie es gemerkt hatte.

Es war fast wieder so etwas wie ein normales Leben eingekehrt. Die Soldaten der russischen Einheit wuschen sich vor dem Hauptgebäude. Sie hatten Löcher in die Dachrinne gebohrt und gossen jeden Morgen Wasser hinein. So hatten sie eine richtige, wenn auch kalte Dusche. Doch der strengste Winter war schon vorbei, und langsam wurde die Luft weniger eisig und die Tage wurden wieder länger.

Eines Tages im Frühling brachte der Soldat Stanislav Gretels Mutter sein Hemd. Es hatte in Brusthöhe ein Brandloch. Wahrscheinlich war er beim Trinken eingeschlafen und so hatte seine Zigarette das Hemd versengt. Nun bat er Mutti, ihm eine Tasche auf das Hemd zu nähen, die das Brandloch bedecken würde.

„Das kann ich nicht“, sagte sie kopfschüttelnd.

„Aber du bist doch Deutsche, du bist Spezialist“, beharrte er. „Ich kommen nachher holen.“ Er nickte überzeugt und verließ das Zimmer.

Die Mutter seufzte und drehte prüfend den Saum um. Dann holte sie ihr Nähzeug, das sie von zu Hause hatte retten können, weil sie es vor der Flucht in Karlchens Rucksack gesteckt hatte, aus dem Versteck. Gretel schaute zu, während sie aus dem Saum einen Stoffstreifen herausschnitt und daraus eine Brusttasche zauberte.

Nach einer Stunde war das Hemd fertig, und als Stanislav es abholte, freute er sich riesig darüber und hielt das Hemd bewundernd hoch.

„Wunderscheen“, sagte er. „Ich sag doch, Spezialist!“

Als Dank schenkte er ihr ein großes Stück Brot.

Nun wollten alle Soldaten so eine Tasche auf ihrem Hemd. Da die Mutter als Köchin und Wäschewäscherin schon mit genügend extra Lebensmitteln versorgt war, dachte sie an Frau Leu. Die frühere Nachbarin war jetzt ganz allein, seit ihr Mann im Januar auf Gneisenau gestorben war und sie ihn in einem Laubgrab auf dem gefrorenen Boden bestattet hatten. Sie war froh über die Chance, sich als nützlich zu erweisen und dadurch mal etwas anderes als immer nur den Kascha zu essen zu haben. Sie nähte allen Soldaten Taschen auf ihre Hemden. Zur Feier des Tages trugen viele Soldaten die Hemden mit der Tasche, die Frau Leu ihnen auf die Brust genäht hatte, als sie den ersten Mai mit viel Wodka feierten. Die Stimmung wurde immer ausgelassener, je mehr Wodka geflossen war. Der alte Fritz Groneberg, der von den Russen als eine Art Hausmeister beschäftigt wurde, spielte Akkordeon und ein paar Soldaten prügelten sich, bis ihnen das Blut aus der Nase spritzte. Der junge Vladimir, den Gretel besonders mochte, weil er immer nett und freundlich zu allen war, wurde nach der Prügelei vom Starschina an den Füßen im Kuhstall angekettet und musste dort zur Strafe die Nacht verbringen. Er tat ihr so leid, dass sie sich mitten in der Nacht mit Karlchen und ein paar der anderen Flüchtlingskinder in den Stall schlich, um ihn aufzuheitern.

Und Vladimir konnte Aufheiterung brauchen. Sein rechtes Auge war zugeschwollen und er hatte sich offensichtlich bei der Prügelei auf die Zunge gebissen. E spuckte immer wieder blutigen Speichel aus und wischte sich mit dem Handrücken über den Mund. Als er die Kinder wahrnahm, stieß er ein russisches Wort aus, das beschämt klang. Da er kaum Deutsch verstand und es im Keller dunkel war, hatte Gretel ihr Tiermärchenbuch zu Hause gelassen, denn ohne Kerzenlicht hätte sie ihm weder vorlesen noch die Bilder zeigen können.

So tat sie das, was sie selbst durch die dunkelsten Stunden der Flucht gerettet hatte: Sie sang ihm was vor. Sie sang *Heut Abend auf der Heide*, und die anderen Kinder stimmten zögernd ein, erst die ältere dunkelhaarige Liese, die immer knallrote Backen hatte, weil ihr die Wangen im letzten Winter erfroren waren, und dann Karlchen und schließlich auch der jüngere Kurt mit der Doppelzahnlücke, der dadurch immer so klang, als würde ihm eine kleine Brise durch den Mund pfeifen.

Der Soldat hörte auf zu spucken und lauschte. Gretels Stimme wurde immer fester und klarer. Sie machte weiter mit *Kommt ein Vogel geflogen* und dann *Wir treten auf die Kette* und anschließend *Mütterchen, die Milch ist alle*. Vladimir hörte still zu, manchmal summte er mit, wobei ihm blutige Bläschen blubbernd aus dem Mundwinkel quollen, und manchmal lächelte er. Die Kinder wurden müde, der junge Russe auch, und so stimmte Gretel ein Gute-Nacht-Lied ein.

Nun wollen wir singen das Abendlied
und beten, dass Gott uns behüt.
Breit aus die Flügel beide,
o Jesu, meine Freude,
und nimm dein Küchlein ein.
Will Satan dich verschlingen,
so lass die Englein singen:
Dies Kind soll unverletzet sein.

Das letzte Lied hatten die Kinder sachte und leise gesungen, weil der Atem des Soldaten immer ruhiger geworden war. Jetzt schnarchte er leise, und so schlichen sie sich auf Zehenspitzen aus dem Stall. Sie hatten ihre Mission erfüllt.

* * *

Doch die Zeit hielt nicht still, und der Alltag der Nachkriegszeit erinnerte die Flüchtlinge schon bald wieder daran, dass das Leben nicht mehr ruhig und sicher war und es auch noch lange nicht sein würde.

Zwei junge Frauen, die Schwestern waren, bewohnten den Nachbarraum. Luise hatte einen kleinen Sohn und war die weniger hübsche von beiden. Wahrscheinlich hatte sie das gerettet, denn ihre Schwester Emma war bildschön, sie hatte eine Haut wie Milch und Honig. Und sie hatte langes, gelocktes, rotbraunes Haar, das in der Sonne wie blutrote Herzkirschen am Baum leuchtete. Ihre Schönheit war ihr Fluch, denn die Russen hatten sie auf der Flucht schon so oft vergewaltigt, dass ihr Geist verwirrt war. Die Läusefrau sagte verächtlich: „Die hat ja nicht mehr alle Tassen im Schrank“, aber Gretel war nicht sicher, ob sie damit nicht doch die alte Frau Cranz meinte, die ihren eigenen Sohn lieber tot als glücklich mit einer anderen sehen wollte. Auf alle Fälle taten Emma und Luise und der kleine Junge Gretel leid, vor allem, wenn Emma den Pferden mit dem Taschentuch die Nüstern putzte und die nackte Brust anbot, weil sie die Tiere offensichtlich für ihre Babys hielt.

Immer wieder lief Emma über den Hof und hob dabei den rotkarierten Rocksaum so hoch, dass jeder sehen konnte, dass sie darunter keine Unterwäsche trug. Oft rannte sie zum Teich und wusch sich stundenlang zwischen den Beinen, als könnte sie sich dadurch von ihren Erinnerungen reinwaschen. Manchmal saß sie mit gespreizten Beinen auf der nackten Erde und stocherte sich mit einem Stock zwischen den Schenkeln herum. Es war, als würde die junge Frau den Zwang verspüren, sich die Vergewaltigungsszenen wieder und wieder vorzuspielen, wie die Nadel auf einer kaputten Schallplatte, die immer wieder in dieselbe Rille sprang, dieselben Töne spielte, dieselben Worte wiederholte. Die Pferde waren ihre ungeborenen Kinder, und ihre Schwester wurde zum Feind. Luise weinte über ihre zerbrochene Schwester und hatte große Angst vor ihr, und eines Nachts geschah es wirklich: Als Luise sich fürsorglich über die wimmernde Emma beugte, biss sie Luise ins Kinn, sodass diese vor Schmerz aufschrie und blutete. Womöglich hatte Emma ihre Schwester im Halbschlaf für einen ihrer Vergewaltiger gehalten.

In dieser Nacht verschwand Emma wie ein tollwütiges Tier im Wald und kam nicht mehr wieder. Vielleicht hatten die Russen sie erschossen, oder sie irrte in der Gegend umher oder hatte sich in einen Teich gestürzt, um sich wieder einmal von den grauenhaften Bildern in ihrem Kopf reinzuwaschen, und war dabei ertrunken.

Schöne Zeiten, das waren die Ausflüge, wenn der Leutnant und ein paar seiner Soldaten Gretel und Karlchen mit in den Wald nahmen und sie dort stundenlang umherpirschten. Manchmal schossen die Russen einen Hirsch oder einen Hasen im Gehölz, und dann gingen die Kinder allein wieder zurück, weil sie nicht zusehen wollten, wie das Tier ausblutete. Einmal beobachteten sie auf einer saftigen grünen Lichtung drei kleine Hunde, die dort in einem runden Flecken aus Sonnenlicht spielten. Vielleicht waren es auch junge Wölfe und die Mutter nicht weit weg. Vladimir versuchte, sie mit einem Stück Brot anzulocken, aber der Starschina pfiff ihn wie einen Hund zurück, weil er wohl auch Angst hatte, dass gleich eine wütende Wolfsmutter angerannt kommen könnte.

Und eines Tages – mehrere Wochen, nachdem die verwirrte Emma verschwunden war – stöberte Karlchens Hündin im Unterholz etwas Hellrotes auf, das an einem der unteren Äste einer dicken, knorrigen Eiche hing. Es war ein rot-weiß karierter Kattunstoff, den sie als Emmas Kleid wiedererkannten. Es baumelte vom Ast herunter wie von einem Garderobehaken. Zuerst bekam Gretel einen Riesenschreck, weil es aus der Ferne so aussah, als würde da die tote Emma hängen. Doch auf den zweiten Blick fehlten Kopf, Arme und Beine. Emma musste es sich ausgezogen und es fein säuberlich aufgehängt haben, bevor sie weiter durch den Wald gehetzt war, so als könnte sie damit ihre Vergangenheit abstreifen und nackt ein neues Leben anfangen. Der Leutnant suchte daraufhin mit dem Starschina und der Truppe fast den ganzen Wald ab, doch sie fanden keinen weiteren Hinweis auf Emma. Dann gaben sie die Suche auf. Sie war ja nur eine von so unzählig vielen, die dem Krieg und seiner Nachgeburt zum Opfer gefallen waren, dieses schöne verwirrte Mädchen mit einer Haut wie Milch und Honig.

* * *

Doch eines Tages im August kam der Leutnant zu Gretels Mutter und erzählte, dass die Einheit bald wieder nach Russland abziehen würde. Er bot ihr an, sich so viele Lebensmittel zu nehmen, wie sie wollte.

„Sie können sie ja vergraben", sagte er.

Aber das ging nicht, da die Flüchtlinge nicht ohne die Russen auf dem Gut bleiben durften. Mutti trocknete so viel Brot, Gemüse und Obst wie nur möglich. Beim Abschied umarmte Jaana, die Geliebte des Leutnants, Gretels Mutter und weinte bitterlich. Mutti war für sie eine Ersatzmutter geworden, und sie hatte ihr viel über die russischen Männer erzählt, die ihre Frauen anschrieen und schlugen, wenn sie zu viel getrunken hatten. Der Leutnant trank zwar nicht zu viel und er hatte sie auch nie geschlagen, aber er war verheiratet und kehrte nun zu seiner Familie in Russland zurück. Ihre Liebe ging jetzt zu Ende, und deswegen weinte sie so. Gretel hoffte für sie, dass sie in ihrer Heimat einen Mann finden würde, der unverheiratet war und der nicht zu viel trank. Auch wenn sie ein bisschen froh war, Mutti nicht mehr mit einer anderen Tochter teilen zu müssen, mochte sie Jaana, die immer gut zu ihnen gewesen war.

Als die russische Einheit abzog, verstreuten sich die Flüchtlinge aus Gneisenau in alle Winde. Die Läusefrau wurde von ihrem Freund Alex reichlich mit Lebensmittelpaketen ausgestattet, aber sie weinte beim Abschied nicht. So tief ging ihre Liebe wohl doch nicht. Herr Groneberg versuchte mit ein paar anderen Königsbergern, sich zurück in die Heimatstadt zu schlagen. Und die Mutter zog mit Oma, die durch die Ruhe und die kräftigenden Mahlzeiten auf dem Gut wieder aufstehen und herumlaufen konnte, Gretel und Karlchen den Hügel hinauf nach Neuendorf. Frau Lau schloss sich ihnen an, doch in Neuendorf verabschiedete sie sich und machte sich allein auf nach Gerdauen. Keiner wusste, ob sie es schaffen würde.

Damit gingen die guten Zeiten vorbei. In Neuendorf musste die Mutter wie alle anderen Frauen hart in der Kolchose arbeiten, die die Russen eingerichtet hatten. Sie hatten sogar Arbeitsbrigaden eingeteilt. Das bedeutete, dass die jungen Frauen die Pferde versorgten, andere in den Ställen arbeiteten und die älteren Frauen die schwere Feldarbeit verrichteten. Sie mussten auch nachts bei Vollmond arbeiten. Und sie wurden von russischen Wachposten bewacht und angetrieben. Die Mutter war jetzt immer müde und erschöpft. Ihre Augen waren stumpf und sie schien alle Hoffnung aufgegeben zu haben.

„Du kannst sagen, was du willst – es gibt keinen Gott!“, sagte sie einmal verzweifelt zur Großmutter.

„Ach Jottke, ach Jottke, Irene, versündige dich man nich!“, rief Oma entsetzt.

Aber die Hoffnungslosigkeit der Mutter saß so tief, dass sie nach ein paar Wochen Schuften schwerkrank wurde. Sie bekam vierzig Grad Fieber und schweren Durchfall. Sie dämmerte vor sich hin, während sie innerlich zu verbrennen schien. Und es gab keinen kräftigenden Haferbrei und noch nicht einmal Brot, weil hier in Neuendorf keine freundschaftlichen Verbindungen zwischen den Russen und den Deutschen erlaubt waren. Jeder erhielt nur eine wöchentliche Hungerration, die eigentlich nur knapp zwei Tage reichte.

Die Großmutter saß oft am Krankenlager der Mutter, kühlte ihr die Stirn und jammerte immer wieder: „Irene, verlass uns nicht!“

„Mutti, du darfst nicht sterben“, weinte Gretel dann, weil Omas Angst auch ihr schreckliche Angst machte.

Ihr Bruder Karlchen verzog sich mit seinem Hund und blieb oft den ganzen Tag lang weg. Wahrscheinlich konnte er den Gedanken, die Mutter zu verlieren, nicht ertragen.

Als der letzte Krümel der letzten Ration aufgegessen war und die Mutter sich unruhig auf dem Lager wälzte, holte Oma ein Waffeleisen heraus, das sie hinter ihren Sargbrettern an der Wand versteckt hatte. Sie legte es auf einen kleinen Handwagen.

„Geh damit nach Gerdauen“, sagte sie zu Gretel. „Ich kann hier nicht weg, ich muss nach deiner Mutter schauen. Geh, Marjellchen, und tausch es gegen Brot und Obst ein. Vielleicht kriegste ja auch noch ein Ei dafür.“

Gretel sah sie erschrocken an, weil sie doch erst neun war. Aber schnell wurde ihr klar, dass das die letzte Rettung war. Sie musste gehen und etwas zu essen besorgen, sonst würde Mutti sterben. Das wäre viel schlimmer, als allein nach Gerdauen zu wandern.

Es war einer dieser Augusttage, an denen der Sommer wie ein stolzer Pfau noch einmal seine ganze Pracht auffächert. Die Sonne schien, der Himmel war blau, gekrönt mit weißen Wölkchen wie Sahnehäubchen. Die Luft war samtig weich und schwer vom Duft trockener Gräser und Wildkräuter, vermischt mit dem süßsauren Geruch von Mostäpfeln im Gras. Als Gretel eine Verschnaufpause machte, fand sie sogar hinter Gestrüpp versteckt einen Apfelbaum, an dessen Zweigen ganze Trauben aus kleinen leuchtend dunkelroten Äpfeln lockten. Hungrig und durstig verschlag Gretel drei hintereinander und pflückte ein halbes Dutzend als Wegration. Auf dem Rückweg wollte sie unbedingt das Wägelchen mit den Äpfeln auffüllen, und daher markierte sie die Stelle am Wegesrand, wo die Büsche den kostbaren Schatz verbargen, mit ein paar Stöckchen.

Es war Mittagszeit, und kurz vor Gerdauen schlenderten ihr vier Russenkinder mit Schulbüchern entgegen. Die Kinder der Russen, die von den Besatzern mit dem Versprechen auf Landbesitz nach Königsberg gelockt worden waren, um es zu besiedeln, waren die einzigen Kinder, die Schulunterricht bekamen; die Kinder der Besiegten durften nicht in die Schule gehen. Die Schüler erkannten das Flüchtlingsmädchen auf den ersten Blick, vielleicht an der ärmlichen Kleidung, an den erdbeerblonden Haaren oder am eiernden Holzwagen. Sie bückten sich und sammelten am Wegesrand Steine auf, mit denen sie auf Gretel zielten. Doch die tat so, als würde sie es nicht merken, und ging einfach schneller. Sie hatte gelernt, sich tot zu stellen.

Als sie am Langen Haus angekommen war, wanderte sie von Wohnung zu Wohnung. Im Haus wohnten nun russische Offiziere mit ihren Familien. Vielleicht lebten auch die Kinder, die sie mit Steinen beworfen hatten, jetzt ausgerechnet hier in ihrem alten Haus.

Aber es brachte nichts, sich darüber aufzuregen.

Überall bot Gretel das Waffeleisen an und bat im Tausch um etwas zu essen. Überall schüttelten die neuen Bewohner den Kopf. Einer spuckte auf das Waffeleisen und schlug ihr anschließend die Tür vor der Nase zu. Manche lächelten mitleidig, und eine Russin schenkte ihr eine kleine Scheibe Brot, vielleicht weil sie vor Hunger zitterte. Sie ging weiter zum nächsten Haus, und schließlich streckte eine ältere Frau die Hand nach dem Waffeleisen aus, klappte es auf, drehte es prüfend hin und her und nickte. Sie deutete Gretel an, an der Tür zu warten, und verschwand mit dem Waffeleisen in der Wohnung. Es dauerte eine Weile, und Gretel bekam schon Angst, dass die Frau nicht mehr zurückkommen könnte. Was sollte sie dann tun? Sie konnte auf keinen Fall ohne Lebensmittel und ohne Waffeleisen nach Hause zurückgehen.

Doch dann kam die Russin wieder und drückte ihr ein schweres Bündel in die Hand.

„Da“, sagte sie lächelnd, wobei sich zwei schwarze Zahnlücken in ihrem Mund auftaten. „Gut Essen.“

Gretel bedankte sich strahlend und knickste sogar, so froh war sie, nicht betrogen worden zu sein. In einer dunklen Hausecke band sie das Bündel auf. Es enthielt einen ganzen Leib Brot, ein halbes Dutzend Kartoffeln, drei dicke Birnen, zwei Gurken, eine Handvoll Radieschen – und sogar ein Stück Blutwurst, so lang wie Gretels Hand.

Schnell wickelte sie das Tuch wieder zusammen, legte es auf den Handwagen und machte sich glückselig wieder auf den Heimweg. Fast rannte sie, um ja noch schnell auf dem Rückweg die Äpfel einzusammeln und vor Einbruch der Dunkelheit nach Neuenburg zu kommen. Als sie die Stöckchen wiedererkannte, schlüpfte sie mit dem Wagen hinter die Büsche und packte ihn mit den saftigen roten Früchten randvoll. Niemand hielt sie auf, keiner raubte sie unterwegs aus. Als sie vor dem alten Gebäude stand, in dem sie sich jetzt mit zehn anderen Personen einen

Raum im Erdgeschoss teilen mussten, atmete sie erleichtert auf.

Sie klopfte ans Fenster. „Oma", schrie sie, weil sie die kostbare Ladung nicht alleinlassen wollte und nicht alles auf einmal aufs Zimmer tragen konnte. „Oma, ich bin wieder da! Komm schnell!"

Als die Großmutter nach draußen kam, machte sie vor Staunen große Augen. „Das haste man gut gemacht", lobte sie und strahlte. „Jetzt kann deine Mutti wieder zu Kräften kommen."

Gretel fühlte sich stolz und erwachsen. Es war ein sehr ernstes Gefühl, fast so feierlich wie in der Kirche.

Ein paar Tage später musste Gretel den neuen Ausweis der Mutter auf der Kommandantur abholen. Die Mutter war zu schwach und konnte immer noch nicht aufstehen, obwohl Oma ihr jetzt jeden Tag Brotsuppe und eine Schüssel Apfelbrei ans Bett brachte.

Als Gretel auf der Kommandantur nach dem Ausweis für Irene Schuster fragte, schüttelte der russische Beamte den Kopf. „Nix ohne Unterschrift. Muss Mutter kommen."

„Mutti kann nicht kommen", erklärte Gretel. „Sie ist krank. Sie kann nicht laufen."

„Dann nix Ausweis", sagte der Beamte und wandte sich ab.

„*Ich* kann doch unterschreiben", sagte Gretel. „Ich kann schon gut schreiben."

Der Russe sah sie verwundert an. Er überlegte einen Augenblick lang, doch dann reichte er ihr die Liste mit den Linien und den vielen Unterschriften und Zahlen. „Da." Er zeigte auf die Linie neben dem Namen ihrer Mutter. „Da unterschreiben."

Er hielt ihr einen schwarzen Füllhalter hin. Dabei sagte er etwas auf Russisch zu einem zweiten Beamten, der an einem Schreibtisch in der Ecke saß. Er hob den Kopf und sah das rotblonde deutsche Mädchen an. Dann grinsten beide. Wahrscheinlich glaubten sie nicht, dass sie wirklich schon schreiben konnte. Das machte Gretel wütend und sie fühlte sich noch erwachsener. Entschlossen griff sie nach dem Füllhalter, der schwer zwischen ihren Fingern lag, und malte ihren Namen in Schönschrift auf die Linie.

Grete Schuster.

„Da“, sagte sie und überreichte dem Mann die Liste. „Und jetzt bitte den Ausweis.“

Wortlos schob der Offizier ihr den Ausweis über den Tresen.

Bevor sich Gretel zur Tür umdrehte, sah sie, dass keiner der beiden jetzt mehr grinste. Sie sahen ihr staunend nach, und das machte sie noch stolzer und erwachsener.

Als der letzte Apfel aufgegessen war und der große Hunger wieder einsetzte, schickte die Großmutter Gretel zum großen Kartoffelfeld, um ein paar Mahlzeiten zu organisieren. Das war streng verboten, aber ihnen blieb nichts anderes übrig, wenn sie nicht verhungern wollten. Ein anderes Mädchen, das kaum älter war als Gretel, kam mit. Es war ein kühler, grauer Herbsttag. Sie schlichen sich über eine Wiese zum Feld und fingen an, mit den Händen nach Kartoffeln zu graben.

Die Erde war krümelig, und es war herrlich, in ihr zu wühlen und nach den kleinen, knolligen Schätzen zu suchen. Die ständige Gefahr, vom Wachposten erwischt zu werden, machte die Suche zu einem aufregenden Abenteuer. Auch zog sich Gretels Magen vor Heißhunger zusammen, und sie buddelte so schnell wie möglich. Sie fühlte etwas Hartes, da – die erste Kartoffel, ein wahres Prachtstück, dick und oval und nach frischer Erde duftend. Ihre Hände wühlten wie Hundepfoten, bis sie wieder auf etwas Hartes stieß und die zweite Kartoffel ausgrub. Sie war kleiner.

Das andere Mädchen buddelte an einer anderen Stelle. Sie redeten kein Wort miteinander, es war zu gefährlich und sie hatten auch keine Zeit für eine Unterhaltung. Die verfilzten blonden Zöpfe des Mädchens hingen ihr wie zwei dicke Seile über die knochigen Schulterblätter und sprangen hin und her, wenn sie den Kopf wandte, um panisch an einer anderen Stelle weiterzugraben.

Gretel hatte sich einen Kartoffelsack über ihr rotes Kleid gezogen, um im Feld nicht wie eine große Tomate zu leuchten. Doch der blonde Kopf der anderen und ihre blaue Strickjacke stachen aus der Erde und den grünen Pflanzen heraus. Plötzlich hörte Gretel hinter sich leises Pferdegetrappel, und gleich darauf einen Warnschuss in die Luft. Dann wieder dumpfe Hufe auf der weichen Erde.

Wie aufgescheuchte Vögel fingen sie an zu rennen. Aber Gretel war müde und ihr Herz pochte schmerzhaft in der Brust. „Komm, wir verstecken uns im Weidenbusch", rief sie nach Luft schnappend dem anderen Mädchen zu.

Aber die Andere lief weiter in Richtung ihres Hauses. Ihre blonden Zöpfe sprangen wie zuckende Beine auf und ab, als wollten sie sie anfeuern, noch schneller zu rennen.

Gretel duckte sich um die Ecke, damit der Russe nicht sehen konnte, was sie tat, und kroch seitlich in den Busch.

Dann betete sie. Sie betete zu Gott, dass der Wachposten sie übersah.

Der Reiter war vom Pferd gesprungen und rannte nun dem blonden Mädchen nach. Gretel hörte das Pferd schnauben und sah zwischen den Weidezweigen, dass der Mann der Anderen bis zu ihrem Haus hinterherlief. Das Mädchen war zwar schneller als er, doch als es im Gebäude verschwand, saß es in der Falle. Der Wachposten hatte zwei Mädchen beim Kartoffelstehlen erwischt. Nun suchte er auch nach zwei Mädchen.

Und er fand sie in dem Zimmer, das das Mädchen mit seiner Mutter und Schwester bewohnte. Dass die Schwester kleiner und dunkelblond statt erdbeerblond war, übersah er. Nun zerrte er beide Mädchen aus dem Haus und brachte sie auf die Kommandantur. Als Strafe für den Kartoffeldiebstahl wurden beide die Nacht über in den Keller der Kommandantur gesperrt, in dem der Boden unter Wasser stand.

Gretel harrte so lange im Busch aus, bis der Posten und sein Pferd verschwunden waren und es dunkel wurde. Erst dann schlich sie sich mit der Handvoll Kartoffeln, die sie noch hastig in ihre Stofftasche gestopft hatte, nach Hause zurück. Die beiden Mädchen taten ihr zwar leid – vor allem die kleine Schwester, die sich im dunklen, nassen Keller sicher sehr fürchtete –, aber es fiel ihr nicht ein, sich freiwillig zu stellen. In diesen Zeiten ging es ums nackte Überleben, und die beiden anderen Kinder waren schließlich nicht in Lebensgefahr. Sie verschlang hungrig die ungeschälte gekochte Kartoffel, die Oma ihr als Abendessen zuteilte und die trotz der leisen Reue köstlich schmeckte.

14

Sein Magen war so leer, dass er nicht einmal mehr knurrte. Dafür zitterte er vor Kälte. Es war dunkel hier unten, und der gestampfte Boden roch nach nasser, moderiger Erde.

„Ich will nach Hause“, winselte er.

Er spürte Gretels Arm, der um seine Schultern lag und sie tröstend drückte. „Die lassen uns sicher bald wieder raus“, sagte sie mit fester Stimme, die hellblau-tapfer klang, aber mit ein bisschen Dunkelgrau unterlegt war. „Der Tschurka mag uns, der lässt uns schon wieder raus.“

Der Tschurka war ein sechzehnjähriger Russe, der schreiben und etwas deutsch konnte. Er musste die beiden Kinder bewachen, die von der Kommandantur in den Keller gesperrt worden waren, weil sie erwischt worden waren, wie sie auf einem abgeernteten Kohlfeld die übrig gebliebenen Kohlblätter eingesammelt hatten. Der Tschurka mochte die deutschen Kinder deswegen, weil er früher bei einem deutschen Bauern gearbeitet hatte, der ihn wie einen eigenen Sohn behandelt hat. Der junge Russe hatte mit der Bauernfamilie am Tisch gesessen, in einem eigenen Kämmerchen mit einer Daunendecke und sauberen Leinenbezügen geschlafen und sonntags sogar ein paar Stunden frei bekommen. Das durfte er aber den anderen Russen nicht erzählen, sondern musste ihnen sagen, der Deutsche hätte ihn schlecht behandelt. Es war streng geheim, wie auch die Tatsache, dass er die deutschen Kinder gern hatte. Aber wenn jemand sein Geheimnis an die Russen verriet, so hatte der Tschurka den Kindern gedroht, dann würden sie nach Sibirien kommen. Als der Wachposten Gretel und Karlchen auf dem Kohlfeld erwischt hatte und sie auf die Kommandantur gebracht hatte, hatte der Tschurka sie ausgeschimpft, ihre Namen aufgeschrieben und gesagt, wenn sie das noch einmal machen würden, dann kämen sie nach Sibirien.

Sibirien, das war die Hölle. Nur dass diese Hölle nicht heiß war, sondern bitterkalt, das hatte Karlchen gehört. Dort froren einem die Ohren ab, ohne dass man es merkte. Wenn man nicht aufpasste und sich an die Ohren fasste, konnten sie abbrechen. Und wenn man dann in ein warmes Zimmer kam, tauten sie auf, wurden knallrot, juckten und brannten höllisch.

Er wollte nicht nach Sibirien. Aber er wollte auch nicht in diesem kalten, feuchten Keller sitzen und hungern und Angst vor Ratten haben müssen, die ihm womöglich über die nackten Füße huschen würden. Oder ihn vielleicht sogar in den Zeh beißen.

Als viele Stunden später die Tür aufklappte, zuckte er zusammen. Er hatte Panik, herausgezerrt und doch noch in einen Waggon nach Sibirien gesteckt zu werden. Und er hatte Hoffnung, freigelassen zu werden und nach Hause zu Bella und Mutti gehen zu dürfen.

Doch es war nur eine Russin, die den Kindern zwei Paar Schuhe und Strümpfe reichte. Schweigend steckte sie Gretel sogar noch ein Päckchen zu, das in einen Lumpen gewickelt war.

Karlchen erkannte seine Schuhe und Strümpfe wieder und zog sie dankbar an. Er zwang sich dazu, von dem Stück Brot, das Gretel aus dem Lumpen gewickelt und gerecht geteilt hatte, nur Krumen abzubrechen und langsam zu kauen. Er fror nicht mehr so stark und sein Bauch wurde zwar nicht satt, aber gab sich einigermaßen zufrieden.

So vergingen die Stunden. Spätabends ging die Tür endlich noch einmal auf, und die milchigen Umrisse von Tschurkas Gesicht tauchten in der Tür auf.

„Kommen, Kinder – gehen."

Mutti war schon zu Hause und Bella auch. Die Mutter erzählte, dass zwei Frauen auf dem Feld, auf dem sie den ganzen Tag Kartoffeln – natürlich für die Russen – ausgebuddelt hatte, berichtet hatten, dass ein Mädchen und ein Junge mit einem Hund auf dem Kohlfeld erwischt und in den Keller der Kommandantur gesperrt worden waren. Da hatte sie gewusst, dass es Gretel und Karlchen sein mussten, und eine nette Russin gebeten, die Schuhe der Kinder zu holen und ihnen zu bringen, weil sie wusste, dass sie barfuß unterwegs gewesen waren.

Karlchen war ein bisschen enttäuscht, weil Bella nicht vor der Kommandantur auf ihn gewartet hatte. Aber dann erzählte Mutti, dass der Hund noch nicht da gewesen war, als sie gegen zehn Uhr endlich von der Arbeit nach Hause durfte. Und dass Bella erst eine Viertelstunde später hechelnd zu Hause aufgetaucht war und sich auf das Schüsselchen Wasser gestürzt hatte, das immer für sie in der Ecke bereitstand.

Danach, so berichtete die Mutter, hatte der Hund winselnd an der Tür gestanden, an der Tür gekratzt und versucht, sie mit der Schnauze aufzudrücken. Und dabei hatte sich Bella immer wieder nach ihr umgedreht und sie mit bittenden Augen angesehen, so als wollte sie die Mutter auffordern, mit ihr hinauszugehen.

Sie hatte also doch auf ihn gewartet und war erst dann zu Mutti gelaufen, als sie spürte, dass Karlchens Mutter wieder von der Arbeit zurück sein würde. Wahrscheinlich hatte sie gemerkt, dass er in dem Gebäude festgehalten wurde und nicht wieder herauskam, und wollte Mutti zu Hilfe holen, als diese von der Arbeit nach Hause kam.

Kluge Bella. Er küsste sie auf die Sternschnuppe und kuschelte sich in die kratzige graue Wolldecke. Solange Bella bei ihm war, war seine Welt da drinnen in Ordnung, egal, was da draußen passierte.

* * *

Aber der Hunger, der war nicht auszuhalten. Karlchens Mutter bekam für einen Monat harte Arbeit auf den Feldern gerade mal achtzehn russische Rubel und Verpflegung. Die Verpflegung für sich, Oma und die beiden Kinder bestand aus einem geräucherten Knochen, einem getrockneten Hering, einer halben Tomate und ein paar Tropfen Pflanzenöl. Manchmal gab es noch etwas Grütze oder Mehl dazu.

Viel zu wenig, um vier Personen einen Tag lang zu ernähren.

Tagsüber besorgten Oma und die Kinder das Brennholz, um das karge Mahl zu kochen. Dafür gingen sie aus dem Dorf heraus auf die Weiden, die mit Stacheldraht eingezäunt waren, der an den begehrten Holzpfählen befestigt waren. Oma nahm die Kneifzange und den Hammer aus der Manteltasche, und dann zogen Karlchen und Gretel am Stacheldraht, bis er sich vom Pfahl gelöst hatte. Danach ruckelten sie den Pfahl so lange hin und her, bis er locker genug war, um ihn aus der Erde ziehen zu können.

Wenn sie ein paar Pfähle eingesammelt hatten, hackte Oma sie mit der Axt zu Holzscheiten. Dabei trat ihr immer wieder der Leistenbruch heraus. Dann legte sie sich stöhnend auf den Boden und presste die Faust so lange auf die Stelle, bis der Bruch sich wieder zurückgebildet hatte. Währenddessen übernahm Gretel das Holzhacken. Karlchen durfte nur zusehen, weil seine Großmutter fand, er sei noch zu klein dafür. Er fand das ungerecht. Schließlich war Gretel nur ein Jahr älter als er und ein Mädchen. Aber Oma blieb hart, und so musste er sich damit zufriedengeben, alle Holzspäne einzusammeln, weil jedes Stückchen Brennholz kostbar war.

Viel schöner war es, wenn sie gemeinsam Pilze, Beeren und Brennnesseln sammeln gingen. Dann wanderten sie im Wald umher. Bella lief im Zickzack voraus, schnüffelte an diesem Busch und an jenem Baum, Gretel sang *Mütterchen, die Milch ist alle* oder *Heut Abend auf der Heide*. Wenn sie einen Haselnussstrauch gefunden hatten, sang sie *Wir rütteln dich, wir schütteln dich* und schüttelte ihn lachend. Dann musste auch Karlchen lachen. Dann war es wie in seiner Erinnerung an früher in ihrem Gemüsegarten in Gerdauen. Sie kannten eine Stelle im Wald, an der sich ein ganzer Teppich aus Heidelbeerbüschen ausbreitete. Karlchen liebte es, zwischen den saftigen dunkelgrünen Blättchen nach den kleinen prallen Kugeln zu suchen. Ihre dünne Schicht aus weißem Sternenstaub auf der leuchtend blauen Haut und ihr kleines Krönchen machte sie vollkommen. Meistens aßen sie sie aus der Hand, aber manchmal, ganz selten, konnte Mutter irgendwo einen Becher Milch gegen einen Becher Beeren tauschen. Dann gab es Heidelbeeren in blaulila Milch, wenn man ein paar Beeren mit dem Löffel zerdrückte.

Oder die Brombeeren. Die Brombeerhecken an den Wegen, die aus dem Dorf hinausführten, waren zu vielen Flüchtlingen bekannt und schon immer leer gepflückt, bevor neue Früchte nachreifen konnten. Aber sie hatten eine Stelle weit drinnen im Wald auf einer Lichtung entdeckt, auf der wilde Brombeeren wuchsen, kleine, süße, aromatische Früchte aus glänzend schwarzen Perlen, die sich weich und plump von ihrem weißen Zapfen lösten, wenn man sie in den Mund steckte, und auf der Zunge zergingen.

Aber meistens klapperten sie hungrig die Stellen ab, an denen sie hofften, noch ein paar letzte Beeren, Nüsse, Brennnesseln oder wilde Melde zu finden. Der Sommer war vorbei und alle hungerten. Muttis Rationen waren nur ein winziger Teil dessen, was sie, die Kinder und Oma zum Überleben brauchten. Oma war wieder bis auf die Knochen abgemagert und bekam immer öfter einen keuchenden Hustenanfall, der ihren dürren Körper so rüttelte und schüttelte, dass manchmal dabei auch ihr Leistenbruch heraustrat. Am Schluss konnte sie nicht mehr mit zum Beerensammeln kommen und blieb in der Nähe des Häuschens, in dem sie untergekommen waren.

Auch für die Pferde gab es nichts mehr zu fressen. Sie verhungerten oder starben an Anämie. Sie krepierten elend. Karlchen konnte es nicht mit ansehen und hielt sich von den armen Tieren fern. Die anderen Kinder warteten, bis ein Pferd zusammenbrach. Dann sagten sie es den alten Leuten, die nicht mehr in der Kolchose mitarbeiten konnten und daher tagsüber da waren. Die kamen mit Messern und Beilen auf das Feld und schnitten und hackten aus dem toten Pferd Fleischteile heraus. Wenn der Tierarzt kam, fand er nur noch die Hufe, den Schwanz und den Kopf vor. Einmal war Karlchen Bella hinterhergelaufen, als sie mit vorgestreckter Schnauze witterte und gleich darauf auf eine Wiese rannte. Er war über die Überreste des ausgeschlachteten Pferds fast gestolpert, während Bella sich auf eine Rippe gestürzt hatte, die die Leute anscheinend übersehen hatten. Karlchen war schreiend zurückgerannt, und Bella hatte vor Schreck den Knochen fallen gelassen. Doch als sie ihn eingeholt hatte, hatte sie beschämt mit dem Schwanz gewedelt und den Kopf mit dem Knochen im Maul gesenkt. Er konnte sie verstehen, sie war ein halb verhungerter Hund, aber er brachte kein Pferdefleisch herunter. Es roch nach Blut und schmeckte nach Tränen, egal wie lange Oma es auch kochte.

An einem Abend hatte Gretel nur noch das Herz eines verendeten Pferds erhaschen können. Der Tierarzt hatte sie und die anderen gewarnt, sie würden alle an dem Fleisch der kranken Tiere sterben, wenn auch vielleicht erst in zehn Jahren.

„Besser in zehn Jahren als jetzt“, hatte die alte Frau Merz gesagt, und die anderen hatten ihr nickend zugestimmt.

Aber nach dieser Mahlzeit, die Mutti in Salzwasser gekocht hatte, bekamen alle, die ein Stück des Herzens herunter geschlungen hatten, Magenkrämpfe und einen so heftigen Durchfall, dass Gretel alle halbe Stunde stöhnend nach draußen rannte. Die Großmutter erholte sich nicht mehr richtig von diesem Durchfall, der sie ihrer letzten Kräfte beraubte. Sie legte sich auf die alte Matratze, die die anderen ihr überlassen hatten, und wollte nicht mehr aufstehen.

Da beschloss Mutti, die von der harten Feldarbeit auch keine Kraft mehr hatte und klapperdürr war, dass sie es noch einmal versuchen sollten, zurück nach Hause zu gehen.

Und wieder machten sie sich eines Nachts auf nach Gerdauen.

15

Sie kamen erschöpft, aber hoffnungsvoll in Gerdauen an. Ein paar Kilometer vor Gerdauen hatte sich die Großmutter völlig entkräftet auf ihre Sargbretter im Handwagen gelegt und musste von den anderen gezogen werden.

Aber sie schafften es bis in die Kanalstraße. Dort suchten sie sich eine Wohnung mit ein oder zwei leeren Zimmern und packten ihre Pungel aus. In Gretels Pungel waren nur noch ein paar Kleidungsstücke, ihr alter Wintermantel und der Hut, der damals, als sie sich auf die Flucht begeben hatten, neu und blau gewesen war. Jetzt war er alt und grau.

Aber ihre beiden kostbarsten Schätze hatte sie über alle Orte und Zeiten hinweg gerettet. Das Tiermärchenbuch sah sogar noch fast neu aus. Und der Engel steckte noch in seinem dunkelroten Samtkleid. Nur die goldene Stickerei am Saum hatte sich aufgeribbelt und das ebenso goldene Krönchen wackelte wie ein loser Milchzahn, auch wenn sie versucht hatte, es an seinem Kopf anzunähen. Aber das machte dem Engel nichts aus. Sie hatte ihn Liesel genannt, und so war Liesels Puppenseele in Form dieses Engels wieder bei ihr.

Die Mutter machte die beiden Räume so wohnlich wie nur möglich. Die Kinder halfen ihr, den Unrat, der überall herumlag, einzusammeln und hinter dem Haus zu stapeln. Im größeren der beiden Zimmer war eingetrocknetes Erbrochenes, das die Kinder mit einem Messer vom Fußboden abkratzen mussten. Sie wischten die Böden und die Regale eines Eichebüfetts, das noch niemand klein geschlagen und mitgenommen hatte. Nur die Glastüren des Aufsatzschrankes waren zerbrochen, und am Rand klebten spitze Scherben wie scharfe Wolfszähne. Trotzdem konnten sie ihre Kleider und die paar Küchenutensilien, die Mutter über die Monate hinweg gerettet hatte, im Unterschrank verstauen.

In einem der verwahrlosten Gärten fand Gretel zwischen den Brennnesseln ein Dutzend leuchtend gelbe Herbstastern. Sie pflückte sie, steckte ein paar lange Gräser mit silbernen Köpfen dazwischen und steckte den Strauß in eine grünlich-bräunliche Vase, die sie im Büfett gefunden hatte. Die Vase war wie eine Birne geformt, die oben einen gerüschten Rand hatte. Sie war so hässlich, dass wohl niemand daran gedacht hatte, sie mitzunehmen. Gretel stellte die Blumenvase auf den Tisch mit drei Beinen, den die Mutter an die Wand gegenüber vom Büfett gelehnt hatte. Man musste ganz vorsichtig an ihm essen, damit er nicht umfiel. Der Engel Liesel thronte auf dem Büfett, wenn Gretel nicht gerade mit ihm spielte.

Mutti hängte die kaputten Fenster mit Stoffstreifen zu, die sie aus einem Bettbezug mit roten Röschen geschnitten hatte, den sie in einer Dachkammer entdeckt hatte.

So machten sie ihr neues Zuhause so wohnlich wie möglich. Fast hätte man es gemütlich nennen können.

Das schienen auch die Russen zu finden, denn nach wenigen Tagen tauchten sie in der Tür auf. Wahrscheinlich hatten die Rosenvorhänge ihnen verraten, dass sich hier eine Familie niedergelassen hatte. Sie sahen sich überall um.

„Karascho!“, sagte ein Russe in Offiziersuniform entzückt. Er zeigte mit dem Daumen zur Tür. „Dawai!“

Das bedeutete soviel wie „Raus hier“ und sie konnten nichts tun, außer ganz schnell ihre Sachen zusammenzupacken und zu verschwinden.

So zogen sie von einer Wohnung in die nächste. Jedes Mal, wenn sie alles gekehrt, gewischt und gemütlich gemacht hatten, wurden sie von den russischen Besatzern heimgesucht und fanden sich auf der Straße wieder.

Nach der dritten Wohnung machten sie das Zimmer, das sie in der Kanalstraße gefunden hatten, nur noch sauber. Statt Blümchenvorhänge an die Fenster zu hängen, ersetzten sie nur noch die fehlenden Scheiben mit Pappe.

Daraufhin hatten sie ihre Ruhe.

Im Nebenzimmer hauste eine Frau Schwarz mit ihrer achtjährigen Tochter Ingrid, mit der sich Gretel anfreundete. Und über ihnen siechte eine Frau, deren Namen niemand kannte, vor sich hin. Die anderen Frauen und Kinder versuchten, die Kranke so gut es ging zu versorgen. Aber sie hatten selbst kaum etwas zu essen, und drei oder vier Tage später starb die Frau nach einer Nacht lauter Schreie und herzzerreißenden Stöhnens. Im Morgengrauen krochen aus ihrem ganzen Körper weiße Würmer heraus und auf dem Fußboden herum. Gretel und Ingrid ekelten sich so, dass sie schnell die Treppe herunterrannten und Ingrid es nicht mehr bis draußen schaffte. Sie übergab sich im Treppenhaus. Gretel strich ihr über den Rücken.

„O Gott, die Arme", sagte Ingrid und wischte sich mit dem Handrücken den Mund ab. „Glaubst du, sie hat die Würmer noch mitgekriegt?"

Gretel schüttelte den Kopf. „Nein, sie hatte doch schon seit drei Tagen hohes Fieber."

Aber ganz sicher war sie sich nicht.

Es gab nichts mehr zu essen. Gretels Mutter klopfte an die Türen der russischen Offiziersfamilien und bat um Arbeit, irgendwas, alles, egal was es war. Viele Frauen schüttelten den Kopf, manche schlugen ihr die Haustür vor der Nase zu. Manche nickten und sagten „Da, kommen." Sie wusch Wäsche und Geschirr, putzte Wohnungen und kochte Mahlzeiten, nähte Knöpfe an und strickte Winterjacken.

Viel bekam sie nicht dafür. Ein paar Rubel, ein paar Äpfel oder Kartoffeln, eine Rinde Brot oder eine Kante Speck. Tagsüber, während Mutti arbeiten ging, kletterten die Kinder auf die Misthaufen und suchten sie nach Abfällen ab. Sie sammelten welke Salatblätter, verschrumpelte Äpfel mit großen braunen Stellen, angefaulte Zwiebeln, verschimmeltes Brot und Kartoffelschalen ein. Wenn sie eine abgekaute Schweinerippe fanden, freuten sie sich besonders.

Meistens gab es aber nur eine Mahlzeit aus Kartoffelschalen. Zu Hause wurden die Schalen gewaschen, und dann wurden sie durch einen Fleischwolf gedreht, den die Flüchtlinge heimlich aus einer verlassenen Metzgerei gerettet hatten und den jeder, der davon wusste, benutzen durfte. Er stand in einer Küche im Haus schräg gegenüber.

Anschließend formte Oma aus den gemahlenen Kartoffelschalen Klopse und briet sie, meistens ohne Fett. Gretel und Karlchen würgten die Klopse herunter, die wie Steine im Bauch lagen. Als der kostbare Fleischwolf eines Tages verschwunden war, weil ihn wohl irgendjemand bei den Russen gegen etwas zu essen verschachert hatte, ließen sich die ungemahlenen Kartoffelschalen noch schwerer herunterschlucken.

An den Tagen, an denen Oma genug Kraft, aber schlechte Laune hatte, schimpfte und zankte sie oft mit den Kindern. An den Tagen, an denen ihre Laune besser war, lasen sie und die Kinder viel aus der Bibel und sangen Lieder aus dem Gesangbuch. Das war der Ersatz für den Schulunterricht, denn es gab keine deutsche Schule mehr. In Tilsit hatte zwar eine Schule wieder aufgemacht, in die auch die deutschen Kinder gehen durften, aber da konnten sie nur Russisch lernen. Die zerfledderte Bibel, das Gesangbuch und Gretels Tiermärchenbuch wurden der Grundstock ihres Schulwissens.

Und ihrer Bücherwelt. In dieser Welt gab es grausame Herrscher, die erstgeborene Knaben töten ließen, einen erzürnten Gott, der mit Naturgewalt zu den Menschen sprach, ein ganzes Volk, das auf der Flucht war, und verzauberte Tiere, die wie Menschen redeten und die in verwunschenen Wäldern wundersame Dinge bewirkten. Sie sprachen nicht über die Geschichten, sondern nahmen sie beim Wort. Und diese Welt der geschriebenen Wörter wurde in ihrer Fantasie so lebendig wie die Welt da draußen, und beide Welten entsprachen einander, wurden zu einem großen Gesamtbild, dem Bild der Welt, dem Weltbild.

* * *

Oft wachte Gretel nachts vom Schreien und Wimmern der Frauen und Kinder in den Nachbarwohnungen auf. Das war immer dann der Fall, wenn russische Posten aus Trausen, Neuendorf oder Kortmedien kamen, um Arbeitskräfte zu holen. Sie nahmen die Frauen mit Gewalt mit. Wer sich wehrte, wurde mit dem Gewehrkolben geschlagen. In diesen Nächten verkroch sie sich zitternd unter der Bettdecke ihres Schlaflagers, klammerte sich an das Bein ihrer Mutter und wartete, bis alles wieder ruhig war. Erst dann konnte sie wieder einschlafen, weil ihre Familie zum Glück noch einmal verschont worden war.

Doch Mutti fand nicht genug Arbeit, um alle vier regelmäßig mit Essen zu versorgen. Wenn sie nicht verhungern wollten, mussten sie nach Litauen fahren, um dort bei den Bauern Sachen gegen Lebensmittel einzutauschen. Oma hatte Wasser in den Beinen, und ihr Körper war wie aus Glas gemacht. Sie war zu schwach, um mitzukommen. So ließ die Mutter Karlchen bei der Großmutter und ließ für beide ein Dutzend Kartoffeln da, aus denen Oma jeden Tag eine Kartoffelsuppe in Salzwasser kochen sollte. Dann packte sie ihre Perlenkette ein, von der sie sich bisher nicht hatte trennen können, und dazu eine silberne Suppenkelle, die sie hinter einem leeren Kartoffelsack im Keller des Gutshauses in Siegfriedswalde gefunden hatte, und ein Nähetui aus hübsch besticktem braunem Leder, das sie auch irgendwo ausgegraben hatte, zusammen. Der große Hunger hatte sogar Muttis feste Überzeugung, niemals etwas von anderen Leuten mitzunehmen, aufgeweicht.

Frühmorgens brach sie mit Gretel nach Litauen auf. Es war ein kalter Novembertag, und der Nordwind stach dem Mädchen wie winzige Eisnadeln in die Wangen. Gretel konnte es kaum erwarten, in die Wärme des Zuginneren zu kommen, doch am Bahnhof ließen die Russen sie nicht einsteigen. In letzter Minute konnten sie sich ins Bremserhäuschen schleichen, und dann rollte der Zug los. Es ging über Tilsit und die Luisenbrücke durch Pogegen und weiter nach Tauroggen. Gretels erfrorene Wangen tauten auf und brannten, aber das machte ihr nichts aus.

Sie träumte von Essen, von richtigem, herzhaften Essen, von einem Stück Bauernbrot, dick mit Schmalz bestrichen, das reich an Apfelstückchen und gerösteten Zwiebeln war und obendrauf mit Salz bestreut. Und dazu einer warmen Suppe, die nicht nur aus Kartoffelschalen und Wasser bestand, sondern aus echten gelben Kartoffelstücken und grünen Lauchringen und orangenfarbenen Mohrrübenscheiben und vielleicht sogar ein paar Würfeln Fleisch. Und auf deren Oberfläche dicke Fettblasen schwammen.

Sie schloss die Augen und aß sich in Gedanken so richtig satt, auch wenn sie längst vergessen hatte, wie sich ein satter, zufriedener Bauch anfühlt. Warm und ruhig und schläfrig? Sicher ohne Knurren und Blähungen und Krämpfe. Sie spürte, dass ihr Bauch bald wieder einmal richtig satt werden musste, sonst würde er nicht mehr lange durchhalten. Endlich bremsten die Räder des Zugs quietschend, ihr Rhythmus wurde langsamer, und dann fuhren sie in Tauroggen ein.

Ihre Mutter zog sie hastig aus dem Bremserhäuschen und die Stufen hinunter auf den Bahnsteig. „Komm schnell, bevor sie uns festnehmen“, flüsterte sie. Kraftlos ließ sich Gretel von ihr wegziehen, durch das verwitterte Bahnhofsgebäude und auf eine große Straße, an der noch viel mehr prächtige alte Gebäude standen als in Gerdauen und Königsberg, das völlig ausgebombt war, wie die Leute immer wieder voller Entsetzen berichteten.

Sie gingen durch Gassen mit Haustüren und Fensterscheiben. Sie liefen an Menschen vorbei, deren Wangen nicht vom Hunger verzehrt waren. Vor einem Haus sprangen zwei Mädchen, die etwas jünger als Gretel sein mussten, auf der Pflasterstraße vom Himmel in die Hölle und zurück. Eine Katze strich um ein Haus mit einer Fassade so rosa wie der Zuckerguss auf einer Geburtstagstorte und Fensterläden so weiß wie Schlagsahne. Ein Hund huschte über die Straße, ohne dass Gretel seine Rippen durch das dichte Fell schimmern sehen konnte. Es war, als wären sie wieder in die Zeit vor der Flucht eingetaucht.

Ihre Glieder waren müde, aber ihr Herz wurde wieder wach. Wie herrlich es hier war! Hier wollte sie bleiben.

Dann blieb Mutter vor einem Haus am Stadtrand stehen. Sie machte das verwitterte grüne Gartentor auf und klopfte an die weiße Haustür, während Gretel scheu am Tor wartete. Kurz darauf ging die Tür auf und eine junge Frau mit einem blonden Haarkranz sah die Mutter fragend an. An ihrer Schürze hing ein kleines Mädchen, das auch einen blonden Haarkranz hatte und an einer dunkelbraunen Brotkante lutschte. Sehnsüchtig starrte Gretel auf das Stück Brot, während sich ihr Magen vor Hunger zusammenzog.

Mutti versuchte, der Frau zu erklären, dass sie ihre Tochter für ein paar Tage unterbringen musste. Da sie kaum litauisch sprach und die Frau kein einziges Wort Deutsch zu verstehen schien, dauerte es eine Weile. Dann schüttelte die Frau den Kopf, zeigte aber auf das übernächste Haus. „Štai ten."

Die Mutter nickte, bedankte sich und kehrte um. Es war Gretel peinlich, dass sie um Essen und ein Bett betteln mussten, aber die Brotkante des kleinen Kindes war so verlockend, dass sie ihre Scham schnell vergaß.

„Wenn die Leute dich für ein paar Tage aufnehmen, musst du fleißig im Haushalt helfen, hörst du?", erklärte die Mutter, während sie zu dem Haus gingen, auf das die Litauerin gezeigt hatte. „Wir nehmen keine Almosen an. Du wirst zu essen bekommen, und dafür wirst du den Leuten zur Hand gehen, während ich die Sachen eintausche."

Gretel nickte stumm. Ihr war alles recht, wenn sie nur bald eine solche Brotkante mit glänzender dunkelbrauner Kruste bekam.

Auch in diesem Haus öffnete eine junge Frau. Die Frau nickte, als ihr klar wurde, was Mutti wollte, nämlich, ihre Tochter als Kinderhüterin und Haushaltshilfe für ein paar Tage anbieten. Sie sagte nur „Gerai" und schob Gretel in den Hausflur.

Es war eine Familie mit Mann und drei kleinen Kindern. Den Mann bekam Gretel kaum zu sehen, nur zu den Mahlzeiten, bei denen er kaum etwas sagte und Gretel nach einem Kopfnicken am ersten Abend völlig ignorierte. Auch wenn er noch ziemlich jung aussah, fehlten ihm mehrere Zähne und er tunkte sein Brot immer in den Milchbrei oder die Suppe, die die Hausfrau zu jedem Essen kochte.

Außer selbst gebackenem Brot, das köstlich duftete und himmlisch schmeckte, und dem nahrhaften Brei oder der herzhaften Kartoffelsuppe gab es Gemüse und manchmal sogar ein bisschen Speck oder ein paar Brocken Rindfleisch. Die Kinder sahen Gretel mit großen Augen zu, während sie die Suppe in sich hineinlöffelte und sich wie ein Tier auf das Brot und Gemüse auf ihrem Teller stürzte. Manchmal lachten sie auch und zeigten mit dem Finger auf sie. Dann ermahnte die Mutter sie, das zu lassen, was Gretel an ihrer Stimme und den gesenkten Blicken der Kinder erkannte.

Alles schmeckte herrlich und Gretel wurde zum ersten Mal seit langer Zeit wieder so richtig satt. Nach dem Essen hätte sie sich am liebsten vor dem warmen Herd auf den Boden gelegt, so müde war sie. Aber das ging natürlich nicht. Es gab den ganzen Tag über genug für sie zu tun. Sie schälte Kartoffeln und schnippelte Gemüse, wusch Wäsche und trocknete das Geschirr ab, schrubbte die Böden und die Haare der Kinder, wobei der Kleinste gellend schrie und zappelte, obwohl Gretel ihn so sanft wie möglich anfasste. Dafür sang sie den Kleinen ihre Lieder vor, tagsüber und abends beim Schlafengehen. Das schien der Frau zu gefallen, denn dann nickte sie immer mal wieder lächelnd. Und die Kinder taten nach dem dritten Lied – *Guten Abend, gute Nacht* – keinen Muckser mehr. Sie schliefen fest, wenn Gretel sich mit der letzten Zeile „Morgen früh, wenn Gott will, wirst du wieder geweckt“ aus der Kinderstube schlich.

Nachts fiel auch sie sofort in einen tiefen, traumlosen Schlaf, und morgens wachte sie in derselben Stellung auf, in der sie eingeschlafen war. Es war ein erfrischender, gesundender Schlaf, in dem sich ihre müden Knochen und Muskeln alles holten, was sie brauchten, um wieder zu Kräften zu kommen.

Nach ungefähr sieben Tagen und Nächten klopfte es an der Haustür, und draußen stand Mutti, um sie abzuholen. Auch die Mutter hatte nicht mehr so eingesunkene Wangen und etwas mehr Farbe im Gesicht. Sie hatte alles Mitgenommene gegen Lebensmittel eintauschen können und war von den Bauern, denen sie auch mal einen Tag oder so zur Hand ging, dafür mit richtigen Mahlzeiten und einem weichen Bett entlohnt worden. Für die Perlenkette hatte sie einen großen Topf kostbares Gänseschmalz und drei Gläser mit eingelegtem Schweinefleisch bekommen.

„Nie im Leben hätte ich gedacht, dass ich die Kette, die dein Vater mir zum Hochzeitstag geschenkt hat, mal gegen 'n Pott Schmalz eintauschen würde", sagte sie zu Gretel. In ihrem Blick brannte der Verlust über das Schmuckstück und der noch viel größere über den Mann. Denn von dem hatten sie seit dem Volkssturm nichts mehr gehört. Er galt als vermisst, und das war fast schlimmer als tot.

Am liebsten wäre Gretel in Litauen geblieben, dem Land, in dem es Brot und Speck und Leben gab, ohne die dunklen Schatten, die das große Blutvergießen auf deutschem Boden hinterlassen hatte. Aber das ging nicht; sie mussten zurück zu Oma und Karlchen, die ohne sie nicht überleben würden.

Die waren buchstäblich am Verhungern, da die Großmutter das gute Dutzend Kartoffeln innerhalb von drei Tagen gekocht und zusammen mit Karlchen verschlungen hatte. Dann war sie jammernd zu den Nachbarn gegangen und hatte gesagt: „Sie hebbe mir nichts dagelassen", in der Hoffnung, von den anderen Flüchtlingen etwas zugesteckt zu bekommen. Die beiden stürzten sich auf das Brot, das die Mutter als Erstes aus ihrem Pungel holte. Stolz grub Gretel die vielen Brotrinden aus, die sie bei der Familie in Litauen heimlich eingesteckt hatte, um sie Karlchens Hündin mitzubringen.

„Halt, wir müssen sie erst noch einweichen," sagte sie, als Karlchen mit leuchtenden Augen die Brotkanten entgegennahm und Bella sofort eine geben wollte. „Sie sind trocken und Bella könnte daran ersticken, wenn sie sie hastig runterwürgt."

Die Hündin war stark abgemagert und ihr Fell war so stumpf und verdreckt, dass man ihre schönen Farben nur noch erahnen konnte. Doch ihre Augen waren wach und sie beobachtete aufmerksam, wie die Kinder in einem blau getupften Schüsselchen Brotstückchen mit Wasser vermischten. Als Gretel nach zehn Minuten das Brot mit dem Finger testete und es vor Bella auf den Boden stellte, bedankte sich die Hündin mit einem Schwanzwedeln und schlang den Brei hungrig herunter.

* * *

Bald waren die kostbaren Lebensmittel verbraucht. Gretel und ihre Mutter fuhren nun regelmäßig nach Litauen. Der Winter war eingebrochen und sie zogen sich alle Kleider übereinander an, die sie besaßen, um nicht zu erfrieren, wenn sie sich draußen am Zug festhielten. Aber manche Schaffner ließen sie im Abteil mitfahren. Das waren fast immer Litauer. Sie behandelten die Deutschen nicht mit Hass und Verachtung, sondern meist mit Mitleid und Menschlichkeit. So wurde Litauen für Gretel das gesegnete Land der Retter in der Not. Auf einer Fahrt schleppten fremde Leute einen todkranken Jungen an. Gretels Mutter schrak zusammen, als sie einen Blick auf sein bleiches, eingefallenes Gesicht erhaschte. Es war Gretels Cousin Dietrich, der jüngste Sohn von Vaters Bruder Gerd. Er hustete grauen Schleim, und seine glasigen Augen erkannten sie nicht mehr.

„Da ist Dietrich. O Gott, sieht er elend aus", sagte Mutti zu Gretel, als sich zwei Frauen, den Jungen auf den Armen tragend, an den beiden vorbei durch die Menschentraube ins Abteil drückten.

„Dietrich, ich bin's, Gretel", rief Gretel ihm nach, doch er reagierte nicht. Hoffentlich würden gute Menschen in Litauen ihn aufnehmen und wieder gesund pflegen. Sonst müsste er sicher sterben. Auf der Fahrt zwängte sich Gretel in das Abteil, in dem die beiden Frauen mit ihm untergekommen waren. Sie hielt seine eiskalte Hand, während er immer wieder von einem bellenden Hustenanfall aus dem halb ohnmächtigen Schlaf gerissen wurde. Er hatte keine Ähnlichkeit mehr mit dem großen, muskulösen, braun gebrannten Jungen, mit dem sie früher oft auf dem Hof seines Vaters gespielt hatte. Er hatte sich immer um die Kaninchen gekümmert und sie in Gretels Beisein gefüttert. Ein paar Kaninchen hatte er sogar vor dem Schlachten gerettet, indem er seinem Vater gesagt hatte, sie wären gestorben und er hätte sie begraben. In Wirklichkeit hatte er sie kurz vor dem sicheren Tod, der ihnen auf dem Bauernhof blühte, im angrenzenden Wald ausgesetzt und gehofft, dass sie genügend verwildern würden, um den Füchsen zu entkommen.

Da der Junge nicht ansprechbar war, wandte sich Gretel an die beiden Frauen. Es stellte sich heraus, dass eine von ihnen mit Dietrichs Mutter Gerda in die Volksschule gegangen war. Sie hatten in derselben Klasse den Abschluss gemacht.

„Wo ist Tante Gerda denn?", fragte Gretel und ahnte schon, dass die Antwort keine gute sein konnte.

„Irgendwo in Sibirien," sagte die alte Schulkameradin. „Sie haben sie nach Sibirien verschleppt, zusammen mit acht oder neun anderen."

Sibirien. Das klang schlimmer als der Tod. Arme Tante Gerda.

Und der arme Dietrich. Sie hatte nichts, was sie ihm mit auf die Reise geben konnte, keinen Krümel Brot, keinen Schal, den sie entbehren konnte, nichts.

„Max und Dorchen haben den Krieg überlebt", flüsterte sie ihm ins Ohr. „Da bin ich mir ganz sicher."

Der rabenschwarze Max und das rotblonde Dorchen waren die beiden letzten Kaninchen, die er gerettet und im Wald freigelassen hatte. Dafür würde Gott ihn jetzt doch sicher auch retten, oder?

Gretel zwängte sich durch die Menschenmassen hindurch. Draußen ertönten Aufschreie. Einer von ihnen wurde rasch leiser und verstummte. Das war wieder jemand, der draußen auf dem Trittbrett gestanden hatte und dessen erfrorene Finger losgelassen hatten.

Als sie sich in das Abteil zurückgekämpft hatte, in dem sie mit ihrer Mutter untergekommen war, war Mutti nicht mehr an derselben Stelle. Gretels Blick wanderte von einem Gesicht zum anderen. Bis auf eine Frau, deren Wangen so rot waren, wie nur erfrorene Haut glühen kann, wenn sie wieder aufgetaut ist, waren alle Gesichter grau und eingefallen. Die Mäntel der Glücklichen, die noch einen Wintermantel hatten, waren alle schwarz oder braun, und im Dämmerlicht des Abends sahen alle Leute gleich aus. Nur Muttis schwarzer Filzmantel war nicht dabei, und auch ihre gelbe Strickmütze konnte Gretel nirgendwo entdecken.

„Mutti“, rief sie. „Mutti, ich bin wieder da! Wo bist du denn?“

Niemand antwortete. Jeder hatte mit sich selber genug zu tun. Nur eine fremde Frau sah sie mitleidig an und lächelte, wie um sie zu beruhigen.

Doch das beruhigte Gretel nicht. Als sie alle Gesichter erneut abgesucht hatte, fingen die Ameisen in ihren Füßen an zu kribbeln. Die hatten viele Monate lang still gehalten, aber jetzt kribbelten sie wieder in den Zehen und dann die Waden hinauf und immer höher, bis sie im Bauch angekommen waren. Voller Panik drängte sie sich durch die Menschentraube und starrte in lauter fremde, unbeteiligte, namenlose, totenblasse Gesichter. Gesichter von Menschen, die längst tot waren, ohne es zu wissen.

Dann fing sie an zu weinen. Sie weinte, weil Mutti weg war, und weil sie jetzt allein in einem fremden Zug stand, der in ein fremdes Land fuhr, in dem man eine fremde Sprache sprach, und weil sie vor Hunger ganz schwach war und ohne diesen festen, vertrauten Baum, der ihre Mutter in diesem verwüsteten Land war und an den sie sich bisher geklammert hatte, nicht überleben würde, da war sie sich ganz sicher.

Sie stand mitten in diesem überfüllten Abteil und weinte jämmerlich, und ihr war so elend zumute, dass ihr die erschrockenen Blicke der vielen fremden Leute egal waren, die sowieso längst tot waren. Aus ihrem Weinen wurde ein Schluchzen, das nach Luft japste, und aus dem Schluchzen wurde ein stoßartiges Heulen. Aber es war ihr egal, denn ohne ihre Mutter stürzte die Welt ein und wurde zu einem dieser Trümmerhaufen, an denen sie auf der langen Flucht immer wieder vorbeigekommen waren. Ihre Welt versank in Schutt und Asche. Ihre Knie zitterten und wollten einknicken.

Da kam ein verschwommenes blasses Gesicht auf sie zu, und ein Arm legte sich um sie und drückte sie tröstend. Eine fremde Frau – war es die, die ihr vorhin zugelächelt hatte? War es eine andere? – schob sie durch die Menge hindurch an den Rand des Abteils, und eine andere Frau auf einer Holzbank rückte noch näher an eine dritte heran, sodass sich ein schmaler Sitzplatz auftat, auf den die Frau sie drückte. Dann beugte sich die Frau über sie, strich ihr über die nasse Wange und fragte sie, was denn los sei.

„Mu-Mutti ist weg," stammelte sie. „V-vorhin war sie noch hi-ier und jetzt –"

„Die kann nicht weg sein," sagte die Frau und lächelte beruhigend. Jetzt sah sie nicht mehr tot aus, sondern lebendig und noch ziemlich jung. „Wenn sie vorhin noch im Zug war, muss sie jetzt auch noch im Zug sein. Der hat ja nicht angehalten."

Die Logik ihrer Worte war so tröstlich, dass Gretels stoßartiger Atem wieder ruhiger wurde. Die Frau hatte ja recht! Mutti hatte nirgendwo aussteigen können – auch wenn sie doch Gretel sowieso sicher nicht allein im Zug zurücklassen würde – und musste daher noch irgendwo im Zug sein. Sicher lief sie jetzt durch die Abteile und suchte Gretel. Vielleicht hatte sie sich auch zu den Leuten durchgekämpft, die mit Dietrich unterwegs waren.

„Morgen bei Tageslicht wirst du sie sicher wiederfinden", sagte die andere Frau, die neben ihr auf der Bank kauerte und nach kaltem Schweiß und Krankheit roch. Sie sah aus wie die junge Frau, nur älter und grauer im Gesicht. „Wirst schon sehen, Marjellchen, keine Sorge."

Irgendwann schlief Gretel im Sitzen ein, eingeklemmt zwischen der Frau, die nach kaltem Schweiß und Krankheit roch, und ihrer Tochter, deren harte Rippen sich an ihren Kopf drückten. Nachts schrak sie hoch, als gellende Schreie von der Zugtür herüberdrangen. Da war wieder jemand vom vereisten Trittbrett abgerutscht.

Gretel wachte auf, als die Frauen links und rechts von ihr anfingen, sich zu bewegen. Sie hatte fest geschlafen und von freundlichen Menschen geträumt, die in einer fremden Küche hantierten und ihr einen Teller voller dicker, cremiger goldgelber Mohrrübensuppe reichten. Die Menschen unterhielten sich ruhig miteinander und lächelten sie an. Der Traum war so friedlich und angenehm, dass sie in dem Augenblick, in dem sie sich in der Wirklichkeit des kalten Zugabteils wiederfand und ihr wieder einfiel, dass Mutti weg war, am liebsten geweint hätte.

Sie sah sich unruhig im überfüllten Abteil um, aber noch bevor die Angst, die Mutter könnte nie wiederkommen, zu groß wurde, ging die Tür auf und sie sah als Erstes die vertraute gelbe Strickmütze ihrer Mutter, die zwischen den fremden Köpfen wie eine aufgehende Sonne leuchtete.

„MUTTI", schrie sie. „MUTTI, HIER BIN ICH!"

Ein paar Köpfe drehten sich ihr zu, und mürrische blasse Gesichter sahen sie mit ablehnendem Blick an, wohl weil sie aufgesprungen war und mit rudernden Armen gegen ein paar Rücken gestoßen hatte und weil wohlerzogene Kinder nicht zu schreien hatten. Aber es war ihr egal, es war ihr so egal, was diese fremden Leute über sie dachten, denn jetzt zwängte sich die Mutter zwischen den Menschen hindurch auf sie zu und lächelte froh.

„Da bist du ja," sagte sie, „ich hab dich überall gesucht und gehofft, dass du wieder in unser Abteil zurückfinden würdest."

„Hab ich doch," sagte Gretel.

Als Mutti sie an sich drückte, fing sie an, vor Erleichterung zu weinen, und ihre Mutter lachte vor Erleichterung und rieb ihr tröstend über den Rücken.

„Jetzt bin ich ja wieder da, es ist ja nichts passiert, hör auf zu weinen, mein großes Marjellchen," und da musste Gretel noch mehr schluchzen, weil Mutti sie immer nur dann ihr Marjellchen nannte, wenn sie wirklich gerührt war und kurz davor, selber in Tränen auszubrechen.

In Tauroggen stiegen sie aus, wie die meisten Zugpassagiere, darunter auch die beiden netten Frauen. Gretels Mutter bedankte sich herzlich bei ihnen dafür, dass sie ihre Tochter nachts buchstäblich unter ihre Fittiche genommen hatten, und drückte ihnen kurzerhand einen silbernen Serviettenring in die Hand, den sie zum Tauschen mitgenommen hatte.

Dann machten sie sich auf den Weg in die Stadt und wanderten mehrere Stunden durch die Straßen, bis sie von einer litauischen Familie über die Nacht aufgenommen wurden. Dafür half die Mutter der Hausfrau, Berge von herrlichen rotbäckigen Äpfeln zu Apfelmus zu verarbeiten. Gretel durfte die Äpfel schälen und entkernen und so viele Schalen naschen, wie sie wollte.

„Iss nicht zu viel davon, sonst kriegst du Bauchweh", ermahnte die Mutter sie, aber sie konnte nicht damit aufhören. Die saftigen Apfelschalen und Stückchen Fruchtfleisch, die sie heimlich abschnitt, waren zu verlockend.

Als es zum Abendessen dann köstliche Pfannkuchen mit dem frischen Apfelmus gab, bekam sie beim zweiten Pfannkuchen so starke Bauchkrämpfe, als würden stählerne Fäden an ihren Därmen zerren. Sie musste Gabel und Löffel hinlegen und zusehen, wie die anderen fröhlich weiteraßen, sich dabei auf Litauisch unterhielten und lachten. Die Familie hatte zwei fast erwachsene Töchter, die schon in Tauroggen zur Arbeit gingen. Die eine Tochter hieß Marija und arbeitete als Näherin für ein feines Wäschegeschäft. Veronica, die andere, war Verkäuferin in einem Lebensmittelladen. Als Gretel den Rest ihres Pfannkuchens nach dem Essen in ein Stück Zeitung wickelte, um ihn für den nächsten Morgen aufzuheben, lachte Marija und streichelte ihr über die Wange.

Am nächsten Tag rührte Mutti stundenlang Apfelgelee in der fremden Küche und füllte dann die kochend heiße Masse in Marmeladegläser ein. Gretel half ihr beim Einfüllen und verbrannte sich beide Hände, doch sie ertrug tapfer den brennenden Schmerz, denn das war lange nicht so schlimm wie der ewige Hunger, vor dem sie heute verschont blieb. Am Abend drückte Marija ihr ein Päckchen in die Hand, das in rosa Seidenpapier eingewickelt war. Sie sagte etwas auf Litauisch und nickte.

„Für mich?“

„Taip.“ Als sie nochmals nickte, faltete Gretel vorsichtig das Seidenpapier auseinander. Im Päckchen befand sich eine nagelneue, saubere weiße Wäschegarnitur mit eingestickten rosa Röschen an winzigen grünen Blättchen.

Sie war wunderschön, schöner als alle Unterwäsche, die Gretel je besessen hatte.

„Ohhh, ist die schön.“ Ihre Wangen glühten vor Freude und sie strahlte. Als ihre verbrannten Finger über das kühle Leinen strichen, war das Brennen an den Händen verschwunden.

„*A i* “, sagte sie, denn soviel Litauisch hatte sie schon gelernt, „*a i* , vielen, vielen Dank!“

Sie strahlte, und als Marija ihre glücklichen Augen sah, freute sie sich über Gretels Freude.

Auch Mutti, die von Veronica zum Abschied ein große Tüte Zucker geschenkt bekam, staunte über die schöne Wäschegarnitur. Doch als Gretel sie am nächsten Morgen vor dem Aufbruch gegen ihr kratziges, löcheriges Leibchen und den ausgeleierten Schlüpfer, der mit Bindfaden zusammengehalten wurde, austauschen wollte, nahm Mutti ihr die neue Wäsche weg und sah sie prüfend an.

„Dafür kriegen wir sicher ein paar Pfund Kartoffeln und einen Topf Gänseschmalz.“

„Aber Mutti, die hat doch Marija *mir* geschenkt!“

„Was hast du davon, Kind, wenn wir zu Hause verhungern? Von Wäsche wird man nicht satt.“

Und die Mutter wickelte die wunderschönen Wäschestücke mit den rosa Röschen wieder in das Seidenpapier ein und verstaute sie in ihrem Rucksack. In diesem Augenblick hasste Gretel ihre Mutter, die ein so strenges Gesicht machte, dass sie eine scharfe Stirnfalte bekam und wie eine Fremde aussah. Missmutig zog sie sich den schäbigen Wollrock über ihre schäbige Unterwäsche und sprach unterwegs kein Wort mehr mit der Mutter. Hätte sie ihr doch nie die Wäschegarnitur gezeigt und sie heimlich behalten! Sie schwor sich, das nächste Mal, wenn sie etwas fand oder geschenkt bekam, von dem Mutti nichts erfuhr, ihr kein Wort davon zu sagen.

So war ihr auf dem Weg zum nächsten Haus, in dem sie etwas eintauschen oder unterkommen konnten, doppelt elend zumute. Sie fühlte sich in ihrer kratzigen, löcherigen Wäsche wie Aschenputtel, die schweigend neben ihrer harten, bösen Stiefmutter durch die Straßen von Tauroggen lief, frierend, einsam und vom Schicksal betrogen.

Betrogen um die Wäschegarnitur, die Kindheit und den Vater.

16

Manchmal, wenn sie wieder so stöhnte, hoffte er, es wäre bald vorbei mit ihr. Nur damit das Stöhnen aufhörte. Nicht, weil er wollte, dass sie starb. Aber ohne seine Mutter und Gerda im Zimmer, nur mit der alten Frau, die zu schwach war, um aufzustehen, und Bella, die ihn mit ihren eingesunkenen Hundebacken so traurig ansah, wusste Karlchen oft nicht mehr weiter.

Bella redete mit ihm. Sie winselte mit einer hohen, dünnen, silbernen Stimme, und es waren Bitten um Brot und Kartoffeln und Fleischreste, die ihm das Herz brachen. Aber es war immer noch besser, wenn die Hündin, deren Rippen sich unter dem stumpfen Fell wie dicke eingeritzte Striche abzeichneten, winselte und ihn ansah, als wenn sie auf der Seite lag, alle Viere von sich streckte, und sich nicht mehr rührte. Dann sah sie aus wie ein toter Hund, und von denen hatte er seit der Flucht viel zu viele gesehen. Er wusste, wie ein Hund aussah, der tot war. Viel flacher als man es für möglich halten würde.

Aber Bella lebte und er teilte jeden Bissen mit ihr, damit sie weiterlebte. Weitaus besorgniserregender war der Zustand seiner Großmutter, denn sie war nicht nur bis auf die Knochen abgemagert, sondern in ihrem leeren Gewebe hatte sich immer mehr Wasser gebildet. So als würde der Körper das fehlende Fett durch Wasser ersetzen. Er war von dem vielen Wasser angeschwollen und sah so aus, als würde er in sich zusammenfallen, sobald man ihn mit einer Stecknadel piekste. Oma war so schwach, dass sie nicht mehr aufstehen konnte, und es war nicht wie bei ihren bisherigen Schwächezuständen, nach denen sie sich immer wieder aufgerappelt hatte.

Sie jammerte nicht einmal mehr. Sie stöhnte nur noch in unregelmäßigen Abständen. Und sie hatte zwar Hunger wie alle, aber kaum Appetit mehr.

Mutti und Gretel waren schon wieder weg in Litauen. Und seit drei Tagen hatte sie nichts von dem angerührt, was die Mutter ihnen dagelassen hatte, außer ein paar Löffeln Brotsuppe, mit der er sie hatte füttern müssen. Er wusste nicht, wann die beiden anderen zurückkommen würden, und Omas Zustand wurde von Tag zu Tag schlechter. Heute röchelte sie nur noch und schien ihn gar nicht mehr wahrzunehmen. Meistens schlief sie, aber auch dann rasselte ihr Atem so hörbar, dass er es nicht ertrug. Daher verbrachte er trotz der Eiseskälte den Großteil des Tages draußen, wo er mit Bella umherstromerte und nach essbaren und tauschbaren Dingen suchte.

Irgendwas Essbares im Winter zu finden war natürlich fast unmöglich. In der Stadt lag kein Essen auf der Straße herum, da alle hungerten, und auch die Felder und Obstwiesen waren so sauber geräumt, als hätte man sie mit einem riesigen Besen gekehrt. Bei großem Glück ließ sich ganz selten mal ein Stück Fallobst mit mehr braunen als gelben Stellen finden, das unter ein Grasbüschel gerollt war, oder etwas erfrorener Löwenzahn, der zu zahnlosen welken Blättern wurde, sobald er auftaute.

Auch in den Häusern, die leer standen, weil sie durch Feuer unbewohnbar geworden waren, fanden sich kaum noch Sachen, die er der Mutter zum Eintauschen mitbringen konnte. Die Überreste der Wohnungseinrichtungen waren alle schon von den Flüchtlingen nach Brauchbarem durchsucht worden. Einmal fand Karlchen unter einem Haufen verkohlter Bretter ein schwarzes Teesieb. Als er eine Stelle mit dem Ärmel polierte, kam darunter glänzendes Silber hervor. Und vor zwei Tagen hatte Bella in der Ecke eines Kellers ein Rattennest aufgestöbert. Als die aufgeweckten Rattenbabys quiekend in dem löcherigen Karton übereinanderkrabbelten, sah er ein Stück blau-weißes Porzellan aufblitzen. Unter dem Nest aus Zeitungspapier befand sich ein ganzer Stapel Teller aus Meißener Porzellan. Es schüttelte ihn vor Ekel und einem seltsamen Mitgefühl mit den winzigen flaumigen Ratten, während er vorsichtig einen Teller nach dem anderen aus dem Nest holte und dabei immer wieder ein Tierchen, das sich am Tellerrand festklammerte, abschütteln musste. Bella sah interessiert zu, doch er erlaubte ihr nicht, sich ein Rattenbaby aus dem Karton zu angeln, auch wenn ihr vor Hunger der Speichel aus dem Maul tropfte.

So hatte er an diesem Tag stolz acht große Fadenmusterteller nach Hause tragen können.

Die standen nun auf dem Tisch und warteten auf Muttis und Gretels Rückkehr aus Litauen. Aber die kamen nicht, und dabei musste seit ihrer Abreise schon ungefähr eine Woche vergangen sein.

Heute fror er erbärmlich und traute sich trotz des unerträglichen Röchelns nicht aus dem Haus. Draußen lag eine dünne, vereiste Schneedecke und der eisige Wind pfiff durch alle Ritzen. Er heulte, als wäre ihm selber zu kalt da draußen. Wahrscheinlich kam er aus Sibirien, wie Mutti immer sagte, wenn der Wind besonders kalt war. Karlchen kroch ins Bett und kuschelte sich an die Großmutter, um ein bisschen Wärme abzubekommen. Doch ihr Körper fühlte sich so klamm an, als wäre sie schon tot. Er klopfte auf den Bettenrand, bis sich Bella neben ihm ausstreckte und ihr warmes Fell mit ihm teilte. So lag er eingeklemmt zwischen der alten Frau und dem Hund und glaubte, nie einschlafen zu können. Die Großmutter stöhnte und zitterte und zuckte, der Wind pfiff und heulte, und Bella schnarchte leise.

Die Matratze wurde zu einem Floß in schaukelnden Wogen. Die morschen Bretter ächzten und stöhnten, als der Sturm aufkam und die Wellen immer höher wurden. Mit einem lauten Stoßseufzer brach das Floß auseinander. Und dann trieb Karlchen auf offener See, allein und hilflos den Naturgewalten ausgeliefert. Eine warme weiche Decke wärmte ihm den Bauch, bis sich irgendwann die Großmutter über ihn beugte, ihn schüttelte und schrie.

„Das Brett – leg dich auf das Brett! Dann wird dir nichts passieren!“, schrie sie.

Dann ließ sie seine Schultern los. Ihre Stimme wurde zu einem Schrei und dann ganz vom Sturm verschluckt.

„Oma“, schrie er. „Oma!“ Er wollte nach ihren Armen greifen, die sich nach ihm ausstreckten, doch sie stürzte nach hinten ins schwarze Wasser und ging unter.

Dann wachte er mit einem Ruck auf und weckte auch Bella, die ausgestreckt an seinem Bauch geschlafen hatte. Als ihm klar wurde, wo er war, drehte er sich um. Die alte Frau lag still auf dem Rücken. Sie war nicht untergegangen, sie stöhnte nicht und röchelte auch nicht mehr.

„Oma“, sagte er. „Ich hatte einen furchtbaren Traum.“

Doch sie atmete auch nicht mehr. Sie hörte ihn nicht. Sie war in der Nacht gestorben.

Er war tapfer wie ein Mann. Er stand auf und ging nach draußen, um ein Loch zu graben, in dem er Oma beerdigen konnte. Aber es wehte ein eisiger Wind und die Erde war steinhart. Die Äste der Bäume waren mit langen, glitzernden Eiszapfen geschmückt. Es war Dezember und bald war Weihnachten. Das wusste er, weil es schon lange Dezember war und weil sie noch kein Weihnachten gefeiert hatten. Jetzt würde Großmutter Weihnachten verpassen.

Sein Herz zog sich zusammen, als er daran dachte, dass sie nie mehr Weihnachten erleben würde.

Er konnte kein Grab freischaufeln. Er schaffte es kaum, an der Erdoberfläche zu kratzen. Das Loch, das er mit großer Mühe aus der Erde grub, war gerade mal groß genug, um eine Katze zu beerdigen. Als seine Finger an der rostigen Schaufel, deren Holzgriff irgendjemand längst zu Brennholz gemacht hatte, festklebten und blau vor Kälte waren, gab er auf und ging wieder nach oben.

Da lag sie immer noch im fahlen Licht, das durch die Ritzen der Fensterbretter fiel, in derselben Kuhle, genauso wie vorher, nur dass ihr Hals jetzt einen bläulich roten Streifen hatte. Rot war der Tod. Blau, das war die Kälte. Vielleicht war sie ja letzte Nacht erfroren. Es tat ihm leid, dass er ihr nicht genug von seiner eigenen Wärme hatte abgeben können. Jetzt war sie tot, und vielleicht war er schuld daran, weil er ihr den Rücken zugekehrt und sich an Bella gewärmt hatte.

Der Gedanke schnürte ihm die Kehle zu und er fing an zu weinen. Er legte sich neben die Matratze auf den kalten Boden und weinte. Er weinte, weil er den Tod nicht anfassen konnte, diesen roten Tod, der so kalt war, dass er bläulich schimmerte wie ein Bluterguss auf blasser Haut. Er weinte, weil Oma nie mehr Weihnachten feiern würde und weil er jetzt nie mehr ihre brüchige, aber feste Stimme *O du Fröhliche, o du Selige* singen hören würde.

Und er weinte, weil er sie im Stich gelassen hatte. Weil er sie letzte Nacht nicht gewärmt hatte, weil er sich von ihr – vom zu nahen Tod – abgewandt hatte und weil er sie jetzt nicht einmal beerdigen konnte.

Er spürte, wie Bella sich über ihn stellte, und dann, wie sie den Kopf über ihn beugte, ganz dicht an seinem Gesicht. Sie drückte ihren weichen, warmen Hals auf seinen kalten, nackten Hals und hielt ihn fest. Er heulte wie ein junger Wolf, und Bella presste ihren Hals so fest auf seinen, dass er sich nicht rühren konnte, doch so leicht, dass er atmen konnte und immer leichter atmete, bis das Heulen schließlich versiegte und nur noch kleine, hüpfende, unregelmäßige Atemstöße durch seine Brust zuckten. Dann wurde er ganz ruhig und es wurde ihm leichter ums Herz.

Bella hatte ihn festgehalten und tiefer getröstet, als jede menschliche Umarmung es hätte tun können.

Als sich die Tränen wieder in sein Herz zurückgezogen hatten, legte Karlchen Omas Sargbretter in die Mitte des Zimmers. Sie waren sperrig und schwer und es dauerte lange, bis er alle Bretter nebeneinander aufgereiht hatte, wobei er aus Versehen mit der spitzen Ecke gegen die Leiche auf der Pritsche stieß. Er fuhr vor Schreck zusammen.

„Entschuldige, Oma", sagte er für den Fall, dass sie ihm vom Himmel aus zusah.

Das Licht der Kerze flackerte auf. Vielleicht war das ihre Antwort.

Dann versuchte er, ein langes Brett über Eck mit einem kurzen Brett zusammenzunageln. Doch die dicken Eisennägel, die Gretel und er gesammelt hatten, um die Fenster zuzunageln, krümmten sich und wollten sich nicht fügen. Nachdem er fünf der kostbaren Nägel verbraucht hatte, hingen die beiden Bretter lose aneinander wie wackelige Milchzähne am Zahnfleisch.

Vielleicht würde der Sarg stabiler werden, wenn er erst einmal den Rahmen gezimmert hatte.

Aber er brauchte eine Ewigkeit, bis er noch ein langes und ein kurzes Brett an die beiden Bretter genagelt hatte, weil er vor Hunger so schwach war, dass seine Knie zitterten. Da die beiden kurzen Bretter nicht gleich lang waren, wurde der Rahmen nicht rechteckig, sondern schief und noch wackeliger als vorher. Auch war er nicht besonders tief. Karlchen konnte jetzt schon sehen, dass die Bretter des Sargdeckels auf Omas Stirn und Nase drücken würden. Dafür war der Rahmen breit genug für zwei tote Erwachsene. Und als er die Bretter für den Boden herbeischleppte und nebeneinander auf den Rahmen legte, brauchte er dafür alle restlichen Bretter. Für den Sargdeckel waren keine mehr übrig.

Aber wenigstens würden dadurch keine Bretter ihre Nase zerquetschen. Sie würde atmen können, wenn Tote atmen konnten. Er wusste natürlich, dass Tote nicht mehr so atmeten wie lebendige Menschen. Aber vielleicht atmeten sie anders. In Gedanken.

Vielleicht atmeten sie durch das Flackern einer Kerzenflamme.

Als seine Mutter und seine Schwester am späten Abend von Litauen zurückkamen und an der Tür eine Kerze anzündeten, fanden sie ihn, in eine Decke eingehüllt, zusammengerollt und fest schlafend in einem schiefen Holzrahmen vor. Die restlichen Bretter für Omas Sarg lagen neben ihm auf dem Boden. Der Hund, der sein Lager bewachte, hob den Kopf.

Und Oma lag auf der Pritsche, die ihr Krankenbett gewesen war. Sie wirkte so unnatürlich still und blass und wächsern wie eine Tote. Die beiden hatten genug Tote gesehen, um schon an der Tür zu wissen, dass die Großmutter von ihnen gegangen war.

„Oma!“, stieß Gretel erschrocken aus.

„Mutter“, sagte Mutti. Es war kein Ruf. Es war eine hilflose, hoffnungslose Feststellung.

Gretel rannte zu der Toten und legte sich zu ihr auf die Pritsche. „Oma“, wimmerte sie. „Du darfst doch nicht gehen. Nicht du auch noch.“

Bella erhob sich und lief mit einem zaghaften Schwanzwedeln zu ihr, so als würde sich die Hündin dafür schämen, dass sie die Großmutter nicht vor dem Tod hatte beschützen können. Durch die Unruhe im Zimmer schreckte Karlchen hoch.

„Oma“, sagte er, „sie ist gestorben. Letzte Nacht. Ich – ich konnte sie nicht warm genug halten.“

Er legte die Hand auf eine Wand des Holzrahmens. „Ich hab versucht, ihr den Sarg zu bauen, den sie sich so gewünscht hat.“

Als seine Mutter sich vor ihm auf den Boden kniete, ihn umarmte und fest an sich drückte, brach er in Tränen aus.

Sie konnten Oma noch nicht einmal ihren letzten Wunsch erfüllen, sie in einem Sarg zu beerdigen. Die Erde war so festgefroren, dass sie keinen Zentimeter nachgab, als Mutti versuchte, das Loch, das Karlchen hinter dem Haus gegraben hatte, mit dem Spaten zu vergrößern. So musste sie es bald aufgeben. Zu dritt trugen sie die Großmutter, in ihre Laken gehüllt, hinunter. Dann trugen sie den Holzrahmen, den Karlchen gezimmert hatte, nach. Er war so wackelig, dass er im Treppenhaus auseinanderbrach. Daher legten sie ihn einfach um die Großmutter herum und hielten eine Totenmesse. Gretel sang Omas Lieblingslieder vor, während die Tränen ihr übers Gesicht strömten. Die anderen beiden sangen mit, so gut sie den Text kannten.

Dann suchten sie ein paar Tannenzweige zusammen, um ihr notdürftiges Grab abzudecken.

„Halt", rief Gretel, „ihr Gesangsbuch!"

Sie rannte ins Haus und kam mit dem kleinen Kirchenliederbuch zurück, dessen brauner Ledereinband so speckig war, dass er an den Rändern schon schwarz war. Sie legte es der Toten auf die Brust und faltete ihre Hände darüber zusammen.

Die restlichen Bretter nahmen sie zum Kochen und Heizen. Eigentlich hätten sie alle Sargbretter gut gebrauchen können, doch Karlchen bestand darauf, sie in seinem Holzrahmen zu beerdigen.

„Es sind doch ihre Bretter", sagte er. „Die können wir ihr doch nicht wegnehmen."

Jetzt, da die Mutter wieder da war und Karlchen die schwere Last der Beerdigung genommen war, gab sein Körper der zitternden Schwäche nach. Er fröstelte immer heftiger und wurde krank. Am nächsten Tag hatte er hohes Fieber. Mutti wickelte ihn so warm wie möglich ein und legte ihn auf die Pritsche dicht neben dem Ofen. Seine Zähne schlugen vor Kälte aufeinander und er bekam nur noch dumpf mit, wie Gretel Holzbretter von irgendwo draußen hereinholte, um das Feuer im Ofen am Leben zu erhalten. Sein fiebriger Körper kämpfte mit der Kälte und es war, als würde der Tod schon in seinen Knochen lauern.

17

In Insterburg war für heute Endstation. Alle Fahrgäste mussten aussteigen.

Gretel lief auf dem Bahnhof umher und suchte mit den Augen den Boden nach irgendetwas Essbarem ab. Ihr Magen streikte und ihre Knie zitterten vor Hunger. Aber der Boden war wie leer gefegt. Kein Brotkrümel, kein abgekauter Knochen, noch nicht mal ein Stück fettiges Einwickelpapier.

Sie wartete den ganzen Nachmittag bis zum Abend auf einen Zug, doch es kam keiner mehr. Also machte sie sich, vom Hunger geschwächt, auf in die Stadt, um irgendwo für die Nacht unterzukommen. Sie irrte durch die Straßen, bis sie auf eine Gruppe von Kindern traf. Ein Mädchen mit struppigen schwarzen Locken, das schon zwölf oder dreizehn sein musste, schien die Anführerin zu sein. Die anderen vier Kinder waren in ihrem und Karlchens Alter. Das Mädchen wirkte freundlich, nicht abweisend, als Gretel stehen blieb. Sie nahm ihren Mut zusammen und sprach die Kinder an.

„Ach hallo, wisst ihr zufällig, wo ich heute Nacht schlafen kann?"

Das Mädchen musterte sie kurz. Dann nickte es.

„Du kannst mit uns mitkommen. Wir gehen jetzt auch nach Hause."

‚Zuhause' war ein leer stehendes Haus in der Innenstadt. Gretel folgte den Kindern durchs Treppenhaus bis unters Dach. Ihre Beine waren so kraftlos, dass sie die letzten Treppen heraufstolperte. Das Mädchen fasste sie am Ellbogen und lächelte ermutigend.

„Wo kommst du denn her?"

„Aus Gerdauen."

„Dann habt ihr mehr Glück gehabt als wir. Wir sind aus Königsberg."

Mehr sagte die Namenlose nicht, aber es reichte, um wieder einmal bestätigt zu bekommen, wie sehr das stolze Königsberg im Krieg zerstört worden war.

Auf dem Dachboden hausten mehrere Trüppchen Erwachsener und Kinder. Eine fremde Frau, die die Kinder aus Königsberg zu kennen schien, gab jedem ein Stück trockenes Brot und einen schrumpeligen Apfel. Gretel bedankte sich artig und schlang beides ausgehungert herunter.

Auf einem der Lager lag ein Mann. Er schien fest zu schlafen, denn er rührte sich nicht. Doch die blonde Frau, die neben ihm kauerte, sagte: „Hab man keine Angst. Das ist mein Bruder. Er ist gerade gestorben. Der braucht jetzt nicht mehr zu leiden."

Die Frau hatte es gut gemeint, aber Tote machten Gretel schon lange keine Angst mehr. Sie hatte sich schon fast daran gewöhnt.

Es war noch vor dem Morgengrauen, als Gretel mit den anderen Kindern zum Bahnhof zurückging. Sie warteten auf den nächsten Zug nach Tauroggen. Der erste Zug war ein Güterzug. Doch er hielt nicht an. Gretel nahm Anlauf, um auf ihn aufzuspringen.

„Lass das, den kriegst du nicht!", rief die Namenlose aus Königsberg ihr zu. Aber Gretel hörte nicht auf sie. Sie sprang, ihr Fuß blieb in einer Weiche hängen und sie stürzte ab.

Jetzt ist es aus, dachte sie für den Bruchteil einer Sekunde. Jetzt werde ich von den schweren Eisenrädern zermalmt.

Jetzt sterbe ich.

Im Fallen hatte sie ein Bild vor Augen, in dem sie in ein Grab zu anderen namenlosen Toten gelegt wurde, hier in der Fremde, in Insterburg, weit weg von Mutti und Karlchen und Gerdauen. Und sie stellte überrascht fest, dass sie ja doch Angst vor dem Tod hatte. Sie wollte nicht sterben, sie wollte leben und zurück nach Hause kommen.

Plötzlich fühlte sie eine starke Hand, die sie vom Zug wegzog. Eine Frau drückte sie fest an ihre mütterliche Brust und weinte so sehr, als sei Gretel ihr eigenes Kind. Sie murmelte russische Worte, strich ihr immer wieder übers Haar und wollte gar nicht mehr aufhören zu weinen.

Gretel weinte nicht. Sie war wie betäubt, obwohl ihre Hände höllisch brannten, weil sie aufgeschürft waren und lauter spitze kleine Schottersteinchen im Fleisch steckten. Als die Russin endlich aufgehört hatte zu weinen und sie die blutenden Hände sah, schenkte sie Gretel sogar noch ein dunkelrotes Taschentuch. Dann küsste sie das Mädchen auf den Kopf und verschwand im Bahnhofsgebäude.

Das Erlebnis brannte sich tief in Gretels Seele ein. Sie würde diese Frau, ihre Tränen und ihr Taschentuch, das dieselbe Farbe hatte wie das Samtkleid ihrer Engelspuppe, nie mehr vergessen. Es war, als sei der Engel für einen Augenblick lebendig geworden. Als hätte er die Gestalt einer russischen Frau angenommen, auf dem Bahngleis von Insterburg, mitten im Winter.

Vom Taurogger Bahnhof ging sie zu Fuß auf der Straße weiter. Die meisten Autos oder Fuhrwerke, die vorbeikamen, hielten an und nahmen sie mit. Irgendwo unterwegs sprang sie ab und wanderte von Haus zu Haus oder von Hof zu Hof. Sie war eine richtige Landstreicherin geworden und wurde nur selten abgewiesen. Die meisten Litauer gaben ihr etwas von dem ab, was sie hatten. Viele waren arm, aber fast alle zeigten ein Herz für die hungernden, elternlosen deutschen Kinder. Oft bekam Gretel einen Teller mit Kartoffelsuppe oder Grütze und dazu ein Stück köstlich duftendes Brot. Und meistens durfte sie die Nacht irgendwo im Haus verbringen. Manchmal war es am noch warmen Küchenherd, vor dem der Haushund schlief. Dann wurde sie nur geweckt, wenn er mitten in der Nacht anfing, sich zu kratzen, weil er Flöhe hatte.

Die armen Bauern holten im Winter ihr Vieh in die Stube. Die Hühner und Enten spazierten auf dem Tisch herum und hinterließen ihre Spuren. Es kam auch vor, dass sich Gretel das Nachtlager mit Kühen und Ziegen teilen musste. Aber es machte ihr nichts aus, und das Leben mit den Tieren schien auch die Bewohner nicht krank zu machen. Sie waren gesund und stark und zufrieden.

Für Gretel war es das Paradies.

* * *

Nach vier Tagen waren Rucksack und Umhängetasche prall gefüllt, und zu Hause warteten Mutti und Karlchen schon hungrig auf ihre Rückkehr. Am späten Nachmittag machte sich Gretel auf den Weg zum Bahnhof. Sie hatte keine Ahnung, ob heute noch ein Zug nach Tauroggen vorbeikommen würde. Sie wusste auch nicht, wie weit sie von Tauroggen entfernt war. Sicher waren es fünf oder zehn oder noch mehr Kilometer.

Am Ende des Orts lag neben den Bahngleisen ein Bauernhof. Erschöpft vom Tragen ihrer kostbaren Last, die von Tag zu Tag schwerer geworden war, klopfte sie an die Tür des weinroten Bauernhauses. Sie hörte schwere Schritte, und dann öffnete ein Mann mit einem runzligen alten Gesicht, aber jungen hellbraunen Augen die Tür. Er sah sie fragend an.

Sie machte ihm verständlich, dass sie wissen wollte, ob heute noch ein Zug nach Tauroggen fuhr.

Der Mann bot ihr an, ins Haus zu kommen und sich auszuruhen. Eine Frau, die seine Tochter sein musste, weil sie die gleichen hellbraunen Augen, aber noch keine Falten im Gesicht hatte, kam aus der Küche. Die beiden wechselten ein paar Worte; dann zog der Mann seinen Mantel an und verließ das Haus. Die junge Frau zeigte auf das Sofa und gab Gretel lächelnd zu verstehen, dass sie sich dort ausruhen dürfe. Gretel nahm das Angebot dankbar an. Sie wusste immer noch nicht, ob sie heute noch von hier wegkommen würde und warum der Mann das Haus verlassen hatte.

Doch nach einer Viertelstunde kam er wieder. Er sagte „Tauroggen“ und nickte und zeigte auf die Wanduhr. Am frühen Abend sollte noch ein Zug nach Tauroggen fahren, soviel verstand sie. Auch, dass der Bauer durch den Schnee bis zum Bahnhof gegangen war, um sich nach der Zugverbindung zu erkundigen.

Sie wusste nicht, wie sie ihm für seine Hilfe danken sollte. So knickste sie artig und bedankte sich immer wieder. Der Mann nickte nur lächelnd, und seine Tochter gab ihr sogar noch eine Stulle, die dick mit Schmalz bestrichen war, mit auf den Weg.

Dankbar und zufrieden machte sich Gretel auf den Weg zum Bahnhof. Sie stapfte mühsam durch den hohen Schnee und ihre Füße waren so taub vor Kälte, als würde sie über Watte laufen. Sie wanderte die Bahngleise entlang. Der Schnee glitzerte in den letzten Sonnenstrahlen des Tages. Sie war mit ihrer Ausbeute zufrieden und stolz darauf, schon wie eine Erwachsene allein in der Welt zurechtzukommen.

Bis sie an ein einsames Gehöft kam und ein Hund anschlug. Erst heulte er wie ein Wolf und dann fing er an, wütend zu bellen. „Eine Fremde, eine Fremde", schien er zu bellen. „Ein Eindringling, der verjagt werden muss!"

Sie hatte Angst vor den Hunden der Bauern. Meistens wurden sie an die Kette gelegt und waren daher wütend und bissig. Am gefährlichsten waren sie, wenn sie von der Kette losgelassen waren und frei herumliefen. Dann stürzten sie sich auf jeden, der vorbeikam.

So auch dieser Hund. Er tauchte aus dem Schnee auf und rannte auf sie zu. Zum Glück war er an einer langen Leine, die an seine Hundehütte angebunden war. Das Gewicht der Hütte hielt ihn zurück, aber es war ein kräftiger Schäferhund. Er zog die Hütte einfach hinter sich her.

Gretel versuchte zu rennen. Doch im tiefen Schnee rutschte sie aus und stürzte mit ihrem schweren Rucksack auf den Boden. Sie rappelte sich so schnell sie konnte auf. Fast spürte sie den stinkenden heißen Atem des Hundes im Nacken. Jeder Schritt zerrte an den Sehnen ihres ganzen Körpers. Doch dann merkte sie, dass das Bellen des Hundes nicht lauter, sondern nur wütender wurde. So wagte sie einen Blick über die Schulter. Ein Brett am Dach seiner Hütte stand heraus und hatte sich in einem Busch verfangen.

Erleichtert lief sie weiter und kam müde und kraftlos am Bahnhof an. Als der Zug in den Bahnhof rollte und mit quietschenden Rädern bremste, schleppte sie sich mit ihrer Last hin. Sie quälte sich die Stufen hinauf, als der Schaffner das erschöpfte Mädchen sah und es kurzerhand hineinwinkte. Das bedeutete, dass sie ohne Fahrkarte im warmen Abteil mitfahren durfte.

Aber der Zug fuhr nur bis Tauroggen. Gretel war viel zu müde, um sich in der Stadt ein Nachtquartier zu suchen. Und sie hatte genug zu essen dabei. Daher kauerte sie sich in der kleinen Bahnhofshalle in die Ecke, die am wenigsten nach Erbrochenem und Urin stank. Sie nahm sich eine Brotkante und einen Apfel aus dem kostbaren Vorrat und schlang beides hungrig herunter. Dann stopfte sie sich den Rucksack in den Rücken und benutzte die Umhängetasche als Kopfkissen. Der Duft der Speckschwarte, die in Papier eingewickelt in der Tasche steckte, stieg ihr verführerisch in die Nase. Aber sie blieb stark. Sie war ein großes Mädchen, sie war Muttis Helferin – und sie war todmüde.

So schlief sie ein.

Doch auch am nächsten Tag fuhr kein Zug nach Gerdauen. Vielleicht war Sonntag. Gretel wusste es nicht. Sie wusste oft nicht, welcher Wochentag es gerade war. Und weil sie nicht ihre kostbare Bettelbeute aufessen wollte, machte sie sich tapfer mit dem schweren Rucksack auf in die Stadt, um sich ein oder zwei Mahlzeiten für heute zusammenzubetteln.

Sie wanderte durch die Straßen und kam in eine breite Allee mit hohen Bäumen. Es hatte zwar aufgehört zu schneien, aber es war mühsam, im gefrorenen Schneematsch zu laufen. Sie rutschte mehrmals aus und wäre fast hingefallen.

Die Bäume ließen ihre verschneiten Äste sinken, als würden ihnen alle Glieder von der Last wehtun. Das konnte Gretel gut verstehen. Ihr ging es genauso. Als sie an ein großes Haus aus rotbraunen Klinkersteinen und hohen Sprossenfenstern, die fast bis unters Dach reichten, kam, klopfte sie schweißgebadet an die prächtige weiße Rundbogentür. Nach ein paar Minuten kam eine hübsche junge Frau an die Tür. Sie hatte ein enges tannengrünes Wollkleid mit einem breiten Gürtel an, dazu passende dunkelgrüne Pantoletten, und sah sehr elegant aus. Sicher war sie reich.

Gretel sagte ihr Sprüchlein auf. „Darf ich bitten um eine kleine Spende?“

Die junge Frau warf einen Blick auf das Mädchen. Sie wirkte gehetzt und zog Gretel schnell am Arm ins Haus. Die Frau lief mit ihr durch mehrere Zimmer, bis sie in ein großes Schlafzimmer mit zwei Betten kamen, die nebeneinander standen und mit schimmernder cremefarbener Bettwäsche bezogen waren. Sie zog Gretel herein und schloss sofort die Tür hinter sich zu.

Gretel bekam Angst. Was hatte die fremde Frau mit ihr vor? Wollte sie sie etwa einsperren?

Doch dann griff die Frau unter eine der Matratzen und zog ein dickes Bündel Geld heraus. Gretel riss vor Staunen die Augen weit auf.

„Hier, nimm das", sagte die Frau auf Deutsch. „Aber sag niemandem, woher du es hast, hörst du?"

Es klang flehend. Offensichtlich hatte sie Panik, dabei erwischt zu werden, wie sie einem deutschen Kind Geld zusteckte.

Gretel war so überrascht, dass sie nur nicken konnte. Schnell stopfte sie sich das Geldbündel in ihren Brustbeutel unter dem Mantel. Dann schloss die Frau die Zimmertür wieder auf und hastete mit Gretel zur Haustür. Dabei sah sie sich immer wieder um, ob auch niemand sie dabei beobachtete.

Noch bevor Gretel sich bei ihr richtig bedanken konnte, wurde sie aus dem feinen Haus geschoben und die Tür klappte hinter ihr zu.

Gretel konnte es gar nicht fassen. Sie fing an, wie eine Diebin zu rennen. Geld – so viel Geld, ein ganzes Bündel Geld!

Sie rannte die Allee hinunter, glitt im Schnee aus, fing sich, drehte sich wie eine Katze im Sprung, rannte weiter. Sie hatte Geld, richtiges, echtes Geld.

Es war doch echtes Geld, oder?

Doch, natürlich, sie hatte den obersten Schein gesehen. Hundert Reichsmark! Von hundert Reichsmark konnte man sich auf dem schwarzen Markt eine dicke Scheibe Brot kaufen. Oder ein Stück Kuchen …

Beim Gedanken an ein süßes Gebäck lief ihr das Wasser im Mund zusammen. Sie war schon öfters über den schwarzen Markt gegangen, auf der Suche nach Krümeln, die andere liegen gelassen hatten, weggeworfenen Salatblättern oder angefaulten Äpfeln. In der Mitte des Marktes gab es einen Bäckerstand. Bei den prallen goldgelben Rosinenschnecken hatte sie jedes Mal ein sehnsüchtiges Ziehen im Magen gespürt.

Heute nicht. Heute würde sie kein sehnsüchtiges Ziehen spüren. Heute würde sie zum ersten Mal seit langer, langer Zeit wieder in eine Rosinenschnecke hineinbeißen. Heute würde sie sich ein bisschen von dem Geld für sich nehmen, einen kleinen Teil. Er gehörte ihr. Schließlich hatte *sie* das Geld von der feinen Dame geschenkt bekommen.

Sie lief zurück in die Stadt bis zu den Gassen, in denen reger Verkauf und Tausch stattfand, obwohl dies von der Kommandantur verboten war. Sie drängte sich an den Menschen vorbei und blieb atemlos vor dem Bäckerstand stehen.

Die Marktfrau sah sie fragend an.

„Eine Rosinenschnecke, bitte“, sagte Gretel und zeigte darauf. Sie sahen aus wie runde Gesichter mit lauter schwarzen Augen, die sie verlockend anlachten.

Tu's nicht, sagte die innere Großes-Mädchen-Stimme. *Wir brauchen jeden Pfennig zum Überleben. Mit diesem Geld kann man Kohl und Kartoffeln kaufen und wird mehrere Wochen davon satt.*

Doch, kauf sie ruhig, drängte eine andere innere Stimme, die trotzig und jünger klang. *Du hast sie dir verdient. Die kann Mutti dir nicht wegnehmen, so wie damals die Röschenunterwäsche*.

Die Rosinenschnecke kostete so viel wie zwei üppige Scheiben Brot. Aber Gretel bezahlte sie aus dem Bündel, das so dick war wie ihr Zeigefinger. Sie setzte sich auf ein Mäuerchen und biss in die schwere, weiche, duftende Hefeschnecke. Sie kaute genießerisch und schluckte das große Mädchen mit dem Bissen herunter.

Teil II

18

Das Gesicht des Engels leuchtete hell in der Dämmerung. Die Kinder waren längst mit dem ausgegrabenen Knochen verschwunden. Auf der Straße am Rand des Felds liefen ein paar Menschen vorbei, ohne sie zu beachten.

Sie war wie betäubt. Von der Kälte und von dem Engel mit den braunen Halbstiefeln ihrer Mutter an den Füßen. Sie glaubte es nicht. Der Engel mit dem toten Gesicht sah aus wie ihre Mutter und war angezogen wie ihre Mutter. Aber er konnte nicht ihre Mutter sein.

Das konnte nicht ihre Mutter sein.

Das *durfte* nicht ihre Mutter sein, die auf dem Bauch im Schnee lag, den Kopf zur Seite gedreht, die Augen halb offen. Sie schlief nicht, weil man dazu die Augen zumachte. Sie rührte sich aber auch nicht, diese fremde Frau im Schnee, die aussah wie ihre Mutter, nur eben ganz bleich im Gesicht, ohne gerötete Wangen, farblos.

Leblos.

Tot.

Gretel hatte ihre Mutter noch nie tot gesehen. Erkannte sie sie deswegen nicht wieder? War es wirklich ihre Mutter, die da tot neben ihr im Schnee lag, und sie erkannte sie nur deshalb nicht, weil sie sie noch nie tot gesehen hatte?

Sie weinte nicht. Sie wunderte sich nur. Sie wunderte sich, wie es sein konnte, dass die Frau die Kleider ihrer Mutter trug. Muttis gelbe Mütze. Muttis schwarzen Wintermantel. Muttis braune Stiefel. Wie kam diese fremde tote Person zu Muttis Sachen? Und zu ihren Haaren, ihren Händen, ihrem Gesicht?

Das war nicht ihre Mutter. Das konnte nicht sein. Mutti konnte nicht tot sein. Nicht auch noch Mutti. Das würde Gott nie zulassen.

Oder doch?

Er hatte ja auch zugelassen, dass Oma starb, ohne Sarg und ein würdiges Grab. Er hatte zugelassen, dass ein Soldat wie Peter tot am Straßenrand lag. Er hatte zugelassen, dass Tausende von anderen Menschen und Kindern und Tieren verhungern oder erfrieren mussten. Er hatte zugelassen, dass aus dem Deutschen Reich ein riesiges Knochengrab wurde.

Wut stieg in ihr hoch. Empörung über diesen Gott, der das alles zugelassen hat.

Er hatte ihr auch ihren Vater weggenommen. Er hatte zugelassen, dass Papa im Volkssturm gefallen war.

Hatte er das wirklich? War Papa wirklich gefallen? War er auch tot? Oder lebte er vielleicht noch?

Vielleicht lebt er doch noch. Der Gedanke war wie ein warmer Umhang in dieser Kälte, neben diesem bleichen Gesicht, das in der Dämmerung weiß leuchtete, neben diesem runden Fleck, der im Schnee dunkelbraun aussah, auch wenn sie wusste, dass er eigentlich blutrot war.

Vielleicht lebte Papa noch und suchte sie. Und Karlchen. Und Mutti.

Wenn das hier Mutti war, dann würde sie die schönen Sachen, die Gretel im Rucksack mitgebracht hatte, gar nicht mehr sehen können. Und das viele Geld in ihrer Brusttasche –

Das Geld, mit dem sie sich auf dem Marktplatz von Tauroggen eine Rosinenschnecke gekauft hatte –

O Gott, die Rosinenschnecke ...

Sie hatte es gewusst, dass sie nichts von dem Geld für sich nehmen sollte. Sie hatte sich das duftende Gebäck mit dem köstlichen Zuckerguss trotzdem gekauft. Sie hatte eine Sünde begangen, und dafür hatte Gott sie jetzt bestraft.

Zur Strafe war die Mutter jetzt tot.

Sie spürte, wie sich ihre Haarwurzeln aufstellten. Sie schauderte, als ihr klar wurde, wie schrecklich ihre Tat gewesen war und wie grausam Gott sie dafür nun bestrafte.

Aber ich hab doch immer gebetet und in der Bibel gelesen, wandte die Kleinmädchenstimme in ihr leise ein. *Das muss doch auch was zählen.*

Ihr Magen krampfte sich zusammen, als die Rosinenschnecke sich bewegte und eine dicke, eklige Schleimspur in ihrem Inneren hinterließ. Dann kroch die Schnecke hinauf in ihren Hals, und sie übergab sich.

Sie spuckte einen dünnen, galligen, schleimigen Brei aus, der im dunkelbraunen Fleck im Schnee versickerte, und dann wurde die Welt schwarz.

Sie stürzte so hastig ins kalte, dunkle Zimmer, dass der Hund vom Bett hochsprang und heiser anschlug. Erst im zweiten Moment erkannte Bella sie und kam winselnd angekrochen. Die Hündin war so schwach, dass ihre Hinterbeine immer wieder einknickten und ihr Rücken einen Bogen machte. Wie eine Katze, die sich sträubte.

Gretel streichelte ihr einmal hastig über den krummen Rücken und rannte zum Bett, wo sie nur dunkle Umrisse und das bleich schimmernde Gesicht ihres Bruders sehen konnte. „Karlchen – wir müssen weg von hier", sagte sie und schüttelte ihn sanft an den Schultern. „Die wollen uns ins Kinderheim stecken. Komm, steh auf, mach schnell, wir müssen von hier verschwinden!"

Doch Karlchen reagierte nicht. Er ließ sich wie einen leeren Kartoffelsack schütteln und röchelte nur leise. Gretel nahm sich den Rucksack ab, riss ihn auf und fischte ein großes Stück Brot heraus. Sie riss es in zwei ungleiche Stücke und hielt ihm das größere Stück vor den Mund. „Hier, iss. Es ist gutes Brot. Schmeckt lecker."

Jetzt rührte er sich endlich. Seine Hand griff nach dem Brot und er machte den Mund auf, bevor er die Augen öffnete.

Sie warf Bella das kleinere Stück zu, doch die Hündin war so geschwächt, dass sie es nicht mehr fangen konnte. Es kullerte auf dem Boden umher. Bella stürzte sich darauf und verschlang es so heißhungrig, dass sie es wieder herauswürgte und noch einmal zerkaute.

Fieberhaft suchte Gretchen den Ausweis, den sie für ihre Mutter auf der Kommandantur abgeholt hatte, das einzige Dokument, das beweisen konnte, wer sie waren und woher sie kamen. Eigentlich war die Mutter verpflichtet gewesen, den Ausweis immer mit sich zu führen, doch Gretchen wusste, dass sie ihn lieber zu Hause versteckt hatte. Sie durchwühlte die Kiste mit der Wäsche und den wenigen Kleidern, die die Familie noch hatte, doch da war er nicht. Dann tastete sie das Kopfkissen ab und spürte unter dem zerschlissenen Bezug, der früher einmal blütenweißes, gebleichtes Leinen mit zarten Stickereien gewesen war, eine harte Ecke. Sie knöpfte ihn auf und holte den Ausweis heraus, den sie zu dem dicken Geldbündel in ihren Brustbeutel steckte.

Das Wichtigste war Nahrung, und die steckte noch im Rucksack.

Das Zweitwichtigste waren warme Wollsachen, auch wenn sie auf der nackten Haut kratzten, da sie nur noch ein dünnes Leibchen mit schmalen Trägern besaß, das schon löcherig und halb zerfallen war. Sie suchte alle Pullover, Jacken, Socken, Schals und Mützen zusammen, die sie finden konnte, und stopfte sie in den Rucksack, bis er so prall wie eine Kugel war. Karlchen zog sie zwei Pullover an. Es war mühsam, weil er immer noch gekrümmt auf der Seite lag.

„Steh auf, wir müssen weg", drängte sie. „Frau Maybaum hat gesagt, sie wird sich darum kümmern, dass wir einen Platz im Kinderheim kriegen."

Dass die Musiklehrerin Frau Maybaum sie neben der toten Mutter im Schnee gefunden hatte, sagte sie ihm lieber nicht, nicht jetzt, wo er so schwach war. Und auch nicht, dass sich Frau Maybaum Muttis gelbe Mütze und ihre warmen Halbstiefel genommen hatte und gesagt hatte, da, wo sie jetzt sei, würde sie nie mehr frieren. Und erst recht verschwieg sie ihm, dass Frau Maybaum ihr erzählt hatte, die Russen hätten heute wieder Frauen zusammengetrieben, um sie nach Sibirien zu verschleppen, ganz in der Nähe des Feldes, auf dem Gretel die Mutter gefunden hatte. „Sie hat wahrscheinlich versucht zu entkommen", hatte Frau Maybaum gesagt. „Damit ihr nicht allein zurückbleibt und verhungert. Wie es aussieht, haben sie eure Mutter dann wohl erschossen."

Sie musste den Rucksack und die Umhängetasche am unteren Treppenabsatz abstellen und Karlchen stützen. Er konnte kaum laufen, und sie wäre unter seiner Last zusammengebrochen, wenn er nicht so leicht gewesen wäre. Er bestand nur noch aus Haut und Knochen. So konnte sie ihn in die Schubkarre hieven, die sie im Zimmer aufbewahrt hatten, damit keiner sie stehlen würde. Den Rucksack hängte sie ihm um die mageren Schultern, und dann machte sie sich mit ihm und Bella auf eine neue Flucht, die Flucht vor dem Leben im Kinderheim, von dem sie nichts Gutes gehört hatte. Da würden die Kinder eingesperrt und nie mehr raus kommen. Sie würden dort zu kleinen Russen erzogen und müssten für immer in diesem Niemandsland bleiben.

Im Kinderheim würden sie Papa nie wiedersehen. Die Hoffnung, dass ihr Vater noch leben könnte, keimte in ihr, seit sie ihre tote Mutter gefunden hatte. Denn so gemein konnte Gott schließlich nicht sein, dass er ihr beide Eltern nahm. Und bisher hatte es keine Nachricht von Papa gegeben. Niemand hatte berichtet, er sei gefallen.

In dieser Zeit waren keine Nachrichten gute Nachrichten.

* * *

Sie hausten nun in einem Gutshaus, das wie ein Schlösschen aussah.

Es lag an einer Chaussee in Kortmedien, einem Nachbarort von Gerdauen. Hier würde Frau Maybaum sie sicher nicht suchen. Die Flucht hatte zwei Tage gedauert, weil Gretel den Karren nicht so lange ziehen konnte und Karlchen keine Hilfe war. Er war nur eine Last, wenn auch eine leichte. Nachts hatten sie in den Ställen verlassener Bauernhöfe übernachtet und sich mit den mitgenommenen Kleidern zugedeckt. Zum Glück hatte es nicht mehr geschneit, und tagsüber hatte sich sogar die Sonne blicken lassen und die Luft ein bisschen erwärmt.

Das Gut war auf der Seite zur Chaussee zerbombt, sodass in der Mitte die Außenwand fehlte. Doch auf der

Rückseite befanden sich noch mehrere Zimmer, in denen nur die Fensterscheiben zertrümmert waren. Gretel war mit Karlchen in ein Zimmer gezogen, in dem ein dunkelgrüner Kachelofen stand. Es war ziemlich groß und vor dem Krieg sicher als Herrenzimmer oder Damensalon genutzt worden, denn die Wände waren in einem zartgrünen Muster aus Streifen und Efeuranken tapeziert, und an der vergilbten Tapete deuteten geschwungene Umrisse auf einen Sekretär und einen Barockschrank hin. Doch außer dem Gerippe eines schwarzen Klaviers war das Zimmer vollkommen leer. Wahrscheinlich waren alle Möbel und Einrichtungsgegenstände so wertvoll und edel gewesen, dass sie von den Flüchtlingen und russischen Soldaten geplündert worden waren. Selbst der Boden war aus kaltem Stein, auf dem sich die ehemaligen Holzdielen nur noch durch ein paar Dreckstreifen erahnen ließen. In einer Ecke erzählte ein länglicher rotbrauner Fleck von einem Ereignis in längst vergangenen Zeiten, bei dem eine Flasche Rotwein umgefallen und die Flüssigkeit zwischen den Dielen versickert war.

Oder bei dem ein Gast mit dem Bratenmesser erstochen worden war.

Vielleicht hatte sich auch ein Hausbewohner den Puls aufgeschnitten.

Dass manche Leute das aus Verzweiflung taten, wusste Gretel längst. Schon während des Krieges hatten sich mehrere Nachbarn in Gerdauen die Pulsadern aufgeschnitten oder erhängt, so wie die gehbehinderte Frau Groß, deren Mann und beide Söhne hintereinander gefallen waren und die alleine den Hof nicht mehr versorgen konnte. Oder Frau Großmann, die man gezwungen hatte, sich von ihrem jüdischen Mann scheiden zu lassen. Nach der Scheidung hatten sie sich regelmäßig heimlich nachts am Banktinsee getroffen, wie Oma erzählt hatte. Bis er mit den anderen Juden irgendwohin in den Osten verschickt worden war und sie drei Monate später die offizielle Mitteilung bekam, dass er an einer Lungenentzündung gestorben sei. Kurz darauf hatte man sie eines Morgens ertrunken im See gefunden.

Seit Kriegsende hatten die Selbstmorde stark zugenommen. Viele brachten sich aus Trauer über den Verlust ihrer Familienmitglieder oder ihrer Existenz um. Aber die meisten wählten den Freitod, weil sie nicht warten wollten, bis sie elend verhungert waren. Der Hunger war der neue Feind – und der stärkste. Die Menschen taten alles, um nur nicht zu verhungern.

So wie Frau Grafke. „Das war das Letzte von meinem Paulchen", hatte sie gesagt und sich ein Stück Fleisch in den Mund geschoben. Frau Grafke hatte sich nicht das Leben genommen. Stattdessen hatte sie ihren toten Sohn aufgegessen.

Solche Leute gab es auch.

Als Erstes hatte Gretel die großen Fenster mit Holzbrettern zugenagelt, die sie für ein paar der Geldscheine auf dem Schwarzmarkt gekauft hatte, denn Holz und Pappe lagen nirgendwo mehr herum. Wenigstens hatte sie im Schloss ein paar Nägel gefunden, und als Hammer hatte sie einen dicken Stein genommen. Das dicke Geldbündel schmolz nach wenigen Besuchen auf dem Schwarzmarkt zusammen, denn sie brauchten Brennholz und Lebensmittel, sobald die Sachen in ihrem Rucksack aufgegessen waren. Karlchen hustete und war so schwach, dass er vom Bettlager kaum mehr aufstehen konnte. Gretel versuchte, so gut es ging, das Zimmer warm zu halten. Die ersten Wochen gelang es ihr, doch irgendwann war das ganze Geld für Holz und Brot und Milch ausgegeben.

Gretel verbrachte die Tage damit, in der Gegend umherzustreunen und nach Brauchbarem zu suchen. Zwischen den wuchernden Rosenbüschen im Schlosspark entdeckte sie einen kleinen Kanonenofen, an dem sogar noch ein Rohr hing. Sie transportierte ihn auf der Schubkarre zum Schloss und befestigte das Rohr am Kaminofen. Die Zweige und Tannenzapfen, die sie zum Trocknen auf dem Boden auslegte, gaben in dem kleinen Ofen wenigstens genug Wärme ab, dass sie sich die Hände daran wärmen konnten. Meistens setzte sie Karlchen mit dem Rücken an den Ofen, bis er vor Schwäche in sich zusammenfiel und sie ihn wieder aufs Bettlager schleppen musste.

Der Ziehbrunnen im Schlosspark war zugefroren, und so diente aufgetauter Schnee als Trinkwasser. Sie wusch sich morgens und abends mit Schnee, doch als sie Karlchen mit Schnee einreiben wollte, keuchte und wimmerte er so sehr, dass sie es aufgab. Also wischte sie ihn nur mit einem feuchten Tuch ab, das sie vorher auf dem Ofen angewärmt hatte. Das ließ er sich gefallen. Er schaffte es oft nicht mehr rechtzeitig zum Eimer im Flur. Dann machte er ins Bett. Auf dem zerschlissenen Blümchenvorhang, der als Laken diente, froren die gelblichen Pfützen ein, aber sie konnte nichts dagegen tun. Sie konnte keine Wäsche waschen, da die nassen Teile nicht mehr trockneten.

Sogar die Läuse suchten die Wärme der Menschen. Sie krochen in die Falten der verdreckten Wäsche und Kleider und nisteten sich in den Haaren ein. Um sie loszuwerden, legte Gretel jeden Abend ihre Sachen unter die Fenster, durch die eisige Luft ins Zimmer drang. Am nächsten Morgen waren die Läuse erfroren und ließen sich leicht aus den Jacken und Hosen pflücken. Auch Karlchen zog sie jeden Abend um, um ihn soweit es ging von der Läuseplage zu befreien. Dann legte sie sich zu ihm und dem Hund aufs Bett und kuschelte sich so dicht wie möglich an ihn an, um ihm von ihrer Körperwärme abzugeben und sich an seinem Körper ein wenig zu wärmen. Manchmal wurde sie von seinem Husten geweckt, der so heftig war, dass sein ganzer Körper geschüttelt wurde. Dann sang sie, bis er aufhörte zu husten und sein Atem ruhig und flach wurde. Sie sang das alte Wiegenlied, das Mutti vor langer, langer Zeit gesungen hatte, wenn sie Gretel – und später auch Karlchen – ins Bett gebracht hatte.

Maikäfer, flieg.
Der Vater ist im Krieg.
Die Mutter ist in Pommerland.
Pommerland ist abgebrannt.
Maikäfer, flieg.

Es war ein so wehmütiges kleines Lied. Der kleine, tapfere Maikäfer hatte ihr immer so leid getan. Wenn die Zeilen verklungen waren, hatte Gretel die Hand ihrer Mutter ergriffen, um sich zu vergewissern, dass sie nicht in Pommerland war, sondern hier bei Gretel.

Jetzt wurde es wieder zu ihrem Wiegenlied.

Nur war der Maikäfer jetzt Karlchen. Und sie. Und Pommerland war wirklich abgebrannt.

* * *

Als die letzten Lebensmittel aus Litauen und das Geld verbraucht waren, wurde der Hunger immer größer. Jeden Abend, wenn Gretel sich in Bett legte und die Augen zumachte, stellte sie sich etwas Besonderes vor, was sie kochen, backen und essen würde, wenn sie sich alles kaufen könnte, was man dafür brauchte.

Pflaumenkeilchen … Sofort tauchten die Bilder in ihrem Kopf auf, die dickliche Suppe, in der weiß schimmernde Klößchen und Speckwürfel schwammen. Der köstliche Duft von Pflaumen und Nelken, Zitrone und Speck. Der warme Dampf, der vom Suppenteller hochstieg. Das genüssliche Schlürfen, Kauen und das satte Kratzen des Löffels auf dem Tellerboden.

Die Erinnerungen an vergangene Genüsse stiegen in ihr auf und vermischten sich mit der tiefen Sehnsucht, das wieder zu kosten und zu essen. Irgendwann schlief sie ein, und in ihren Träumen war sie nie hungrig und allein. In ihren Träumen war die Großmutter wieder lebendig und ihr Vater war wieder da und die Welt war wieder in Ordnung.

Nur ihre Mutter ließ sich in den Träumen nicht blicken. Immer wieder irrte Gretel auf einem fremden Marktplatz umher und suchte sie. Ihre sehnsüchtigen Rufe nach der Mutter blieben stumm, es kam kein Ton aus ihrer Kehle, so laut sie auch schrie, und wenn sie morgens aufwachte, kam die Erinnerung an den Engel im Schnee wieder und mit ihm kamen die Tränen.

Die Tage verbrachte sie damit, die abgeernteten Kohlfelder abzugrasen. Meistens wurde sie von der halb verhungerten Bella begleitet, die schon so manches Kohlblatt unter der Schneedecke ausgegraben hatte. Der Hunger trieb beide trotz Kälte und Schnee nach draußen. Wenn es besonders heftig stürmte und schneite, retteten sie sich in die Scheune, in der der Kohl zu Sauerkraut verarbeitet worden war. Auch da erschnüffelte die Hündin immer wieder ein paar verwelkte Kohlblätter oder einen harten Strunk, den Gretel zu Hause auf dem Ofen in getautem Schneewasser garte. Das ergab abends die Suppe, die sie mit einer Prise kostbarem Salz und getrockneten Kräutern veredelte und sich mit Karlchen teilte. Auch Bella bekam eine Portion ab, obwohl es Gretel manchmal schwerfiel, das spärliche Essen mit dem Hund zu teilen. Aber ihr war klar, dass es allein die Hündin war, die Karlchen noch am Leben erhielt. Er hatte so oft nach Mutti gefragt, bis sie ihm die schreckliche Wahrheit gesagt hatte. Seitdem hatte sich sein Zustand immer mehr verschlimmert, und sie wusste nicht, wie lange er noch durchhalten würde.

Die Pferde in den Ställen hielten nicht länger durch. Sie verhungerten eines nach dem anderen und wurden hinaus aufs Feld geschleppt. Die hungernden Flüchtlinge rannten hinterher und schnitten Fleischstücke mitsamt Fell aus dem toten Tier. Auch wenn Gretel das Fleisch auf dem Kanonenofen kaum gar bekam, waren es Festtage, an denen sie und Karlchen und sogar der Hund satt wurden. Nur erzählte sie ihrem Bruder nie, woher das Fleisch wirklich stammte, sondern sagte nur, ein freundlicher Russe hätte es ihr geschenkt.

Doch schon bald gab es auch kein Pferdefleisch mehr für die Deutschen, denn sobald eines der Tiere verendet war, übergossen die Russen es mit einem stinkenden Desinfektionsmittel. Gretel und die anderen Flüchtlinge der Umgebung versuchten, das Fleisch herauszuschneiden, bevor das Mittel durch das Fell eingesickert war, denn dann roch es noch nicht zu streng. Doch die Russen nahmen ihnen die Fleischbrocken wieder ab.

„Nix gut, gib her", sagten sie, aber Gretel hatte den Verdacht, dass es vielen von ihnen nicht um die Gesundheit der verhassten Deutschen ging, sondern um Rache wegen des Krieges, den die Deutschen angezettelt hatten und der so viele tote Russen hinterlassen hatte.

Soviel hatte sie schon mitbekommen.

* * *

Als Karlchen so schwach wurde, dass er nicht mehr aufstehen konnte, wusste Gretel, dass sie ihn so schnell wie möglich nach Litauen bringen musste. Sonst würde auch er sterben, und dann hätte sie ihre ganze Familie verloren.

Sie nahm nur ihren leeren Rucksack und die Schultertasche mit. Alles, was sie noch an Kleidung hatten, trugen sie am Körper. Sie kamen sehr langsam voran, da Karlchen kaum einen Fuß vor den anderen setzen konnte. So musste Gretel ihn stützen, manchmal auch mitschleppen.

Unterwegs zum Bahnhof von Gerdauen hielt ein mit Stroh beladener Wagen an. Die beiden Frauen halfen Karlchen, hinten auf den Wagen zu steigen. Bella musste nebenherlaufen, doch das Pferd, das den Wagen zog, war selbst so kraftlos, dass der Wagen auf dem Schnee nur langsam entlangruckelte. Nach ungefähr einer Stunde kamen sie an eine Kreuzung. Der Wagen hielt an, denn die Frauen fuhren nicht bis nach Gerdauen. Sie holten Karlchen vom Fuhrwerk herunter, grüßten zum Abschied und fuhren weiter.

Der Junge war stocksteif gefroren. Gretel bekam einen Riesenschreck. Es war, als würde sie ein Brett im Arm halten. Er war so weiß und regungslos wie ein steif gefrorenes Laken.

Gretel setzte sich am Straßenrand in den Schnee und schaukelte sanft hin und her, den Bruder im Arm.

Wieder ging ihre Welt unter. Wieder musste sie einen geliebten Menschen im Schnee zurücklassen.

Sie saß eine ganze Weile so da und schaukelte mechanisch, damit ihr Herz nicht aufhörte zu schlagen. Sie fühlte nichts mehr außer den rhythmischen Bewegungen ihres Oberkörpers und einem gelegentlichen Zucken im Arm.

Bis sie es deutlich wahrnahm. Es kam von außen, nicht von ihren eigenen Muskeln.

Es kam von ihrem toten Bruder.

Karlchens Körper zuckte immer wieder, so als wollte er sich zurückmelden.

Sie umklammerte ihn mit beiden Armen und presste ihn an sich. Sie schrie seinen Namen und rieb sein totenbleiches Gesicht mit weißem Schnee ab, um ihm wieder das Blut in die Wangen zu treiben. Sie fühlte wieder etwas, Hoffnung, Freude, einen Herzschlag. Sie rief Bella, die um die beiden herumgeirrt war und nun schwanzwedelnd ankam und Karlchens Gesicht abschleckte.

Er röchelte, und dann spuckte er einen grünlichen Schleim aus.

„Ja, gut so, spuck es aus“, schrie Gretel und hielt ihm den Kopf. „Karlchen, du lebst ja, du lebst!“

Bella leckte ihm mit der warmen Zunge liebevoll das Gesicht ab, und Gretel musste vor Rührung weinen – über die Liebe des Hundes und das Leben des Bruders und überhaupt.

Sie erhob sich und zog Karlchen mühsam hoch, und dann schleppte sie sich und den Bruder weiter bis zum Bahnhof von Gerdauen, wo sie in einer windgeschützten Ecke auf den Zug warten konnten. Mehrere Erwachsene, die auch zum Betteln nach Litauen unterwegs waren, musterten Karlchen mitleidig. Eine alte Frau steckte Gretel einen Apfel zu. „Hier, für dein krankes Brüderchen“, sagte sie. „Er kann ihn leichter essen als ich.“ Sie lächelte, und Gretel sah, dass sie kaum Zähne mehr im Mund hatte.

Ein Mann interessierte sich mehr für Bella als für die Kinder. Er warf einen Blick auf die Hündin, drehte sich nach ihr um und blieb stehen. Dann schnalzte er mit der Zunge und streckte die leere Hand aus, um sie herbeizulocken, doch Bella war klug genug, den Braten zu riechen, den der Mann offensichtlich aus ihr machen wollte. Karlchen hatte ihr beigebracht, einen großen Bogen um alle

Fremden – Erwachsene und Kinder – zu machen und auf seinen Pfiff hin zu verschwinden, bis die Luft wieder rein war. Nur hatte er jetzt keine Kraft mehr zum Pfeifen.

„Bella, hier Platz“, sagte Gretel und klopfte mit der Handfläche auf den Boden hinter sich in der Ecke. Die Hündin legte sich gehorsam auf die Stelle und rollte sich zu einem unauffälligen kleinen Bündel zusammen. So verharrten sie mehrere Stunden, bis der Zug nach Litauen in den Bahnhof einfuhr und mit quietschenden Bremsen hielt.

Ein junger russischer Soldat kam die Stufen herunter und nahm Gretel den völlig erschöpften Bruder ab. Er trug Karlchen das Trittbrett hinauf. Doch als er den Hund sah, machte er eine abweisende Geste. „Njet“, sagte er. „Nix Hund.“

Als Karlchen mitbekam, dass Bella draußen bleiben musste, fing er an zu schreien. Es war eher ein heiseres Krähen, aber es klang so verzweifelt, dass auch Gretel anfing zu weinen.

„Wir können sie nicht hier lassen“, schluchzte sie. „Dann stirbt mein Bruder.“ Sie stieg wieder aus dem Zug und rannte zur Hündin, die winselnd auf dem Bahngleis auf und ab lief und nach einer Öffnung suchte, an der sie aufspringen konnte.

Karlchen kroch wimmernd aufs Trittbrett zu und war drauf und dran, sich kopfüber hinunterzustürzen. Eine mütterliche ältere Russin fing an, auf den Russen einzureden, während sie auf Bella zeigte. Anscheinend hatte sie die Situation verstanden.

Der Russe, der Karlchen am Arm festhielt, nickte schließlich und winkte Gretel zu, den Hund in den Zug zu holen.

„Spasibo“, sagte sie, „danke.“

Der Soldat brachte die Kinder in einen Waggon. Im Waggon standen mehrere Kühe auf sauberem Stroh. Es war so warm und gemütlich wie in einem Stall. Die Kinder durften sich aufs Stroh setzen, und der Russe brachte ihnen sogar zwei Becher voller Milch. Karlchen zitterte so sehr, dass Gretel seinen Becher halten musste und ihm die Milch in kleinen Schlucken zu trinken gab.

Der Soldat sprach zwar kein Wort Deutsch, doch Gretel verstand, dass er Igor hieß und aus der Ukraine kam. Er holte ein zerknittertes Foto heraus, auf dem eine junge Frau mit einem Baby im Arm unter einem hohen Baum stand und strahlte. Er hielt sich die Hand aufs Herz und lächelte wehmütig. Es war offensichtlich ein Bild von seiner Frau mit seinem Kind.

Der Zug hielt. Hastig bedeckte Gretel Karlchen mit Stroh, bis er nur auf den zweiten Blick zu erkennen war. Dann rannte sie aus dem Waggon und versteckte sich schnell im Bremserhäuschen. Sie durfte nicht im Zug erwischt werden, da sie keine Fahrkarte hatte. Sie betete, dass niemand sie oder Karlchen fand.

Doch sie blieb unentdeckt, und als sie im rollenden Zug wieder in den Waggon zurücklief, war auch Karlchen noch da. Der Soldat hatte den Kindern sogar eine Schüssel voller warmer, dicker, köstlicher Graupensuppe mitgebracht, die er irgendwo auf dem Bahnhof geholt hatte. Gretel teilte sie hungrig mit Karlchen. Bella überließ sie den Bodensatz. Der junge Russe lachte nur, als Bella die Schüssel vor sich her schob, während sie sie blank leckte.

Sie fuhren bis zur Station hinter Tauroggen. Da Gretel mit dem kranken Bruder nicht erst weit laufen konnte, um ein Haus zu finden, das ihn aufnehmen würde, machte sie sich auf den Weg zu dem freundlichen Bauern, der sich bei ihrer letzten Tour für sie nach der Zugverbindung erkundigt hatte. Sicher würden er und seine Tochter den bleichen, elenden Karlchen nicht abweisen. Es waren gute Menschen, und sie brauchte jetzt dringend gute Menschen.

Es war schon dunkel, als sie sich und Karlchen bis zur Haustür des Bauernhofs geschleppt hatte und mit letzter Kraft ans Holz klopfte, dessen verwitterter weinroter Anstrich so bräunlich wie eingetrocknetes Blut schimmerte.

„Hilfe“, rief sie, „mein Bruder ist krank!“

Die junge Frau öffnete die Tür und machte große Augen, als sie Gretel und den totenblassen Karlchen sah, der wie ein Bündel aus Lumpen auf der Türschwelle lag. Sie stieß ein paar Worte aus, die wie „O Gott“ klangen, hob den Jungen auf und trug ihn ins Zimmer. Dort legte sie ihn auf das geblümte Sofa, auf dem sich Gretel beim letzten Mal ausgeruht hatte.

Der Bauer kam aus der Küche, um zu sehen, wer so spät noch angeklopft hatte. In seinem Bart hing ein großer Brotkrümel. Bei dem Anblick krampfte sich Gretels Magen vor Hunger zusammen. Als er Karlchen auf dem Sofa sah, drehte er sich wortlos um. Gretel hörte das Klappern von Suppenschüsseln und das Kratzen einer Kelle im Topf. Bei den verheißenden Geräuschen lief ihr das Wasser im Mund zusammen.

Der Mann kam mit einer dunkelblauen Schüssel zurück. Er sah Gretel an, zeigte auf die Küche und sagte etwas, das sie nicht verstand. Anscheinend hatte er ihr eine Schüssel Suppe in der Küche hingestellt. Sie machte vor Dankbarkeit einen Knicks. Der Bauer lächelte, und wieder strahlten seine braunen Augen so freundlich, wie sie es noch in Erinnerung hatte. Er duldete sogar Bella in seinem Haus.

Es war richtig gewesen, hierher zu kommen.

Der Mann ging mit der Schüssel durchs Zimmer. Doch Karlchen blieb nicht liegen, sondern rutschte vom Sofa herunter und fing an, in Richtung des Ofens zu kriechen, der eine wohlige Wärme ausstrahlte. Als er in die Nähe des Ofens kam, schwollen plötzlich seine Glieder an. Sein Körper blähte sich auf, bis seine Kleidung zu bersten drohte und zwei Knöpfe an seiner Jacke abplatzten. Sein Gesicht war nicht länger blass, sondern hochrot. Die Wangen waren so geschwollen, dass Augen und Nase kaum mehr zu sehen waren. Seine Haut spannte sich und schimmerte wie dünnes Porzellan. Er kauerte vor dem Ofen und streckte das Gesicht der glühenden Hitze entgegen, so als würde er nach hundert Tagen Dunkelheit zum ersten Mal wieder an die Sonne kommen.

Gretel bekam es mit der Angst zu tun. Karlchen sah aus, als würde er gleich wie eine Seifenblase zerplatzen. Der Bauer und seine Tochter wechselten ein paar Worte; auch ihre Stimmen klangen ängstlich. Doch dann nahm die junge Frau ihrem Vater die Schüssel ab und stellte sie auf den Boden. Sie zog Karlchen, der sich leise wimmernd und zuckend wehrte, ein Stück weit vom Ofen weg und fing an, ihn mit der Suppe zu füttern. Sein Körper hörte auf zu strampeln, und er schluckte gierig die Suppe.

Erst jetzt erlaubte sich Gretel, in die Küche zu gehen und ihre eigene Suppe zu essen. Auf dem Tisch standen auch ein Teller mit Brotscheiben und ein Schüsselchen Griebenschmalz mit Äpfeln und gerösteten Zwiebeln. Sie wagte es kaum, sich eine Scheibe Brot mit Schmalz zu bestreichen, so unendlich dankbar und erleichtert war sie. Aber der Anblick war zu verlockend, um ihm widerstehen zu können. Letzte Nacht war sie mit dem heißhungrigen Gedanken an Eintopf und Schmalzbrot eingeschlafen, und jetzt glaubte sie zu träumen.

19

Der Soldat ist weg. Er hat keinen Namen. Er hat die Kellertür von außen verriegelt. Danach hörte der Junge die schweren Soldatenschritte direkt über seinen Kopf laufen. Die Dielen in der Stube knarrten dumpf an den Stellen, an denen sie immer knarren, vor allem in der Zimmermitte, wo sie so blank gescheuert sind, dass sie glänzen. Dann fiel die Haustür zu und es wurde still im Haus.

Es ist still und es ist dunkel hier unten. Ein schmaler Lichtstreifen dringt durch die Ritze unter der Kellertür. Mehr Licht gibt es hier nicht.

Karlchen fürchtet sich vor der Dunkelheit. Er fürchtet sich vor dem großen Mann, der kein freundlicher Bauer ist, sondern ein unfreundlicher Soldat namens Erwin. Aber am allermeisten fürchtet er sich vor den Ratten.

Es ist still hier unten, aber es ist nicht totenstill. Er lauscht seinem eigenen Atem, der im Ohr rauscht, und seinem eigenen Herzschlag, der ihm leise ins Ohr klopft, als wolle er

Karlchen etwas zuflüstern. Und er hört die Pfoten der Hündin, die unruhig im Keller umherwandert, als würde sie etwas suchen. Natürlich sucht sie nach Nahrung. Wer tut das nicht? Nur gibt es hier unten nichts zu essen. Hier gibt es nur etwas altes Gerümpel, ein paar kaputte Fensterrahmen, einen zerbeulten Kinderwagen, der aus Korb geflochten ist, eine verrostete Kohlenschaufel, ein paar lange Holzbretter und einen Berg an Eierkohlen, den die Russen und die deutschen Flüchtlinge übersehen haben. Und ein Schaukelpferd, das früher einmal weiß und schwarz und stolz war. Jetzt sieht es aus, als hätte es Räude und sich die weiße Farbe selber abgekratzt.

Und Ratten. Die Ratten werden von dem Plumpsklosett angezogen, das sich draußen ans Haus anlehnt wie ein Sterbender mit einem Loch im Herzen. Das schiefe Plumpsklosett erinnert Karlchen deswegen an einen Sterbenden, weil es auch ein Herz hat, durch das man hindurchsehen kann. So wie der Mann, der vor ein paar johlenden Russen weggerannt war und auf den vereisten Pflastersteinen ausgerutscht und auf einen Holzzaun gefallen war. Er hatte sich einen spitzen Zaunpfahl mitten ins Herz gerammt, und als die Russen ihn gleich darauf eingeholt hatten und einer von ihnen lachend den Mann aus dem Pfahl wieder herausgezogen hatte, hatte Karlchen mitten in sein schlagendes Herz sehen können, während der Mann sich an eine Hauswand gelehnt hatte. Nur ganz kurz, nur ein kurzes Zusammenziehen von weißem und rotem Gewebe, denn gleich darauf war das Blut aus der gaffenden Wunde herausgespritzt und der Mann war lautlos zusammengesackt. Und der Junge war ganz schnell weitergelaufen, um die nächste Häuserecke, und hatte das Geschehene hinter sich gelassen. Bis auf den Blick des Mannes, der im Sterben an Karlchen hängen geblieben war, der überraschte Blick, der noch mehrere Häuser und Gärten und Schuppen lang weiterlebte, bevor Karlchen ihn abschütteln konnte.

Langsam tauten seine erfrorenen Glieder wieder auf, und das Eis in seiner Brust und im Rücken fing an zu schmelzen. Das Blut in seinen Adern kribbelte wie tausend Ameisen und strömte in Richtung seines Herzens, und das tat weh. Die dicke warme Flüssigkeit, die eine fremde Frau ihm löffelweise eingeflößt hatte, brannte in seinem Magen und rann weiter nach unten und wieder aus ihm heraus. Er spürte den feuchten warmen Fleck, der sich unter ihm ausbreitete, ein unangenehmer Geruch drang in seine Nase und er schämte sich, weil er dunkel ahnte, dass er die Ursache des Gestanks war.

Doch er konnte nichts tun. Er konnte sich nicht rühren; sein Körper war ein unförmiger, starrer Klumpen, und irgendwo weit weg spürte er eine brennende Hülle. Sie hielt ihn davon ab, mit dieser herrlichen Wärme eins zu werden und zu verschmelzen. Irgendwann dämmerte es ihm, dass es seine Haut sein musste, die brannte, aber sie fühlte sich an, als würde sie nicht mehr zu ihm gehören. Seine Finger und Zehen waren taub, er spürte sich nicht mehr, außer diesem Kribbeln und Brennen, doch er ahnte, dass es ihn am Leben erhielt.

So wachte er ganz langsam wieder auf, seine Gedanken wurden klarer, seine Erinnerungen kehrten zurück und damit auch die Sehnsucht.

Die Sehnsucht nach seiner Mutter. Nach Gretel.

Er hatte seine Schwester schon seit mindestens vorgestern nicht mehr gesehen oder gehört. Er erinnerte sich nur noch dumpf daran, dass sie sich über seine Schlafstätte vor dem Ofen in der Küche gebeugt hatte und gesagt hatte, sie müsse weiterziehen, die Leute hätten nicht genug Essen für sie beide.

Sie hatte kurz den Kopf neben seinen gelegt und ihn an sich gedrückt.

Seitdem war sie weg.

Doch am größten war seine Sehnsucht nach Bella.

Bella. Wo war sie?

Manchmal hörte er sie dumpf bellen, nach ihm rufen, sehnsüchtig winseln. Sie hatte einen blauen Unterton in ihrer Stimme, er konnte ihn genau heraushören. Sie war irgendwo in der Nähe, und je klarer die Gedanken und schärfer die Umrisse seiner Umgebung wurden, umso deutlicher hörte er sie und spürte ihre Nähe.

Aber er konnte sie nicht sehen. An ihrem Kratzen konnte er hören, dass sie irgendwo draußen in einem Holzstall oder einem Schuppen eingesperrt war. Wenn sie kratzte, murrte der alte Mann, den die Frau Petras nannte. Es klang nicht böse, sondern ein bisschen mürrisch. Es war nur ein dunkles graubraunes Murren. Doch Karlchen hörte aus seiner Stimme heraus, dass Bella ihm lästig war, wegen ihrem Kratzen an der Tür, ihrem sehnsüchtigen Winseln und auch wegen der kleinen Schüssel Abfälle, mit der die Frau, die Emilija hieß, abends hinausging. Gleich darauf verstummte Bella für ein paar Minuten. Dann kam die Frau mit der leeren Schüssel zurück und nickte lächelnd, weil Karlchen sie mit großen fragenden Augen ansah. Sie sagte ein paar beruhigende Worte zu ihm, die sicher bedeuteten, dass es Bella gut ging.

Nach ein paar Tagen – oder auch einer Woche, er wusste es nicht genau – war genug Kraft in seine Glieder zurückgekehrt, dass er schon wieder ein paar Schritte gehen konnte.

Er ging nach draußen. Es war erst Ende Februar oder Anfang März, so genau wusste er das nicht, aber die Sonne war noch nicht stark genug, um die Luft zu erwärmen. Er ging dem Winseln nach bis zu einem Holzverschlag auf der Rückseite des Hofs.

„Bella“, rief er leise, „Bella, ich bin’s!“

Sie begrüßte ihn mit ihrer glockenhellen Stimme, mit ihrem Freudengewinsel, das immer lauter wurde und zu einem Freudengesang anschwoll. *Oooh Karlchen*, sang sie, *aaach, bin ich froooh, deine Stimme zu hören!*

Das sang sie und das verstand er.

Er rüttelte am Holzriegel, doch der klemmte, und er hatte noch nicht genug Kraft in den Fingern, um ihn aufzudrücken.

„Ich krieg die Tür nicht auf“, flüsterte er ihr durch einen Spalt zu. „Warte, Bella.“

Er rannte auf wackeligen Beinen um die Holzhütte herum, doch es gab kein Fenster und keine losen Bretter.

Er hörte das aufgeregte Kreischen der Hühner und wusste, dass Emilija sie gerade fütterte. Ein Huhn in Todesangst, das gepackt wird, um geschlachtet zu werden, klang anders. An dieses dunkelrote Panikgeschrei, das ihm das Blut in den Adern gerinnen ließ, erinnerte er sich noch von Gerdauen her. Das hier klang wie hungrige Vorfreude. Er hatte es in seinem Dämmerzustand ein paar Mal gehört. Anscheinend bekamen sie nicht genug Futter, um sich richtig satt essen zu können.

Er lief in die Richtung, aus der das Gekreische kam, und bog um die Ecke des Gehöfts. Zwischen ein paar dünnen Nadelbäumen bewegte sich Emilijas blauer Kittel. Sie schrak zusammen, als Karlchen plötzlich hinter ihr stand und an ihrem Ärmel zupfte.

Sie drehte sich um.

„Bella“, sagte er, „ich will zu Bella. Bitte.“

Er zeigte in die Richtung des Schuppens, aus dem Bellas ununterbrochenes Winseln und Kratzen zu hören war.

Emilija sah ihn etwas ratlos an. Dann sagte sie etwas und legte ihm prüfend die Hand auf die Stirn. Ihre Hand war wie ein warmer, feuchter, mütterlicher Kuss. Unwillkürlich lehnte er die Stirn gegen ihre Handfläche. Er merkte es erst, als sie lächelte und ihm mit derselben Hand übers Haar fuhr.

Er nutzte die Chance. „Kannst du die Tür zum Schuppen aufmachen? Ich will doch zu Bella. *Bitte*.“

Sie hatte ihn verstanden und nickte. „Taip“, sagte sie. Doch erst zog sie ihre graublau gemusterte Strickjacke aus und hielt sie ihm hin. Erst jetzt merkte er, dass er fröstelte. Er zog die Jacke ungeduldig an. Sie reichte ihm fast bis zum Knie und die Ärmel waren viel zu lang. Lachend krempelte sie die Ärmel mehrmals um, bis seine Hände unter dem dicken Wollwulst hervorkamen. Die Wolle kratzte an den Handgelenken, aber es war ihm egal. Sein Blut sang in den Adern und jede Faser seines Körpers zog ihn zu Bella.

Endlich kam auch Emilija vor dem Schuppen an. Sie zog am Riemen, doch der klemmte. Bella hatte aufgehört zu winseln. Jetzt bellte sie laut und sprang von innen gegen die Tür, während Emilija außen am Riemen rüttelte. Plötzlich hörten sie ein Klacken. Dann sprang die Tür auf und Bella schoss hinaus. Vor Freude warf sie Karlchen um. Offensichtlich hatte sie durch das Futter neue Kräfte gesammelt. Sie sang und küsste ihn mit der nassen schwarzen Nasenspitze und schleckte ihm das Gesicht ab, während er lachend versuchte, wieder auf die Beine zu kommen.

Auch Emilija lachte. Sie freute sich mit ihm, das merkte er.

Schließlich beruhigte sich Bella soweit, dass er sich aufrappeln konnte. Emilija sagte etwas und ging ins Haus zurück. Doch das bekam er kaum mit, denn er hatte nur Augen für seinen Hund.

Er ging mit ihr los. Sie streiften durch die stoppeligen Felder, über gefrorene rote Erde bis zu einem kleinen Waldstück. Dort liefen sie über winterbraunes Moos mit einem zarten weißen Frostflaum, zwischen kahlen Brombeersträuchern hindurch, deren dornige Äste sich wie blutleere Fangarme um ihre Beine wickelten, bis sie am anderen Ende des Wäldchens wieder herauskamen. Vor ihnen glitzerte die dünne Eisdecke eines Teichs in der Sonne.

Erschöpft ließ sich Karlchen auf einem großen Stein am Ufer nieder. Seine Beine zitterten vor Anstrengung. Erst jetzt merkte er, wie schwach er noch war. Bella war stehen geblieben. Als sie sah, dass er nicht weiterging, lief sie am Ufer hin und her, die Nase schnuppernd auf den Boden gerichtet. Zwei Wildenten stieben mit lautem Protest auf und schwangen sich kreischend in die Lüfte. Es war ein Paar, das konnte Karlchen an den schillernden blaugrauen, grünen und weißen Federn des Erpels und dem braunweiß gesprenkelten Kleid der Ente erkennen.

Das hatte ihm Papa beigebracht.

Papa. Wo war Papa? War sein Vater auch tot oder lebte er doch noch?

Plötzlich wurde Karlchen von einer so heftigen Sehnsucht überwältigt, dass sich sein Brustkorb zusammenzog und einen tiefen Schluchzer herauspresste. Bella drehte sich fragend zu ihm um. Sie las ihm seine Verzweiflung am Gesicht ab, lief zu ihm zurück und gab ihm ein Küsschen aufs Ohr. Sofort fühlte er sich getröstet und musste sogar darüber lachen, wie gut sie ihn zu trösten verstand.

„Hast du Hunger? Ich hab Hunger. Lass uns zurückgehen."

Doch als er sich entkräftet dem Bauernhof näherte, hörte er Männerstimmen. Er duckte sich zwischen die Büsche. Auch Bella blieb stehen und drängte sich dicht an sein Bein, als würde sie bei ihm Schutz suchen.

Sie hatte Angst vor irgendetwas.

Die eine Männerstimme war Petras' Stimme. Sie klang aufgebracht. Die andere Stimme klang ruhig. Grau. Kalt wie Eisen. Aber es lag ein ganz leiser Unterton darin, der so rot war wie Blut.

Bella drückte den Kopf in seine Hand und winselte kaum hörbar.

Das war es also, was ihr Angst machte. Der fremde Mann mit der gefährlichen Stimme.

Was hatten die Männer vor?

Die Stimmen kamen aus der Richtung des Schuppens, in dem Bella untergebracht war. Ganz langsam schlich Karlchen sich ein paar Schritte weiter. Bella, die ihm sonst überallhin folgte, rührte sich nicht vom Fleck. Er hatte ihr schon vor langer Zeit beigebracht, sich bei Gefahr unsichtbar zu machen, sich im dichten Gebüsch zu verbergen, sich in einem verlassenen Haus zu verstecken oder zu einem Schatten in der Nacht zu werden.

Die Gefahr für Bella waren immer nur Menschen, hungrige, gierige Menschen. Denn im ausgehungerten Deutschen Reich gab es schon lange keine Tiere mehr. Im letzten Sommer hatte seine Mutter sogar Schnecken gesammelt und mit kochendem Wasser übergossen, sodass sie erbärmlich gepiepst hatten. Ihm war bei den zarten rosa Todesschreien schlecht geworden, aber die anderen hatten die Schnecken aus ihren Häuschen gepult und heruntergewürgt. Und als Mutti ein paar Frösche gesammelt hatte und mit einem großen Stein erschlagen wollte, hatten sie wie kleine Kinder geschrieen. Da hatte sie die armen Tiere in Ruhe gelassen.

Er schlich zum Bauernhaus und drückte sich dicht an die Seitenwand, bis er den Schuppen hinter dem Haus sehen konnte. Die Holztür stand offen, die beiden Männer standen davor. Petras sagte achselzuckend etwas. Der fremde Mann mit der unheimlichen Stimme war kleiner als Petras, nicht viel größer als Karlchen, aber gedrungen und sehnig. Seinem dicken, roten Hals sah man an, dass er viel Kraft hatte. Er trug eine rotbraune Filzjacke mit unregelmäßigen Streifen, die wie getrocknete Blutschlieren aussahen, und hielt ein Seil in der Hand. Jetzt antwortete er etwas und fuchtelte dabei mit den Händen. Seine Finger waren rot und dick wie kleine Fleischwürste.

Karlchen schauderte. Der Mann wollte Bella mitnehmen. Ganz sicher. Warum sonst hätte er ein Seil dabei?

Jetzt hörte er das Klappen der Hintertür. Hastig wich er zurück und drückte sich wieder an die seitliche Wand, um nicht von Emilija gesehen zu werden, die aus der Küche kam und den Männern eine Frage zurief. Karlchen konnte sie nicht sehen, aber er hörte aus ihrer Stimme heraus, dass sie wissen wollte, was die Männer mit Bella vorhatten. Ihr Vater antwortete mit einem kurzen Satz. Emilijas Stimme wurde leiser, als sie ihm aufgebracht etwas zurief. Karlchen konnte hören, dass sie zu den beiden Männern am Schuppen ging.

Nun stritten sie miteinander. Emilija sagte immer wieder „Ne, ne“. Sie war gegen den Plan ihres Vaters, dem Fremden Bella mitzugeben. Soviel verstand Karlchen.

Er nutzte die Gelegenheit und rannte zurück zur Vorderseite. Die Haustür stand wie immer offen. Er nahm zwei Stufen auf einmal und flitzte in die Küche. Schnell, schnell, etwas Essbares … Gehetzt sah er sich um und griff nach einem halben Laib Brot, der in ein Tuch eingewickelt war. Dann sammelte er ein paar geschälte Apfelspalten ein, aus denen Emilija offensichtlich einen Kuchen backen wollte, und legte sie zu dem Brot. Seine innere Stimme schrie „schnell, schnell, mach, mach“ und er traute sich nicht, Zeit damit zu verschwenden, noch weitere Lebensmittel zu suchen. Er hörte Emilijas Stimme durch die offene Küchentür. Sie wurde wieder lauter. Gleich würde die junge Bäuerin in der Küche auftauchen. Hastig wickelte er das Tuch zusammen und flüchtete aus der Vordertür der Küche, gerade noch rechtzeitig, denn Emilijas blauer Kittel blitzte schon an der Hintertür auf.

In einer Ecke des Hausflurs lagen mehrere Kartoffelsäcke sauber aufeinandergestapelt. Geistesgegenwärtig nahm sich Karlchen zwei Säcke. Die würde er für seine Füße brauchen, falls er länger in der Kälte umherwandern musste. Denn seine Stiefel klafften vorne wie zwei offene Tiermäuler, und die Säcke würden seine Zehen vor der Kälte schützen, wenn er sie sich um die Stiefel wickelte. Die meisten Flüchtlinge liefen mit Säcken an den Füßen herum. Viele besaßen gar keine Schuhe mehr.

Er rannte, so schnell seine schwachen Beine ihn tragen konnten, aus dem Haus und zurück zu den Büschen an der Hofeinfahrt. Bella hatte sich nicht von der Stelle gerührt. Sie lag so gut verborgen im dicken Gestrüpp, dass er sie erst erkannte, als er leise pfiff und sie sich schwanzwedelnd auf ihn zubewegte.

„Guter Hund“, lobte er. „Kriegst gleich was zu essen.“

Dann liefen sie quer über das stoppelige Zuckerrübenfeld, das noch zu Petras' Gehöft gehörte, bis zu dem Waldstück, auf dem sie sich schon vorhin ausgeruht hatten.

Die Sonne war schon ziemlich tief an den Horizont gerutscht. Es musste Nachmittag sein. Bald würde es dunkel werden. Trotzdem machte Karlchen eine Pause und setzte sich auf einen umgefallenen Baumstamm. Hungrig wickelte er das Brot aus dem Tuch. Er riss eine große Ecke ab, teilte sie in zwei gleich große Stücke und hielt das eine Stück Bella hin. Sie nahm es ihm artig aus der Hand, obwohl sie genauso verhungert sein musste wie er.

Dann aßen sie. Bella schlang ihr Brot gierig herunter.

Als Nachtisch gab es für beide einen Apfelschnitz, der zwar schon braun angelaufen war, aber zuckersüß und aromatisch schmeckte.

„Komm, wir müssen weiter", sagte Karlchen und stand auf.

Er hatte keinen Plan und wusste noch nicht einmal, welche Richtung er einschlagen sollte. Er wusste nur, dass er dem Mann, der mit dem Seil auf Petras' Hof aufgetaucht war, nicht in die Arme laufen durfte.

Wie hatte der Mann ausgesehen? Nicht wie ein Erntehelfer oder Wanderarbeiter. Er hatte den Kopf nicht eingezogen wie jemand, der auf die Großzügigkeit anderer angewiesen war, jemand, der um Arbeit betteln musste, und dafür den Buckel krumm machte.

Auch nicht wie ein sanfter, freundlicher Schäfer, der einen Hund für seine Schafherde suchte.

Er hatte ausgesehen wie ein grober Bauer, ein Viehzüchter, der seine Schweine selber schlachtete. Ein Bauer, der einen Hofhund brauchte, den er an die Kette legen würde ...

Karlchen schauderte.

Dann fiel ihm noch etwas ein. Einmal hatte der Mann Petras mit Petras angesprochen. So hatte es jedenfalls geklungen. Er hatte am Ende eines Satzes deutlich den Namen *Petras* gehört. Das bedeutete, dass sich die beiden kannten. Und er war auch nicht so warm angezogen wie jemand, der eine weite Strecke laufen musste. Er hatte nur die dünne Filzjacke angehabt.

Also musste er auf einem Nachbarhof wohnen.

Und Karlchen musste die umliegenden Bauernhöfe meiden.

Er lief durch den Wald bis zu dem See, an dem sie sich heute Mittag ausgeruht hatten. Dann ging er am Ufer entlang immer weiter, der untergehenden Sonne entgegen.

20

Nach ihrem Abschied von Karlchen wanderte sie durch die Gegend. Es war immer noch winterlich kalt und sie brauchte eine Bleibe. Sie erinnerte sich an den Dachboden in Insterburg, zu dem die Namenlose sie mitgebracht hatte. Dort wollte sie für die erste Nacht unterkommen und dann weiter übers Land ziehen. Emilija hatte ihren Rucksack mit Köstlichkeiten vollgepackt, mit hart gekochten Eiern, einem Laib Brot mit knuspriger, glänzender dunkelbrauner Kruste, Rauchfleisch, Pellkartoffeln und Äpfeln. Sie hatte Gretel sogar etwas Geld überreicht, und als Gretel den Kopf geschüttelt hatte, hatte sie es ihr regelrecht aufgedrängt.

Gretel hatte ein schlechtes Gewissen, aber sie hatte das Geld schließlich doch angenommen. Es war immer gut, ein bisschen Geld dabeizuhaben. So konnte sie sich im Notfall eine Zugkarte kaufen. Sie hatte die Münzen in ihren Brustbeutel gesteckt und Emilija zum Abschied umarmt.

Auf dem Weg zu ihrem Nachtquartier in Insterburg kam ihr eine Frau entgegen. Die Frau blieb stehen und packte sie am Arm.

„Gibt's denn so was? Die Gretel aus Gerdauen!“, rief sie. „Was machst du denn hier?“

Gretel sah sie verwundert an. Die Fremde schien sich zu freuen, sie zu sehen.

„Ich bin die Sophie Fischer“, erklärte die Frau. „Kennst du mich denn nicht mehr? Ihr habt doch immer in unserer Bäckerei eingekauft.“

Sie hatte die junge Frau tatsächlich nicht wiedererkannt. Fräulein Fischer aus der Bäckerei Fischer in Gerdauen hatte früher ein rundliches Gesicht mit roten Bäckchen gehabt, das immer ein wenig glänzte, weil es in der Backstube so heiß war. Ihre dicken dunkelbraunen Zöpfe hatte sie in einem hübschen Kranz auf dem Kopf getragen, der genauso perfekt geformt war wie die Osterkränze aus süßem Hefeteig, die sie im Bäckerladen verkaufte.

Jetzt wirkte sie um zehn Jahre gealtert. Ihr Gesicht war

schmal, die Wangen fahl und eingefallen, ihr Haar war kurz und struppig.

Aber aus Höflichkeit ließ sich Gretel nicht anmerken, dass sie so ganz anders aussah als vor der Flucht.

„Ach ja, natürlich, Fräulein Fischer!“, sagte sie. „Ich bin auf dem Weg zu einem Dachboden, wo ich übernachten kann.“

„Ach – kann ich vielleicht mitkommen?“ Fräulein Fischer hatte offensichtlich weder eine Bleibe für die Nacht noch etwas zum Abendessen. Man konnte sehen, dass die Taschen ihres teuren, aber speckigen Wollmantels leer waren, und sie hatte auch keinen Pungel dabei.

„Natürlich können Sie mitkommen.“

Die Riemen des schweren Rucksacks hatten Striemen in Gretels Schultern eingebrannt. Sie hatte ihn seit Stunden herumgeschleppt und war froh, sich bald ausruhen zu können.

Während sie durch die dunklen Gassen von Insterburg gingen, auf denen ihnen hin und wieder eine abgemagerte Frau oder ein Trüppchen Kinder in Lumpen begegnete, die alle auf der Suche nach einer Mahlzeit und einer Schlafstätte waren, erzählte Fräulein Fischer, dass dies ihr erster Versuch war, in Litauen gegen Lebensmittel als Aushilfe zu arbeiten.

„Das muss man sich mal vorstellen“, sagte sie. „Noch vor ein paar Jahren hatten wir ein blühendes Geschäft, und da kamen die Leute aus Litauen, um bei *uns* zu arbeiten! Und jetzt muss ich wie eine Bettlerin hierherkommen und jede Drecksarbeit annehmen, die ich kriegen kann. Es ist so *un*gerecht. Schließlich sind *wir* doch die Herrenrasse!“

Gretel war zu müde, um sich Gedanken darüber zu machen, ob es ungerecht war oder nicht. Bisher hatte sie nur gute Erfahrungen mit den Litauern gemacht. Sie hatten ihre Häuser und ihre Schränke aufgemacht, wenn Gretel halb verhungert und mit letzter Kraft an ihre Türen geklopft hatte. Und manche hatten sogar ihr Herz aufgemacht. Litauen – das war das Land aus dem Märchenbuch, das Land, in dem Milch und Honig flossen. Auch wenn Gretel Milch eigentlich nicht mochte, war sie dankbar für die Milchsuppen, die sie schon oft vor dem Hungertod bewahrt hatten und die so leicht verdaulich waren, dass ihr ausgehungerter Magen nicht rebellierte, sondern die dicke, warme, rettende Flüssigkeit duldete.

Sie schwieg und ließ die Bäckerstochter reden. Sie bereute es, Fräulein Fischer aus Gerdauen überhaupt angeboten zu haben, mitkommen zu dürfen. Als Verkäuferin in der Bäckerei hatte sie Mutti immer den kleinsten Laib Brot aus der Auslage herausgefischt. Jetzt musste Gretel ihr auch noch von den köstlichen Sachen aus ihrem Rucksack abgeben, weil sie ja schließlich nicht vor Fräulein Fischers hungrigen Augen das duftende Brot und dazu ein kostbares Ei essen konnte, ohne ihr etwas anzubieten.

Nein, sie würde kein Ei auspacken, sondern nur das Brot, von dem sie der anderen ein Stück abbrechen konnte ... Die Eier, die Äpfel und das köstliche Rauchfleisch mussten warten.

Bei dem Gedanken an das Rauchfleisch lief ihr das Wasser im Mund zusammen. Sie seufzte, während Fräulein Fischer keuchend neben ihr herlief und weiterredete.

„Es ist eine Schande", blubberte sie, „dass wir den Krieg verloren haben. Unglaublich. Na ja, kein Wunder, wenn die Leute einfach desertiert sind, so wie dein Vater –"

Sie unterbrach sich.

Gretel blieb stehen. Was hatte Fräulein Fischer gerade gesagt? Dein Vater? Dein *Vater*?

PAPA??

Ihr Herz machte einen Hüpfer. Dann fing es an zu klopfen. Es wurde zu einem Specht, der laut gegen einen Baumstamm hämmerte.

„Mein Vater? Was haben Sie gerade gesagt? Mein Vater?"

Fräulein Fischers blasse Wangen röteten sich nun doch so leicht wie die rosabraunen Farbäderchen in getrockneten Rosenblättern.

„Ach, Kind", sagte sie verunsichert. „Das hab ich nicht so gemeint ..."

„Mein Vater? Was haben Sie nicht so gemeint? Was ist mit meinem Vater?" Gretels Stimme wurde immer lauter.

„Was haben Sie mit meinem Vater gemeint? Was wissen Sie über meinen Vater?“

„Ach, nichts.“ Die Bäckerstochter aus Gerdauen schüttelte den Kopf. „Vergiss, was ich gesagt habe.“

Wie konnte Gretel das *vergessen*? Sie rührte sich nicht von der Stelle, so als hätten ihre Füße auf den Pflastersteinen Wurzeln geschlagen. Fräulein Fischer wusste etwas über ihren Vater und wollte es ihr nicht sagen. Aber sie wollte von Gretel zur warmen Unterkunft mitgenommen werden, und sie wollte sicher auch etwas aus Gretels prallem Rucksack abbekommen.

„Wenn Sie mir nicht sagen, was Sie über meinen Vater wissen, dann nehm ich Sie nicht weiter mit. Dann können Sie sich selber einen Schlafplatz suchen.“

Sie spürte, dass Fräulein Fischer viel zu müde und durchgefroren war, um sich selbst eine Unterkunft für die Nacht suchen zu müssen. Sie würde es Gretel schon sagen.

Es war irgendwas Hässliches. *Wenn die Leute einfach desertiert sind, so wie dein Vater.* Was bedeutete „desertieren“ noch mal? Hatten sich die anderen Flüchtlinge vor Kriegsende nicht darüber unterhalten, über „Desertöre“, die sie als Feiglinge beschimpft hatten? Ach ja, es war die widerliche Frau Cranz gewesen, deren eigener Sohn Stephan als vermisst galt. Sie hatte sich über „diese feigen Desertöre“ empört …

„Nein, nein, Kind, so hab ich das nicht gemeint“, beschwichtigte Fräulein Fischer hastig. „Ich weiß nichts weiter über deinen Vater. Ich hab nur von Frau Malzig in Gerdauen gehört, dass ihr Mann in derselben Truppe war wie dein Vater, und dass er … na ja, er hat sich von der Truppe abgesetzt. Schon ziemlich am Anfang des Volkssturms.“ Es sollte harmlos klingen, das konnte Gretel heraushören, aber auch, dass die Bäckerstochter es Papa übel nahm, dass er sich von der Truppe abgesetzt hatte.

Was bedeutete das? Dass er sich auf einen Stein am Wegesrand gesetzt hatte und nicht mit den anderen Soldaten weitermarschiert war?

Die Frage in Gretels Augen war so drängend, dass Fräulein Fischer sich beeilte, es zu erklären.

„Er soll sich eines Nachts weggeschlichen und in die Wälder geschlagen haben."

Ihr Vater hatte sich weggeschlichen. Ihr Vater hatte sich in den Wald geschlichen.

„Und dann? Hat er sich dann im Wald versteckt?" Der Specht klopfte zaghaft an ihr Herz.

Fräulein Fischer machte eine abwehrende Bewegung mit den Händen, so als wollte sie nichts damit zu tun haben. „Ja – nein, das weiß *ich* doch nicht. Mehr weiß ich nicht. Ich habe nur gehört, dass dein Vater sich unerlaubt von der Truppe entfernt hat und nicht mehr wiedergekommen ist."

Papa hatte sich im Wald versteckt. Papa war schlau gewesen.

Er hatte sich gerettet.

Der Specht klopfte und hämmerte fröhlich gegen ihr Herz, das anfing zu jubeln. Sie wurde von einem inneren Wirbelsturm ergriffen, der sie taumeln ließ, aber es fühlte sich gut an, so gut. Ihr Herz sang und sie strahlte, sie lachte, sie konnte gar nicht anders.

„Papa lebt! Mein Vater lebt!", sprudelte es aus ihr heraus. „O danke, danke für diese gute Nachricht!"

Fast hätte sie Fräulein Fischer umarmt, doch die wich spontan zurück. Anscheinend wollte sie von der Tochter eines „Desertörs" nicht berührt werden.

„Das weiß ich nicht. Ich weiß nicht, ob er lebt. Ich weiß nur, dass er sich abgesetzt hat", sagte sie etwas spitz.

Jetzt konnte Gretel weitergehen. Sie spürte den schweren Rucksack nicht mehr. Die Last auf ihren Schultern war ganz plötzlich weg und ihre Beine wollten vor Freude hüpfen.

Ihr Vater lebte. Jetzt würde alles gut werden.

Am nächsten Morgen war Fräulein Fischer verschwunden.

Und mit ihr Gretels Rucksack.

Als sich die anderen Leute, die auf dem Dachboden ihr Nachtlager aufgeschlagen hatten, im Morgengrauen rührten, wachte sie auf. Ihr Nacken tat weh. Dann wurde ihr klar, dass er wehtat, weil ihr Kopfkissen fehlte. Das war der Rucksack gewesen. Der Rucksack mit den Eiern, dem Rauchfleisch und den Kartoffeln. Das Brot hatte sie gestern Abend noch großzügig mit Fräulein Fischer, der Überbringerin der besten Nachricht seit der Flucht, geteilt. Trotzdem hatte die Bäckerstochter gierige Blicke von oben herab auf den prallen Rucksack geworfen, wenn sie geglaubt hatte, Gretel würde es nicht mitbekommen.

Gretel hatte ihn sich zwar unter den Kopf geschoben, bevor sie eingeschlafen war, aber sie war so müde gewesen, dass sie nicht aufgewacht war, als die Bäckerin ihr den Rucksack weggenommen hatte. Wahrscheinlich hatte sie es mitten in der Nacht und ganz vorsichtig und langsam getan, die hinterhältige Diebin.

Ihr fiel die Rosinenschnecke wieder ein. Es war komisch: Sie hatte sich von dem Geld, das die anderen zum Überleben gebraucht hatten, diese verbotene Rosinenschnecke gekauft. Wie eine Diebin. Daraufhin hatte sie ihre Mutter tot aufgefunden und die Rosinenschnecke wie eine schwere Last mit sich herumgeschleppt. Die ganze Zeit über hatte sie in einer dunklen Ecke ihrer Seele geglaubt, Schuld am Tod der Mutter zu haben, weil beides hintereinander passiert war. Das war doch kein Zufall.

Jetzt aber fühlte sie sich von dieser Last befreit. Der schwere Rucksack voller Lebensmittel, die ihr geschenkt worden waren, war ihr gestohlen worden. Von einer anderen Diebin. Und gleichzeitig hatte die Diebin ihr die Nachricht über den Vater erbracht, die darauf hindeutete, dass er noch lebte.

Vielleicht hatte ihre Mutter ihr die frohe Botschaft geschickt. Und als Engelsüberbringerin ausgerechnet die Bäckerstochter ausgesucht, die ihr das Essen stahl, um die gestohlene Rosinenschnecke wieder aufzuwiegen. Engel kamen oft in merkwürdiger Gestalt.

Papa lebte. Jedenfalls war er nicht im Krieg gefallen. Das bedeutete, dass er sich irgendwie im Wald durchgeschlagen hatte, so wie sie und Mama und Karlchen.

Oder so ähnlich.

Das bedeutete, dass er die letzte Kugel, die er für sich aufheben wollte, wahrscheinlich nicht benutzt hatte. Irgendwann war ihr klar geworden, wofür er sich die letzte Kugel aufgehoben hatte. Damals war ihr ein Schauer über den Rücken und durch die Arme und Beine gelaufen, der so eiskalt war wie das Haff, in dem so viele Menschen auf der Flucht ertrunken waren.

Wenn er noch lebte, dann hatte er die Kugel noch.

Wenn er die Kugel noch hatte, dann *lebte* er noch.

So einfach war das. Sie konnte sich daran festhalten, an diesem Bild ihres Vaters, der diese letzte Kugel in der Jackentasche trug, so nahe an seinem Herzen, das immer noch schlug.

* * *

Mit leerem Magen, aber leichtem Herzen ging sie los. Es lag schon eine Vorahnung von Frühling in der Luft. Die Schneedecke war fast ganz weggeschmolzen, nur hier und da schimmerten die Schneereste wie zerronnenes Eiweiß auf den Wiesen und Hügeln.

Sie wanderte eine lange Strecke über die Felder und durchquerte ein Waldstück. Die Wipfel der hohen immergrünen Fichten und kahlen Laubbäume raunten ihr zu, dass ihr Vater irgendwo hier sein könnte, hier in diesem Wald oder dem nächsten.

„Papa", rief sie, „Papa, ich bin's, Gretel!"

Doch die einzige Antwort, die sie bekam, war das Raunen der Bäume und der Ruf eines Käuzchens. Einmal blitzte das Goldorange eines Fuchses zwischen den Büschen auf. Die bernsteinfarbenen Augen glitzerten, als das Tier stehen blieb, lauschte und das Mädchen anstarrte. Gretel bekam ein bisschen Angst vor dem Fuchs. Papa hatte sie bei ihren Waldwanderungen davor gewarnt, wilden Tieren zu nahe zu kommen. Wenn der Fuchs Tollwut hatte, würde er sich womöglich auf sie stürzen und sie beißen.

Doch der Fuchs nahm nur kurz ihre Witterung auf und trollte sich.

Hinter dem Wald lag ein kleiner See, und der Wind trug Kinderstimmen von irgendwoher hinter dem See zu ihr herüber. Sie konnte zwar noch kein Bauernhaus sehen, aber sie schlug die Richtung ein, aus der die Stimmen kamen, denn mittlerweile zitterten ihre Beine vor Hunger und Schwäche.

Langsam wurden die Stimmen lauter. Es mussten mehrere Kinder sein, die hinter einem Hügel spielten.

Als sie mit letzter Kraft die Anhöhe hinaufgekraxelt war, konnte sie die Kinder sehen. Es waren drei Jungen. Sie hatten sich ein Stoffband um den Kopf gewickelt und Hahnenfedern hineingesteckt. Ins Gesicht hatten sie sich rotbraune Erde geschmiert. Sie spielten Indianer. Der größte Indianer war der Anführer. Er ritt auf einem unsichtbaren Pferd voraus und die beiden anderen folgten ihm. Sie johlten und klopften sich dabei mit der Handfläche auf den Mund und klangen so, wie echte Indianer wohl klangen.

„He, ihr“, rief Gretel den Jungen zu. Sie musste schreien, weil die Indianer so schnell wie der Wind über die Wiese galoppierten und schon fast außer Rufweite waren.

Der Anführer blieb abrupt stehen. Er legte sich die Hand ans Ohr und lauschte in den Wind. Dann drehte er sich zu ihr um.

Auch wenn er weit weg war, sah er irgendwie vertraut aus.

Ein bisschen wie ihr Vater. Nur eben dass er noch ein Junge war.

Cousin Dietrich?

„Dietrich?“, rief sie. „DIETRICH, BIST DU DAS?“

Der Indianer legte die Stirn in Falten, so als müsste er nachdenken, ob er wirklich Dietrich hieß. Dann nickte er und kam angerannt.

„Gretel? Ich glaube es nicht! Gretel! Was machst du denn hier?“

Es war tatsächlich Dietrich. Das letzte Mal, dass sie ihn gesehen hatte, war im Zug nach Litauen gewesen. Damals war er nur noch Haut und Knochen gewesen, und es hatte nicht so ausgesehen, als würde er überleben.

Jetzt hatte er wieder Fleisch und Muskeln, und man konnte sehen, dass er auch unter der braunen Erdschicht wieder eine gesunde Hautfarbe hatte.

Cousin Dietrich alias Winnetou, wie sich herausstellte, brach das Spiel ab und führte Gretel zum Bauernhaus, in dem er untergekommen war. Die beiden kleineren Jungen trabten hinterher. Sie sprachen zwar nur Litauisch, aber Gretel konnte sehen, dass sie ein willkommener Gast war – auch wenn sie nur ein Mädchen war. Der Bauernhof lag abgeschieden, und weit und breit war kein anderes Haus zu sehen.

Er bestand aus einem nachtblauen Holzhaus, zwei Ställen und einer etwas schiefen Scheune. Die Tür und Fensterläden des Bauernhauses waren steingrau angestrichen. Die Farbe blätterte zwar schon hier und da ab, aber der Hof war gekehrt, die Hecken sauber geschnitten und alles wirkte recht gepflegt. Man konnte sehen, dass es der Bauernfamilie relativ gut ging. Wahrscheinlich konnte sie sich selbst versorgen.

Ein Mädchen machte ihnen die Tür auf. Gretel musterte neidisch seine glänzenden blonden Zöpfe. Ihr eigenes Haar, das Mutti ihr auf der Flucht abgeschnitten hatte, war immer noch zu kurz für Zöpfe und gab nur zwei Rattenschwänze her. Das Mädchen war vielleicht ein oder zwei Jahre jünger als sie. Es hatte einen Mund wie eine kleine Rosenblüte, viele Sommersprossen auf der Nase und trug eine weiße Schürze, die mit lauter kleinen roten Herzen bestickt war. Als es lächelte, konnte man zwei Zahnlücken sehen.

Gretel beschloss, dass sie das Mädchen mochte, und lächelte zurück.

„Das ist Urte“, stellte Dietrich sie vor. Das Mädchen nickte. Er zeigte auf Gretel. „Gretel.“

Urte winkte ihr, ihr zu folgen, und brachte sie in die Küche. Es roch so verführerisch nach Dampfnudeln und heißen Pflaumen, dass Gretels Beine vor Hunger zitterten. Urte fragte sie etwas, und sie verstand das wichtigste Wort von allen. *Maisto*. Essen.

„Taip“, sagte sie und nickte heftig. „Ja, bitte, taip, Maisto.“

Urte lief eifrig in der Küche umher, wobei die Herzchen auf ihrer Schürze verheißungsvoll hüpften, und holte einen Suppenteller aus dem Schrank, in den sie eine riesige Dampfnudel legte. Dann schöpfte sie mit einer großen Kelle gedünstete Pflaumen darüber, legte einen Löffel dazu und stellte den duftenden Teller auf den Küchentisch.

Mit letzter Kraft setzte sich Gretel auf die Holzbank und verschlang gierig die Dampfnudel und die erhitzten Pflaumen. Bei jedem Löffelstich stieg heißer Dampf aus dem Hefekloß und sie musste pusten, um sich nicht zu verbrennen. Es war eine der köstlichsten Mahlzeiten, die sie je gegessen hatte.

Es wurde dunkel und die Bauernfamilie versammelte sich in der Küche. Es war eine ziemlich große Familie. Die beiden Jungen und Urte waren die Jüngsten. Papa und Mama Kaschinskas hatten schon graue Haare und Falten im Gesicht. Sie hatten Dietrich aufgenommen und wieder hochgepäppelt. Er half bei der Ernte und dem Melken der Kühe, wie er Gretel erzählte. Und natürlich versorgte er die Kaninchen.

„Ohne ihre Milchsuppe wäre ich verhungert. Sie sind gute Menschen. Ich muss nur aufpassen, dass sie die Kaninchen nicht schlachten.“

Es ging ihm prächtig. Er war regelrecht aufgeblüht.

Von ihm erfuhr sie auch, dass es in der Familie noch zwei ältere Jungen gab, die schon fast junge Männer waren. Einer von ihnen war verhaftet und in ein Arbeitslager nach Sibirien verschleppt worden. Die Eltern hielten ihn für tot, weil sie schon seit über einem Jahr kein Lebenszeichen von ihm erhalten hatten. Der andere Sohn war bei den Partisanen untergetaucht.

Gretel horchte auf. „Verstecken die sich nicht im Wald?“

„Ja. Aber sie laufen immer Gefahr, von den Russen erwischt zu werden. Dann werden sie auf der Stelle erschossen oder aufgehängt.“

Ein kalter Schauer lief ihr über den Rücken. Vielleicht war Papa zu den Partisanen gegangen. Dann war er jetzt auch in Gefahr, von den Russen umgebracht zu werden. Und dazu war er ja noch ein Deutscher …

Trotzdem war die Vorstellung, ihr Vater könnte im Wald bei den Partisanen leben, ein verheißungsvoller Hoffnungsfunke, an dem sie sich festhalten konnte.

21

Dunkel war es geworden. Die Sterne funkelten schon am Himmel. Der Polarstern blinkte, als würde er mit letzter Kraft sein Licht aussenden, bevor er erlosch. Auf einem ihrer Streifzüge durch den Wald hatte Papa den Kindern erzählt, dass viele Sterne immer noch leuchteten, obwohl sie längst erloschen waren. Das war wegen der Lichtjahre. Es dauerte viele Jahre, bis das Licht der Sterne auf der Erde zu sehen war. Die Vorstellung, dass das Funkeln der Sterne, das er heute sehen konnte, eigentlich Tausende von Jahren alt war, faszinierte Karlchen. Was jetzt gerade da oben auf der Milchstraße passierte, würde er in seinem Leben nicht mehr sehen. Das würden erst viele Generationen von Menschen nach ihm und Gretel und Bella erleben.

Aber jetzt war er so müde und hungrig, dass er nicht weiter darüber nachdenken konnte. Für heute Nacht musste er sich irgendwo eine geschützte Stelle im Wald suchen. Und morgen würde er eine neue Unterkunft finden, eine Unterkunft bei Leuten, bei denen auch Bella sicher war.

Es war fast Vollmond, und so konnte er wenigstens die Umrisse um sich herum erkennen. Trockene Zweige knackten unter seinen Füßen, und einmal blieb der Kartoffelsack, den er über dem Stiefel trug, hängen, aber er konnte sich noch rechtzeitig auffangen. Es dauerte nicht lange, bevor er zwischen dem Gestrüpp eine mit Moos gepolsterte Stelle fand. Dort kauerte er sich hin und Bella legte sich neben ihn. Er holte das Stück Brot heraus, das er noch aufgehoben hatte, und riss für sich und die Hündin Stücke ab. Emilijas letzte Apfelschnitze waren schon braun angelaufen, aber sie schmeckten köstlich und löschten ein bisschen den Durst.

Jetzt, da er sich nicht mehr bewegte, wurde ihm kalt. Er war froh, dass er wenigstens Emilijas große graue Strickjacke hatte, und wickelte sie fest um seinen Körper. Er legte die Arme um Bellas Rücken und schlief trotz der Kälte, die vom Waldboden hochstieg, irgendwann ein. Im Traum lag er wieder auf einem Holzfloß, das im Wasser trieb. Doch diesmal waren es keine blauen Fluten mit weißen Schaumkronen, sondern ein tiefes, stilles Gewässer, das so schwarz war wie ein Kohlenloch. Über ihm waren hohe Bäume. Aus einer Baumkrone raunte ihm eine Stimme zu: „Leg dich auf das Brett. Dann wird dir nichts passieren." Sie klang wie seine Großmutter. Er wunderte sich im Traum, wie seine Großmutter in den Baum gekommen war. Dann fiel ihm ein, dass sie tot war und schweben konnte.

Dann wachte er auf. Über ihm waren hohe Bäume. Die Baumkronen schaukelten sanft im Wind. Ein Vogel zwitscherte. Es wurde langsam hell.

Trotz der Kälte hatte er fest geschlafen. Jetzt fror er so stark, dass er zitterte. Er stand auf, und auch Bella erhob sich steif.

„Komm, Mädchen, wir müssen weiter."

Gehorsam trottete sie neben ihm her. Doch an der Art, wie sie die Ohren anlegte und ihn flehend ansah, merkte er, dass auch sie kraftlos und hungrig war und sich nach einem warmen Plätzchen am Ofen sehnte.

Getrieben von Hunger und Kälte, liefen sie am Waldrand entlang, bis sie auf einen Trampelpfad stießen, der durch die Wiesen und Felder führte. Sie kamen an einem schmalen Bach vorbei. Karlchen schöpfte das eiskalte, klare Wasser aus dem Bach und trank mehrere Handvoll. Auch die Hündin nahm das Wasser so gierig auf, als wäre sie ausgetrocknet.

Hinter einem Hügel schimmerte ein rotes Dach. Karlchen lief schneller. Es war ein kleines, grün gestrichenes Bauernhaus, an das sich ein geweißtes Steinhäuschen schmiegte. Es wurde als Schweinestall verwendet. Er war nahe genug an der offenen Stalltür, um das Rascheln des Strohs und das Grunzen der Schweine zu hören. Anscheinend wurden die Tiere gerade gefüttert. Er wollte gerade laut rufen, als er die Konturen eines rotbraunen Flecks wiedererkannte. An einem Nagel hing eine Filzjacke mit Streifen wie Blutschlieren –

Hier wohnte der Mann, der auf Petras' Hof aufgetaucht war, um Bella mitzunehmen.

Karlchen drehte auf den Fersen um. Sein Herz raste. Er rannte, er stolperte, er fing sich, er rannte weiter. Als er ein paar Baumlängen vom Hof entfernt war, pfiff er, doch Bella war ihm automatisch gefolgt. Er rannte weiter, nur weg von hier, weit weg, bevor der Mann aus dem Stall kommen und den Hund sehen würde …

Der Hunger schwächte ihn. Sobald er die erste schützende Baumgruppe erreicht hatte, knickten seine Beine ein. Er ließ sich ins Gras sinken und schnappte nach Luft. Auch Bella blieb stehen und sah ihn fragend an.

„Das war knapp", keuchte er. „Aber jetzt wissen wir wenigstens, wo wir *nicht* hingehen können."

Als Antwort wedelte sie mit der Schwanzspitze.

Um sicherzugehen, dass sie dem Mann nie wieder über den Weg laufen würden, wanderten Karlchen und Bella noch mehrere Stunden über Landwege, an klapperigen Holzhütten, Backsteinhäusern und stattlichen Höfen vorbei, ohne irgendwo anzuklopfen und um etwas zu essen zu bitten.

Die Schatten des Abends legten sich über die Hügel, und die Sonne stand schon am Horizont, als am Rand des nächsten Wäldchens die Silhouette eines einsamen Holzhäuschens auftauchte.

Das Haus war so dunkelgrün wie die Bäume, die es umgaben; die Tür und die Klappläden waren so hellgrün wie zarte Maiblätter. Es duckte sich in eine Gruppe von immergrünen Fichten und war von Weitem nur als dunkler Umriss zu erkennen.

Karlchen wunderte sich, warum sich das Haus so versteckte. Aber vielleicht war es auch nur das Haus eines Försters, der die Farben des Walds liebte. Doch für den Fall, dass hier jemand wohnte, dem Fremde nicht recht waren, schlich er sich vorsichtig näher.

Das Haus sah unbewohnt aus. Die Klappläden waren geschlossen. Auf dem moosigen Trampelpfad zur Haustür wuchsen junge Baumtriebe und dazwischen blühte der erste Löwenzahn des Jahres. Links von der Haustür standen ein paar hohe Fichten, doch auf der rechten Seite kämpften die Überreste eines Blumenbeets ums Überleben. Gelbe und blaue Krokusse steckten verzweifelt ihre Köpfe durch wuchernden Efeu, um ein paar spärliche Sonnenstrahlen abzubekommen, genug, um zu überleben, aber zu wenig, um zu gedeihen und sich zu vermehren.

Anscheinend hatte hier früher jemand gewohnt, der das Beet angelegt und gepflegt hatte. Doch jetzt kümmerte sich offensichtlich niemand mehr um die Blumen oder das Haus. Die Farbe blätterte von den Wänden, und drei oder vier Bretter eines Klappladens hatten sich gelöst und standen wie gebrochene Rippen von der Wand ab.

Wenn das Haus leer stand, könnte Karlchen versuchen, durch das Fenster mit dem kaputten Klappladen einzusteigen. Vielleicht lagen noch ein paar Decken in der Stube. Dann könnte er sich wenigstens ein bisschen aufwärmen. Und womöglich ließ sich im Keller sogar noch etwas Essbares finden …

Doch um sicherzugehen, dass er nicht als Einbrecher angesehen und verprügelt würde, klopfte er an die Haustür.

„Hallo? Wohnt hier jemand? Hallo!“

Nichts rührte sich. Nur ein paar dunkelgrüne Farbflocken lösten sich und fielen lautlos auf die verwitterte Türschwelle.

Er klopfte noch einmal. Ein paar Meter hinter ihm raschelte es im Laub. Er drehte sich schnell um. Nichts. Kein Mensch weit und breit. Sein Klopfen hatte wohl nur eine Maus aufgeschreckt.

Er drückte die Klinke der Haustür herunter, doch die Tür war verschlossen. Er zögerte. Dann ging er an der Hauswand entlang. Er bog um die Ecke, um nachzusehen, ob es vielleicht eine unverschlossene Hintertür gab.

Es gab tatsächlich eine Küchentür. Doch als er davorstand, zuckte er zusammen.

Neben der Tür hing ein grauer Feldhase mit den Hinterpfoten an einem dicken Nagel. Der Hase war tot, natürlich war er tot. Eine Vorderpfote war blutig, und aus seinem Hals tropfte Blut. Es rann über seine großen, runden, glasigen Augen und tropfte auf den Boden. Der Hase weinte blutige Tränen.

Auch Karlchen war zum Weinen zumute. So ein schönes Tier. Jemand hatte es offensichtlich mit einer Falle gefangen und ihm die Kehle durchgeschnitten. Ihm lief ein Schauer über den Rücken. In diesem Haus wohnte jemand, dem es nichts ausmachte, einem unschuldigen Hasen die Kehle durchzuschneiden.

Seine innere Stimme drängte ihn wegzulaufen. Trotz des Hungers, der Kälte und der Müdigkeit. *Lauf weg*, rief sie. *Lauf schnell weg. Sonst macht er das auch mit Bella. Oder mit dir.*

In diesem Augenblick hörte er Schritte. Er blieb wie angewurzelt stehen. Bella knurrte. Im nächsten Moment bog jemand um die Ecke.

Ein Riese.

Ein Riese mit dichten langen grauen Haaren auf dem Kopf und einem braunen Vollbart mit grauen Sprenkeln. Sogar aus seinen Nasenlöchern wuchsen einzelne lange graue Haare.

Karlchen schüttelte es vor Ekel, aber er ließ es sich nicht anmerken. Bella fing an zu bellen.

Der Riese blieb für einen Augenblick stehen. Dann kam er auf ihn zu. „Ja, wer bist denn du?“, fragte er auf Deutsch.

„Was willst du hier? Willst du etwa hier einbrechen?"

Er nahm sich den dunkelgrünen Rucksack von den Schultern und lehnte ihn an die Wand neben der Küchentür.

„Ich heiße Karl", sagte Karlchen. „Ich will nicht einbrechen. Ich dachte, hier wohnt niemand mehr."

Das war gelogen, weil er den Hasen gesehen hatte.

„Aber dann hab ich den Hasen gesehen", fügte er schnell noch hinzu. „Und gleich darauf sind Sie gekommen."

Der Mann, der so gut Deutsch sprach wie er selbst, musterte ihn misstrauisch. Er hatte grüne Augen, die so hell waren, dass sie schon beinahe gelblich wirkten. Aber sie waren nicht warm wie die Sonne, sondern kalt wie der Mond und auch ein bisschen einsam.

Das machte Karlchen Mut. Einsamkeit war menschlich. Mit einem eiskalten Jäger, der Hasen einfach die Kehle durchschnitt, konnte er nicht umgehen. Mit einem einsamen Riesen schon eher.

„Und was wolltest du dann hier?"

„Mich nur ein bisschen ausruhen. Ich bin müde und mir ist so kalt."

Dass er auch Hunger hatte und auch nach Essen gesucht hatte, verschwieg er lieber.

„Und was ist das für ein Köter?" Der Mann machte eine Kopfbewegung, die deutlich zeigte, dass er Hunde nicht mochte.

„Das ist mein Hund Bella. Sie begleitet mich. Aber wir gehen jetzt wieder. Ich wollte Sie nicht stören."

Er versuchte, so harmlos wie möglich zu klingen. Der einsame Riese durfte nicht merken, dass Karlchen die Gefahr witterte, die von ihm ausging.

Die hellgrünen Augen verengten sich. Die grauen Nasenhaare zitterten. An ihrer Spitze hing ein winziger bebender Tropfen Schleim. Der Ekel schnürte Karlchen die Kehle zu. Er wandte schnell den Blick ab.

„Nein, nein, du musst nicht gehen", sagte der Mann plötzlich. „Du kannst dich gerne im Haus ausruhen. Nur der Köter muss draußen bleiben. Der trägt sonst zu viel Dreck rein."

Vor Empörung verschlug es Karlchen die Sprache. Der Mann strotzte vor Dreck. Und er stank nach altem Schweiß und kaltem Rauch und nach dem Blut des Hasen. Er roch nach Todesangst.

Der Fremde, der wie ein Deutscher redete, trat zur Küchentür und griff in seine Hosentasche. Er holte einen Schlüssel heraus und schloss auf. Die Tür schnappte auf.

Renn weg, drängte Karlchens innere Stimme. *Schnell weg hier* –

Auch der Mann schien die Stimme zu hören, denn im selben Moment packte er Karlchen am Arm. „Kannst ruhig hierbleiben und dich drinnen ausruhen."

Seine Stimme klang rau und so grau wie die Einsamkeit. Aber Karlchen hörte auch den drohenden roten Unterton, der in ihr schwang. Er war ganz leise und so verschwommen wie die letzten nachglühenden Strahlen eines Sonnenuntergangs, aber er war da.

„Gut", sagte Karlchen. „Dann bleib ich gerne da und ruhe mich ein bisschen aus."

Doch der Trick funktionierte nicht. Seine Stimme brach. Der Mann hörte seine Angst heraus und ließ seinen Arm nicht los. Mit der freien linken Hand drückte er die Tür auf und zog Karlchen ins Haus. Sofort fing Bella draußen an, wütend zu bellen. Der Mann zog von innen die Tür zu und drehte den Schlüssel um. Die Hündin sprang von außen gegen die Tür, doch es war zu spät.

Er saß in der Falle eines Riesen.

22

Die Familie nahm auch Gretel herzlich auf. Nach dem einfachen, aber üppigen Abendessen, das aus Kohlsuppe, selbst gebackenem Brot und den Dampfnudeln bestand, rückten die Jungen zwei Bänke vor den Ofen. Der Ofen war das Herzstück des Hauses. Er stand mitten im großen Raum, diente als Backofen, Kochstelle und Heizung, und trennte die Küche vom Wohnzimmer, das zugleich das Schlafzimmer der Familie war. Mehr Räume gab es nicht. Die Eltern schliefen in einem großen Bett; die Kinder teilten sich ein anderes großes Bett. Statt Matratzen hatten sie Strohsäcke, die sie jeden Morgen aufschüttelten und einmal in der Woche mit frischem Stroh füllten, wie Gretel bald herausfand. Für Dietrich und Gretel legten sie zwei Strohsäcke auf die Ofenbänke. Sie bekamen jeder ein Kopfkissen, das mit den Daunen der Gänse vom Hof gefüllt war, und Bettwäsche aus grobem Leinen, das die Familie selbst gewebt hatte. Sie deckten sich mit warmen Schaffellen zu, die zu Decken zusammengenäht waren. Gretels Decke roch zwar ein bisschen streng, doch sie schlief trotzdem schnell ein und hatte sich nach der ersten Nacht an den Schafgeruch gewöhnt.

So blieb sie und machte sich nützlich. Sie zeigte auf Urtes Socken und deutete an, dass sie stricken konnte. Daraufhin wurde sie zum Stricken eingeteilt und produzierte einen Berg von Socken, Mützen, Schals, Fäustlingen, Jacken und Pullovern aus Schafwolle. Um sich die Arbeit noch kurzweiliger zu machen, probierte sie alle möglichen Rippen- und Zopfmuster aus, strickte links und strickte rechts und arbeitete braune Streifen und Sterne in die helle Wolle ein. Sie zeichnete sich Strickmuster auf Papier und entwarf ganze Landschaften mit Kühen, Pferden und Schafen.

Die Familie war begeistert. Alle liefen in ihren Stricksachen herum, und Urte bestellte sich ein ganzes Ensemble aus demselben Sternen- und Herzchenmuster. Die Mädchen wurden gute Freundinnen und Gretel gehörte bald zur Familie. Sie konnte sich jeden Tag satt essen und alles schmeckte köstlich. Von Mutti hatte sie Kochen gelernt und tischte der Familie mehrmals in der Woche ostpreußische Gerichte auf. Vor allem ihren warmen Kartoffelsalat aßen alle sehr gern zu Kasseler oder Bratfisch. Doch sie schlürften auch Gretels Brennsuppe aus Brot und Speck, nickten und sagten immer wieder „Sriuba yra gerai“, „die Suppe ist gut“. Nach dem Sonntagsessen wurde Samagona ausgeschenkt. Das war Schnaps, den Herr Kaschinskas selber brannte. Auch die Kinder bekamen einen Fingerbreit Schnaps ins Glas. Er schmeckte scharf, aber er wärmte erst den Magen und dann den ganzen Körper. In solchen Nächten schlief Gretel besonders gut.

Sie lernte, wie man Federn riss, und nähte Kissenbezüge, die sie mit den Federn füllte. Sie lernte Wolle spinnen und wie man aus dem Wollabfall, der beim Kämmen entstand, Filzstiefel herstellte. Dafür wurde aus Papier eine Schablone in der Form eines Stiefels geschnitten und um die Schablone wurde eine dicke Schicht aus Wolle gepackt. Die Wolle wurde dann heiß gemacht und so lange mit heißem Wasser bearbeitet, bis sie verfilzt war. Dann nahm man die Schablone heraus und formte den Stiefel so lange mit einem Holzknüppel von innen, bis er seinem neuen Besitzer passte. Sie lernte, Leinenfäden zu spinnen, und manchmal schaffte sie es sogar, die feinsten Fäden herzustellen. Dann hatte sie den Wettbewerb, den sie sich aus Spaß lieferten, gewonnen.

Und sie lernte sogar Weben. Dafür wurde ein Muster entworfen, und dann wurde Leinen für Handtücher, Bettdecken und Tischdecken gewebt. Die Muster entstanden durch die verschieden gebleichten Leinenfäden, die feine Farbschattierungen hervorbrachten. Auch aus der Wolle webten sie Stoffe, aus denen Anzüge und Kostüme geschneidert wurden. So trugen alle dasselbe Muster, das sich jedes Jahr änderte. Alle Bauern in Litauen machten das so. An diesen Mustern konnte man erkennen, wer zu welcher Familie gehörte.

Zum ersten Mal seit der Flucht fühlte sie sich wieder geborgen, warm, sicher. Das Kochen und Backen und die Handarbeiten machten ihr Spaß. Cousin Dietrich war wie ein großer Bruder, und auch die beiden Jungen Jonas und Gustas waren freundlich zu ihr. Sie merkte schnell, dass Urte froh war, nicht mehr das einzige Mädchen im Haus zu sein. Sie teilten sich die Hausarbeit und nähten sich eine ganze Familie aus Puppen, mit denen sie „Auf der Flucht“ spielten. Die Puppenfamilie konnte jeder Gefahr unversehrt entrinnen, niemand starb, keiner verhungerte, und auch die Puppe, die Papa hieß, war immer dabei und sorgte dafür, dass die Russen sie in Ruhe ließen.

Es war ein endloses Spiel in unzähligen Etappen, ein aufregendes Abenteuer mit vielen glücklichen Pausen, und es heilte viele Wunden in Gretels Seele. Während des Spiels brachen sie auf, bluteten kurz, aber dann bildete sich ein schützender Schorf. Die feinen Narben, die zurückblieben, waren kaum zu spüren. Nur die Toten – die Mutter, die Großmutter und die viel zu vielen Namen und Namenlosen, die Menschen und die Tiere –, die elend zugrunde gegangen waren, meldeten sich immer wieder als hässliche, dicke, pochende Pusteln. Die Eiterbeulen waren Bilder, die ganz plötzlich und so klar wie Fotos – nur nicht in Schwarz-weiß, sondern in Farbe – in Gretels Kopf auftauchten, sodass sie jedes Mal zusammenschrak.

Die Toten spielten sie nicht.

Gretel lernte ein paar Brocken Litauisch von Urte, und Urte lernte ein bisschen Deutsch von Gretel. Sie sangen sich immer wieder deutsche und litauische Kinderlieder vor, und dann sangen sie diese Lieder im Duett, beim Kochen und beim Nähen, beim Aufräumen und beim Kehren. Manchmal schimpfte Frau Kaschinskas, wenn sie sich nachmittags hingelegt hatte und vom Gesang der Mädchen geweckt wurde. Dann sahen sich beide kichernd an und gingen hinaus, um Kräuter zu pflücken oder die Gänse zu füttern.

Urtes Sommersprossen breiteten sich wie winzige Sterne übers ganze Gesicht aus. Die Sonne wanderte immer höher an den Himmel. Bald würde der Frühling dem Sommer weichen. Die Familie stand bei Morgengrauen auf, denn es gab auf dem Hof genug zu tun. Gretel war vom frühen Aufstehen oft müde, vor allem, wenn sie die Kühe und Schafe hüten musste, denn dann hatte sie nichts zu tun außer aufzupassen, dass die Tiere nicht zu einem Getreidefeld oder Rübenfeld wanderten und es abgrasten. Urte verriet ihr einen Trick: Es war immer das Kalb, das die Herde anführte. Sie musste also nur auf das Kalb achten. Wenn sie wartete, bis die Herde satt war und sich hinlegte, konnte sie sich gegen das weiche, warme Fell des Kalbs lehnen und den Kopf auf seinen Bauch legen, in dem es rumpelte und gurgelte. Meistens schlief sie fest, bis das Tier sie jäh weckte, wenn es wieder aufstand.

So konnte sie sich an vielen Vormittagen noch ein paar Stunden mehr Schlaf gönnen. Wenn die Frühsommersonne mittags zu heiß auf die Wiesen herabbrannte, gingen die Tiere von alleine in ihren Stall. Sie nahmen dafür immer denselben Pfad und trotteten brav wie ein Eselszug nach Hause. Gretel brauchte ihnen nur hinterherzugehen.

Mittags half sie auf dem Hof aus. Sie sammelte die Kohlblätter, Kartoffelschalen und anderen Reste für das Schweinefutter ein und schnitt es in maulgerechte Stücke. Sie wusch die Wäsche, die sich angesammelt hatte, half Urte und Frau Kaschinskas in der Küche und beim Saubermachen der Stube, dem Aufschütteln der Strohmatratzen und dem Wegräumen der schmutzigen Kleider. Da so viele Menschen auf engem Raum schliefen, musste er täglich aufgeräumt und durchgelüftet werden. Doch trotz der Enge war es im Haus der Kaschinskas immer sauber und gemütlich. Die Erwachsenen ließen sie in Ruhe. Urte kümmerte sich um die Hühner und den Gemüsegarten. Sie trocknete Kräuter und bereitete cremige Suppen aus gestampften Kartoffeln, Schwarzwurzel und Mohrrüben mit Butter und Schmand zu, die köstlich schmeckten und sättigend waren. Herr und Frau Kaschinskas arbeiteten beide auf dem Hof, wenn sie nicht gerade irgendwo anders waren. Gretel fiel auf, dass sie oft abwesend waren, doch das schien keiner der anderen Kinder zu merken. Vielleicht hatten sie sich auch schon daran gewöhnt, dass sie die Eltern selten zu sehen bekamen. Herr und Frau Kaschinskas fuhren mehrmals in der Woche in die nächste größere Stadt auf den Markt, obwohl das ein Wochenmarkt war, wie Urte ihr verständlich gemacht hatte. Dafür nahmen sie immer mehrere Kisten Kartoffeln und das erste zarte Gemüse des Jahres, Butter, Eier und Käse, Kleider und Decken, die aus den selbst gewebten Stoffen genäht worden waren, und Gretels Strickwaren mit.

Gretel fühlte sich bei den Kaschinskas so wohl, dass sie sich manchmal selber an ihren Plan, den Vater zu suchen, erinnern musste. Aber wenn sie an Papa dachte, kehrte die innere Unruhe zurück, und die Sehnsucht nach ihm. Und es gab auch noch Karlchen. Wie es ihm wohl jetzt ging? Als sie ihn das letzte Mal gesehen hatte, war er auf dem Weg der Besserung gewesen. Sie war sicher, dass er bei Petras und Emilija gut aufgehoben und längst wieder zu Kräften gekommen war.

Auch wenn sie bei den Kaschinskas zum ersten Mal seit langer Zeit wieder glücklich war und trotz des harten Alltags ein bisschen Kind sein konnte, wäre es besser, ihre eigene Familie wieder um sich zu haben.

Wenigstens das, was von ihrer Familie noch übrig war.

* * *

Im April griff eine Hand von oben ein und beendete das friedliche Leben der Kaschinskas. Die Eltern waren wieder einmal auf den Wochenmarkt nach Sakalyne gefahren. Doch heute kamen sie viel früher als sonst zurück. Es war erst früher Nachmittag, als das Pferd mit dem Einspänner auf den Hof trabte. Gretel hörte die Kaschinskas irgendetwas rufen. Urte warf die gewaschenen Salatblätter in die Schüssel zurück und stürzte aus der Küche. Frau Kaschinskas kam den Mädchen schon entgegen. Ihre Stimme überschlug sich, während sie auf Urte einredete. Dann rannten beide in die Stube und packten Decken, Kleider und das Nötigste zusammen. Gretel hatte keine Ahnung, was los war. Irgendwas musste auf dem Markt passiert sein. Sie konnte nur sehen, dass die Kaschinskas ganz schnell vom Hof verschwinden wollten. Herr Kaschinskas rannte draußen zu den Ställen und holte ein paar Körbe und Holzkisten heraus, die ihm seine Frau aus den Händen riss. Sie warf alles, was sie in der Stube zusammengesucht hatte, in die Kisten. Urte kam mit einem Arm voller Lebensmittel aus der Küche und stopfte sie in einen Korb. Dann trugen sie alles hastig zum Pferdewagen.

Die Mutter umarmte ihre Tochter. Beide hatten Tränen in den Augen. Auf Urtes Wangen glühten zwei kreisrunde rote Flecken. Mutter Kaschinskas gab Gretel zum Abschied einen hastigen Kuss auf den Kopf, der verrutschte und über ihrem Ohr landete. Gretel wusste nicht, wie ihr geschah, und sah sie fragend an. Doch Herr Kaschinskas konnte nur noch kurz die Hand als Abschiedsgruß heben, während er den Einspänner schon wieder drehte und so schnell losfuhr, dass die Erde unter den Pferdehufen wegspritzte.

Die Kinder blieben allein zurück. Urte rief die Jungen zusammen, die im Kuhstall gewesen waren und daher den hastigen Abschied nicht mitbekommen hatten, und berichtete ihnen, was geschehen war. Ihre Stimme überschlug sich vor Angst. Auch an den Gesichtern der Söhne konnte Gretel ablesen, dass die Eltern in großer Gefahr waren. Gustas, der jüngere Sohn, fing an, laut zu weinen und nach seiner Mutter zu rufen. Urte musste ihn in den Arm nehmen und so lange schaukeln, bis er sich langsam wieder beruhigte.

Immer wieder fiel das Wort *Partizanai.*

„Was ist mit den Partisanen?“, fragte Gretel ihren Cousin Dietrich, dem sie erzählt hatte, wie schnell die Kaschinskas die Flucht ergriffen hatten. „Was ist los? Sind sie zu den Partisanen gegangen?“

Dietrich verstand ein paar Brocken Litauisch mehr als sie, weil er schon so lange bei der Familie lebte.

„Ich weiß nicht, aber anscheinend haben sie die Partisanen unterstützt. Und wenn sie jetzt gefunden werden, werden sie wohl nach Sibirien verschleppt. Oder aufgehängt.“

Ihr lief ein kalter Schauer über den Rücken. Aufgehängt? Wenn Papa bei den Partisanen war, dann drohte ihm dasselbe Schicksal.

Dann war also auch er in Gefahr. Es schien, als würde die Gefahr, sein Leben zu verlieren, nie aufhören. Auch wenn der Krieg schon lange vorbei war und selbst wenn man es geschafft hatte, nicht zu verhungern. Jetzt waren es die Russen, die die Partisanen und deren Helfer umbrachten.

Das war es also, was die Kaschinskas die ganze Zeit über gemacht hatten, wenn sie weg waren. Sie hatten das Gemüse, die Eier und die warmen Kleider nicht auf dem Wochenmarkt verkauft, sondern zu den Partisanen gebracht. Jetzt ergab alles einen Sinn. Ihr Sohn sollte ja zu den Partisanen übergegangen sein. Die kämpften gegen die Bevormundung durch die Russen an, soviel hatte Gretel schon mitbekommen. Sie wollten unabhängige Bauern bleiben und nicht in russischen Kolchosen arbeiten. Sie wollten nicht, dass ihnen das Land ihrer Väter und die Früchte ihrer Arbeit weggenommen wurden.

Noch in derselben Nacht wurde Gretel aus dem Schlaf gerissen.

„Was ist denn los?“, fragte Dietrich, als der Hofhund wütend anschlug. Sie hörte das Knistern der Strohmatratzen, während die Söhne der Kaschinskas aufstanden, um sich nach draußen zu schleichen. Als Gretel Männerstimmen auf dem Hof hörte, ging sie mit zitternden Beinen zur offenen Tür. Draußen auf dem Hof standen drei bewaffnete Russen. Mit harten Stimmen fragten sie nach den Eltern. Die Kinder schüttelten den Kopf. Urte zuckte mit den Schultern und sagte etwas, das bemüht harmlos klang. Angst schwang in ihrer Stimme mit. Das entging offensichtlich auch den Männern nicht, denn jetzt kamen sie mit schweren Schritten ins Haus. Immer wieder hörte Gretel sie nach den Kaschinskas fragen.

„Die sind vom Markt nicht mehr zurückgekommen“, sagte Dietrich einmal. Anscheinend hatten die Eltern die anderen angewiesen, das zu sagen, falls nach ihnen gefragt würde. Einer der Männer nahm sich nun Gretel vor. Er stieß ihr das Gewehr in die Rippen und stellte ihr dieselben Fragen nach den Kaschinskas.

„Sie waren heute auf dem Markt“, sagte sie auf Deutsch. „Ich weiß nicht, wo sie sind. Vielleicht sind sie noch in Sakalyne?“

Sie zuckte ein paar Mal mit den Schultern und sah ihn mit ihrem Kinderblick an. Den hatte sie auf der Flucht gelernt. Dabei musste man nur ruhig und freundlich gucken und den Ameisen im Bauch keine Beachtung schenken. Die meisten Soldaten hatten sie daraufhin in Ruhe gelassen oder sogar beschützt.

Der Mann ließ sie in Ruhe und wandte sich ab. Die beiden Jungen und Dietrich bekamen einige Schläge ab, aber sie blieben bei ihrer Geschichte. Die Eltern waren nicht vom Markt zurückgekommen und keiner wusste, wo sie waren.

Die Russen schauten in jedem Winkel der Bauernstube nach. Dann verschwanden sie wieder nach draußen.

„Sie durchsuchen jetzt die Ställe", sagte Dietrich, als er das unruhige Muhen der Kühe hörte, die aus dem Schlaf gerissen wurden. Der Hund bellte wütend. Plötzlich schrie er auf und fing an zu winseln. Offensichtlich hatte einer der Männer ihm einen heftigen Tritt verpasst.

„Diese Dreckskerle!" Dietrich ballte die Fäuste, aber er konnte nichts tun. Sie mussten froh sein, wenn die Männer wieder abzogen, ohne den Hof anzuzünden.

Sie kauerten sich auf die Strohmatratzen und lauschten mit angehaltenem Atem. Irgendwann wurden die Stimmen leiser und verstummten ganz. Erst dann trauten sich die Jungen nach draußen, um nach dem Hund und den anderen Tieren zu sehen. Dietrich kam zurück und holte eine Brotkante aus der Küche.

„Dem Hund ist nichts passiert", meldete er. „Außer dass er vor Angst zittert, der Arme."

Gretel atmete auf. Sie waren der Gefahr noch einmal entronnen. Aber ihr war klar, dass das Leben in Geborgenheit schon wieder vorbei war.

Sie hatte ihre Kindheit noch einmal verloren.

Am nächsten Tag erzählte Dietrich, der es von einem Nachbarn erfahren hatte, Gretel, dass die Russen zurzeit alle Leute in der Umgebung jagten, die Partisanen unterstützten. Es hatte schon mehrere Transporte nach Sibirien gegeben. Die Partisanen kämpften schon lange gegen die

Russen und hausten in Bunkern, die sie sich in den Wäldern ausgebaut hatten. Deshalb wurden sie von den Litauern *Miškinai* – Waldmenschen – genannt. Vor ein paar Wochen hatte der KGB einen Waldmenschen festgenommen und so lange gefoltert, bis er die Namen der Leute preisgegeben hatte, die die Partisanen unterstützten. Er hatte auch die Kaschinskas verraten.

Von Urte erfuhr Gretel, dass man die Eltern schon einmal verhaftet hatte. Damals waren sie wochenlang gefoltert worden. Sie hatten Tag und Nacht in ihren getrennten Zellen stehen müssen. Um ihr klarzumachen, wie die Eltern wieder nach Hause gekommen waren, hielt sich Urte ein glimmendes Holzscheit an die Fußsohlen. Gretel riss vor Schreck die Augen auf. Als ihre litauische Freundin auch noch andeutete, dass man ihnen die Finger- und Zehennägel ausgerissen hatte, schauderte sie. Gustas bekam Tränen in die Augen.

Sie saßen gerade beim Mittagessen. Dietrich ließ seinen Löffel senken, der in die Suppe rutschte und untertauchte.

„Ich wollte es dir eigentlich nicht sagen", sagte er. „Aber das Mädchen, das vor dir hier auf dem Hof mitgeholfen hat, ist von den Russen erschossen worden. Sie hat die Kaschinskas in der Haft besucht und ihnen immer was zu essen mitgebracht. Wahrscheinlich ist sie deshalb erschossen worden, als die Kaschinskas wieder entlassen worden waren. Sie hieß Valerija. Herr Kaschinskas hat sie von Weitem kommen sehen und dann einen Schuss gehört. Als er ihr dann entgegenrannte, hat er sie tot auf dem Weg von der Straße zum Hof aufgefunden."

„Das ist ja schrecklich." Gretel schob den Teller weg. Ihre Kehle war wie zugeschnürt. „Nur weil sie den Kaschinskas Essen gebracht hat?"

„Es muss so sein. Es gibt keinen anderen Grund, warum man sie erschossen hätte. Sie wurde nicht vergewaltigt oder so."

Das Kreuz draußen am Weg. Jemand hatte am Weg zur Straße ein weißes Kreuz errichtet und einen Rosenbusch gepflanzt. „Ist das Kreuz da draußen ihr Kreuz?"

„Ja. Das haben die Kaschinskas für sie aufgestellt."

Deshalb waren die Kaschinskas gestern fluchtartig aufgebrochen. Sie hatten auf dem Markt von dem bevorstehenden Transport nach Sibirien gehört und waren wahrscheinlich bei den Waldmenschen untergeschlüpft. Sie waren in großer Gefahr. Aber nicht nur sie, auch ihre Kinder, auch Dietrich, waren in Gefahr. Und auch Gretel selbst.

Am sichersten wäre es, weiterzuziehen, zu einer anderen litauischen Familie, die nichts mit den Partisanen zu tun hatte. Aber das wollte Gretel nicht. Sie wollte ihre Freundin Urte nicht im Stich lassen, und auch nicht die Kaschinskas, die sie so herzlich aufgenommen hatten und die jetzt ihren Hof nicht mehr bewirtschaften konnten.

Sie hatte nichts zu verlieren. Aber sie hatte etwas zu gewinnen. Ihren Vater. Dietrich hatte erwähnt, dass auch frühere deutsche Soldaten unter den Partisanen lebten. Soldaten, die es geschafft hatten, ihrer Truppe zu entkommen, und die bei den Waldmenschen untergetaucht waren. So wie Papa.

Sie war jetzt sicher, dass er noch lebte. Er lebte bei den Partisanen. Nur das ergab einen Sinn. Er hatte sich in die Wälder geschlagen und traute sich jetzt nicht mehr heraus, weil er sonst von den Russen erschossen oder aufgehängt würde. Als ihr ehemaliger Feind *und* als Partisane. Er war in Gefahr, in noch größerer Gefahr als die Kaschinskas.

Sie musste ihn finden. Und dafür musste sie in die Wälder gehen und ihn dort suchen. Es war der einzige Weg.

23

Jemand rüttelte unsanft an seinen Schultern.

Das war nicht Papa. Oder Mama oder Gretel. Es waren die groben, harten Hände eines Fremden.

„Aufstehen."

Karlchen blinzelte. Über ihm erstreckten sich die Umrisse eines Riesen. Jetzt fiel ihm wieder ein, wo er war. Und mit der Erinnerung waren auch die Angst und die Hoffnungslosigkeit wieder da.

Er war gefangen. Der Riese, der Erwin hieß, hatte ihn in das Haus gezerrt und den Schlüssel von innen umgedreht. Dann hatte er den Schlüssel abgezogen und in die Hosentasche gesteckt.

Erwin war ein Deutscher. Deswegen sprach er auch so gut deutsch. Er schien froh zu sein, in Karlchen jemanden gefunden zu haben, der seine Sprache verstand, denn schon am ersten Abend hatte er dem Jungen erzählt, dass er bei der Waffen-SS gewesen war. Darauf war er offensichtlich stolz, denn er hatte ein bronzefarbenes rundes Abzeichen mit zwei schwarzen Blitzen aus seiner Jackentasche geholt und es Karlchen hingehalten.

„Du darfst es ruhig anfassen. Es ist echt."

Das sagte er so, als sei es eine Medaille aus purem Gold.

Karlchen wollte das Abzeichen nicht anfassen, denn man sagte der Waffen-SS grausame Taten nach. Jetzt gab es sie nicht mehr. Aber die Leute gab es immer noch.

Nun, im Morgengrauen, musste Karlchen aufstehen. Erwin zeigte auf eine große weiße Emailleschüssel, die auf einem Tischchen an der Wand stand.

„Da – wasch dich. Ich hab's gern sauber um mich rum."

Karlchen machte so schnell wie möglich Katzenwäsche, während er Erwins Blick auf seinem nackten Rücken spürte. Das war ihm eklig, aber er sagte lieber nichts. Das Wasser war kalt und seifig. Anscheinend hatte sich Erwin schon selber darin gewaschen. Karlchen schauderte. Hastig rieb er sich mit dem feuchten grauen Lappen trocken, der auf dem Tisch lag, und zog sich Hose und Hemd und Emilijas graublaue Strickjacke als Schutzhülle an, obwohl es in der Stube warm war. Erwin hatte alle Fenster verriegelt und vernagelt. Die Luft war stickig und roch nach kaltem Schweiß und altem Blut.

Dem Blut gejagter Tiere.

Offensichtlich ernährte sich Erwin von der Wilderei. An der Innenseite der Tür hing eine Weste aus Hasenfellen, und auf seiner Strohmatratze lag eine Decke aus Kaninchenfellen. Ein Dutzend schillernde Fasanenfedern, die zu einem Fächer zusammengebunden waren, hingen an der Wand. In einer Ecke stand ein verrosteter Kasten, an dem eingetrocknetes Blut und Fellreste klebten. Es war eine Kaninchenfalle.

Erwin, der am großen braunen Holztisch lehnte und sich mit einem spitzen Knochen die Zähne sauber kratzte, war seinem Blick gefolgt.

„Hast du schon mal 'nen Hasen gehäutet?", fragte er.

Karlchen sah ihn entsetzt an. „Nein. Das könnte ich nie!"

„Natürlich kannst du das. Jetzt wirst du es lernen."

Draußen fing Bella an zu winseln. Sie hatte Karlchens Stimme gehört. Jetzt bellte sie. Es klang fordernd. *Lasst mich rein. Lasst mich rein.*

„Der blöde Köter", sagte Erwin. „Sein Gekläffe geht mir auf den Geist."

Er kniff die Augen zusammen, bis sie nur noch zwei helle Schlitze waren. Sie machten Karlchen Angst. Schnell sah er weg.

„Wenn du Bella reinlässt, ist sie still", sagte er so ruhig wie möglich. Er durfte diesen Mann nicht aufregen. Und auch nicht ärgern.

Winselnd kratzte Bella an der Tür.

Karlchens Herz schlug schneller. „Sie will doch bloß bei mir sein. Bei mir ist sie ruhig."

„Ach, wirklich?", fragte Erwin lauernd. In seiner Stimme schwang ein lila Unterton mit. Lila wie Eifersucht. „Woher willste denn wissen, was der Köter denkt?"

Nur nicht zeigen, wie sehr ihm Bella am Herzen lag. Karlchen zuckte mit den Schultern. „Ich weiß nicht. So halt."

Bella bellte wütend. *Lasst. Mich. Rein.*

Um ihn von Bella abzulenken, wechselte Karlchen schnell das Thema. „Ich kann keine Kaninchen häuten." Sofort bereute er es, aber ihm war nichts anderes eingefallen.

„Doch, du kannst. Und du wirst. Essen kannste ja schließlich auch, oder?"

Karlchen schauderte bei dem Gedanken, das arme Tier, das draußen zum Ausbluten hing, zu essen. Keinen Bissen würde er herunterkriegen, auch wenn sein Magen vor Hunger knurrte. Er hatte noch nichts zum Frühstück bekommen.

Doch Erwin wartete seine Antwort nicht ab. Er angelte den Haustürschlüssel aus der Hosentasche und steckte ihn ins Schloss. Sofort fing Bella an, wieder am Holz zu kratzen und zu winseln. Als er die Tür aufmachte, tauchte die geliebte gelbe Schnauze im Türspalt auf.

„Gehst du da weg!" Erwin trat mit der Stiefelspitze nach ihr. Sie jaulte vor Schmerz. Karlchen schrie auf, doch er hielt sich schnell den Mund zu. Er durfte diesem SS-Soldaten nicht zeigen, wie wichtig ihm Bella war, dass sie ihm alles bedeutete. Das spürte er genau. Denn dann würde Erwin dieses Wissen ausnützen, gegen ihn – und gegen Bella.

Das hatte er auf der Flucht gelernt. Niemals einem Fremden die rosa Stelle mit dem dünnen Häutchen zeigen, an der man am verwundbarsten war.

Erwins breiter Rücken füllte fast den ganzen Türrahmen aus. Karlchen duckte sich, um zwischen seinen gespreizten Beinen nach draußen zu spähen. Er sah, wie die Hündin humpelnd zur Seite wich. Sie duckte sich und suchte mit den Augen nach einer Öffnung, durch die sie ins Haus schlüpfen konnte. Ihre Blicke trafen sich. Karlchen pfiff den Dreiertriller und hoffte, dass sie sich an die Bedeutung des Pfiffs erinnerte. *Nicht näher kommen.* In kritischen Momenten hatte er ihn immer angewandt, und dann hatte sich Bella in die Büsche oder die Schatten der Häuser geschlichen. Doch jetzt lief sie nur winselnd hin und her.

Erwin hielt die Tür fest, während er nach draußen ging, und drückte sie sofort hinter sich zu. Einen Augenblick später ging die Tür wieder auf. Mit einer Hand hielt er den toten Feldhasen an den Löffeln, mit der anderen zog er die Tür zu und schloss sie ab. Dann legte er das Tier auf den Tisch. Der Kopf des Hasen hing leblos von der Tischkante herunter. Er nickte ein paar Mal. Dann bewegte er sich nicht mehr.

Karlchen wurde schlecht. Er wandte den Kopf ab. In der Ecke neben Erwins Matratze tickte leise ein kleiner viereckiger silberner Reisewecker. Das Ticken hatte ihn in der vergangenen Nacht lange wachgehalten, obwohl er todmüde gewesen war. Er wunderte sich. Das zierliche Ührchen passte nicht zu dem Soldaten mit den großen Fleischerhänden. Es musste das Geschenk einer Frau sein, einer feinen Dame mit Geld und Gefühlen für Erwin, auch wenn sich Karlchen das nicht vorstellen konnte –

Doch Erwin holte ihn jäh in die unangenehme Gegenwart zurück. Er nahm das Messer mit der langen, breiten Klinge, das neben der Waschschüssel lag, und legte es auf den Tisch.

„Jetzt mach mal, Junge“, sagte er. „Zeig, dass du ein Mann bist. Schlitz dem Hasen den Bauch auf.“

Karlchen wich zurück. „Das kann ich nicht. Das mach ich nicht.“ Er schüttelte den Kopf. Er hatte noch nie einem Tier etwas zuleide getan und würde es auch jetzt nicht tun. Auch wenn das Tier schon tot war. Dazu konnte der Mann ihn nicht zwingen.

Erwin griff nach dem Messer und schnitt dem Hasen mit einer einzigen Handbewegung den Bauch der Länge nach auf.

Sofort wurde der säuerliche Geruch stärker und ein wässrig-blutiger Rinnsal sickerte aus dem langen Schlitz über das schneeweiße Bauchfell auf die Holzplatte. Karlchen drehte den Kopf zur Seite.

„Doch, du kannst das und du machst das auch. Du ziehst ihm jetzt das Fell ab und zerlegst ihn, sonst mach ich dasselbe mit deinem Köter. Der würde auch ’nen guten Braten abgeben – wenn auch etwas zäh.“

Der Mann *konnte* ihn dazu zwingen. „Sieh hin.“ Seine fleischigen Finger packten Karlchen am Kinn und bogen seinen Kopf, bis er dem Anblick des toten Tiers nicht mehr ausweichen konnte. „Du siehst jetzt hin und machst das. Und zwar zackig. Memmen kann ich hier nicht brauchen.“

Erwins Stimme klang jetzt anders. Härter. Kälter. Älter. Wie eine Formel, die er selbst schon oft genug gehört hatte, vielleicht, als er selbst so alt wie Karlchen gewesen war.

Karlchen beugte sich über den Tisch. Er senkte den Kopf und tat so, als würde er den Hasen ansehen. Doch stattdessen richtete er den Blick auf die Tischkante. Seine Hände griffen nach dem Fell. Es war kühl, aber herzzerreißend weich. Er zog am Fell und spürte Widerstand. Seine Kopfhaut kribbelte und er spürte, wie sich seine Haare sträubten. Jeder Muskel in seinem Körper verhärtete sich. Er zupfte und zerrte und fühlte, dass sich ein Teil des Fells vom Gewebe löste.

Erwin lehnte mit verschränkten Armen an der gegenüberliegenden Wand. Sein lauernder Blick brachte Karlchens Ohren zum Glühen.

„Fällt dir schwer, einem Tier das Fell abzuziehen, gell? Aber du hast ja die Wahl: der Hase oder der Hund."

Mit einem Ruck zog Karlchen dem Tier das restliche Fell über den Kopf. Er musste kurz hinsehen, um zu prüfen, ob wirklich alles ab war. Das gläserne Auge im blutigen Gesicht des Hasen starrte an die Wand, an der Erwin lehnte.

Karlchen rannte zur Waschschüssel und erbrach sich. Doch alles, was aus ihm herauskam, war schaumige gelbe Galle.

Erwin lachte.

24

Die schweren Soldatenschritte kommen näher. Noch sind sie hinter der Biegung. Noch könnte sie sich verstecken, hier irgendwo im Gebüsch. Aber hier sind nur Baumstämme, die nicht dick genug sind, um sich dahinter zu verbergen. Und Himbeergestrüpp, das nicht dicht genug ist. Kleine Stücke ihres leuchtend blauen Kleids würden durch die dornigen Zweige und kleinen Blätter hindurchschimmern wie Himmelsfetzen.

Hätte sie doch nur das braune Kleid angezogen ... Aber das hat sie erst gestern Abend gewaschen und jetzt hängt es auf der Wäscheleine auf dem Hof, in Sicherheit. Und sie ist hier im Wald und wird gleich einem Soldaten über den Weg laufen, der nach Partisanen und deren Helfern sucht. Nach Helfern mit Körben, in denen Lebensmittel und Messer und Schreibzeug und Zeitungsausschnitte unter einer dünnen Schicht verschrumpelter Pilze verborgen sind.

Erst sieht sie die Stiefelspitzen und dann den Stein, den der Soldat aus dem Weg kickt. Dann sieht sie die stämmigen Beine und breiten Schultern, an denen sein Gewehr baumelt. Die Waffe, die ihn zum Soldaten macht. Und dann sieht sie das gerötete Gesicht, die vollen Lippen, die platte Nase.

Die blauen Augen, die etwas einfältig wirken, als sein Blick auf sie fällt. Sein stutzender Blick, der erst auf sie fällt und dann auf den Korb voller Pilze.

Ihre Knie zittern und ihr Hals schnürt sich zusammen. Ihr fällt ein Buch ein, eine Geschichte, die einzige Waffe, die sie hat.

Jemand rüttelte an ihren Schultern.

Mutti. Mutti war zurückgekommen und kam ihr lächelnd entgegen. Mutti lebte noch und weckte sie jetzt auf.

„Wach auf", sagte eine Stimme, doch es war nicht die Stimme ihrer Mutter. Es war die Stimme ihres Cousins.

Sie wollte nicht aufwachen. Der Traum war zu herrlich gewesen, der Traum, in dem Mutti noch lebte. Wenn sie jetzt aufwachte, dann würde Mutti wieder tot sein.

Sie hörte Flüsterstimmen in der Stube. Die Stimmen sprachen Litauisch.

„Frau Kaschinskas ist hier", sagte Dietrichs Stimme. „Steh auf. Sie will dir was zeigen."

Sie wollte nicht aufstehen, um etwas gezeigt zu bekommen. Aber sie freute sich doch, Frau Kaschinskas lebend wiederzusehen und an ihre warme Brust gedrückt zu werden.

Dann gab Urtes Mutter ihr ein Stück Papier, auf dem ein paar Bäume und Kreuze eingezeichnet waren, und dazu ein Weg. Sie fuhr mit dem Finger den Weg ab. „Ten." Sie sah Gretel fragend an.

„Was meint sie? Was ist da?"

Dietrich rieb sich die Beule am Hinterkopf, die die Russen ihm vorletzte Nacht bei ihrer Suche nach den Kaschinskas geschlagen hatten. „Sie will, dass du zu dieser Stelle im Wald gehst und einen Korb mit Essen dort abstellst. Urte wird dir zeigen, wo die Stelle ist."

„Wie – jetzt, mitten in der Nacht?"

„Nein, natürlich nicht jetzt. Morgen. Alle drei, vier Tage. Urte gibt dir dann immer den Korb mit den Sachen, aber sie kann das nicht selber machen. Zu auffällig – schließlich ist sie die Tochter der Kaschinskas. Das Essen ist für die Waldmenschen."

Sie horchte auf. „Die Waldmenschen? Die Partisanen?"

Er nickte. Auch Urtes Mutter nickte. Sie zeigte wieder auf die Stelle im Wald und legte sich dann den Finger auf den Mund. „Pscht", sagte sie.

„Ja, du darfst keinem was davon erzählen ", sagte Dietrich, „es ist streng geheim. Du musst so tun, als würdest du Pilze sammeln, wenn du irgendjemandem begegnest. Und wenn du den Korb an der Stelle abgestellt hast, sollst du ein bestimmtes Lied singen. Dann kommt jemand und tauscht den vollen Korb gegen einen leeren aus."

„Was für ein Lied soll ich singen?", fragte Gretel aufgeregt. Die Mission klang spannend. Und sie führte sie in die Nähe der Partisanen. Ihres Vaters. *Vielleicht* ihres Vaters.

Dietrich wandte sich an Frau Kaschinskas und fragte sie etwas. Frau Kaschinskas antwortete mit einer Gegenfrage.

„Was kannst du denn singen?"

Sie dachte nach. „Ich könnte *Im Frühtau zu Berge* singen. Das klingt fröhlich und harmlos." Sie sang die erste Zeile vor. „Im Frühtau zu Berge wir zieh'n, fallera …"

Frau Kaschinskas nickte und lächelte. Das war das richtige Lied für eine streng geheime Mission. Auch wenn sie die Worte nicht verstand, verstand sie doch die Melodie.

* * *

Der Maiwind flüsterte durch die Blätter. Die Büsche knackten geheimnisvoll. Das Laub raschelte verschwörerisch. Ein Bach murmelte verschwiegen. Ein Schwarzspecht mit rotem Krönchen flog als Bote voraus. Ein graubraun geflecktes Fell schimmerte zwischen den Bäumen auf, hielt sich in sicherer Distanz, sicher für das Tier und sicher für Gretel. Es war ein Wolf, ein scheuer Wolf, der das Essen witterte, aber den Menschen fürchtete.

„Im Frühtau zu Berge wir zieh'n, fallera", sang sie vorsichtshalber ziemlich laut, damit der Wolf hören konnte, dass sie keine Angst vor ihm hatte. „Es grünen die Wälder und die Höh'n, fallera ..."

Das Tier war stehen geblieben. Sie konnte sehen, wie es die Ohren hochstellte und lauschte. Sie sang weiter, auch wenn ihre Stimme ein wenig zitterte. Aber der Wolf schien das nicht zu hören. Er setzte sich wieder in Bewegung und trottete davon.

Vielleicht hatte er Angst vor ihr gehabt. Das machte ihr Mut. Wenn sie einen Wolf in die Flucht schlagen konnte, dann brauchte sie auch keine Angst vor den Russen zu haben, falls sie auf ihrer gefährlichen Geheimmission einem über den Weg lief.

Auf der linken Seite tauchte der Baum mit dem Knie auf. Eigentlich war es nur eine knorrige Stelle im Stamm, die aussah wie ein Knie. Sie hatte sich den Baum als Markierungspunkt gemerkt, als Urte ihr den Weg zur Stelle gezeigt hatte. Jetzt machte der Pfad gleich eine Biegung. Und ungefähr zweihundert Schritte weiter kam eine Gabelung, an der sie rechts abbiegen musste.

Der Korb war ziemlich schwer. Ihr rechter Arm tat schon weh. Sie blieb stehen, um ihn an den linken Arm zu hängen. Dabei verrutschte eine Ecke des hellen Leinentuchs, das über den Lebensmitteln lag. Neugierig stellte sie den Korb auf den Boden und zog das Tuch zurück. Brot, Äpfel, Kartoffeln. Ein köstlicher Schinken mit knuspriger rotbrauner Schwarte. Vier oder fünf von den Apfelküchlein, die sie gestern in Schmalz ausgebacken hatte. Ein paar dicke, kurze Kerzen. Ein großes Stück gelbe Butter, das in fettiges Papier eingewickelt war. Unter dem Butterpäckchen glänzte etwas Silbernes. Vorsichtig schob sie das Papierbündel beiseite, um nachzusehen, was das war. Ein Messer mit spitzer, langer Klinge. Es sah aus wie ein kleiner Dolch.

Sie erschrak. Ein Messer?

Ein Messer war eine Waffe. Zum Angriff oder zur Verteidigung. Wenn sie Waffen schmuggelte, war dies wirklich eine gefährliche Mission. Was war, wenn die russischen Soldaten sie mit dem Messer im Korb erwischten? Dann könnten sie sich denken, was das deutsche Mädchen hier im Wald tat. Fürs Pilzsammeln brauchte man kein solches Schlachtmesser.

Plötzlich wurde ihr klar, dass auch die anderen Sachen im Korb verrieten, dass sie keine Pilzsammlerin sein konnte. Wenn sie den Russen über den Weg lief und die einen Blick unter das Tuch warfen, wäre die Mission enttarnt und sie als Partisanenhelferin entlarvt.

Bei dem Gedanken liefen ihr köstlich-frostige Schauer über den Rücken. Wie aufregend! Sie musste sich einen Plan zurechtlegen, um im Fall der Fälle die russischen Garnisonen zu überlisten, die die Partisanen jagten.

Die Stelle, an der sie den Korb absetzen sollte, war nicht mehr weit. Sie lauschte. Keine Schritte weit und breit zu hören. Für heute drohte keine Gefahr.

Sie ging über den weichen Boden, der mit vielen Schichten aus Laub und Tannennadeln gepolstert war. Alles wirkte friedlich und menschenleer. Aber irgendwo in der Nähe hausten die Waldmenschen, die schon seit Langem den Aufstand gegen die russischen Besatzer planten. Bisher hatten sie nichts erreicht. Wie Dietrich ihr erzählt hatte, hatten die meisten von ihnen längst aufgegeben. Jetzt versteckten sie sich nur noch in den gut getarnten Bunkern und warteten darauf, vom „Westen“ befreit zu werden.

Doch der Krieg war längst zu Ende und der Westen ließ sich nicht blicken. Die deutschen Soldaten, die sich unter die Partisanen gemischt hatten, hatten große Angst, doch noch von den Russen gefunden zu werden. Dann würden sie sicher ins Zwangslager nach Sibirien geschickt werden. Die Geschichten, die über die Lager in Sibirien verbreitet wurden, waren grauenhaft. Wer als deutscher Kriegsgefangener in ein Arbeitslager der Russen kam, konnte kaum darauf hoffen, seine Heimat jemals lebendig – oder tot – wiederzusehen. Wer nicht an der Kälte oder einer Lungenentzündung starb, musste sich zu Tode arbeiten.

Bei dieser Vorstellung schauderte Gretel erneut, doch diesmal war es nur ein Schauer des Grauens ohne das aufregende Prickeln der Geheimmission. Dieses Schicksal durfte ihrem Vater nicht widerfahren. Schlagartig wurde ihr klar, dass sie die Partisanen verraten würde, wenn ihre Tarnung als harmlose Pilzsammlerin aufgedeckt würde. Denn dann wüssten die Russen, dass die Partisanen nicht weit sein konnten. Ja, sie könnten die Waldmenschen sogar austricksen, indem sie Gretel zwangen, den Korb abzustellen, und sich in den Büschen auf die Lauer legten, um dem Abholer zu seinem Versteck zu folgen …

Sie musste auf alles vorbereitet sein und alle Möglichkeiten in ihrem Plan berücksichtigen. Das Leben dieser tapferen Menschen – vielleicht sogar das Leben ihres Vaters – lag in ihrer Hand. Sie durfte jetzt keinen Fehler machen.

Alles ging gut. Sie besang laut den Frühtau zu Berge und stellte den Korb in der Lücke zwischen den jungen Tannen ab, die Urte ihr gezeigt hatte. Man konnte sich die Stelle gut merken, weil hinter den jungen Tannen, die nicht größer waren als Gretel, ihre Elterntannen einen dichten Kreis bildeten. Es sah aus wie ein Spielplatz für Baumkinder, die von ihren besorgten Müttern nicht aus den Augen gelassen wurden, während die Kleinen mit den Maiglöckchen spielten.

Sie war gerade mit der ersten Strophe fertig, als ein junger Mann mit langen roten Haaren, die er zu einem Pferdeschwanz zusammengebunden hatte, und einem roten Vollbart hinter den Muttertannen auftauchte. Vor Aufregung zuckte sie zusammen. Es war der erste Partisan, den sie je in ihrem Leben zu Gesicht bekommen hatte. Er sah zwar ein bisschen wild aus, aber kein bisschen gefährlich. Eher wie ein blauäugiger Bauernjunge, der eigentlich die Kühe hüten sollte, als wie ein Widerstandskämpfer. Er legte sich den Finger auf die Lippen. Sie nickte und sang hastig weiter, für den Fall, dass ein Russe in der Nähe war. Der würde sich sonst sicher wundern, warum das Mädchen im Wald plötzlich aufhörte zu singen.

„Wir wandern ohne Sorgen singend in den Morgen, noch ehe im Tale die Hähne krähen …"

Der rote Partisane lächelte und reichte ihr einen leeren Korb. Dann bückte er sich, holte ihren Korb aus den Büschen und verschwand wieder zwischen den Bäumen.

Der ganze Austausch hatte nur den Bruchteil einer Minute gedauert und der Mann hatte kein Wort gesagt. Sie war fast ein wenig enttäuscht darüber, wie reibungslos die Mission verlaufen war.

* * *

Das Leben machte plötzlich Spaß. Gretel hatte jetzt eine wichtige Aufgabe, die spannend und doppelt sinnvoll war. Erstens, weil sie dadurch das Gefühl hatte, ihrem Vater näher zu sein. Und zweitens, weil sie damit den Partisanen half. Darunter war jetzt auch ein Name – Pranas, wie der Sohn der Kaschinskas hieß. Den hatte ihr Urte verraten. Urte machte sich noch größere Sorgen um Pranas, der seit zwei Jahren bei den Waldmenschen lebte, als um ihre Eltern, die sich jetzt bei Verwandten in Puikiai versteckten. Da der letzte Transport nach Sibirien ohne sie stattgefunden hatte, waren sie bis zum nächsten Transport in Sicherheit – der wahrscheinlich sowieso in einem anderen Teil Litauens stattfinden würde. Die russischen Garnisonen führten ihre Verhaftungen der Partisanenunterstützer in unregelmäßigen Abständen im ganzen Land durch.

Doch auch beim letzten Transport waren wieder mehrere Familien aus der Umgebung dabei gewesen. Drei Nachbarhöfe standen nun leer, wie schon andere vor ihnen. Diesmal hatte es auch die Bäuerin des Hofs nebenan erwischt. Die alte Frau war die letzte Bewohnerin des Hofs gewesen. Ihr Mann war schon als Partisan umgekommen. Und ihre beiden Söhne lebten noch unter den Partisanen im Wald. Jetzt war auch sie abgeholt und nach Sibirien gebracht worden.

Ein oder zwei Mal in der Woche schlich sich Urtes Mutter auf den Hof, um nach dem Rechten zu sehen. Da die Garnisonen regelmäßig die Höfe abklapperten, hatte sie ein Zeichen verabredet. Wenn die Luft rein war, hängte Urte eine alte blaue Schürze an den Griff der Stalltür. Wenn die Partisanenjäger in der Nähe waren, hing keine Schürze an der Tür.

Abends, wenn es schon dunkel war, ertönte das vereinbarte Klopfzeichen. *Klopf klopf*. Pause. *Klopf*. Dann machte eines der Kinder die Haustür auf, und eine gebückte Frau in grauen Kleidern, mit Kopftuch und braun gegerbtem Gesicht trat in die Stube. Das war natürlich Frau Kaschinskas in ihrer Verkleidung. Falls sie doch einmal von den Russen erwischt wurde, würde sie eine alte Frau aus der Nachbarschaft spielen, die den Kindern der Kaschinskas eine warme Mahlzeit vorbeibrachte. Da die russischen Soldaten Frau Kaschinskas noch nie zu Gesicht bekommen hatten, würde der Trick vermutlich sogar funktionieren. Urtes Mutter hatte den Kindern eingebläut, sie von nun an mit Frau Zwonké anzusprechen, damit sie sich nicht verplapperten.

Trotz der widrigen und gefährlichen Umstände schien Frau Kaschinskas irgendwie Spaß an dem Schauspiel zu haben. Und auch Gustas, der Jüngste, der bei ihren ersten Besuchen immer wieder vergessen hatte, dass er sie nicht mit „Mama“ begrüßen durfte, nannte seine Mutter jetzt immer mit ernster Miene „Ponia Zwonké“. Dann strich sie ihm übers dunkle Haar und er strahlte, weil er seine Sache so gut machte.

Da die beiden Erwachsenen auf dem Hof fehlten, mussten die Kinder ihre Arbeit übernehmen. Jonas und Urte hatten Gretel gezeigt, wie man die Kühe molk. Sie konnte schon ganz gut melken, aber man brauchte viel Kraft dafür. Die Muskeln in ihren Händen wurden kräftig und hart, und hinterher taten ihr die Finger weh. Doch sie war gerne in der Nähe der Tiere, die Wärme ausstrahlten und die ihre anfangs so ungeschickten Ziehversuche geduldig zuließen. Wenn keines der Kinder Zeit hatte, die Kühe im Freien zu hüten, wurden die Tiere angebunden. So hatten auch sie ihre Freiheit verloren. Doch wann immer Gretel konnte, ging sie mit ihnen auf die Weide. Dafür bekam sie dankbare Blicke aus glänzenden braunen Kuhaugen und durfte die weichen Nasenrücken der Tiere streicheln, ohne dass sie den Kopf abwandten. Ihre Lieblingskuh hieß Aldona und hatte schwarze Locken auf der Stirn. Aldona legte manchmal sogar liebevoll den Kopf auf ihre Schulter und ließ sich von ihr kraulen. Wenn die Kuh dann vor Wonne eindöste und ihr Kopf zu schwer wurde, musste Gretel lachen. Dann zog sie die Schulter weg und das Tier streifte ganz vorsichtig ihre Wange mit der warmen, feuchten Schnauze. Dabei blies Aldona ihr den süßsäuerlichen Atem ins Gesicht. Es war ein Kuss.

Es war eine echte Freundschaft, die nach den vielen grauenvollen Erlebnissen auf der Flucht gut tat, so gut.

25

Gefangenschaft roch nach Hasenblut und Kohl. Nach Erwins kaltem Schweiß und Karlchens Angstschweiß. Angst immer dann, wenn der Riese das Messer in die Hand nahm, mit dem er den gefangenen Tieren die Kehle aufschlitzte. Und wenn er dabei einen Blick auf Bella warf, als wäre sie als Nächstes dran. Dann blieb Karlchen vor Angst das Herz stehen und er durchlebte Sekunden der Folter. Erwin schien es gemerkt zu haben, denn er sah Karlchen dann immer lauernd an, und Karlchen tat alles, was sein Wärter von ihm wollte. Er häutete Kaninchen und nahm einen glitschigen Karpfen mit starren, glasigen Augen aus, den Erwin aus einem Teich gefischt hatte. Er kehrte die Stube, wischte die Dielen mit einem Mopp und schüttelte Erwins Kissen und Decke aus. Er schüttete Sand auf seinen Notdurfteimer. Er wusch Erwins Hemd und Wäsche in Seifenlauge aus und schrubbte mit einer Nagelbürste die gelblichen und braunen Flecken aus der Unterhose, wobei es ihn vor Ekel schauderte. Er schnitt den Weißkohl, den Erwin von seinen Streifzügen mitbrachte, in dünne Streifen und kochte ihn mit Salz und Essig, Speck und Zwiebeln, so wie er Erwin am besten schmeckte.

„So hat ihn meine Mutter immer gemacht." Erwin kaute zufrieden. „Fehlt nur der Kümmel, aber ich hab keinen."

„Warum nicht?" Eigentlich war es Karlchen egal, warum Erwin keinen Kümmel im Haus hatte. Aber er hatte gemerkt, dass es Erwin gefiel, wenn er so tat, als wären sie Freunde. Als würde Karlchen freiwillig bei ihm leben und ihm den Haushalt machen.

„Weil ich noch keinen besorgen konnte." Erwin häufte sich noch ein paar Löffel Kohl auf den Teller. „So was Spezielles zu besorgen ist schwer."

Besorgen war stehlen. Erwin verließ fast jeden zweiten Tag das Haus. Bevor er wegging, sperrte er Karlchen und Bella in den Keller. „Nur zur Sicherheit", sagte er immer. Dann ging er, um zu sehen, ob ein Tier in die Fallen getappt war, die er am Waldrand aufgestellt hatte. Und um Fische aus einem Teich in der Nähe zu angeln. Und um die Felder der Bauern zu plündern. Nur selten traute er sich auf einen Bauernhof, um Kleidung, Lebensmittel oder andere Gebrauchsgegenstände zu stehlen, die er in Abwesenheit der Bewohner finden konnte. Meistens schlugen dann die Hofhunde an und er musste sich schnell wieder „vom Acker machen", wie er Karlchen erzählte.

Als ehemaliger Soldat der SS musste er sich gut verstecken. Die Litauer und vor allem die Russen durften noch nicht einmal ahnen, dass sich in der Gegend ein deutscher SS-Soldat aufhielt. Er schien sich einsam zu fühlen. Sonst hätte er Karlchen sicher nicht soviel erzählt. Eines Abends hatte er ihm sogar von den russischen Juden erzählt, die seine Einheit in Russland zusammengetrieben hatte und die eine Grube graben mussten, bevor sein Hauptmann der Truppe befohlen hatte, die Juden zu erschießen.

„Sie fielen um wie die Fliegen. Zack, zack, direkt in die Grube rein.“

Dabei hatte er gelacht, so ein trockenes Lachen, als wollte er das, was damals geschehen war, weglachen. Als könnte er das weglachen.

Oder als könnte er nichts anderes tun, als zu versuchen, es wegzulachen.

Mit einem Schaudern fiel Karlchen diese Geschichte wieder ein. Unwillkürlich fiel sein Blick auf den silbernen Reisewecker neben Erwins Schlaflager. Den Wecker hatte Erwin sich von einem der toten Juden besorgt, wie er Karlchen erzählt hatte. Im Deckel war *Für Emil von Elise* eingraviert. Er zeigte immer Viertel nach drei an. Das war der Zeitpunkt, an dem der Jude Emil in die Grube gefallen war. Der Wecker hatte in seiner Hosentasche gesteckt und funktionierte seitdem nicht mehr. Erwin und die anderen Soldaten hatten auf Befehl ihres Hauptmanns die Leichen nach Wertgegenständen durchsucht. Eigentlich hätten sie alle Fundstücke abgeben müssen, da die als „Reichseigentum“ gegolten hatten. Aber diesen silbernen Reisewecker hatte Erwin schnell selbst eingesteckt.

„Schade, dass er nicht mehr geht“, hatte er gesagt. „Aber weil er aus Silber ist, ist er trotzdem noch was wert.“ Diese Tatsache hatte er nicht weglachen müssen.

Erwin war sein Blick nicht entgangen. „Denk ja nicht dran, den Wecker zu stehlen. Der ist das einzige Wertstück, das ich habe.“

Komisch. Wenn andere ihm etwas wegnahmen, dann nannte er das „stehlen“.

„Ich würde ihn nie stehlen. Ich will nichts von einem toten Juden.“

„Das war kein Stehlen“, sagte Erwin heftig, als würde er sich verteidigen. „Der war doch schon tot. Der brauchte den Wecker nicht mehr. Außerdem war’s nur ein Jude.“

Ein Jude namens Emil. Ein Emil, dem eine Elise einen kostbaren silbernen Wecker geschenkt hatte. Seine Frau oder seine Schwester. Wahrscheinlich lebte auch Elise längst nicht mehr. Vielleicht war auch sie von den Deutschen vergast worden.

Mittlerweile wusste Karlchen, dass „vergasen“ nicht die Vergangenheitsform von vergessen war, wie Oma gesagt hatte. Erwins Schilderung der Juden, die er und seine Kameraden auf Befehl des Hauptmanns erschossen hatten, hatten ihm die Augen wieder ein Stückchen mehr geöffnet. Schon auf der Flucht hatte er hier und da Bruchteile einer Wahrheit aufgefangen, die sich immer mehr zu einem grauenhaften Bild zusammensetzten. Es fehlten noch viele Stücke, um das Bild im Ganzen sehen zu können. Aber die Umrisse waren schon deutlich genug.

Zu deutlich, um in dem silbernen Reisewecker nur einen hübschen Gegenstand zu sehen.

Erwin schob den Stuhl zurück und stand auf. Seinen Teller ließ er stehen. Den Tisch abräumen und das Geschirr in der Wasserschüssel abwaschen war Karlchens Aufgabe.

Karlchen blieb schweigend sitzen. Er stocherte in seinem Essen herum. Erstens, weil er das Fleisch des Tiers, das er zerlegt hatte, nicht herunterbrachte. Und zweitens, weil Bella nur die Reste auf seinem Teller zu fressen bekam. Darauf bestand Erwin.

Der Geist des toten Juden Emil hing wie ein schwerer Vorwurf in der Luft.

Erwin ging zur Wasserschüssel und wusch sich die Hände. „Ich hab doch nur die Befehle unseres Hauptmanns ausgeführt“, sagte er mit dem Rücken zu Karlchen. „Was glaubste denn, was die mit mir gemacht hätten, wenn ich den Befehl verweigert hätte? Erschossen hätten die mich. Wie einen dreckigen Juden. Wie einen Hund.“

Karlchen zuckte zusammen. Er nahm seinen Teller und stellte ihn auf den Boden. Sofort stürzte sich Bella ausgehungert darauf. Wie immer hatte er Angst, dass Erwin seine Drohung, aus Bella den nächsten Braten zu machen, wahr machen könnte. Doch der war mit sich selbst beschäftigt.

„Und jetzt muss ich auch noch Angst vor den Russen und den Litauern haben. Wenn die mich schnappen, schicken die mich als Kriegsgefangenen nach Sibirien. Oder sie hängen mich gleich am nächsten Baum auf wie die Partisanen. Dabei seh ich gar nicht ein, warum ich bestraft werden soll, wo ich doch nur den Befehlen gehorcht habe. Hätten wir Deutschen den Krieg gewonnen, dann hätte ich jetzt einen hübschen Posten in Berlin. Oder wär' wenigstens befördert worden."

Er redete mehr mit sich selbst als mit Karlchen. „Aber bloß weil wir den Krieg verloren haben, muss ich jetzt um mein Leben bangen. Ungerecht ist das."

Karlchen stand auf und trug seinen blank geleckten Teller zur Waschschüssel. Das Wasser war trübe, weil er schon das Frühstücksgeschirr darin abgewaschen hatte. Ein paar blasse Fettaugen schwammen auf der Oberfläche. Doch mehr als eine Schüssel frisches Wasser am Tag gab es nicht. Erwin holte das Wasser aus einer Regentonne und einem Waschzuber, den er hinter dem Haus aufgestellt hatte, um Regenwasser zu sammeln. Trotzdem war das Wasser kostbar, weil es manchmal tagelang nicht regnete. Einmal hatte im Wassereimer eine tote Kröte gelegen, die Erwin beim Schöpfen übersehen hatte. Karlchen hatte es vor Ekel geschaudert, aber es half nichts. Irgendwann war er so durstig geworden, dass er das Wasser trotzdem getrunken hatte. Durch die Dinge, die er auf der Flucht erlebt hatte, war er schon ziemlich abgehärtet, was den Ekel betraf.

Doch es gab etwas, an das er sich nie gewöhnen würde.

Und das war Erwins Rücken.

Erwin hatte einen blassen Rücken voller dunkelroter, eiternder Pusteln, die ihn ständig juckten. Deswegen zog er mehrmals am Tag sein Hemd aus. Dann musste ihm Karlchen den Rücken kratzen und die Pusteln ausdrücken. Wenn gelber Eiter aus ihnen herausquoll, zuckte der SS-Soldat vor Schmerz zusammen. Manchmal schrie er kurz auf. „Pass doch auf", fuhr er dann den Jungen an. Aber egal, wie vorsichtig Karlchen auch war, Erwin stöhnte jedes Mal. Deshalb ließ Karlchen die Eiterpusteln in Ruhe, bis sie fast von alleine platzten. Das war Erwin auch nicht recht.

„Da unten ist noch einer, der puckert so stark, dass er mich ganz verrückt macht. Weiter links, ja, genau da. Drück das verdammte Ding aus."

Dann zuckte er zusammen, krümmte den Rücken, sein ganzer Körper verkrampfte sich. Wenn die Eiterbeule noch nicht reif war, sprang er auf und schrie Karlchen an, sodass der Junge Angst bekam. Stotternd versuchte er zu erklären, dass in der pochenden roten Beule noch kein Eiter zu sehen war und noch nichts herauskam. Woraufhin er sanft über den kranken Rücken streichen musste, solange, bis sich Erwin wieder entspannte.

Manchmal entspannte sich Erwin auch zu sehr. Dann musste Karlchen ihn weiterstreicheln, immer weiter und tiefer. Dann knöpfte sich Erwin die obersten Knöpfe seiner Hose auf. Zog sie ein Stück herunter und legte sich auf den Bauch. Und Karlchen musste seine bleichen, behaarten Pobacken streicheln. Sie strömten denselben Geruch aus wie der Geruch der ungewaschenen Menschen auf der Flucht, der Geruch nach Schweiß und Kot und Tod.

„Hach, tut das gut. Ja, genau so. Mach weiter. Jetzt an den Seiten."

Das waren die Lenden. Wenn Karlchen darüber streichelte, zuckte Erwin wieder zusammen. Aber diesmal aus Wohlbehagen.

Dieses Wohlbehagen wurde von Mal zu Mal stärker. Und es wurde Karlchen von Mal zu Mal unheimlicher. Erwin wollte, dass er das Streicheln immer mehr ausdehnte. Immer ein Stückchen mehr, weiter, tiefer. Aus Angst um Bella ließ sich Karlchen nichts anmerken. Er tat so, als würde es ihm nichts ausmachen, den Riesen zu streicheln, den rot gesprenkelten Rücken, die gelben Eiterpustel, den behaarten Hintern und die blassen Lenden. Aber innerlich schüttelte es ihn vor Ekel. Und Unbehagen. Er wusste, es war nicht richtig, dass Erwin so etwas von ihm verlangte. Und er schämte sich, weil er den nackten Körper eines erwachsenen Mannes berühren musste. Er schämte sich für Erwin. Und er schämte sich für sich. Weil er nicht den Mut hatte, nein zu sagen, aus Angst, dass Erwin dann seine Wut an Bella auslassen würde.

Oder auch an ihm.

Er musste weg von hier, so schnell wie möglich. Er und Bella mussten irgendwie aus diesem Haus ausbrechen, sobald sich eine Gelegenheit ergab. Das konnte nur dann sein, wenn Erwin die Tür aufmachte und nach draußen ging. Irgendwie müssten er und Bella dann ganz schnell entwischen. Bisher hatte es jedoch noch keine Gelegenheit dazu gegeben. Erwin passte immer gut auf, wenn er die Tür aufschloss und nach draußen ging, um Wasser zu holen oder zum Toilettenhäuschen zu gehen. Er verriegelte dann sofort von draußen die Tür. Wenn Bella lange genug winselte, ließ er sie auch kurz hinaus, weil er Hundedreck im Haus nicht ertrug, wie er sagte. Doch in diesen Minuten versperrte Erwin den Eingang. Wenn Bella zu lange brauchte, bis sie eine geeignete Stelle für ihr Geschäft gefunden hatte, bestrafte er sie beim Hereinkommen mit einem Fußtritt. Auch nachts, wenn er schlief, blieb die Tür verschlossen und der Schlüssel steckte in der Tasche seiner Hose, in der er immer schlief. Die Gefahr, dass Erwin aufwachte und ihn am Handgelenk packte, war einfach zu groß.

Aber die Gefahr, dass Erwin sich bald auf den Rücken legte und ihn zum Weiterstreicheln aufforderte, an der Stelle, an der Karlchen vor ein paar Tagen nicht nur gelbe Pinkelflecken, sondern auch einen komischen harten weißen Fleck aus seiner Unterhose herausgeschrubbt hatte, diese Gefahr war noch größer.

26

Am tiefblauen Himmel klebten blütenweiße Wolken wie riesige Wattetupfer. Die Sonne schimmerte durch die Baumkronen und malte goldene Strahlen in die warme Waldluft. In einer Astgabel spann eine winzige rote Spinne ihr hauchdünnes Netz, das von der Sonne beleuchtet wurde.

„Na, da wirst du wohl noch eine Weile auf Beute warten müssen.“ Gretel blieb stehen, um den schweren Korb kurz abzustellen. Sie betrachtete das Netz aus feinsten Silberfäden. „Solange dein Netz so glitzert, kann jede Fliege es sehen."

Die Spinne scherte sich nicht weiter drum. Sie ließ sich an einem Faden herunter und schaukelte in der Brise. Dann spannte sie ihren Faden noch weiter bis zu einem herausstehenden Borkestück und zurrte ihn dort fest.

Gretel hob den Korb wieder auf und ging weiter bis zum Baum mit dem Knie im Stamm. Da vorne musste sie rechts gehen. Mittlerweile hätte sie den Weg schon mit verbundenen Augen gehen können.

„Wir wandern ohne Sorgen singend in den Morgen …", trällerte sie. „Noch ehe –"

Hinter der Biegung knackten trockene Äste.

Was war das? Ein Reh? Ein Wolf?

Jetzt hörte sie Schritte hinter der Biegung. Dumpfe, plumpe, schwere Schritte, die nur ein Mensch machen konnte. Ein Mensch mit Lederstiefeln. Die Schritte eines Mannes mit schweren Knochen, ungefähr eins achtzig groß und kräftig. Auf der Flucht hatte man schnell lernen müssen, Schritte richtig einzuordnen.

Diese hier klangen wie die eines Soldaten. Soldaten gingen immer so, als würde ihnen die Welt gehören. Gleich würde der Soldat um die Biegung kommen. Es musste einer der Garnisonssoldaten sein, die immer mal wieder Waldstücke nach Partisanen absuchten. Ihr blieb keine Zeit, sich in den Büschen zu verstecken.

Also musste sie weitersingen, aber vor Schreck fiel ihr die nächste Zeile des Lieds nicht mehr ein.

„Im Frühtau zu Berge wir zieh'n, fallera." Ihre Stimmbänder klangen so mürbe wie eine ausgeblichene Hanfschnur. Wie ging das Lied weiter? Der Text war wie aus dem Gehirn geblasen. Sie wusste nur noch den Anfang, und so wiederholte sie ihn mit kieksender Stimme.

„Im Frühtau zu Berge wir zieh'n, fallera …"

Der Soldat tauchte hinter der Biegung auf. Er war einen Kopf größer als sie, stämmig, mit breiten Schultern und einem kurzen, dicken Hals. Seine Lippen waren dick und weich, zu weich für einen Soldaten, und seine Nase war so platt, dass sie aussah, als hätte sie sich von einem Faustschlag nie wieder erholt. Doch irgendwie passte sie in sein flaches, breites Gesicht. Der Mann sah sie, zog kurz die Augenbrauen zusammen, als würde er nachdenken, und kam dann auf sie zu.

„Was machst du denn hier mitten im Wald?"

Auch wenn er sie das auf Litauisch fragte, verstand sie mittlerweile genug und konnte auf die Frage die passende Antwort geben. Die sie sich vorher als Teil ihres Plans für den Fall aller Fälle ausgedacht hatte.

Das hier war der Fall aller Fälle.

„Pilze sammeln", sagte sie und zeigte auf den Korb. Der war bis zum Rand mit Pilzen gefüllt. Aber in Wahrheit war es nur eine dünne Schicht Butterpilze, Champignons und Steinpilze, die sie für den Fall aller Fälle gesammelt hatte. Es waren auch ein paar unbekömmliche Gallenröhrlinge dabei, die sich von den Steinpilzen nur durch ihren hellrosa Stiel unterschieden. Aber das war egal, weil diese Pilze nicht gekocht würden. Sie dienten nur als Tarnschicht für das, was unter dem Küchentuch verborgen war.

Der Soldat warf einen Blick auf den Korb. Anscheinend wirkten die Pilze glaubhaft, denn er sah nicht näher hin. Gretel atmete auf. Er hatte offensichtlich übersehen, dass die Pilze nicht mehr ganz frisch waren, weil Gretel sie schon vor ein paar Tagen gesammelt hatte.

„Hast du denn gar keine Angst vor den Partisanen?"

„Nein", sagte sie. „Die gibt's doch nur in dem Buch von Petras Cvirka."

Dieser Petras Cvirka hatte eine Erzählung über Partisanen verfasst, die sich zwar zu Zeiten der deutschen Besatzung abgespielt haben sollte, aber als einfältige Antwort eines dummen deutschen Flüchtlingskinds hielt das Buch allemal her.

Der Soldat stutzte und starrte sie an. Dann knitterte er wieder die Augenbrauen. Gretel sah ihn an, ohne mit den Wimpern zu klimpern. Das hatte schon bei den russischen Soldaten immer funktioniert. Sie dachte in diesem Augenblick an nichts. Das war der Trick dabei. Man durfte an nichts denken außer daran, dass der andere ein guter Mensch war, den man in diesem Augenblick mochte, auch wenn man ihn gar nicht kannte.

Plötzlich lächelte der Soldat. Dann schüttelte er den Kopf.

„Nein, das stimmt nicht. Es gibt die Partisanen. Es gibt sie sehr wohl. Halte dich lieber vom Wald fern, hörst du?"

Er machte eine Handbewegung und sagte „Schsch", so als wollte er ein Huhn oder eine Katze verscheuchen.

Sie nickte artig und lief hastig weiter, bevor er auf den Gedanken kommen könnte, sich die verschrumpelten Pilze doch näher anzusehen.

Diesmal bog sie bei der Gabelung hinter der Biegung nicht rechts ab, sondern links. Ihr fiel ein, dass es ein eindeutiges Warnzeichen für die Partisanen sein musste, wenn sie beim Weitergehen sang. So würden sie mitbekommen, dass sie heute nicht näher kam, sondern sich von ihnen *entfernte*. Also sang sie laut und betont.

„Im Frühtau zu Berge wir zieh'n, fallera ..."

Jetzt waren auch die anderen Zeilen des Lieds wieder da. Sie ging immer weiter, ohne sich umzusehen, und sang dabei ihr Warnlied.

„Noch ehe im Tale die Hähne kräh'n ..."

Der Korb wurde immer schwerer, und die Arme und Schultern taten ihr weh. Sie setzte sich auf einen großen runden Stein, der mit Moos gepolstert war, und ruhte sich aus. Dabei sang sie unaufhörlich weiter, für den Fall, dass die Partisanen zuhörten. Was sie mit Sicherheit taten, weil sie doch auf den Inhalt des Korbs warteten.

Eine Ewigkeit saß Gretel so da. Sie sang alle Lieder, die ihr einfielen, bis ihre Kehle so trocken war, dass sie kaum mehr schlucken konnte. Trotzdem blieb sie noch eine Weile auf dem Stein sitzen und lauschte in den Wald. Keine Schritte, keine knackenden Zweige, kein Rascheln im Unterholz. Nur die Vögel zwitscherten im zarten maigrünen Laub der Bäume. Die Strahlen der Sonne fielen nun in einem flacheren Winkel auf den Waldboden. Es musste schon später Nachmittag sein. Sie hatte Hunger und noch mehr Durst und wollte nach Hause. Aber zuerst musste sie noch den Korb abliefern.

Sie ging den Weg zurück und sang wieder das Erkennungslied. An der Gabelung lief sie geradeaus weiter und kam bald an der Gruppe der Tanneneltern und ihrer Sprösslinge an, die in die Höhe geschossen waren. Sie leuchteten in saftigem, hellem Grün, während ihre Mütter und Väter sich in ihren dunkelgrünen Mänteln, nur mit braunen Tannenzapfen geschmückt, bescheiden im Hintergrund hielten.

Sie sang weiter. Sie musste nur eine Minute warten. Dann tauchte Vladas auf. So hieß der junge rothaarige Partisane, wie er ihr erst bei der fünften Lieferung gesagt hatte. Vladas schlich sich aus den Büschen und sah sich dabei vorsichtig um.

Dann lächelte er. „Das hast du gut gemacht."

Sie strahlte. Eine wohlige Wärme strömte durch ihre Glieder. Sie hatte alles richtig gemacht.

Vladas verschwand und tauchte nach kurzer Zeit wieder mit dem zweiten Korb auf. Wie immer hatte er die Pilzschicht aus dem vollen Korb abgeschöpft und in den leeren Korb gelegt.

Und wie immer streckte er ihr den Korb hin. Doch heute war Gretel, als würde er ihr den Korb feierlich überreichen.

„Wir haben auch was für dich. Aber schau erst zu Hause nach."

Dann lächelte er noch einmal, irgendwie verschwörerisch, und verschwand zwischen den Tannen.

Was war das denn gewesen? Die Partisanen hatten auch was für sie? Was konnte das nur sein?

Und dazu das feierliche Überreichen des Korbs. Und der verschwörerische Blick …

Sie schaute in den Korb. Darin lagen nur die verschrumpelten Pilze. Zu gern hätte sie mit den Händen darin gegraben, um zu sehen, was die Waldmenschen für sie hatten. Sie platzte fast vor Neugier.

Doch sie ging brav zurück. Bis zur Gabelung. Bis zum Baum mit dem Knie.

Dann zerbarst etwas in ihrer Brust. Sie musste nachsehen. Jetzt gleich. Vielleicht war es nur eine Süßigkeit, die die Partisanen für sie aufgehoben hatten. Eine Tüte runder Fruchtbonbons oder eine Tafel Schokolade. Ein Dank für ihren Mut.

Vielleicht war es auch etwas anderes, eine kleine Puppe oder ein silbernes Bettelarmband. Etwas, was einem Mädchen wie ihr Freude machen würde.

Sie stellte den Korb ab, griff mit beiden Händen hinein und schaufelte die Pilze heraus. Unter den letzten Champignons lag ein kleines grünes Päckchen. Es war ein zusammen gewickeltes Hainbuchenblatt. Sie erkannte es an der länglichen Form und den vielen schmalen Rippen, die wie mit dem Lineal gezeichnet aussahen. Vor der Flucht hatte sie solche Blätter getrocknet und in ein Album geklebt. Mehr war nicht im Korb. Das musste also das Geschenk der Partisanen sein.

Etwas enttäuscht nahm sie es heraus. Und merkte, dass es schwerer war als ein Blatt. Irgendwas war darin eingewickelt. Gespannt entfaltete sie das Blatt. Es enthüllte eine Bleikugel.

Eine Bleikugel? Was sollte sie mit einer Kugel? Damit schoss man auf den Feind. Sie hatte auf der Flucht schon genug Bleikugeln gesehen. Sollte das eine Warnung der Partisanen sein, dass sie in Gefahr war, von den Garnisonen erschossen zu werden, weil sie ihnen half? Aber dann hätte ihr Vladas den Korb doch nicht mit einem freundlichen Lächeln überreicht und ihr diese Botschaft so verschlüsselt übergeben.

Unmöglich.

„Das kann nicht sein", überlegte sie laut. „Das passt einfach nicht."

Aufgeschreckt durch ihre Stimme huschte ein Eichhörnchen den Baumstamm einer Fichte hinauf und sprang vom Astzipfel auf den ausgestreckten Ast des Nachbarbaums. In Gedanken versunken schaute Gretel dem Tier hinterher, bis es zwischen den Blättern verschwunden war.

Das Hainbuchenblatt. Sie konnte es deswegen benennen, weil Papa mit ihr und Karlchen oft in den Wald gegangen war, wo sie Gräser und Blüten und Laubblätter gesammelt hatten, um sie zu Hause zwischen die Buchseiten eines dicken Atlasses zu legen, bis sie hauchdünn und mürbe waren. Dann hatte Gretel sie in ihr Naturalbum eingeklebt, und Papa hatte unter die Blüten und Blätter ihre Namen geschrieben.

Hainbuche (*Carpinus betulus*) hatte er mit blauer Tinte unter dieses Blatt geschrieben. Sie hatte das getrocknete Blatt und die Bezeichnung darunter plötzlich wieder vor Augen, als hätte sie es erst gestern gelesen.

Ein Hainbuchenblatt. Eines der Laubblätter, die sie mit Papa im Wald gesammelt hatte. Ein Blatt, in das eine Bleikugel gewickelt war.

Die letzte Kugel hebe ich für mich auf.

27

Das Auge des Schaukelpferds starrte Karlchen vorwurfsvoll an. *Jetzt tu doch endlich was*, schien es zu sagen. *Hier muss es doch irgendeine Öffnung, ein Fenster, einen Schacht geben.*

Er sah sich im fahlen Lichtstrahl, der durch den Spalt unter der Kellertür fiel, suchend um. Aber das hatte er jedes Mal gemacht. Jedes Mal, wenn Erwin ihn vor dem Weggehen in den Keller gesperrt hatte. Er konnte keine Öffnung erkennen. Hier waren nur Wände, die mal weiß gewesen waren und die jetzt wie graue Gespenster schimmerten.

Irgendwas, durch das du rausklettern kannst.

Plötzlich machte Bella einen Sprung zum Kohlenhaufen, der sich auf der anderen Seite des Raums auftürmte. Etwas Dunkelgraues huschte über den Boden und verschwand zwischen den Kohlen.

Es war eine Ratte. Die lebten irgendwo hier unten im Keller. Sie hatten in irgendeiner dunklen Ecke hinter dem

Müll ein Nest. Vielleicht im Kohlenhaufen. Und es musste irgendwo ein Loch geben, durch das sie nach draußen schlüpfen konnten, denn hier unten gab es nichts, wovon sie sich ernähren konnten. An die Ratten hatte er sich schon einigermaßen gewöhnt. Sie ließen ihn in Ruhe und rannten weg, wenn er sich rührte oder wenn Bella sie jagte.

Auch jetzt war ihr Jagdinstinkt aufgewacht. Die Hündin stand vor dem Kohlenhaufen und schnüffelte. Dann fing sie an zu graben. Eierkohlen kullerten auf den Boden.

„Lass das, Bella. Du wirst sonst ganz schwarz."

Aber sie machte nur eine kurze Pause, um die Fährte der Ratte aufzunehmen. Dann grub sie weiter. Die obere Schicht aus Kohlen geriet ins Rutschen, und dann regnete es Eierkohlen. Karlchen hörte das dumpfe Ploppen in der Dunkelheit.

Doch plötzlich konnte er die einzelnen Kohlen sehen, die auf dem Boden lagen. Und er sah Bella, deren Vorderpfoten nicht mehr blond, sondern schwarz waren.

Es war nicht mehr so dunkel wie noch vor einer Minute.

Wie konnte das sein, wunderte er sich. Wo kam das Licht her?

Und dann sah er sie. Die Ecke eines Fensterrahmens. Hinter dem Kohlenhaufen. Da war eine schmutziggraue Ecke aus Holz. Und das Licht kam von dort. Aus einem Fenster.

Einem *Fenster.*

Einem Fenster im Keller.

Siehst du, schien das Schaukelpferd zu sagen. *Es muss hier ein Fenster geben. Und es gibt eins. Ein Kohlenfenster. Da kannst du rausklettern. Und nimm mich mit. Ich halte es in diesem dunklen Loch nicht länger aus.*

Karlchen sprang auf und rannte zum Kohlenhaufen. Ein Fenster. Ein Weg nach draußen. Sein Herz hämmerte vor Glück und er vergaß zu atmen, bis er keuchen musste.

„Ein Fenster, Bella. Ein FENSTER!"

Er versuchte, den Kohlenhaufen hinaufzuklettern, doch die Kohlen gaben nach und spritzten weg. Er rutschte ab und fiel auf den Boden. Seine aufgeschürften Handflächen brannten. Vielleicht bluteten sie. Es war ihm egal. Spinnweben klebten wie Zuckerwatte an ihnen. Er wischte sie sich an der Hose ab und versuchte erneut, die Kohlen zu besteigen. Er musste irgendwie das Fenster da oben erreichen. Er stand vor dem schwarzen Haufen und starrte sehnsüchtig hinauf an die Ecke des Fensterrahmens. Das Fenster war ungefähr auf Augenhöhe des Riesen Erwin. Offensichtlich wusste Erwin nichts von dem Fenster im Keller, sonst hätte er Karlchen sicher nicht da unten alleingelassen. Aber er hatte den Kohlenberg ja auch nie angerührt. Er brachte immer genug Brennholz aus dem Wald mit. Hinter dem Haus hatte er einen ganzen Holzstapel an der Wand aufgehäuft. Das hatte Karlchen gesehen, als er an der Hintertür in die Falle getappt war.

Er versuchte, sich zu erinnern. Hatte er auf dem Weg ums Haus ein Kellerfenster gesehen? Nein. Aber er war auch nicht auf dieser Seite gewesen, sondern von der Vordertür aus links ums Haus gegangen. Dieses Fenster hier lag auf der rechten Seite des Hauses. Da war er nie gewesen. Es musste das Fenster sein, an das irgendwann vor oder während des Kriegs noch die Kohle angeliefert worden war. Und dann waren die Eierkohlen einfach durchs Fenster auf den Kellerboden geschüttet worden.

Still dankte er Gott. Und dem Kohlenhändler. Und dem Hausbewohner, der seine Kohle nicht mehr verfeuert hatte.

Trotzdem musste er noch einen Weg nach oben finden, ohne unterwegs abzurutschen. Und das so schnell wie möglich. Erwin hatte morgens das Haus verlassen, nach dem Frühstück, das aus den Resten der letzten Tage bestanden hatte. Er hatte sich den letzten Entenflügel genommen. Karlchen hatte die letzten drei Kartoffeln und ein paar Knorpel und Sehnen bekommen. Die er natürlich mit Bella geteilt hatte. Jetzt hatte er Hunger. Es musste längst nachmittags sein. Erwin kam immer am Spätnachmittag oder frühen Abend zurück, verschwitzt und müde und gut oder schlecht gelaunt, je nachdem, was er hatte besorgen können.

Karlchen sah sich im fahlen Licht suchend um. Die Bretter. Sie sahen aus wie Omas Sargbretter. Sie waren ungefähr so lang wie Erwin. Sie würden bis zum Fenster reichen – wenn er sie hochstellen könnte, was wegen dem Kohlenhaufen nicht ging. Jetzt waren sie an die Wand gegenüber gelehnt und reichten fast bis zur Kellerdecke.

Er umarmte eines der Bretter und schleifte es rückwärts zum Kohlenhaufen. Dort ließ er den oberen Rand an den Haufen sinken. Dann krabbelte er keuchend unter dem Brett durch, richtete sich auf und betrachtete das Ergebnis.

Das Brett lehnte zu steil an den Kohlen. So würde er es nie bis zum Fenster schaffen.

Er bückte sich und nahm den unteren Rand des Brettes in beide Hände. Das Holz war ungeschliffen und rau. Das war gut. So bot es wenigstens etwas Halt. Er zog den unteren Rand nach hinten. Das Brett war schwer, aber es gab nach. Links und rechts fielen ein paar Kohlen herunter. Eine landete auf Bellas Pfote, und sie machte vor Schreck einen Satz zur Seite.

„Weg, Bella."

Das Brett lag nun in einem weniger schrägen Winkel, auf dem er bequem hinaufklettern konnte. Doch es reichte nicht bis zum Fenster, sondern nur bis zur ungefähren Mitte des Kohlenhaufens. Wenn er oben angekommen war, könnten die Kohlen leicht wieder in Bewegung geraten, und dann würde er womöglich abrutschen.

Er sah den Kohlenhaufen an.

Und das Brett.

Er überlegte.

Er brauchte irgendwas, auf das er das untere Ende des Bretts legen konnte. Etwas, das hoch genug war, damit das Brett weit genug zum Fenster reichte. Er spürte eine leise Unruhe, weil Erwin bald zurückkommen würde. Er hatte eine schwere Aufgabe vor sich und nicht viel Zeit. Er musste sich und Bella hinauf ans Fenster bringen und es womöglich zerschlagen. Vielleicht war es von innen oder von außen mit Brettern zugenagelt. Aber nicht ganz, sonst wäre es im Keller ja nicht heller geworden. Er hatte keine

Ahnung, ob es draußen vor dem Fenster weitere Hindernisse gab. Offenbar wusste Erwin ja nichts von diesem Fenster. Also konnte man es von außen nicht sehen. Es musste mit irgendwas zugestellt oder zugewachsen sein. Denn sonst hätte Erwin es längst entdeckt. Und dann hätte er Karlchen sicher nicht in den Keller gesperrt, denn die Stube oben war eigentlich schon gut genug gegen einen Ausbruch gesichert. Die Fenster waren mit Brettern zugenagelt und die verschlossene und verriegelte Hintertür war zu stabil, um sie von innen aufzubrechen. Da oben war auch nichts, mit dem Karlchen sie hätte aufbrechen können, außer ein paar Gabeln und Messern. Erwin bewahrte die Axt und sein anderes Werkzeug draußen auf.

Und hier unten? Er sah sich suchend um. Sein Blick fiel auf die Kohlenschaufel. Die hatte er ganz vergessen. Mit ihr könnte er die Glasscheibe zerschlagen.

Er musste sie auf dem Weg nach oben mitnehmen. Was die Sache noch erschwerte.

Und er brauchte immer noch etwas, auf das er das untere Ende des Bretts legen konnte. In der Ecke stand der geflochtene Puppenwagen. Nein, der war zu weich und zerbrechlich. Er würde wahrscheinlich zusammenbrechen, wenn Karlchen sich auf das Brett stellte.

Nimm mich mit, sagte das Schaukelpferd. *Nimm mich*.

Das Schaukelpferd hatte genau die richtige Größe. Er griff mit beiden Händen unter den Bauch des Pferds, aber es war aus massivem Holz und ziemlich schwer. Also schleifte er es über den Kellerboden bis zu der Stelle vor der Wand, an der der untere Teil des Bretts lehnte. Er musste das Brett wegschieben, wobei ein paar Kohlen herunterkullerten. Dann schob er das Schaukelpferd an die genaue Stelle.

Es wippte leicht hin und her, während er das Brett auf den Pferderücken legte.

Probeweise setzte er einen Fuß auf das Brett. Das Schaukelpferd schaukelte heftig. So würde das nicht funktionieren. Er sah sich kurz suchend um. Dann sammelte er ein paar Eierkohlen ein und legte sie vorne und hinten unter die abgerundeten Kufen. Er stellte wieder den Fuß aufs Brett. Das Schaukelpferd rührte sich nicht.

Bella stellte sich neben ihn, schnüffelte kurz an Pferd und Brett und sah ihn erwartungsvoll an.

Bella. Die musste ja auch irgendwie hinauf ans Fenster gelangen. Auf dem Brett hinaufbalancieren wäre zu schwierig für sie. Sie war schließlich keine Katze. Er brauchte ein zweites Brett, das er neben das erste legen konnte. Dann wäre der Laufsteg breit genug für die Hündin.

Er zog ein zweites Brett neben das erste und legte das obere Ende bündig neben das andere Ende auf den Kohlenhaufen. Dann hob er das untere Ende auf und legte es aufs Schaukelpferd. Es passte gerade so neben das andere Brett auf den hölzernen Rücken.

Er sah Bella an. „Glaubst du, du schaffst das?"

Als Antwort wedelte sie mit dem Schwanz.

Mit klopfendem Herzen setzte er einen Fuß auf das eine Brett und zog den anderen Fuß nach. Dann richtete er sich auf. Die Bretter wackelten leicht. Wenn er ganz vorsichtig einen Fuß vor den anderen setzte –

Oben war das Klacken des Eisenriegels an der Hintertür zu hören. Dann wurde die Tür aufgeschlossen.

Erwin war zurück.

28

Ihre Kehle war so trocken wie altes Pergament. Aber das hielt Gretel nicht davon ab, auf dem Rückweg zu singen. Sie sang alle fröhlichen Lieder, die ihr in den Sinn kam. Sie sprang über Stöcke und Steine. Hin und wieder schrie sie laut „Juhuuu".

Ihre Stimmbänder versagten, ihr Hals schmerzte, aber sie platzte vor Glück.

Papa. Papa lebte. Papa lebte doch. Sie hatte es doch gewusst! Papa hatte ihr ein Lebenszeichen geschickt. Seine letzte Kugel. Papa wusste, dass sie ein schlaues, großes

Mädchen war, das dieses Zeichen verstehen würde. Papa und sie hatten sich schon immer ohne Worte verstanden.

So wie jetzt.

Strahlend ging sie ins Bauernhaus. Es duftete köstlich aus der Küche, in der Urte Rosinenschnecken buk. Die Rosinenschnecke damals auf dem Markt war das Letzte gewesen, was sie gegessen hatte, bevor sie die tote Mutter gefunden hatte. Seitdem hatte sie keine mehr herunterbekommen. Die Rosinen hatten immer wie schwarze, vorwurfsvolle Tränen ausgesehen.

Jetzt lachten die Rosinenschnecken Gretel an. Urte runzelte erstaunt die Stirn, als ihre Freundin sich ein dampfend heißes Exemplar dieses Gebäcks, das sie bisher immer verschmäht hatte, vom großen Holzteller nahm und es hungrig verschlang.

Am liebsten hätte sie Urte sofort die gute Nachricht erzählt. Und natürlich Cousin Dietrich. Der würde sich freuen, dass sein Onkel noch lebte. Aber dann kam ihr der Gedanke, dass sie ihren Vater womöglich in Gefahr brachte, wenn irgendeiner weitererzählte, dass er sich bei den Partisanen versteckt hielt. Es war vernünftiger, wenn sie das Geheimnis erst einmal für sich behielt und abwartete, was er vorhatte. Schließlich hatte er ihr eine ziemlich verschlüsselte Botschaft geschickt. Das bedeutete, dass alles sehr geheim und gefährlich war.

Beim Abendessen war sie besonders fröhlich. Sie spürte, dass ihre Wangen glühten. Ihre gute Laune übertrug sich auf die anderen Kinder. Die Stimmung am Küchentisch wurde immer ausgelassener, und irgendwann bemalten sie sich gegenseitig mit dem Saft der Roten Beete, die es zu Kartoffeln und Schweinebauch gab.

„Dir müssen wir keine roten Bäckchen malen“, sagte Dietrich zu ihr, während er ihr mit dem Zeigefinger einen roten Tupfer auf die Nasenspitze drückte. „Du hast schon welche.“

„Aber du nicht“, gab sie zurück und malte ihm rote Indianerstreifen auf die Wangen. „So, jetzt siehst du aus wie Winnetou.“

„Dann müssen wir aus Urte aber Nscho-tschi machen." Er rannte hinaus und kam mit zwei weißen Hühnerfedern zurück, die er Urte am Hinterkopf ins Haar steckte. Die holte lachend eine Fellweste ihres Vaters aus dem Schrank und zog sie Dietrich an.

Die beiden mochten sich, wie Gretel feststellte. Und sie stellte auch fest, dass die Weste Dietrich schon fast passte. Er war nicht mehr der schmale Junge von früher, sondern war in die Höhe geschossen. Und seine Schultern waren breiter geworden. Seine Haut war von der Sonne gebräunt, und er sah seinem Vater immer ähnlicher.

Und auch ihrem Vater.

Würde Dietrich mit nach Berlin kommen, wenn sie und Papa und Karlchen alle wieder vereint waren? Nein, wahrscheinlich würde er lieber hierbleiben, hier bei seinen litauischen Freunden. Bei Urte.

Und wie war es Karlchen ergangen? Lebte er noch bei den Bauern, bei denen sie ihn zurückgelassen hatte? Hoffentlich. Denn sonst würde es sehr schwer werden, ihn in diesem fremden Land wiederzufinden.

In der Nacht wälzte sie sich im Bett hin und her. Sie malte sich aus, wie es sein würde, wenn sie und Papa und Karlchen wieder zusammen wären. Eine kleine Familie. Ohne Mutti und Oma. Aber immerhin mit Papa. Würden sie nach Berlin gehen, zu Muttis Verwandten? Wahrscheinlich. Berlin. Eine Großstadt mit ganz vielen Häusern und Kirchen und Schulen. Sie konnte es sich kaum vorstellen. Die einzige größere Stadt, in der sie bisher gewesen war, war Königsberg, und das war abgebrannt.

Pommerland ist abgebrannt.

In der Heimat konnten sie nicht bleiben, denn die war nun russisch. Also würden sie ins Reich gehen müssen, oder vielmehr in das, was davon noch übrig war. Sie hatte mal ein Foto von Berlin gesehen, auf einer Postkarte von Tante Anni. Aber das Foto war noch von vor dem Krieg. Von den Flüchtlingen hatte sie gehört, dass Berlin zerbombt war, ein Trümmerhaufen.

Aber irgendwie würden sie auch den Trümmerhaufen

überleben. Sie hatten schon so vieles überlebt. Und Gretel würde für ihre kleine Familie kochen. Papa würde staunen, wie gut sie jetzt kochen und backen konnte.

Sie würde kochen und den Haushalt führen. Karlchen würde eingeschult werden. Ach ja, die Schule … Sie würde endlich wieder zur Schule gehen können. Und Papa würde arbeiten. Sicher würde er wieder eine Stelle als Lehrer finden. Vielleicht sogar an ihrer Schule. Vielleicht sogar in ihrer Klasse. Wie schön das wäre.

Plötzlich fing sie an zu weinen, vor Glück und vor Erleichterung, weil ihr Vater ihr das Erwachsensein abnehmen würde. Endlich würde sie wieder Kind sein dürfen, ein bisschen Kind. Und dann weinte sie um die Jahre, in denen sie nicht mehr Kind gewesen war. Um die verlorenen Kinderjahre. Um die Mutter und die Großmutter. Um das Pferd, das in den Brunnen gefallen war. Und all das Grauen, das sie auf der Flucht erlebt hatte, das Grauen, das kein Kind erleben sollte. Sie schluchzte ins Kopfkissen, um die anderen nicht zu wecken.

Irgendwann wurde aus dem Schluchzen ein Schluckauf der Seele, ein Nachbeben der Tränen, die versiegt waren.

Dann schlief sie endlich ein.

Sie fieberte vor Ungeduld, wieder in den Wald einzutauchen, zu der verzauberten Stelle zu gehen, an der beim nächsten Mal statt Vladas vielleicht ihr Vater stehen würde. Der ihr strahlend den Korb abnehmen würde. Und dann würden sie sich umarmen und festhalten und immer zusammen sein.

Bis sie erwachsen war.

Doch sie musste warten, bis wieder der Tag gekommen war, an dem Urte den Korb mit den gesammelten Lebensmitteln gefüllt hatte und sie losschickte. Eigentlich hätte zur Feier des Tages die Sonne vom blauen, wolkenlosen Himmel lachen, die Vögel zwitschern und ein Blütenmeer den Wegesrand säumen müssen. Stattdessen war es ein trüber, windiger Tag, ein kühler Tag im Mai. Hoffentlich war das kein schlechtes Zeichen.

Sie sang ihr Lied schon lange, bevor die Waldmenschen es überhaupt hören konnten. Aus Vorfreude und Ungeduld und um ihr pochendes Herz zu beruhigen.

Diesmal wartete schon jemand zwischen den Büschen auf sie. Ihr Herz machte einen Sprung –

– aber es war nur Vladas.

Anscheinend sah er die Enttäuschung in ihrem Gesicht, denn er nickte lächelnd.

„Warte."

Sie wartete.

Es dauerte eine Ewigkeit, bis die Büsche raschelnd seine Rückkehr ankündigten. An seiner roten Bartspitze klebte eine rosa Blüte, die im struppigen Bart hängen geblieben war. Unter anderen Umständen hätte sie darüber gelacht, aber da er wieder nur allein zurückkam, war ihr nicht zum Lachen zumute.

Er reichte ihr den leeren Korb mit den verschrumpelten Pilzen, die gerade den Boden bedeckten. Dann zeigte er auf den Korb und legte den Finger auf die Lippen.

Sofort schlug ihr Herz wieder höher. Sie nickte stumm, drehte sich um, wollte losrennen, besann sich, drehte sich nochmals zu ihm um, winkte ihm zum Abschied zu und rannte den ganzen Weg zurück.

Zu Hause brachte sie den Korb in die Küche. Die Luft war rein. Die Jungen waren alle irgendwo draußen. Urte pflückte die ersten Kräuter vom Gemüsebeet neben dem Haus. Gretel stellte den Korb auf dem Küchentisch ab und holte atemlos die Pilze heraus, die schon halb vertrocknet waren, weil sie nicht die Geduld gehabt hatte, neue zu sammeln.

Und dann leuchtete etwas Weißes auf dem braunen Boden des Korbs. Ein Stück Papier. Es war mehrmals zusammengefaltet. Mit zitternden Händen faltete sie es auseinander.

Es war ein Brief. Ein Brief in der sauberen, gleichmäßigen, unverschnörkelten Handschrift ihres Vaters. Der Brief war mit Bleistift geschrieben.

Meine liebe Gretel!

Sicher wirst Du staunen, wenn Du diesen Brief in den Händen hältst – und auch, auf welchen verschlungenen Wegen er zu Dir gelangt ist. Ja, ich bin's, Dein Vater! Ich lebe und es geht mir den Umständen entsprechend gut. Ich konnte dem schrecklichen „Volkssturm" noch rechtzeitig entkommen. Die meisten meiner Kameraden haben das nicht geschafft. Viele von ihnen sind in den letzten Kriegswochen umgekommen. Ein Wahnsinn, wie sie von Hitler regelrecht verheizt wurden, denn es stand von vornherein fest, daß wir nichts mehr erreichen konnten. Ich glaube, es ist auch besser so, aber das erkläre ich euch später mal in Ruhe.

Nach meiner Flucht wurde ich von den Waldmenschen sehr herzlich und großzügig aufgenommen, nachdem ich ihnen klarmachen konnte, dass ich weder der SS noch dem Nationalsozialismus angehörte, sondern nur ein einfacher Lehrer bin, der gegen seinen Willen zum Kriegsdienst eingezogen wurde. Ich kann Dir leider nicht verraten, wo genau ich mich gerade aufhalte, um nicht auch noch meine Gastgeber zu verraten. Ich kann nur soviel sagen, dass ich ihnen als Ausgleich für ihre warme Gastfreundschaft die deutsche Sprache beibringe. Viele von ihnen wollen ins deutsche Gebiet flüchten, und zu mehr ist Dein oller Papa ja auch nicht zu gebrauchen.

Über Umwege und Zufälle habe ich von Deiner Unterkunft und Deiner tapferen Mission erfahren. Die Welt der Waldmenschen ist klein und ich bin gar nicht so weit weg von Dir.

Wie geht es Dir? Wie geht es deinem Bruder Karlchen? Und wie geht es eurer Mutter? Ich hoffe so sehr, dass ihr alle die Flucht wohlauf überstanden habt! Lebt die Großmutter noch? Ich befürchte, ihre Kräfte reichten nicht mehr aus. Wie man mir gesagt hat, lebst Du derzeit allein bei Deinen Gastgebern, daher mache ich mir um die anderen große Sorgen. Was Ihr wohl alles erlebt habt und was Euch unterwegs zugestoßen sein mag, möchte ich mir lieber nicht ausmalen.

Meine geliebte Tochter, ich bin so froh, daß Du lebst und es

Dir gut geht. Ich kann es kaum erwarten, bis ich euch – hoffentlich alle wohlauf – endlich wiedersehe. Dann werden wir die Jahre, die wir getrennt waren, wiedergutmachen, das verspreche ich Dir. Aber damit das klappt, müssen wir jetzt sehr, sehr vorsichtig und besonnen vorgehen. Von den Waldmenschen und anderen Deutschen, die sich bis zu ihrer Rückkehr versteckt halten, habe ich erfahren, dass man ohne Ausweis nicht mehr in die Heimat zurückkehren kann. Bei meiner Flucht konnte ich nichts mitnehmen, musste die Chance nutzen, als sie sich mir bot. Daher musste ich meinen Ausweis zurücklassen. Hat Mutti noch ihren Ausweis? Dann könnte sie nicht nur euch Kinder, sondern auch mich auf ihren Ausweis eintragen lassen. So könnten wir bei der nächsten Rückführung durch das Rote Kreuz nach Berlin reisen. Dort können wir fürs Erste bei Tante Anni unterkommen.

Bitte findet heraus, wann der nächste Rot-Kreuz-Zug in deutsches Gebiet fährt. Und ob es eine Möglichkeit gibt, gleich nach Berlin durchzureisen. Wie ich gehört habe, werden die Deutschen, die noch hier in der Gegend sind, nur bis in die Ostzone verbracht. Wir müssen dann aber weiter in den Westen. Aber auch das werden wir schaffen – gemeinsam. Anscheinend kann man gut durch die Wälder über die Grenze von Ost nach West gelangen.

Schreibt mir bitte so schnell ihr könnt. Wenn Du noch nicht genügend lesen und schreiben kannst, dann kann Mutti Dir diesen Brief vorlesen und mir über denselben Weg antworten, auf dem ihr diese Zeilen erhalten habt.

Es umarmt Dich
Dein Vater

Gretel ließ den Brief sinken. Dann drückte sie ihn sich an die Brust.

Papa lebte. Und sie würde ihn bald wiedersehen. Ihre Knie wurden weich und sie musste sich hinsetzen. Den Brief legte sie vor sich auf den Küchentisch und las ihn noch einmal.

Dann hob sie den Kopf. Durch das offene Küchenfenster hörte sie Urte singen. Bienen torkelten summend von Blüte zu Blüte. Auf dem Feld muhte eine der Kühe. Draußen drehte sich die Welt einfach weiter, als würde es diesen Brief gar nicht geben. Als würde es Papa nicht mehr geben.

In ihr Glücksgefühl mischten sich Trauer und so etwas wie Beschämung. Sie hatte die Flucht überlebt, aber ihre Mutter nicht. Seine Frau. Er glaubte, dass auch seine Frau noch lebte.

Es würde ihm das Herz brechen, wenn er erfuhr, dass Mutti tot war.

Aber wie sollte sie es vor ihm geheim halten? Er ging ja davon aus, dass Mutti noch ihren Ausweis hatte und er darauf mit seiner Familie ausreisen konnte.

Und wie sollten sie jetzt ohne Mutti nach Berlin kommen? Für die Rückfahrt, die das Rote Kreuz organisierte, brauchte wenigstens ein Erwachsener der Familie einen gültigen Ausweis oder irgendeine amtliche Bescheinigung.

Aber auch die Züge der Reichsbahn fuhren noch, das wusste sie. Sie kamen auf dem Weg von Sachsen oder Thüringen nach Russland mehr oder weniger regelmäßig durch Tauroggen. Und fuhren auch über Tauroggen wieder zurück.

Aber ohne Ausweis würden die russischen oder litauischen Beamten Papa an der Grenze festnehmen. Bei Kindern drückten sie auch schon mal ein Auge zu, aber nicht bei deutschen Männern.

Plötzlich wurde Urtes Singen lauter. Gretel wurde aus ihren Gedanken gerissen. Hastig faltete sie den Brief zusammen und steckte ihn sich in die Schürzentasche. Gleich darauf kam ihre Freundin mit einem Korb voller saftiger grüner Kräuter in die Küche. Sie stellte ihn auf den Tisch. Der süße Duft von Dill stieg Gretel in die Nase und sie fragte sich, wie es wohl in Berlin roch.

29

Panik.
Karlchen hörte die schweren Schritte des Soldaten über seinem Kopf. Erwin lief auf dem Dielenboden auf und ab. Offensichtlich verstaute er die Lebensmittel und was er sonst noch alles hatte stehlen können. Sobald er damit fertig war, würde er die Kellertür aufschließen, um Karlchen herauszulassen.

Wenn Karlchen nicht sofort die Treppe hinaufging, würde er herunter in den Keller steigen, um nach ihm zu sehen.

Das Schaukelpferd. Die Bretter. Die Ecke des Fensters. Das Licht.

Erwin würde erkennen, dass es da unten ein Fenster gab. Und dass Karlchen aus diesem Fenster fliehen wollte.

Der Riese würde Karlchen nie mehr eine zweite Fluchtchance geben. Und die Strafe dafür, dass Karlchen fliehen wollte, ihn verlassen wollte –

An die Strafe wollte Karlchen gar nicht erst denken.

Er hatte keine Zeit zum Nachdenken. Jeden Augenblick würde Erwin den Schlüssel in die Kellertür stecken und ihn umdrehen.

Es sei denn, etwas hinderte ihn daran.

Karlchen nahm den Fuß vom Brett und rannte zur Treppe, die Treppe hinauf zur Kellertür.

Er hatte eine Idee, eine Eingebung, die ihm zugeflogen war wie eine Feder. Eine Feder. Federn. Mit zitternder Hand fasste er in seine Hosentasche und holte die Federn heraus, die er immer noch mit sich herumtrug.

Die Federn seines Trosthuhns. Agathas flaumige, weiche, warme Federn.

Erwins Schritte kamen näher. Dann war für einen Augenblick alles still.

Karlchen holte den klebrigen Federklumpen heraus und stopfte ihn ins Schlüsselloch.

Auf der anderen Seite wurde der Schlüssel ins Loch gesteckt.

Unten hörte er Bella unruhig hin und her laufen.

Karlchen schob die Federn mit dem kleinen Finger noch tiefer ins Schlüsselloch, so tief es ging. Es war ein schweres altes Eisenschloss mit einem großen Loch. Die Fingerkuppe seines kleinen Fingers passte gerade so hinein, dass er drücken konnte. Er drückte mit aller Kraft gegen den weichen Flausch mit den biegsamen Federkielen.

Durch den Türschlitz hörte er Erwins Atem stocken. Für einen Augenblick rührte sich auf der anderen Seite der Tür nichts. Dann zog der Riese die Schlüsselspitze aus dem vorderen Teil des Schlosses heraus. Klink. Er steckte sie erneut herein und drehte den Schlüssel hin und her.

Klink. Klink.

„Was'n hier los?"

Karlchen wagte nicht zu atmen. Still betete er, dass Agathas Federn dem Druck des Schlüssels nicht nachgeben würden.

„Was zum Teufel?", polterte Erwins Stimme. „Karlchen? Hörst du mich? Der Schlüssel lässt sich nicht mehr umdrehen!"

Für den Augenblick musste er so tun, als würde er sehnsüchtig darauf warten, dass Erwin die Tür aufschloss und ihn und Bella aus dem Keller befreite.

„Ich weiß auch nicht." Seine Stimme klang dünn und hohl. „Das Schloss steckt. Vielleicht ist es kaputtgegangen?"

Erwin schien nicht zu merken, wie unecht Karlchens Stimme klang. „Sieht so aus. Warte, ich hol was. Bin gleich wieder da."

Seine Schritte entfernten sich.

Jetzt oder nie. Denn selbst wenn er jetzt die Bretter schnell wieder an die Wand lehnte, das Schaukelpferd wieder an seinen alten Platz stellte und hier oben am Treppenabsatz auf Erwin wartete und den Fluchtplan auf Erwins nächste Besorgungstour verschob, konnte es gut sein, dass es keine nächste Chance für ihn mehr geben würde. Falls Erwin etwas mitgebracht hatte, was er im kühlen Keller aufbewahren wollte, würde er es herunterbringen und dann sicher die sichtbar gewordene Fensterecke bemerken.

Also jetzt.

Karlchen raste die Stufen hinunter, zwei auf einmal. Mit zitternden Knien stieg er auf die Bretter, richtete sich auf und machte die ersten Schritte nach oben.

Das Schaukelpferd neigte sich ein Stückchen nach vorne. Die Kohlen gaben ein wenig nach. Die Bretter schwankten wie ein Floß auf hoher See.

Leg dich auf das Brett! Dann wird dir nichts passieren.

Das hatte sie ihm geraten. Ganz plötzlich war der Traum wieder da, in dem seine Großmutter ihm das aus den Fluten zugerufen hatte. Bevor sie im Traum untergegangen war. Bevor sie im wirklichen Leben gestorben war.

Ohne nachzudenken legte er sich auf die Bretter. Sie hörten auf zu schwanken. Er konnte auf ihnen sicher nach oben robben. Er blieb auf dem oberen Ende der Bretter liegen. Von hier aus konnte er bequem den Fensterrahmen berühren.

Aber jetzt musste er Bella hier hinauf bekommen. Hoffentlich, hoffentlich –

„Bella", rief er leise. „Komm, Bella!"

Die Hündin lief unten vor dem Kohlenhaufen hin und her. Sie hatte die Ohren aufgestellt und sah ihm zu. Sie zögerte. Sie wedelte mit dem Schwanz.

„Komm, Bella! Wie müssen von hier verschwinden."

Sie setzte eine Pfote auf die Eierkohlen. Dann die zweite. Die Kohlen bewegten sich leicht. Sie zog die Pfoten zurück und nahm einen zweiten Anlauf. Dann lief sie so leichtfüßig wie eine Bergziege den Kohlenhaufen hinauf.

Sie blieb neben ihm stehen. Er atmete auf und tätschelte sie vorsichtig. „Gute Bella, gut gemacht."

Oben waren Erwins Schritte zu hören. Sie kamen immer näher an die Kellertür. Offensichtlich hatte er irgendein Werkzeug gefunden, mit dem er versuchen würde, das Schloss zu knacken.

Jetzt musste alles ganz schnell gehen.

Vorsichtig begann Karlchen, mit den Händen die Kohlen vor dem Fenster wegzuschaufeln. In der Eile hatte er die Kohlenschaufel vergessen. Er betete, dass sich das Fenster von innen öffnen ließ. Langsam wurde der Fensterrahmen immer größer. Als er das halbe Fenster freigelegt hatte, stieß er auf einen Riegel, der an der rechten Seite des Rahmens befestigt war. Es war ein zierlicher kleiner Riegel, den man nach oben schieben musste, um das Fenster zu öffnen.

Er drückte von unten gegen den Riegel.

Der Riegel rührte sich nicht.

Wenn er den Riegel nicht hochschieben konnte, müsste er das Fensterglas einschlagen. Dann könnte sich Bella – oder er – beim Hinausklettern verletzen. Und Erwin würde das Zersplittern des Glases hören.

Er versuchte noch einmal mit aller Kraft, den Riegel hochzuschieben. Der Riegel war ein bisschen eingerostet. Er war schon lange nicht mehr bewegt worden. Er nahm eine Eierkohle und klopfte damit von unten gegen den Riegel. Es sah aus, als hätte sich der Riegel einen Millimeter bewegt. Er drückte mit dem Daumen gegen den Riegel.

Der Riegel ließ sich ein paar Millimeter nach oben schieben. Dann blieb er hängen.

Er schlug mit dem Kohlestück von unten gegen den Riegel.

„He, was machst du da unten?"

Sein ganzer Körper bebte vor Aufregung, als er wieder den Daumen an den Riegel legte und drückte. Mit aller Kraft. Mit seiner und mit Omas Kraft. Diese doppelte Kraft strömte durch den Körper in den Daumen und drückte gegen den Riegel.

Den Riegel zur Freiheit.

Er quietschte leise. Dann gab er nach.

In Windeseile grub Karlchen die restlichen Kohlen weg. Sie kullerten den Kohlenhaufen herunter.

„Was is'n da unten los?"

Um Zeit zu gewinnen, antwortete er. „Ach, nichts. Bella buddelt nur zwischen den Kohlen nach einer Ratte."

Damit schien sich Erwin für den Augenblick zufriedenzugeben. Karlchen hörte ein metallisches Knirschen, das von der Kellertür kam. Er schob die letzten Kohlen weg vom unteren Fensterrand und zog daran. Es klemmte. Er rüttelte mit beiden Händen am Rahmen. Die Bretter wippten. Sein Herz machte Flügelschläge im Sekundentakt. Weg, weg, bevor der Kohlenhaufen nachgab. Bevor Erwin merkte, was er hier unten machte.

Das Fenster knackte. Dann gab es mit einem Ruck nach. Die Bretter schaukelten wie auf hoher See. Das Schaukelpferd wippte leise. *Nimm mich mit.* Ein paar Kohlen rutschten weg. Karlchen kämpfte um sein Gleichgewicht. Dann zog er das Fenster nach innen auf. Frische, kühle, herrliche Luft strömte wie klares Gebirgswasser in den Keller. Er nahm ein paar tiefe Atemzüge. Bella schnupperte in die Brise. Sie hatten beide seit vielen Wochen keine frische Luft mehr geatmet.

Hinter dem Fenster wuchs ein Brennnesselwald. Üppige, hohe, grüne Brennnesseln verdeckten die Öffnung. Das war also der Grund, warum Erwin von dem Fenster nichts wusste. Er hatte offensichtlich keine Ahnung, dass man aus Brennnesseln eine aromatische Suppe kochen konnte, die sie auf der Flucht immer wieder vor dem schlimmsten Hunger bewahrt hatte.

Bella beschnupperte die grünen Blätter kurz. Dann machte sie einen Satz nach vorne und sprang direkt in die Nesseln hinein. Gleich darauf war sie verschwunden.

Sie war draußen. Sie war frei.

Karlchen tat es ihr nach. Er senkte den Kopf, machte die Augen und alle anderen Sinne zu und stürzte sich in den grünen Blätterwald. Die Nesseln bissen ihm in die Hände. Doch er lief auf allen Vieren weiter, bis er keine Blätter, Stängel und Härchen mehr spürte.

Dann machte er die Augen wieder auf.

Die letzten Sonnenstrahlen des Tages begrüßten ihn wie eine warme, zärtliche Umarmung. *Lebwohl, Karlchen*, rief das Schaukelpferd ihm nach. *Schade, dass du mich nicht mitnehmen kannst.*

Bella schüttelte sich. Ihre Augen zwinkerten an den unbehaarten Rändern, an denen die Nesseln sie verbrannt hatten.

Und dann rannten sie, so schnell ihre Beine sie trugen, in den tiefen Wald hinein.

30

Karlchen war weggelaufen. Soviel hatte ihr Emilija zu verstehen gegeben. Er war weg und der Hund auch. Als sie fragte, wohin, bekam sie als Antwort nur ein Achselzucken. Die junge Bäuerin wusste es nicht.

Das Einzige, was sie erfahren hatte, war, dass er wieder gesund und bei Kräften war. Denn sonst hätte er nicht weglaufen können. Das war beruhigend. Auf dem langen Rückweg zum Bahnhof von Tauroggen dachte sie nach.

Es war alles viel schwieriger, als sie gedacht hatte. Sie hatte gedacht, sie müsste nur noch Karlchen abholen, und dann könnten die Kinder mit ihrem Vater nach Berlin reisen.

Aber jetzt hatte sie gleich zwei Probleme. Erstens, Karlchen zu finden. Und zweitens, einen Weg zu finden, wie sie Papa über die Grenze bringen könnten.

Ein Kranich flog über einen kleinen Teich und landete elegant am anderen Ufer.

Du hast es gut, dachte Gretel. Du kannst einfach fliegen, wohin du willst, über alle Grenzen hinweg.

Als Erstes müsste sie Karlchen finden. Denn Papa würde Karlchen nicht hier in der Fremde zurücklassen. Sie auch nicht. Vielleicht war ihr Bruder in einem der Kinderheime untergebracht worden. Wenn, dann sicher gegen seinen Willen. Denn die Kinderheime, die für die Flüchtlingskinder eingerichtet worden waren, waren unter den Kindern als Gefängnisse verschrien. Sie arbeiteten jedoch mit dem Kindersuchdienst des Roten Kreuzes zusammen. Aber Hunde nahmen sie sicher nicht auf.

Nein, Karlchen konnte in keinem Kinderheim sein. Ohne Bella hielt er es nirgendwo aus.

Wahrscheinlich war er bei Bauern untergekommen und half auf einem Hof aus. Oder bei irgendeiner alten Frau, die froh über jede Hilfe in Haus und Garten war. Die Flüchtlingskinder waren unter den Litauern als fleißige Arbeitskräfte begehrt. Auch die alte Nachbarin der Familie Kaschinskas hatte mal angefragt, ob Gretel nicht bei ihr leben wollte. Das war, bevor sie nach Sibirien geschickt worden war.

Müde und durstig kam Gretel am Nachmittag auf dem Bahnhof von Tauroggen an. Die Bahnhofsuhr zeigte zwanzig vor vier an, doch der Bummelzug, mit dem sie die drei Stationen bis in die Nähe des Hofs der Kaschinskas fahren wollte, kam erst am Abend um kurz vor sieben. Sie hockte sich auf eine niedrige Mauer neben das Bahnhofshäuschen und richtete sich auf das lange Warten ein. Wenigstens hatte sie noch zwei der Äpfel, die sie sich heute früh für unterwegs eingesteckt hatte. Sie holte einen aus dem Rucksack, rieb ihn, bis er rotgelb glänzte, und biss hinein.

Ein paar Meter weiter standen zwei ältere Männer. Einer von ihnen hatte nur noch einen grauen Haarkranz. Der Rest seines Kopfes war kahl und glänzte genauso wie ihr Apfel. Der andere hatte fleckige Zähne und sein linker oberer Eckzahn war abgebrochen. Sie trugen die vertraute Uniform der Reichsbahn, die ihnen jedoch um die dünnen Glieder schlotterte. Ihre Mützen hatten sie auf dem Mäuerchen abgelegt. Sie unterhielten sich auf Deutsch. Der mit der Halbglatze sah immer wieder sehnsüchtig zu Gretel herüber. Erst verstand sie nicht, was ihn so sehnsüchtig machte, bis sie merkte, dass es der Apfel war.

„Wenn man mehr Zeit hätte, könnte man wenigstens hier ein paar Lebensmittel organisieren", sagte der mit dem Apfelkopf. „Aber der Fahrplan lässt ja keine Pause zu, in der man in die Stadt oder zu den Bauern aufs Land gehen könnte."

Der andere nickte. „Immer nur hin und zurück, hin und zurück. Was raten sie uns? Wir sollen halt früher schlafen gehen und besser kauen? Ein Witz ist das."

„Ein schlechter Witz. Wie willst du als Mann mit tausendzweihundertfünfzig Kalorien überleben? Ich bräuchte mindestens das Doppelte."

Der mit dem abgebrochenen Zahn machte eine abwehrende Handbewegung. „Die Zahl steht doch sowieso nur auf dem Papier. Oder hast du in letzter Zeit tatsächlich eine Tagesration von tausendzweihundertfünfzig Kalorien gesehen?"

Der mit dem Haarkranz schüttelte müde den Kopf. „Seit sie vor einem Jahr die Friedhofskarte abgeschafft haben, ist es auch nicht besser geworden. Dabei hab ich gehört, dass sie im Westen immer noch mehr kriegen als wir. Am besten geht's denen, die im amerikanischen Sektor leben. Hab ich jedenfalls gehört." Sein hungriger Blick wanderte zum Apfel, den Gretel gerade wieder an den Mund führte.

Sie fühlte sich fast so schuldig wie damals bei der verbotenen Rosinenschnecke. Sie schluckte den saftigen süßsauren Brei so hastig herunter, dass ihr ein Apfelstückchen im Hals stecken blieb und sie husten musste. Der Bahnbeamte schaute weg.

„Ja, die im Westen haben ein besseres Los gezogen. Meine Frau hat schon Hungerödeme, und unser Nachbar hat vor zwei Tagen aus Hunger Selbstmord begangen."

„Da ist er nicht der Einzige", bestätigte der andere nickend. „Ich kenn auch welche, die sich umgebracht haben, weil sie nicht mehr wussten, wie sie ihre Familie ernähren konnten."

Gretel hatte nicht gewusst, dass die Hungersnot im Reich immer noch so groß war. Seit sie selbst bei den Kaschinskas lebte und dort so üppig und gesund ernährt wurde, war der Hunger weit weg in die Vergangenheit gerückt. Aber sie konnte sich noch gut daran erinnern, wie er sich anfühlte.

Wie ein Ungeheuer, das einen nie in Ruhe ließ, wenn man nicht irgendwas fand, mit dem man es füttern konnte, jeden Tag aufs Neue. Das einen zum Tier werden ließ. Wie Frau Grafke, die ihren Sohn Paulchen verzehrt hatte, nachdem er an einer Lungenentzündung gestorben war.

Schaudernd warf sie den Apfelgriebsch weg. Der Mann mit der Halbglatze, der es beobachtet hatte, machte eine zuckende Bewegung, so als wollte er sich darauf stürzen. Doch dann schien er sich zu besinnen, dass er ein Beamter im Dienst der Reichsbahn war. Er wandte den Kopf ab und setzte sich seine Lokführermütze auf. Seine Schultern sackten herunter und der Leinenstoff seiner Uniform warf Falten.

Der Apfel hatte ihren Durst nur ein wenig gestillt. Sie hätte den zweiten Apfel gern auch noch gegessen, aber sie traute sich nicht, ihn vor den Augen der hungrigen Männer aus dem Rucksack zu holen.

Mach schon, gib ihm den Apfel, flüsterte eine innere Stimme, die wie die ihrer Mutter klang. *Er hat Hunger. Er ist ein Deutscher. Und er fährt dahin, wo du mit Papa und Karlchen hinfahren willst.*

Ein Gedanke flog ihr zu. Ein Tauschgeschäft. Sie würde ihm die Lebensmittel bringen, die er brauchte. Dafür würde er sie, Papa und Karlchen bis zur Grenze mitfahren lassen. Und vielleicht auch noch über die Grenze hinaus. Dafür müssten sie sich im Lokführerhäuschen verstecken. Oder wenigstens Papa.

Wenn er sich darauf einließ.

Karlchen und sie würden von den Grenzbeamten höchstens aus dem Zug geworfen. Sie konnten sich im Notfall an einer anderen Stelle, die nicht kontrolliert wurde, durch Wald und Wiese über die Grenze schleichen. Harmlose Kinder beim Spielen. Winnetou und Nscho-tschi.

Aber für Papa galt das nicht. Der musste sich wirklich verstecken. Für ihn würde es kein Spiel werden, sondern eine ernsthafte Gefahr. Und falls herauskam, dass er die ganze Zeit bei den Partisanen gesteckt hatte, dann sogar eine tödliche Gefahr.

Entschlossen holte sie den letzten Apfel aus dem Rucksack. Dann stand sie auf und ging auf die Männer zu. Sie streckte dem Zugführer mit der Halbglatze die süße Frucht hin.

„Da. Den hab ich übrig.“

Der Mann starrte auf den Apfel in ihrer Hand. Dann sah er sie mit großen, hungrigen Augen an. Sein Gesprächspartner warf einen Blick des Verlangens auf den Apfel und sah schnell weg. Es tat ihr leid, dass sie nur noch diesen einen Apfel hatte.

„Bist du sicher?“, fragte der mit dem Haarkranz etwas peinlich berührt. Wahrscheinlich war ihm eingefallen, dass er als Lokführer der Reichsbahn keine Äpfel von kleinen Mädchen annehmen sollte.

Sie nickte. „Ja. Heute Abend bin ich wieder zu Hause, und da gibt's genug Äpfel.“

Der Hunger wog schwerer als die Scham. Der Lokführer nahm die Frucht erfreut entgegen.

„Vielen Dank auch, Kleine.“

Sie nickte erneut. „Fahren Sie regelmäßig diese Strecke?“

„Jeden Tag.“ Er runzelte die Stirn, als würde er überlegen, warum sie ihn das fragte. „Wir kommen hier immer um halb vier vorbei und dann noch mal abends um Viertel nach zehn.“

„Gut. Dann sehen wir uns sicher wieder.“ Die Zeiten musste sie sich merken. Die waren ganz wichtig. Sie ging zurück zu ihrem Rucksack und setzte sich wieder auf die Mauer.

„Noch mal danke“, rief der Mann ihr hinterher. Dann wandte er sich seinem Kollegen zu, zögerte kurz und brach dann den Apfel mit den Fingern in zwei Hälften. Eine Hälfte reichte er dem Kollegen, der sie gierig herunterschlang.

* * *

Der einzige Weg, um Karlchen zu finden, war über andere. Gretel konnte nicht alle Höfe der Gegend abklappern, um ihn zu suchen. Sie brauchte die Hilfe der Litauer.

Also suchte sie zu Hause Dietrich, um ihn in ihr Geheimnis einzuweihen. Das aufgeregte Gackern der Hühner führte sie zu ihm.

„Onkel Helmut lebt?“ Er sah sie an. Mit den Augen ihres Vaters. Sie leuchteten. „Mensch, das ist ja toll. Aber auch gefährlich für ihn. Was wollt ihr jetzt machen?“

Erleichtert, die Last nicht mehr allein tragen zu müssen, erklärte sie ihm ihren Plan. Er nickte und strich sich eine rotbraune Haarsträhne, die sich in seinen Wimpern verfangen hatte, aus dem Gesicht.

„Aber erst muss ich Karlchen finden. Ich war bei den Bauern, wo ich ihn zurückgelassen hatte, aber da ist er nicht mehr. Und die wissen auch nicht, wo er ist.“

„Ja, das ist blöd. Das wird nicht einfach, ihn zu finden.“ Er lehnte sich an die Wand des Hühnerstalls und überlegte. „Am besten ist es, wenn ich es den beiden anderen sage, dass wir Karlchen suchen. Und du wendest dich an Urte. Wir brauchen ja nicht zu sagen, warum wir ihn suchen. Die anderen können dann die Leute im Dorf fragen. Hier kennt doch jeder jeden. Wir suchen also einen deutschen Jungen mit rotblonden Haaren, ungefähr so groß, oder?“

Er streckte die Handfläche aus und hielt sie in die Höhe, in der er Karlchens Kopf vermutete.

„Na ja, ungefähr so.“ Gretel hielt sich die Handkante unter ihre Nasenspitze. „Und er hat einen Hund dabei. Bella, eine Schäferhündin.“ Sie war sicher, dass er ohne Bella nirgendwo hingegangen wäre.

„Au, das ist gut. An dem Schäferhund können die Leute ihn am besten erkennen.“

Sie nickte. Dann fiel ihr noch der weiße Stern auf Bellas Stirn ein.

„Gut. Ein schwarzer Schäferhund mit blonden Pfoten und einem Stern auf der Stirn. Der müsste doch zu finden sein. Falls Karlchen und der Hund überhaupt noch in der Gegend sind.“

Das war auch ihre leise Befürchtung. „Aber wo soll er denn sonst hin? Er weiß doch, dass Mutti und Oma tot sind. Also wird er auch nicht so dumm gewesen sein, nach Gerdauen zurückzufahren, wo es nichts zu essen gibt und wo niemand mehr ist, bei dem er unterkommen kann.“

Dietrich blickte nachdenklich auf die Rückseite des Bauernhauses. „Wahrscheinlich wandert er umher und sucht dich."

„Aber er weiß doch auch nicht, wo ich bin." Sie zuckte hilflos die Schultern.

Ihr Cousin stieß sich mit dem Fuß von der Wand ab. „Jetzt hoffen wir einfach das Beste und sagen den anderen Bescheid. Irgendjemand muss ihn gesehen haben. Und bis er gefunden ist, muss sich dein Vater weiterhin gut verstecken. Wirst du es Urte sagen? Ich meine, dass dein Vater noch lebt und bei den Partisanen untergekommen ist?"

Wieder zuckte sie die Schultern. „Ich weiß nicht. Kann ich es ihr sagen? Oder ist es zu gefährlich?"

Er nickte. „Klar kannst du es ihr sagen. Ihr eigener Bruder ist bei den Partisanen. Die ganze Familie unterstützt die Partisanen. Ihre Eltern sind deswegen schon im Gefängnis gefoltert worden und müssen sich jetzt selber verstecken. Wenn nicht ihr, wem dann?"

Er hatte Recht. Sie konnte Urte vertrauen. Und sie brauchte Urtes Hilfe, um ihre geheime Mission zu einem glücklichen Ende zu bringen.

Urte freute sich. Sie freute sich für die Freundin, dass der Vater noch lebte und dass sie bald wieder eine kleine Familie haben würde. Und Urte war traurig. Sie war traurig, dass Gretel sie bald verlassen würde. So wie man trauert, wenn man eine enge Freundin verliert, mit der man sich ein Stück des Weges geteilt hat. Sie wussten beide nicht, ob sie sich je wieder sehen würden, denn Berlin war weit weg, weiter als der Mond, den man wenigstens *sehen* konnte. Natürlich versicherten sie einander – und damit auch sich selbst – jetzt schon so gut, wie sie es mit Worten und Gesten konnten, dass sie sich gegenseitig besuchen würden. Aber das wehmütige Gefühl, dass es nie mehr so sein würde wie jetzt, schwang schon leise mit.

Trotzdem würde Urte ihr helfen, das wusste Gretel. Weil sie eine echte Freundin war. Urte versprach, jedem, den sie kannte, Karlchens Beschreibung zu geben und zu bitten, die Augen offen zu halten und sich umzuhorchen.

Es gab zwar viele deutsche Kinder, die in der Gegend aufgenommen worden waren und die gegen Essen und einen Schlafplatz im Haushalt und auf dem Feld mithalfen, aber es gab sicher kaum einen zweiten rotblonden Jungen mit Hund. Der einen Stern auf der Stirn hatte.

* * *

Es wurde Juli. Sie molk die Kühe und kraulte Aldonas schwarze Stirnlocken. Sie half beim Weißen des Hühnerstalls und beim Ausbessern der Zäune. Sie kochte Apfelklöße und buk Streuselkuchen. Noch war der kleine Hof von den erzwungenen Zusammenschlüssen zu Kolchosen verschont worden, vielleicht, weil er nur von Kindern geführt wurde, denen man keinen landwirtschaftlichen Betrieb zutraute. Daher ging der Vorrat an Äpfeln und Kartoffeln, Eiern, Milch und Sahne nicht aus. Sie hatten sogar genug übrig, um Eier, Kräuter und Erdbeeren auf dem Markt zu verkaufen und sich dafür Mehl und Zucker zu holen. Keines der Kinder wollte ein Tier schlachten, und so aßen sie nur dann etwas Fleisch, wenn sie es gegen ihre Waren eingetauscht hatten. Aber da Urte kochen konnte und Gretel die Rezepte, die sie von Mutti und Oma gelernt hatte, beisteuerte, hatten sie immer eine leckere und üppige Mahlzeit auf dem Teller.

Und sie wartete. Auf eine Nachricht von Karlchen. Und auf den nächsten Brief von Papa. Seine Briefe wurden ihr jetzt immer bei der Übergabe des Korbs zugesteckt und sie verbarg sie sofort unter ihrem Hemd, nahe am Herzen. Das war sicherer als im Korb unter den Pilzen, falls sie doch einmal von misstrauischen Garnisonssoldaten angehalten würde.

Eines Tages kam Urte vom Markt zurück und berichtete, dass eine Marktfrau ihr von einem rothaarigen Jungen erzählt hätte, der zwei Dörfer weiter auf einem Hof lebte. Er könne nicht das eigene Kind der Bauern sein, da er erst seit Kurzem dort gesehen wurde. Also müsste es sich um ein deutsches Flüchtlingskind handeln. Die Bauersleute sprachen natürlich nicht darüber, weil sie sich sonst selbst in Gefahr gebracht hätten. Doch sie hätte ihn im Vorbeifahren schon öfters auf den Feldern der Bauern arbeiten gesehen.

Von einem Hund sagte sie nichts. Trotzdem machte sich Gretel gleich am nächsten Morgen zu dem Hof auf. Nach zwanzig Minuten Marsch kam ein Bauer auf seinem Einspänner vorbei. „Brrr", machte er. Kleine Staubwölkchen stiegen unter den Pferdehufen auf, als es bremste. Er winkte ihr, einzusteigen, und nahm sie bis nach Meižiai mit, wo der rothaarige deutsche Junge leben sollte.

Doch als sie auf dem Bauernhof ankam, den die Marktfrau Urte beschrieben hatte, war er wie ausgestorben. Nur ein paar Gänse im gepflasterten Innenhof schlugen laut Alarm, als das fremde Mädchen auftauchte. Schnell duckte sich Gretel durch eine Hecke, die an der Seite wuchs, um außer Sicht der Vögel zu gelangen. Wütende Gänse konnten ganz schön bissig werden. Sie schnatterten noch eine Weile und verstummten, als Gretel zum Feld ging.

Das andere Ende des Feldes grenzte an ein Wäldchen. Dort sah sie etwas Helles schimmern. Sie lief vorsichtig am Feldrand entlang, um nicht auf die zarten Kartoffelpflänzchen zu treten. Als sie sich dem hellen Fleck näherte, sah sie, dass es tatsächlich ein Junge war. Ein rothaariger Junge, der im Schatten an einen Baum gelehnt saß und schlief. Seine rechte Schulter war heruntergesackt, und es sah so aus, als würde er gleich auf die Seite kippen.

Er sah nicht aus wie Karlchen.

Und doch hatte sie ihn schon einmal gesehen.

Er erinnerte sie an Gerdauen. An die Fluchtzeit. Er war einer der Jungen, denen sich Karlchen angeschlossen hatte, als sie in der Schule von Gerdauen gehaust hatten.

„Hallo", rief sie.

Der Junge zuckte im Schlaf, doch er wachte nicht auf.

Sie kam näher. „He, du!"

Er blinzelte. Dann machte er die Augen auf. Als er Gretel vor sich stehen sah, setzte er sich auf und zog die knöchernen braunen Knie an. „Was willst du?"

Dann huschte ein Lächeln des Erkennens über sein sommersprossiges Gesicht. „Ich kenn dich. Bist du nicht die Schwester von Karlchen?“

Sie nickte. „Ich kenn dich auch. Wie heißt du noch?“

„Theo.“ Er drehte sich suchend um. „Wo ist Karlchen denn?“

„Das weiß ich auch nicht. Deswegen bin ich hier. Ich suche ihn dringend.“

„Ich hab ihn seit der Zeit in Gerdauen nicht mehr gesehen.“ Theo stand auf und klopfte sich die Erdkrümel von der kurzen Hose. „Woher wusstest du überhaupt, dass ich hier bin?“

„Eine Nachbarfrau hat es Urte gesagt – dem Mädchen, bei dem ich wohne. In Bimbilyne. Sie hat gesagt, hier würde ein rothaariger deutscher Junge auf dem Feld mithelfen. Das bist du. Ich dachte, du bist vielleicht Karlchen.“

Er runzelte die Stirn. „Aber wenn Stasys erfährt, dass rumerzählt wird, dass er mich aufgenommen hat, schickt er mich weg. Die dürfen ja keine deutschen Kinder bei sich wohnen lassen.“

Sie nickte. „Ich weiß. Ich sag's auch niemandem weiter. Ich muss nur meinen Bruder finden.“

Er gab sich damit zufrieden und fragte nicht weiter. Sie hätte ihm den Grund auch nicht genannt. So wie er ihr nicht wirklich traute, konnte sie auch ihm oder sonst jemandem nicht völlig trauen. Man wusste nie, wer etwas über andere verriet, um seine eigene Haut zu retten.

„Du weißt auch nicht zufällig, wo er sein könnte?“

Er fuhr sich durchs Haar, das so lang wie das eines Mädchens war, nur viel zotteliger. Sicher war es in Gerdauen zum letzten Mal geschnitten worden. Dann schüttelte er den Kopf. „Keine Ahnung. Das letzte Mal hab ich ihn in der Schule von Gerdauen gesehn. Er hat immer von seinem Hund geredet. Er hat ihn sogar auf die Tafel gemalt. Er kann gut malen.“ Er lächelte in Erinnerung an unbeschwertere Zeiten, auch wenn sie damals gehungert und um ihr Leben gefürchtet hatten.

„Ich muss jetzt wieder zurück an die Arbeit." Zum Abschied legte er ihr kurz die Hand auf die Schulter. „Sag ihm einen Gruß von Theo, wenn du ihn findest, ja? Und vielleicht kann er dann mal herkommen. Wär schön, ihn wiederzusehen."

In seiner Stimme schwang Sehnsucht mit, die Sehnsucht nach einem Freund, der in seinem Alter war und seine Sprache sprach. Gretel nickte mit schlechtem Gewissen, weil sie wusste, dass dafür dann keine Zeit mehr wäre. Dann drehte sie sich um und ging über den Feldrand zurück.

Der Krieg war vorbei. Aber der Frieden war für viele zu einem harten, einsamen Überlebenskampf geworden.

31

Er verstand nicht alles, was Ivan ihm mit Händen und Füßen zu erklären versuchte.

Aber er verstand, dass jemand nach ihm gefragt hatte. Ein fremder Mann. Und dass Ivan nicht wollte, dass er gefunden wurde.

Er wollte auch nicht gefunden werden. Er hatte Angst, dass der Riese nach ihm suchte. Wenn Erwin herausfand, wo er untergekommen war, würde er ihn holen.

Wie sein Leben dann aussehen würde, wollte er sich gar nicht ausmalen. Wieder gefangen, wieder den ekligen Pusteln auf Erwins Rücken und seinen noch ekligeren Berührungen ausgesetzt. Und Erwin würde Bella jetzt auch sicher nicht mehr dulden. Der war sicher wütend auf ihn, weil er aus seinem Gefängnis ausgebrochen und weggerannt war.

Er schauderte. Nein, er würde nie wieder zurückgehen. Lieber würde er sich umbringen. Oder laut schreien und um sich schlagen, wenn Erwin kam und ihn holte, so wie sich ein Fuchs ein Huhn aus dem Hühnerstall holte.

Die Flucht ging wohl nie mehr zu Ende. Zuerst war er mit Mutti, Oma und Gretel vor den russischen Soldaten geflohen. Jetzt musste er vor einem deutschen Soldaten fliehen. Dabei ging es ihm hier bei Ivan gut. Er durfte Bella um sich haben, weil Ivan Hunde mochte. Sie durfte sogar in Ivans kleinem Lehmhaus frei herumlaufen und neben seinem Bett schlafen. Beide bekamen genug zu essen. Und die Arbeit war leicht und machte ihm sogar Spaß. Er durfte die Holzkreuze beschriften, die Ivan für den Friedhof herstellte. Die Namen, die Geburtsdaten und die Todestage mit schwungvoller Schrift auf die Kreuze malen. Als Ivans Kunden merkten, dass Karlchen schöne Blüten und Ranken malen konnte, bestellten sie die Verzierungen gleich mit. Rote Rosen mit goldenen Blättern, grüner Efeu und silberne Engel. Die Kreuze wurden immer prunkvoller ausgeschmückt, weil jeder das schönste Grabmal für seinen verstorbenen Angehörigen haben wollte.

Ivan war es recht. Sein Geschäft blühte. Die Leute kamen von überallher, um auch so ein reich verziertes Kreuz zu bestellen wie die, die ihre Verwandten auf dem Friedhof von Pajurts hatten aufstellen lassen. Natürlich waren die Kreuze auf Ivans Familiengrab die schönsten von allen. Karlchen hatte sich viel Mühe gegeben, die neuen Kreuze, die Ivan gegen die alten, verwitterten Grabmäler seiner Eltern und seines Bruders ausgetauscht hatte, besonders schön zu bemalen. Auf ihnen blühten üppige Blumengestecke, tränkten sich weiße Tauben und flatterten leuchtend bunte Schmetterlinge umher. Sie wurden zur besten Werbung für Ivans Geschäft.

Natürlich vermisste Karlchen seine Familie. Mutti, Gretel und Oma. Und Papa. Die alte Heimat vermisste er auch ein bisschen, aber er war noch so klein gewesen, dass er sich nur noch dumpf an die alte Wohnung und den Gemüsegarten erinnern konnte. Aber in den letzten Jahren war er so vielen Kindern begegnet, die ihre Familien verloren hatten, dass es ihm schon fast normal erschien, alleine ums Überleben zu kämpfen. Hier hatte er erste zarte Wurzeln in einer neuen Heimat geschlagen. Ivan hatte keine Frau und keine Kinder. Er hatte nur ein Foto, das in einem Glasrahmen auf der Anrichte stand. Auf dem Foto waren er und eine junge Frau abgebildet. Die Frau hatte lange schwarze Locken und Grübchen. Karlchen fand, dass sie hübsch aussah und dass Ivan auf dem Foto glücklich wirkte. Er strahlte und sie lächelte etwas geziert in die Kamera. Das Bild musste vor mindestens zwanzig Jahren aufgenommen worden sein, denn in der Zwischenzeit hatte Ivan viele Falten im Gesicht bekommen und seine dunklen Haare waren ergraut. Die Frau war entweder gestorben oder weggelaufen; das wusste Karlchen nicht so genau. Aber er wusste, dass sie Ivan viel bedeutet haben musste, denn als er das Bild einmal von der Anrichte nahm, um es sich näher anzusehen, war Ivan zusammengezuckt, als hätte Karlchen einen vereiterten Backenzahn berührt. Also hatte Karlchen den Bilderrahmen schnell wieder hingestellt und seitdem nie mehr angefasst.

Ivan behandelte Karlchen wie seinen eigenen Sohn. Und Karlchen musste ihm weder den Rücken kratzen noch irgendwelche unangenehmen Berührungen über sich ergehen lassen.

„Du Karolis", sagte Ivan und zeigte auf ihn. „Ka-ro-lis."

Er sah Karlchen fragend an und machte eine auffordernde Geste.

„Karolis?"

Ivan nickte und zeigte wieder auf ihn. „Du Karolis."

Da begriff er. Ivan wollte ihm einen neuen Namen geben, einen litauischen Namen. Damit man ihn nicht so leicht finden könnte.

Er nickte und zeigte auf sich. „Gut. Dann bin ich also Karolis."

Ivan lächelte zufrieden und ging pfeifend hinters Haus, wo sich die frischen Holzbretter stapelten.

Bellas weißer Stern war verschwunden. Ihr Kopf war so schwarz wie Ruß.

Aber ihre Beine waren immer noch blond. Oder vielmehr immer wieder. Das lag daran, dass sie sich den Ruß, den er ihr jeden Morgen ins Fell rieb, von den Pfoten leckte. Nur an ihre Stirn kam sie nicht heran.

Besser als nichts, dachte er. Auch er hatte schwarzes Haar. Er musste lachen, wenn er in den alten Spiegel schaute, der in Ivans Stube hing. Er sah komisch aus, irgendwie fremd und doch vertraut. Das waren die Sommersprossen, die zu seinen neuen schwarzen Haaren nicht so recht passten.

Dennoch: Auf den ersten Blick sah er wohl aus wie ein litauischer Junge mit einem litauischen Hund. Nur war sein Litauisch ziemlich spärlich; mehr als ein paar Brocken konnte er noch nicht verstehen und sogar noch weniger sprechen. Brenzlig würde es, wenn der Fremde, der nach ihm gefragt hatte, auf den Hof käme und Ivan nicht da wäre. Oder wenn Erwin auftauchte, der ihn sicher trotz der geschwärzten Haare erkennen würde.

Wer suchte ihn bloß? War es wirklich Erwin oder war es jemand von der Behörde, die deutsche Kinder abholte, wenn Nachbarn gemeldet hatten, dass sie von Litauern aufgenommen worden waren? Auch das wäre schlimm, weil er nicht in ein Kinderheim gesteckt werden wollte. Er war sicher, dass er dann Bella bei Ivan zurücklassen müsste. Da wäre sie zwar gut aufgehoben, aber die Trennung von ihr würde ihm das Herz brechen, das wusste er genau.

Und Erwin wäre sein Ende.

Er musste also beim leisesten Anzeichen von anderen Menschen im Haus verschwinden. Oder sich in einer Nische der Kirche verstecken, wenn er gerade ein Kreuz auf dem Friedhof aufstellte.

So wie jetzt.

Die Sonne stand hoch über dem Kirchturm. Vom Erdhaufen stieg ein schwerer, würziger, modriger Geruch auf, so bittersüß wie Leben und Tod.

Bella mied das frisch aufgehäufte Grab, in das er nun das beschriftete und bemalte Kreuz rammte. Offensichtlich witterte sie die Tote, die vor ein paar Tagen hier beerdigt worden war. Oder aber die Seele der alten Frau war noch in der Nähe und die Hündin spürte das. Wenn Karlchen auf dem Friedhof arbeitete, lief Bella zwischen den anderen Gräbern hin und her, schnüffelte an den Blumen und Steinen, doch sie machte immer einen großen Bogen um jedes frische Grab.

Er hob den großen Holzhammer auf, den er mitgebracht hatte, und wollte das Kreuz gerade in die Erde schlagen, als er hinter der Friedhofsmauer Schritte hörte. Er zuckte zusammen und ließ den Hammer sinken. Leise pfiff er Bella. Sie blieb mit gesenktem Kopf stehen und sah ihn schwanzwedelnd an, aber sie kam nicht ans Grab. Er drehte sich um und rannte zur hinteren Kirchentür, doch die war verschlossen. Rasch duckte er sich hinter die Rosenhecke, die neben der Tür wuchs. Er kratzte sich an den dicken Dornen den nackten Unterarm auf, als er Bella schweigend heranwinkte. Sie rannte auf Umwegen über die anderen Gräber herbei und sah ihn erwartungsvoll an.

„Schscht“, flüsterte er und rieb sich den Arm.

Die verrosteten Scharniere des Friedhofstörchens räusperten sich. Dann fiel das Tor ins Schloss und jemand lief über den Kiesweg. Karlchen kauerte sich hinter die Hecke und wartete mit klopfendem Herzen. Die Hecke war so dicht, dass er nicht hindurch sehen konnte. Er traute sich nicht, vom Heckenrand aus einen Blick auf das Friedhofsgelände zu werfen, weil der oder die andere ihn dann womöglich auch sehen würde.

Ohne sich zu rühren, lauschte er. Bella stand mit gesträubten Nackenhaaren neben ihm, doch sie knurrte nicht. Er hatte ihr längst beigebracht, sich vollkommen still zu verhalten. Sie hatte sich auf der Flucht so oft vor den gefährlich hungrigen Menschen verstecken müssen, dass sie gelernt hatte, so unsichtbar und unhörbar zu werden wie ein Schatten in der Nacht.

Der Kies knirschte. Das Knirschen wurde lauter. Dann leiser. Dann verstummte es. Nur eine Lerche trällerte ihr Lied vom Frieden.

Doch das Schloss des Friedhofstors klinkte nicht aus, kein rostiges Quietschen, kein Eisentor, das scheppernd ins Schloss fiel.

Stattdessen pfiff jemand eine Melodie. Eine vertraute Melodie.

Bella spitzte die Ohren.
Karlchen lauschte mit jeder Faser seines Körpers.

Maikäfer, flieg.
Der Vater ist im Krieg.
Die Mutter ist in Pommerland.
Pommerland ist abgebrannt.
Maikäfer, flieg.

„Schscht“, machte er und hielt Bella am Nacken fest, als ihr Körper sich anspannte.

Die Lerche war verstummt. Auch sie schien dem Lied vom Krieg zu lauschen.

Und plötzlich wurde aus dem Pfeifen ein Gesang. Ein vertrauter Gesang, den er aus seinen Fieberträumen kannte.

Maikäfer, flieg.
Der Vater ist im WALD.
Die Mutter ist in –

Eine Stimme, die er aus seinen Fieberträumen kannte.

Eine Stimme, die Bella kannte.

Winselnd riss sie sich los, noch bevor er den Gesang mit der Stimme seiner Schwester verbinden konnte, und stürmte hinter der Hecke hervor, auf die Stimme zu, auf das Mädchen zu, das sie kannte, das sie mit Brot und Resten gefüttert hatte, als Karlchen keine Kraft mehr dazu gehabt hatte. Das Mädchen, das sie nach dem Jungen am meisten liebte.

Und dann ertönte draußen ein Freudengeheul, und die Stimme seiner Schwester sagte, „Ja, Bella, bist du's? Bist du's wirklich? Du siehst so verdreckt aus!“

Bella bestätigte mit lautem Winseln und Bellen, dass es wirklich sie war, während er hastig vom Boden hoch kraxelte und dabei beinahe sein Gleichgewicht verlor. Eine leise Stimme in seinem Ohr sang immer wieder die Zeile *Der Vater ist im WALD*, und ein Gedanke schwirrte verwirrt in seinem Kopf herum und formte sich zu einem Fragezeichen.

Dann stürzte er hinter dem Busch hervor.

„Gretel – GRETEL! Was machst du denn hier?"

Sie hob den Kopf, während Bella sich winselnd an ihrem Bein rieb und dabei so heftig mit dem Schwanz ruderte, dass ihr ganzes Hinterteil wackelte.

„Dich suchen." Gretel strahlte und er sah, dass sich die Zahnlücke in der oberen Ecke geschlossen hatte, die sie in seiner Erinnerung noch gehabt hatte. Und dann fielen sie sich in die Arme und hielten sich eine ganze Weile fest, obwohl Jungen das eigentlich nicht machten. Dann rief sie ihm „PAPA LEBT!" ins Ohr und nickte, als er sie fragend ansah. Als er es endlich glauben konnte, hüpften sie beide wie kleine Kinder auf der Stelle. Doch als sie ihn endlich wieder losließ, rieb er etwas verlegen Bellas Stirn. Die wurde langsam heller und seine Hand wurde so schwarz wie Ruß.

Gretel kniff in der Sonne die Augen zusammen. „Sag mal, wie seht ihr denn aus? Was hast du denn mit deinen Haaren gemacht? Die sind ja voller Ruß. Und Bella auch."

„Irgendjemand sucht mich. Ein Fremder. Wahrscheinlich Erwin der Riese."

Sein Blick wanderte zur Friedhofsmauer, als könnte Erwin dahinter lauern.

Gretel sah ihn mit offenem Mund an, als wäre er selbst ein Fremder.

„Ein Riese? Spinnst du?"

Er mochte es gar nicht, wenn seine Schwester so was sagte. Sie hatte ihn meistens verstanden, besser als die Erwachsenen. Zum Beispiel, als er Bella gesucht hatte. Er musste es ihr erklären. Seine Schwester durfte ihn nicht für einen Spinner halten.

„Komm." Er zog sie hinter die schützende Rosenhecke.

Und da erzählte er ihr alles im Flüsterton, von Erwin, von seiner Gefangenschaft und von seiner Flucht. Und von Iwan, bei dem er jetzt lebte und für den er Grabkreuze bemalte.

Seine Schwester nickte. „So hab ich dich gefunden. Ein Bauer aus der Nachbarschaft hatte von einem rothaarigen Jungen gehört, der die Kreuze so schön verziert. Der hat dann wohl bei Ivan nach dir gefragt und es seiner Frau gesagt, und die hat es Urte gesagt, und die hat es mir gesagt. Da hab ich mir gedacht, dass du der Junge sein könntest. Weil du doch so gut malen kannst."

„Dann warst ja du das, die mich gesucht hat. Und nicht Erwin." Die Angst brach wie ein Bleipanzer auf und fiel von ihm ab. „Und wir hatten uns schon Sorgen gemacht, dass Erwin oder die Behörde mich findet und holt. Deswegen hab ich mir die Haare und Bellas Fell mit Ruß eingerieben. Das war Ivans Idee, als Tarnung. Er hat mir auch einen anderen Namen gegeben. Karolis."

Gretel nickte. „Ich weiß. Ich war zuerst bei ihm, weil man mir gesagt hatte, dass der Junge bei dem Mann lebt, der die Kreuze und Grabmäler verkauft. Aber als ich bei ihm an die Tür geklopft habe, hat er nur den Kopf geschüttelt und gesagt, das sei sein Neffe Karolis und der sei nicht da. Da bin ich auf den Friedhof, weil er so komisch rumgedruckst hat und mir nicht in die Augen sehen konnte. Ich hab mir schon gedacht, dass er dich vor den Behörden versteckt. Und um dich nicht zu verraten, hab ich nicht nach dir gerufen, sondern erst mal das Lied gesungen. Falls der Pfarrer oder sonst jemand in der Nähe war."

Sie lächelte, seine schlaue große Schwester.

„Papa lebt wirklich noch? Und warum hast du *Der Vater ist im Wald* gesungen? Lebt er denn im Wald?", fragte er verwirrt.

„Ja, bei den Partisanen. Da hat er sich versteckt, nachdem er vor dem Volkssturm weggelaufen ist. Um sein Leben zu retten", fügte sie hinzu. Und dann berichtete sie ihm, wie es ihr ergangen war und dass sie Dietrich wiedergefunden hatte, wo sie untergekommen war und wie sie Papa ausfindig gemacht hatte.

Und von ihrem Plan, zusammen mit dem Zug nach Berlin zu fahren.

Würde die Sonne nicht schon am blauen Himmel strahlen, dann wäre sie jetzt aufgegangen. Die Lerche hatte wieder ihr Lied vom Frieden aufgenommen, irgendwo hoch oben in einem Baumwipfel. Eine Hummel taumelte brummelnd von einer Heckenrosenblüte zur anderen. Seine Schwester kauerte neben ihm auf der Erde, noch ein Stückchen größer und mit einem neuen Eckzahn. Und Bella lag entspannt unter dem Busch, alle vier rußgefärbten Pfoten von sich gestreckt, zufrieden, dass ihr Rudel wieder vollständig war.

Ein Angstgedanke durchzuckte ihn. *Bella.*

„Aber ohne Bella komm ich nicht mit“, sagte er entschlossen. „Ohne sie geh ich nirgendwohin. Auch nicht nach Berlin.“

Gretel legte ihm die Hand auf den zerkratzten Arm. „Das weiß ich doch. Bella kommt mit. Irgendwie.“

Sie hatte Freundschaft mit einem deutschen Zugführer der Reichsbahn geschlossen, wie sie ihm nun stolz berichtete. Der hieß Erich Rossbach, und sie hatte ihm Äpfel und Schmalzbrote mitgebracht, immer wenn er auf dem Bahnhof von Tauroggen Halt machte. Manchmal auch Kartoffeln und Mohrrüben oder auch mal ein Stück Speck. Sie versorgte ihn so, wie die Litauer sie versorgt hatten, als sie auf Betteltour gegangen war.

Einen Apfel für eine Freundschaft.

Einen Rucksack voller Kartoffeln und Speck für eine Bahnfahrt. Für das Verstecken eines Deutschen, der beim Volkssturm dabei gewesen war. Der fahnenflüchtig war. Und der jetzt bei den Partisanen war.

„Erich hat gesagt, dass er für Papa eine Schaffneruniform mitbringen wird. Dann wird Papa so tun, als sei er der neue Schaffner,“ erzählte Gretel. „Der andere Schaffner – der echte – meldet sich für die Fahrt krank und bleibt zu Hause. Der kriegt natürlich auch was vom Essen ab.“

Karlchen rieb sich den Arm, den er sich vorhin an den Dornen aufgekratzt hatte. Die Haut blutete nicht mehr, aber jetzt juckte sie.

Gretels Plan klang nicht ungefährlich. Als sie ihm gesagt hatte, dass sie mit Papa nach Berlin fahren wollten, hatte er sich das ganz einfach vorgestellt. Aber jetzt wurde ihm klar, dass der Plan auch schiefgehen könnte. Was war, wenn die Kontrolleure Bella nicht über die Grenze fahren ließen?

„Dann steigen wir an der Grenze aus und laufen durch den Wald über die Grenze. Für uns Kinder ist es ungefährlich."

Nur für Papa nicht.

Eine Wolke schob sich vor die Sonne in seiner Brust. Dann fiel ihm Ivan ein, der bestimmt sehr traurig sein würde, wenn Karlchen und Bella ihn für immer verließen. In seine Freude mischten sich Trauer und Angst. Nie war es einfach nur schön. Immer musste man jemanden zurücklassen, um etwas Neues anfangen zu können. Immer musste man fürchten, aufgespürt zu werden, von einer Macht gesehen zu werden, die stärker war als man selbst. Die über Leben und Tod, Freiheit oder Gefangenschaft, Zukunft oder Vergangenheit entscheiden konnte. Vor der man sogar in seinen Träumen nicht sicher war.

Er fragte sich, ob es auch ein Leben gab, in dem man einfach nur leben konnte. Und wo man so ein Leben finden konnte.

„Komm."

Sie gingen über den knirschenden Kies zum Ausgang. Die Kirchturmuhr schlug ein Mal. Die Schwingung des Glockenschlags vermischte sich mit dem Gesang der Lärche und dem Räuspern des Friedhofstors zu einem blaugrünen Ton, der in der Luft hängen blieb, bis das Tor scheppernd hinter ihnen ins Schloss fiel.

Anmerkung der Autorin

Die Grundlage für diesen Roman waren die Erinnerungen von Brigitte Trennepohl und Annemarie Kiuzauskas, die sie in dem Büchlein *Was ein Kinderherz ertragen kann* niedergeschrieben haben (Herausgeber: Ulrich Kühn, zu beziehen über Brigitte Trennepohl, Tel. (05451) 13858, Brigitte.Trennepohl@osnanet.de).
Bis auf die darin geschilderten Begebenheiten sind die Handlungen in diesem Roman frei erfunden. Brigitte Trennepohl stand mir bei der Überprüfung von Fakten und Details stets hilfreich zur Seite. Ähnlichkeiten mit weiteren noch lebenden oder toten Personen sind rein zufällig.

Regionalia im HUSUM TASCHEN BUCH

Anekdoten aus Bayern · aus Berlin · aus Brandenburg · aus Hessen · aus Mecklenburg-Vorpommern · aus Ostpreußen · aus Pommern · aus Sachsen · aus Sachsen-Anhalt · aus Schlesien · aus Schleswig-Holstein 1 · aus Schleswig-Holstein 2 · aus Thüringen – **Entdecken und erleben (Reiseführer)**: Mecklenburg-Vorpommerns Kunst · Niedersachsens Kunst · Niedersachsens Literatur · Ostpreußens Literatur · Schleswig-Holsteins Kunst · Schleswig-Holsteins Literatur – **Im Gedicht**: Berlin · Niedersachsen · Nordrhein-Westfalen · Schlesien · Schleswig-Holstein – **Humor** aus Schlesien – **Kinder- und Jugendspiele** aus Schleswig-Holstein 1 · aus Schleswig-Holstein 3 · aus Westfalen – **Kindheitserinnerungen** aus Berlin · aus Hamburg · aus Köln · vom Niederrhein · aus Ostpreußen · aus Pommern · aus Westfalen – **Komponisten** aus Schleswig-Holstein – **Krippengeschichten** aus Deutschland – **Legenden** aus Westfalen – **Märchen** aus Mecklenburg · aus Niedersachsen · aus Schleswig-Holstein · aus Westfalen – **Redensarten** aus Hessen – **Aus dem Sagenschatz** der Franken · der Hessen · der Niedersachsen und Westfalen · der Österreicher · der Schleswig-Holsteiner und Mecklenburger · der Schwaben · der Thüringer – **Sagen** aus Baden-Württemberg · aus Franken · aus Mecklenburg · aus Schleswig-Holstein · aus Südtirol · aus Westfalen – **Schulerinnerungen** aus Franken · aus Hamburg · aus Mecklenburg · aus Niedersachsen · aus Ostpreußen · aus Schleswig-Holstein – **Schwänke** aus Bayern · aus Schleswig-Holstein · aus Schwaben · aus Westfalen – **Sprichwörter** aus Hessen – **Sprichwörter und Redensarten** aus Mecklenburg · aus Schleswig-Holstein – **Plattdeutsche Sprichwörter** aus Niedersachsen – **Weihnachtsgeschichten** aus Baden · aus Bayern · aus Berlin · aus Brandenburg · aus Franken · aus Hamburg · aus Hessen · aus Köln · aus Mecklenburg · aus München · vom Niederrhein · aus Niedersachsen · aus Ostpreußen · aus Pommern · aus dem Rheinland und der Pfalz · aus Sachsen · aus Sachsen-Anhalt · aus Schlesien · aus Schleswig-Holstein · aus Schwaben · aus Thüringen · aus Westfalen · aus Württemberg – **Weihnachtsmärchen und Weihnachtssagen** aus Baden · aus Schleswig-Holstein – **Witze** aus Hamburg · aus Ostpreußen · aus Pommern · aus Sachsen · aus Schleswig-Holstein